Christa v. Bernuth
UNTREU

Christa v. Bernuth

UNTREU

Roman

GOLDMANN VERLAG

Umwelthinweis:
Dieses Buch und der Schutzumschlag
wurden auf chlorfrei gebleichtem Papier gedruckt.
Die Einschrumpffolie (zum Schutz vor Verschmutzung)
ist aus umweltfreundlicher und recyclingfähiger PE-Folie.

1. Auflage
Copyright © 2003 by Wilhelm Goldmann Verlag,
München, in der Verlagsgruppe Random House GmbH
Satz: Uhl + Massopust, Aalen
Druck und Bindung: GGP Media, Pößneck
Printed in Germany
ISBN 3-442-30965-4
www.goldmann-verlag.de

DIESER ROMAN
ENTSTAND NACH EINER IDEE
VON WOLFGANG SCHÖBEL
UND CHRISTA V. BERNUTH

PROLOG

Die Farben des Todes schimmern hellblau, giftgrün, beigebraun, mattschwarz. Fleisch ist nur noch Fleisch, Haut ist nur noch Haut. Ausdruckslos. Der Tod hat das Menschliche hinter sich gelassen. Er hat keine spirituelle Qualität. Er ist unpersönlich, ein Zustand, eine Phase, die nicht länger dauert als eine Viertelstunde. Dann spätestens verschwindet der Tod und macht dem Leben Platz.

Lucilia und Calliphora finden als Erste den Körper, der fünfzehn Minuten lang leblos und nutzlos war und jetzt eine neue Funktion als frisches Biotop hat. Lucilia oder Calliphora legen ihre cremefarbenen, mohnkorngroßen Eier in Augenwinkel, Nasenlöcher, Mund und – je nachdem – in Stichwunden oder Schusskanälen ab. Ihre Maden werden sich mit stummer, blinder Gier durch das Gewebe arbeiten, Ameisen, Käfer und Schnecken werden anschließend die Eiweißquelle finden und anzapfen. So lange, bis Erde wieder zu Erde geworden ist.

Der Tod ist nun schon sehr weit weg.

So gesehen.

ERSTER TEIL

1

»Das geht nicht«, sagte KK Marek Winter.

Er war sehr müde. Seine Hose kniff im Schritt, er wechselte unauffällig seine Sitzposition. Marek wog elf Kilo mehr als noch vor fünf Jahren. Er hatte einmal eine sportliche Figur gehabt und verfügte heute über einen Bauch, der auf unerklärliche Weise beständig wuchs.

»Das geht nicht«, sagte er ein zweites Mal, diesmal mit leisem Triumph in der Stimme. Die Frau, die vor ihm saß, war korpulent, und schon deshalb konnte er sie nicht leiden.

»Herr Kommissar …«

»Winter. Lassen Sie das Kommissar ruhig weg.«

»Herr … äh … Winter. Ich weiß nicht, an wen ich mich sonst wenden soll. Sie sind doch hier die Vermisstenstelle. Wo soll ich sonst hingehen?«

Die Frau hatte sich mit Erika Weingarten vorgestellt und ihm gleich darauf ihren Personalausweis entgegengestreckt wie einem Vampir das Kreuz, als gäbe es die Möglichkeit, dass er an ihren Worten zweifelte. Als sei ihm nicht egal, wie sie hieß und woher sie kam. Sie trug ein rostfarbenes Kostüm, darunter blitzte der Kragen einer weißen Bluse hervor. Die Kostümjacke mit den goldenen Knöpfen spannte vor Bauch und Brüsten. Marek stellte sich unwillkürlich ihren Körper vor, eine amorphe weiche Masse, notdürftig durch BH und Stützstrümpfe in Form gehalten. Er sah sich selbst in ein paar Jahren – schwammig und fett.

Widerlich.

Mühsam riss er sich zusammen. »Also, Frau Weingarten. Sie sind mit der *mutmaßlich* Verschwundenen nicht verwandt.«

»Nein.«

»Auch nicht verschwägert?«

»Nein.«

»Sie wohnen nicht mit ihr zusammen.«

»Nein!«

»Dann haben wir hier ein Problem.« Marek faltete seine Hände unter dem Kinn und beugte sich nach vorn, als wollte er ihr ein Geheimnis verraten. Etwas in ihm genoss die Situation. Etwas in ihm hoffte, dass sie sich tatsächlich als eine dieser Idiotinnen entpuppen würde, über die man sich anschließend in der Kantine totlachen konnte. »Die Sache ist die«, fuhr er fort. »Sie…«

»Ich weiß, ich bin nicht mit ihr verwandt«, unterbrach ihn die Frau.

»Richtig«, sagte Winter, beifällig nickend, als sei sie eine zwar minderbemittelte, aber brave Schülerin, die sich immerhin bemühte, ihr Bestes zu geben. »Unter diesen Umständen können Sie die… also die *mutmaßlich* Verschwundene eben nicht als vermisst melden. Für eine Vermisstenanzeige muss man mit dem Vermissten verwandt, verschwägert oder verheiratet sein. Oder wenigstens in einem gemeinsamen Hausstand leben. Verstehen Sie, da könnte sonst jeder kommen.«

»Wer soll denn da schon kommen?«, fragte die Frau zurück, sichtbar verärgert. Sie verschränkte die Arme über ihrem voluminösen Busen.

Einen Moment lang war Marek aus dem Konzept gebracht. (Es war ja so: Wenn sie nicht verrückt war, hatte sie keinen Grund, sich in dieses Büro zu bemühen. Verrückt sah sie aber eigentlich nicht aus.) »Ach, da gibt's Sachen, das glauben Sie gar nicht.«

»Ja? Zum Beispiel?«

Marek sah sie feindselig an. »Verleumdungen eben. Einbildungen. Hirngespinste. Sie sitzen zu Hause, die Decke fällt Ihnen auf den Kopf …«

»Ich will mit Ihrem Chef sprechen. Sofort.« Die Stimme der Frau war leiser als vorhin, ihr Gesicht leicht gerötet, ihr Blick gesenkt. Erika Weingarten. Eine kleine, dicke, harmlos wirkende Frau, Anfang fünfzig, wahrscheinlich ohne Kinder, die Gespenstergeschichten ausbrütete, wenn sie hinter ihren mit Bleichmittel behandelten Gardinen hockte und versuchte, die Fenster der Nachbarhäuser mit ihren Blicken zu durchdringen.

Dennoch fühlte sich Marek mit einem Schlag ernüchtert. Man wusste eben nie. In sein Bewusstsein drang der Regen, der unermüdlich, schon den ganzen Morgen lang, an das Bürofenster hinter seinem Rücken schlug. Die Nachwirkungen eines Herbststurms der vergangenen Nacht, der auf dem Land Bäume entwurzelt, Dächer abgedeckt und Strommasten umgeworfen hatte. Der Wind hatte nachgelassen, der Regen nicht. Es war gerade hell genug, dass man ohne Kunstlicht auskam. Marek seufzte.

»Was wollen Sie jetzt machen? Mich einfach wieder heimschicken?«

Marek seufzte ein zweites Mal. Seine Hoffnung, dass ihn ein Kollege mit einem Besuch beehrte und ihn von diesem Gespräch erlöste, erfüllte sich nicht.

»Kennen Sie jemanden, der verwandt oder verschwägert ist mit der Verschwundenen?«

»Nein. Wir sind doch bloß Nachbarn!«

»Oder mit ihrem Mann? Der ist doch auch weg.«

»Nein. Wir sind Nachbarn und haben einen guten Kontakt. Ich weiß nichts über ihre Familienverhältnisse.«

Es war elf Uhr vormittags, ein kalter, verregneter, langweiliger Herbsttag. In der Kantine würde es heute Spaghetti Carbonara geben. Eine Portion hatte mindestens tausend Kalorien. Dazu kamen die zwei Buttersemmeln, die er sich zum Frühstück genehmigt hatte. Mindestens siebenhundert Kalorien. Tausendsiebenhundert Kalorien.

»Also gut«, hörte sich Marek zu seiner Überraschung sagen. »Wir schaun mal, was wir tun können.«

Es war einer dieser Tage, an denen sich zum ersten Mal der Winter meldet. Der Himmel sah aus wie weiß beschichtet, Gras und Bäume wie erstarrt. Kein Windhauch. Du hast deinen kondensierenden Atem in die kalte Luft geblasen und dann gelacht und dir eine Zigarette angezündet. Wenn du rauchst, hältst du die Zigarette zwischen Daumen und Zeigefinger und nimmst mit zusammengepressten Lippen drei, vier tiefe Lungenzüge hintereinander. Mit angewidertem Gesichtsausdruck, als sei Rauchen Medizin für dich − notwendig und unangenehm.

Danach hast du den Arm um mich gelegt und wieder gelacht. Ohne Grund, einfach nur, weil wir zusammen waren und Zeit hatten. Du musst dich auch erinnern, bitte. Es war der elfte Oktober. 11.10.01– 111001. Ich wende diese Kombination im Kopf hin und her, auf der Suche nach seiner verstohlenen Bedeutung. Ein Zahlenrätsel, ein Binärcode, der dazu dient, meine Festplatte neu zu programmieren. Ja-ja-ja-nein-nein-ja.

Was mich betrifft: ja.

Der elfte Oktober war ein Freitag. Wir haben uns getroffen, und du hast mich auf diese Weise angeschaut, mit einem Blick, der gleichzeitig stark und schwach, leidenschaftlich und ängstlich, selbstbewusst und demütig war. Am elften Oktober hast du mich zum ersten Mal gefragt, ob ich deine Wohnung sehen will. Als wolltest du dich entschuldigen, hast du gesagt: Ein Loch, aber besser als Knast.

Ich schließe die Augen und habe das Timbre deiner Stimme im Ohr. Heiser, sexy. Wenn ich allein bin, lege ich mich manchmal aufs Bett, lege die Hand zwischen die Beine. Ich schwöre dir, ich kann kommen, nur indem ich mir deine Stimme vorstelle, wie sie mich treibt und drängt…

Du hast mir deine Wohnung gezeigt. Sie befindet sich in einem riesigen Apartmentblock. Pyramidenförmig, aus grauem Sichtbeton, mit Balkons, die aus der Ferne aussehen wie Schießscharten. Magere Männer liefen an uns vorbei, als wir zum Lift gingen, Jungs mit erloschenen Augen lungerten im Hausflur herum. Sie starrten mich an, unver-

hohlen und gleichzeitig interesselos, als bräuchte ihnen niemand zu erzählen, was jemand wie ich hier zu suchen hatte. Der Lift war alt und eng, die Linolwände waren voller trostlos schwarzer Graffitis in allen Sprachen der Welt. Es stank nach Rauch und Pisse. Ich schaute nach oben und unvermutet mir selber in die Augen. Vielleicht befand sich eine Kamera hinter der verspiegelten Decke – ein Gedanke, der mich erleichtert hat. Du weißt ja, ich bin ein Feigling, auch wenn ich mich anders gebe (du weißt so viel von mir, dass es mir manchmal unheimlich ist, und trotzdem bereue ich nicht, all das von mir preisgegeben zu haben).

Für mich war es ein Abenteuer, vielleicht das erste Abenteuer meines Lebens – nein, das erste nach zu vielen Jahren. Ich war glücklich und ängstlich. Für jemanden wie dich ist das schwer zu verstehen. Du kennst nicht die Fantasien, die aus Langeweile und Mangel an Erfahrung entstehen. Du hast Erfahrungen im Überfluss, mehr als dir lieb sind, du brauchst dir nichts, gar nichts vorzustellen, es ist alles schon passiert – so oder schlimmer.

Du wohnst im achten Stock. Dein Apartment besteht aus einem Zimmer mit Kochnische plus einem winzigen, fensterlosen, braungelb gekachelten Bad mit der Dusche direkt neben der Toilette. Apartment 810 – eine weitere Chiffre meiner Sehnsucht. Der Teppich war vielleicht einmal himmelblau und ist jetzt voller verblichener Flecken, deren Ursprung ich mir nicht vorstellen mag. Dein Bett steht neben der Balkontür unter dem einzigen Fenster und ist so schmal, dass wir kaum zu zweit darauf Platz haben. Die Matratze ist steinhart. Das Zimmer dunkel und klamm, selbst wenn die Sonne scheint. Der schwere Balkon davor raubt zusätzlich Licht. Nordlage, hast du gesagt. Hier kommt nie ein Sonnenstrahl rein.

Ich konzentrierte meine Gefühle auf dich. Ich wollte alles andere ausblenden, das Schäbige, Triste deiner Umgebung und auch deine Traurigkeit, die du geschickt mit Humor und Dreistigkeit überspielst und die ich trotzdem immer spüre. Ich möchte dich glücklicher machen. Manchmal habe ich das Gefühl, dass es mir irgendwann gelingen könnte, dann wieder sehe ich die Nutzlosigkeit meiner Bemühungen, die tiefe Verständnislosigkeit, die sich wie eine Kluft zwischen uns auftut, selbst in intimsten Momenten.

Ich möchte so sein, wie du mich willst und brauchst. Das hast du einmal so ähnlich zu mir gesagt, und genauso fühle ich. Zumindest in dieser Hinsicht passen wir zusammen. Vielleicht ist das ein Anfang. Vielleicht können wir darauf aufbauen – eines Tages.

In deiner Wohnung ist es zum ersten Mal passiert. Anfangs weniger aus Lust als aus Verlegenheit. Du wolltest mir etwas anbieten, aber du hattest nur Bier und Wodka, und ich mag beides nicht. Deine Wohnung drohte alles zu ersticken, was zwischen uns gewachsen war. Der erbärmliche Zustand, die Unordnung eines allein lebenden Mannes – das bisschen Geschirr, das du hattest, türmte sich in der Spüle, Schuhe und Socken lagen auf dem Boden herum, der hässliche braune Kleiderschrank stand offen – alles drückte auf meine und deine Stimmung, aber ich war entschlossen, es nicht zuzulassen.

Wir standen voreinander und sahen uns an. Schließlich entspannte sich dein Gesicht, und ich konnte wieder in deinen Augen lesen, die im Halbdunkel des Zimmers riesengroß, sehr jung und gleichzeitig uralt wirkten. Acht Stockwerke unter uns, in einer anderen Welt, dröhnte der Spätnachmittagsverkehr, fuhren erschöpfte Väter und Mütter zu ihren fordernden, aufreibenden Familien. Du wolltest mich, du konntest es kaum erwarten, das war es, was ich hoffte. Trotzdem habe ich gewartet. Es sollte sich natürlich entwickeln. Ich wollte nichts erzwingen, nicht von dir, nicht von mir. Gleichzeitig wusste ich, dass es jetzt passieren musste. Oder nie. Wir hatten diese eine Chance.

Plötzlich hast du dich aufs Bett gesetzt. Es gab nichts, was du mir anbieten konntest, also dachtest du, du müsstest dich selbst anbieten, wie ein guter Gastgeber. Dieser Geistesblitz war wie eine Heimsuchung, er drückte all meine bislang zurückgedrängten Befürchtungen aus – dass du mich eben nicht wirklich wolltest, dass du nur aus einer obskuren männlichen Höflichkeit heraus so tatest, um meine Weiblichkeit nicht zu brüskieren.

Ich setzte mich neben dich. Umfassende Ratlosigkeit und Schwäche. Es gab nichts mehr, was ich tun konnte, alles lag in deiner Hand. Und in diesem Moment hast du deine Sicherheit zurückgewonnen. Du hast ganz leise gelacht (vor deiner Wohnungstür fing einer an, in einer kehligen fremden Sprache, vielleicht war es arabisch, herumzuschreien, ein anderer antwortete mit schluchzender, sich überschla-

gender Stimme, zwei Türen knallten nacheinander, Schritte kamen vorbei und entfernten sich), du hast mein Gesicht in deine Hände genommen, und ich spürte zum ersten Mal deine Lippen (eine Frau unterhielt sich lautstark mit einer anderen, offenbar über den Flur hinweg, beide lachten), deine Zunge fuhr über meine Zähne, erkundete meinen Mund.

Deine Lippen, deine Zunge waren warm, fest und weich. Sie gaben mir mein Selbstvertrauen zurück. Ich war wieder jemand. In deinen Armen war ich ein Körper, der existierte, eine Person, die jemandem etwas bedeutete. Wir fanden unsere eigene Sprache, jenseits aller Missverständnisse. Es war sensationell, deine Haut zu spüren, deine kräftigen Muskeln, deine Rippen. Hart und mager. Gierig und sensibel. Ich hörte mein Stöhnen und deinen schweren Atem, und es war wie eine machtvolle Musik, die alles auslöschte, was außerhalb des Universums unserer Körper existierte. Es gab in diesen Momenten nichts mehr, das uns hätte auseinander bringen können. Anfangs hast du immer wieder den Kopf gehoben und mich forschend angesehen, so als wolltest du dich vergewissern, dass alles richtig und in Ordnung war, dass ich zufrieden war. Aber irgendwann waren deine Augen so blind wie meine, und da glaubte ich endlich, dass wir eine Chance hatten.

Sie standen frierend vor dem niedrigen schmiedeeisernen Gartentor: Marek Winter, Erika Weingarten und ein Polizeiobermeister namens Bechtel, der einen Schäferhund an der Leine hielt. Es regnete immer noch, und der Wind hatte wieder aufgefrischt. Die Tropfen fegten ihnen fast waagerecht ins Gesicht. Marek hielt mit beiden Händen seinen wenig nutzbringenden Schirm über sich. »Ich werde jetzt klingeln«, sagte er missmutig, als sei das eine Drohung. Der Wind schien ihm die Worte vom Mund wegzureißen und sie irgendwohin zu tragen, wo sie niemand hören konnte.

Erika Weingarten zuckte mit den Schultern. In ihrem grauen Mantel sah sie noch unförmiger aus als vorhin in seinem Büro. »Tun Sie's doch. Sie werden schon sehen, da ist kein Mensch.«

Und Marek sah – spürte – zu seinem Ärger, dass sie Recht hatte. Das Haus mit seiner roten Backsteinfassade und den blendend weiß gestrichenen Fenster- und Türrahmen wirkte tatsächlich vollkommen verwaist. Schweres nasses Laub bedeckte den größten Teil des Rasens, der so aussah, als sei er schon lange nicht mehr gemäht worden. Unter dem Apfelbaum neben dem Gartentor lagen faulende Früchte im hohen Gras. Im Moment lebte hier niemand, so viel war sicher.

»Wo wohnen Sie?«, fragte Marek Frau Weingarten. Sie deutete mit ihrem rundlichen Kinn nach rechts, auf eine dichte, korrekt geschnittene Thujahecke, die den Blick auf das dahinter liegende Grundstück komplett abschirmte.

»Vielleicht sind sie ausgezogen«, sagte Marek

»Sind sie nicht.«

»Das können Sie ja gar nicht wissen.«

»Hab ich doch gesagt: Ich war im Garten. Mehrmals. Ich hab ins Wohnzimmer geschaut. Die Möbel stehen da, wie immer. Die sind nicht mal mit Schutzplane abgedeckt.«

»Haben Sie einen Zweitschlüssel?«

»Das ist ja das. Normalerweise haben mir die Belolaveks immer einen Schlüssel gegeben, zum Blumengießen und Nachschauen und so. Aber diesmal nicht.«

»Vielleicht waren Sie nicht da. Vielleicht hat jemand anders den Schlüssel. Was ist zum Beispiel mit den Nachbarn da drüben?«

»Die Meyers, die Scherghubers, die Steins – die hab ich alle schon gefragt. Alle. Von denen weiß keiner was. Ich hab eine Tochter im Alter von Maria Belolavek. Die hat mir erzählt, dass die Maria nicht in die Schule gekommen ist. Dabei sind die Sommerferien schon vorbei.«

Das alles hatte sie ihm bereits im Büro erzählt. Aber jetzt, wo er vor diesem abweisend und fremd wirkenden Haus stand, erschien es ihm viel überzeugender. Marek drückte auf den Knopf unter dem Metallschild, auf dem mit verschnörkelter Schreibschrift der Name Belolavek eingeritzt war. Ein durch die Mauern gedämpfter, wohlklingender Glockenton war zu hören. Erwartungsgemäß passierte nichts. Er drückte ein zweites Mal und ärgerte sich dann über sich selbst. Er hätte das den Bechtel machen lassen sollen. Jetzt war er selbst der Depp, der sinnlos an einer Tür klingelte, hinter der sich niemand befand.

Es gab einerseits keine legale Möglichkeit, sich auf dieses Grundstück zu begeben. Niemand vermisste die Bewohner, außer einer Nachbarin. Andererseits konnte Marek eine gewisse Neugier nicht verhehlen. Nun waren sie schon mal hier. Man konnte ja zumindest einen kurzen Blick hineinwerfen. Das war nicht *direkt* unbefugtes Eindringen in Privatgelände. Und als hätte er diesen Gedanken laut geäußert, hatte Frau Weingarten bereits über das Tor gelangt und den elektrischen Öffner von innen betätigt. Ein Surren ertönte, Frau Weingarten drückte ihren schweren Unterleib gegen das Tor, und schon marschierten sie im Gänsemarsch auf den Terrakottaplatten am Haus vorbei – Frau Weingarten als massige Vorhut, dann Marek, dann Bechtel mit seinem mittlerweile tropfnassen Hund, der sich eng an seine Beine drückte. Marek dachte noch kurz an seine Straßenschuhe, die nach diesem Abstecher wahrscheinlich durchweicht sein würden, aber dann sagte er sich, *egal*. Es war wenigstens eine Unterbrechung seines durchaus nicht kurzweiligen Alltags.

Auf der anderen, der Straße abgewandten Seite wirkte der Garten noch verwilderter und verlassener. Zwei abgebrochene, morsche Äste lagen mitten auf dem Rasen wie Sinnbilder für Tod und Verfall. Die angelegten Blumenbeete waren von Unkraut überwuchert. Auf der überdachten Terrasse waren zwei Stühle umgefallen, wahrscheinlich wegen des Sturms vergangene Nacht. Die Fliesen der Terrasse waren übersät mit Blättern und Erde.

»Karin hat ihren Garten geliebt«, sagte Erika Weingarten. »Manchmal war sie ganze Nachmittage draußen, immer am Jäten und Gießen und Umgraben. Immer am Räumen und Gestalten. Der Garten war ihr Schmuckstück. Und jetzt schauen Sie sich mal an, wie das hier aussieht!«

Aber Marek hatte sich bereits dem Wohnzimmerfenster zugewandt. Die Rollos waren oben, die Vorhänge aufgezogen. Auf dem Fensterbrett standen einige Terrakottatöpfe mit offensichtlich vertrockneten Pflanzen. Der Raum dahinter war quadratisch und spärlich möbliert – aber eben eindeutig möbliert.

Man sah: Da fehlte nichts. Der Raum war komplett eingerichtet, mit zwei Leinensofas, die über Eck standen, mit einem Glastisch, mit Sesseln und Stühlen, mit Teppichen auf dem Parkettboden und Bildern an den Wänden.

»Sehen Sie die Staubschicht auf dem Boden und auf dem Tisch?«, fragte Frau Weingarten. Ihr plumper Zeigefinger drückte energisch auf die regennasse Scheibe. Marek sah im Halbdunkel des Raums nichts dergleichen. Dennoch dachte er, *da stimmt was nicht. Da stimmt gewaltig was nicht.* Die vertrockneten Pflanzen auf dem Fensterbrett. Der verwahrloste Garten. Die schmutzige Terrasse mit den umgekippten Stühlen.

»Die sind nie weggefahren, ohne einem von uns den Schlüssel zu geben. Schon wegen der Blumen. Die Karin hat immer drauf bestanden, dass hier regelmäßig jemand war, um zu gucken, ob alles in Ordnung ist.«

In diesem Moment schlug Bechtels Schäferhund an.

»Was ist los?«, rief Marek und sah sich um.

Bechtel war nirgends zu sehen. »Bechtel! Wo seid ihr?«

Ein dumpfes »Hier!« war zu hören. »Der Geräteschuppen«, sagte Erika Weingarten. »Der ist wahrscheinlich im Geräteschuppen.« Ihre Augen glitzerten.

»Wo ist der?«

»Da hinten. Hinter dem Busch da.« Sie eilte ihm voraus, ihre halbhohen Pumps patschten durch das matschige Gras, ihre hautfarbenen Nylonstrümpfe waren im Nu dunkel vor Nässe, was sie gar nicht zu bemerken schien. Marek folgte ihr mit einem Gefühl im Magen, das sich zwischen Übelkeit und Aufregung noch nicht entscheiden konnte. Seine Füße waren mittlerweile so kalt und klamm, dass er sie kaum noch spürte.

Der Hund hatte wieder aufgehört zu bellen, aber als sich Marek dem Schuppen näherte, hörte er ihn scharren. Verdammt! Der hatte was gefunden. Es war eine gute Idee gewesen, Bechtel mitzunehmen. Es war ein Geistesblitz, beglückwünschte sich Marek im Stillen, eine astreine Instinkthandlung. Er beschleunigte seine Schritte.

Da stimmte was nicht. Ganz gewaltig nicht.

18

Und er war dabei, es zu entdecken. Für einen Moment verdrängte er das Problem mit dem unbefugten Betreten von Privatgelände und allem, was damit zusammenhing.

Der Schuppen aus dunkel gebeiztem Holz stand offen. Bechtel hatte den Hauptteil der Geräte hinausgeworfen, wo sie nun im Regen lagen: eine große und zwei kleine Schaufeln, eine zusammenklappbare Leiter, zwei Torfstecher, Gartenhandschuhe, Gartenschere, vier alte Plastikliegestühle, einen Eimer mit eingetrockneter Farbe. Der Hund machte sich im Inneren zu schaffen.

»Bechtel! Spinnst du! Was machst du denn da?«

Bechtel kam heraus, die Hände, die Uniform erdbeschmiert. »Das glaubst du nicht.«

»Was macht denn der Hund da?«

»Der hat die Leiche gleich gerochen.«

»Was?«

»Schau nur selber.«

»Der Hund kann hier nicht einfach … Wir haben keinen Durchsuchungsbeschluss, nichts …« Aber um die Wahrheit zu sagen: In diesem Moment war das Marek egal. Er hatte eine Entdeckung gemacht, darauf kam es an. Sie mussten sich später nur was einfallen lassen, wie sie die Sache rückblickend so verkaufen konnten, dass sie legal wurde.

Er drängte sich an Erika Weingarten vorbei in den Schuppen. Der Boden bestand aus schlecht befestigten Holzdielen. Zwei der Bretter hatte Bechtel offenbar herausgebrochen und nach draußen geschafft. Sie lagen auf dem nassen Rasen vor dem Schuppen und wirkten dunkel und vermodert. In der Hütte, in der Lücke zwischen den verbliebenen Brettern sah Marek einen einzelnen, halb skelettierten Finger aus dem weichen, feucht aussehenden Erdreich ragen. Es war beinahe komisch. Ein einzelner warnender Finger. Marek musste ein nervöses Lachen unterdrücken. Gleich darauf brach ihm der Schweiß aus, und er bekam eine Gänsehaut, dass es ihn schüttelte.

»Das ist doch nicht wahr«, sagte er. Seine eigene Stimme hörte sich fremd an in seinen Ohren.

»Da wird einem ja schlecht«, sagte Frau Weingarten in sein linkes Ohr. Sie stand direkt hinter ihm, und Marek wusste nicht, was schlimmer war: der tote weißlich graue Finger mit den einzelnen Fleischfetzen daran oder Frau Weingartens Körper, der sich so eng an ihn presste, dass er jeden einzelnen ihrer Mantelknöpfe im Kreuz spürte.

2

»Hör jetzt auf. Lukas kann uns hören.«

»Kann er nicht. Er ist am Strand.«

»Kann er schon. Er braucht bloß wieder hochzukommen. Er kommt ständig hoch, wenn wir nicht da sind. Er will immer wissen, was wir machen.«

»Ja, und wenn?«

»Ich will das nicht. Nicht mitten am Tag.«

»Jetzt sei halt nicht so.«

»Hör auf.« Aber es klang nicht mehr ganz so überzeugt.

Ein warmer Wind spielte mit den abscheulich gemusterten Vorhängen am Schlafzimmerfenster. Von draußen hörte man Kindergeschrei, untermalt vom Tosen der Wellen. Anfangs hatte Mona wegen des ständigen Seegangs nicht schlafen können. Inzwischen wusste sie gar nicht mehr, wie sie es jemals ohne Meer hatte aushalten können. Nachts beruhigte sie das beständige Geräusch der Wellen, morgens machte es sie glücklich, weil es Freiheit verhieß von allem, was sie sonst bewegte und beschäftigte.

Monas Lippen waren aufgesprungen und schmeckten nach Salz. Wenn man in einem Strandhaus Ferien machte, schmeckt bald alles nach Salz. Nach Salz und dem feinen weißen Sand, der einem unablässig zwischen den Zähnen knirschte. Es war Mitte September, aber heiß wie im Hochsommer. Die Luft war so trocken, dass einem die Haut in Fetzen abging, wenn man sich nicht ständig eincremte. Aber sonst war das Leben wunderbar.

Fast perfekt.

Mona lag auf dem gemachten Bett, den rechten Arm unter dem Kopf. Neben ihr Anton, der Sonnenöl auf ihren Bauch tropfen ließ und es langsam, mit kreisenden Bewegungen, verrieb.

»Nicht.«

»Was denn?«

»Nicht da. Du weißt schon.«

Aber Anton ließ seine Hand tiefer wandern, zwischen ihre Beine. Seine Hand war breit, viel stärker gebräunt als ihre sonnenempfindliche Haut, seine Nägel waren sorgfältig geschnitten und maniküt, sogar jetzt noch, nach drei Wochen Sonne und Strand. Er streichelte sie so, wie sie es mochte.

»Du bist unmöglich.«

»Soll ich dich ganz – eincremen?«

»Nein!«

»Jetzt komm schon. Nur eincremen.«

Mona schloss die Augen. Ihre Haut schien das Öl aufzusaugen wie ein Schwamm. Sie war wirklich völlig ausgetrocknet. Das Öl würde ihre Haut wieder prall und jung machen.

Plötzlich musste sie lachen.

»Was?« Anton ließ sich nicht ablenken.

»Ich bin so eine alte Schachtel. Was willst du mit so einer alten Schachtel wie mir?«

»Jetzt sei still.« Er saß jetzt im Schneidersitz vor ihr und massierte ihre Füße, ihre Beine, sorgfältig und ernst. Sie stützte sich auf ihre Ellbogen und sah ihn an.

»Zu Hause sitzt deine kleine – wie heißt sie noch? Julia?«

»Jetzt geht *das* wieder los.« Sein Blick haftete an seinen Händen, die unablässig in Bewegung waren, geschickt und unbeirrbar. Er platzierte ihre Beine rechts und links neben seine und nahm sich erneut ihren Bauch vor. Sie konnte seine dichten Locken sehen, die sich, seit sie hier waren, an den Spitzen aufgehellt hatten. Er hatte kein einziges graues Haar.

»Julia. Die würd dir was erzählen, wenn sie uns hier sehen würde. Wie du mit deiner alten …«

»Sei still. Immer dieses Gerede. Ich hasse das.« Anton be-

endete die Massage und legte sich ohne weitere Umstände auf
sie, sein Gesicht wie immer schön und undurchdringlich, sein
Körper überwältigend heiß und trocken. »Du bist ja ganz fettig«,
flüsterte er ihr ins Ohr.

Und Mona spürte, wie sie sich unter ihm entspannte. Ein leises Frösteln kroch ihr die Wirbelsäule hoch und sie kämpfte
nicht länger dagegen an. Die Hitze seines Körpers schien plötzlich ein Teil von ihr zu werden, jede Faser an ihr schien zu brennen, und es war ein gutes Gefühl. Sie brannte, und das Öl auf ihrer Haut transportierte die Hitze zu Anton, folglich würde auch
er gleich brennen. Anton nahm ihre Hände und drückte sie aufs
Kopfkissen. Sie schloss die Augen und stöhnte wieder.

»Mona. Hör mal, Mona.«

»Ja. Mach weiter. Bitte, bitte mach weiter.«

»Mona, du bist die Einzige für mich. So gut wie. Ehrlich.«

»Sei schon ruhig.«

»Mit Julia ist Schluss.«

»Ja. Sei ruhig.«

Abends gingen sie in die Bar in der Nähe ihres Ferienhauses, in
der sie fast immer aßen, seit sich herausgestellt hatte, dass hier
die Pommes frites am besten schmeckten – was wichtig war, um
Lukas bei Laune zu halten. Es war ihr letzter Urlaubstag. Monas
und Lukas' letzter Urlaubstag, um genau zu sein. Anton hatte,
wenn man so wollte, immer Urlaub, und er war, wenn man so
wollte, immer im Dienst.

Sie liefen am Meer entlang, im Rücken die untergehende Sonne,
die ihre Schatten lang und immer länger machte. Der Wind
frischte auf, was er häufig tat, sobald es dämmerte, als wollte er
sich rechtzeitig vor Einbruch der Nacht wieder in Erinnerung
bringen. Nachts war der Wind dann in der Regel stark und kühl:
ein Vorbote des nahenden Herbstes, der – noch – jeden Morgen
an Kraft verlor und schließlich gegen neun, zehn Uhr vor der
warmen Spätsommerluft kapitulierte.

Lukas lief voraus, barfuß, mit seinen Riesensneakers in der
Hand. Seine Waden wirkten zaundürr in den überweiten halb-

langen Jeans. Die Sonne ließ seine zerzausten Haare golden aufleuchten.

»Du schaust toll aus in dem Kleid«, sagte Anton. Er hatte den
Arm um Mona gelegt und drückte sie kurz an sich.

»Ja. Du willst bloß gut Wetter machen.«

Warum sagte sie das? Warum musste sie jetzt, an ihrem letzten gemeinsamen Tag, diese herbe Note hineinbringen? Wie üblich reagierte Anton nicht darauf, aber er ließ seinen Arm von
ihrer Schulter sinken, und eine Weile liefen sie schweigend
nebeneinander her. Mona sah auf ihre nackten braunen Füße, die
bei jedem Schritt im glitschig nassen Sand versanken. Kleine
Wellen umspielten ihre Beine. Der Saum ihres Kleides war
feucht, und aus irgendeinem Grund ärgerte sie das. Anton hatte
ihr das Kleid in diesem Urlaub geschenkt. Später würde sie
darin frieren.

»Wann geht unser Flug?«, fragte sie.

»Weißt du doch genau.« Auch Antons Stimme war jetzt gereizt. Sie hatte die Stimmung verdorben, sie war schuld.

»Halb zwölf oder zwölf?«

»Zwölf Uhr zehn.«

»Sicher?«

Er seufzte auf. »Willst du streiten oder was?«

»Wieso streiten? Ich hab dir eine ganz normale Frage gestellt.«

»Zwölf Uhr zehn. Um halb elf kommt das Taxi. Zufrieden?«

Mona antwortete nicht, weil sie fast da waren und sie nicht
wollte, dass Lukas sie streiten hörte.

Die Bar war kaum mehr als ein Holzverschlag mit ein paar
Holztischen und -bänken drumherum. Die Sonne war unter-
gegangen, die wenigen Gäste der Bar packten Pullover und
Wolljacken aus. Es war wie jeden Abend in den letzten beiden
Wochen. Der Barbesitzer kam freudestrahlend auf sie zu und
begrüßte Anton, Mona wie üblich ignorierend, mit doppeltem
Handschlag wie einen lange vermissten Kameraden. »Hi, my
friend Antony. So nice to see you.«

Anton grinste. »Hi Bill«. Der Barbesitzer hieß eigentlich Vasily, aber für die Touristen war er Bill, weil er, wie er Anton eines

Abends anvertraut hatte, den Touristen nicht zutraute, sich einen so schwierigen Namen wie Vasily zu merken.

»Potatoe chips for the young man?«

Lukas nickte mit ernstem Gesicht. Bill war höchstens dreißig und sehr hübsch mit seinen blonden Haaren, braunen Augen und der tief gebräunten Haut. Er hatte eine englische Freundin, ein rothaariges Mädchen, das jeden Abend in seiner Nähe war, Handlangerdienste für ihn erledigte und – den Eindruck hatte Mona – offenbar einfach nicht wieder nach Hause fahren wollte. Wenn Bill nichts zu tun hatte, setzte er sich zu ihr, legte den Arm um sie, und sie küssten sich und unterhielten sich leise. Vielleicht liebte er sie wirklich.

Sie setzten sich an einen der wackligen Tische. Es dämmerte, und Bill schaltete die beiden einzigen Lampen an der Bar ein, die ein grelles Licht verbreiteten und trotzdem nicht viel erhellten. Eine Windbö wirbelte Sand auf; Mona spürte ihn in den Haaren, und er brannte wie Scheuerpulver auf ihrer trockenen, sonnengeröteten Haut. Sie bestellte Souvlaki, Anton Gyros, und Lukas Pommes frites, weil er seit einem halben Jahr kein Fleisch mehr aß. Eine mühsame Marotte, die Monas ohnehin nicht sehr ausgeprägte Kochkünste auf eine harte Probe stellte.

»Wir könnten noch hier bleiben«, sagte Anton. Mona schloss die Augen. Das war typisch für Anton. Für seine verantwortungslose Haltung. Warum sagte er so etwas vor Lukas? Lukas konnte nicht hier bleiben, auf gar keinen Fall. Lukas musste in die Schule – eine Woche, nicht länger, hatten sie ihn über die Sommerferien hinaus beurlaubt, und nur deshalb weil er im Frühsommer diesen Zusammenbruch hatte, an den Mona nicht einmal mehr denken mochte.

Sie nahm sich zusammen, Lukas zuliebe.

»Ihr zwei könnt ja machen, was ihr wollt, aber ich muss leider heim.« Unter dem Tisch stieß sie Anton ans Schienbein, hoffend, dass er wenigstens einmal kapierte, dass das Thema ernst war, dass leichtfertige Bemerkungen wie diese Lukas durcheinander bringen konnten, dass Lukas im Moment nicht durcheinander gebracht werden durfte, dass man nicht alles mit

Liebe, Geld, Geschenken und lockeren Sprüchen regeln konnte, dass…

»War nur'n Witz.« Anton zwinkerte ihr zu, und Mona atmete auf. »Die Pflicht ruft, was, Alter?« Er gab Lukas, der neben ihm saß, eine leichte, scherzhafte Kopfnuss.

Aber es war schon zu spät.

»Ich will nicht nach Hause! Zu Hause ist es scheiße.« Lukas' Gesicht bekam wieder diesen seltsamen Ausdruck, den Mona in den letzten Monaten fürchten gelernt hatte: verwirrt, angstvoll, in sich gekehrt, blass unter seiner Sonnenbräune. Über den Tisch hinweg nahm sie seine Hand. Er zuckte zusammen und versuchte, sie ihr zu entziehen, aber Mona ließ nicht locker. Er braucht Stärke, hatte die Therapeutin ihr gesagt. Ihre Stärke. Sie müssen unerschütterlich und konsequent sein. Für ihn.

Unerschütterlich. Was für ein Wort. Aber sie versuchte ihr Bestes.

»Zu Hause sind Herbi und Lin und Papa und ich. Wir sind alle da. Da gibt's keinen Grund, sich Sorgen zu machen.«

»Ich will nicht mehr in die Schule.«

»In der Schule sind deine ganzen Freunde.«

»Die sind alle bescheuert.«

»Blödsinn. Da ist der Martin und der Gerhard, die haben dich beide immer wieder besucht, als es dir schlecht gegangen ist. Das sind deine Freunde. Die stehen für dich ein. Die kannst du nicht enttäuschen, indem du einfach wegbleibst.«

Glücklicherweise servierte Bill in diesem Moment ihr Essen und den Wein. »Very nice, very crispy chips for the young man«, sagte er und lächelte Lukas an, als spürte er, dass etwas mit ihm nicht stimmte. Als wollte er ihn beruhigen. War Lukas' Zustand selbst für Fremde schon so augenfällig, oder verfügte Bill einfach über eine besondere Sensibilität für Menschen, die Probleme hatten? Mona hoffte Letzteres und war ihm dankbar, und einen Moment lang mochte sie ihn fast gut leiden, obwohl sie ihm von Anfang an übel genommen hatte, dass sie als Antons Gefährtin für ihn immer Luft gewesen war. (So sind die Griechen halt, lautete Antons lapidare Erklärung, die in Monas Augen keine war.)

25

Aber letztlich war es ja egal, wie Bill sie behandelte. Für Lukas war er gut gewesen, Lukas hatte sich in seiner Gegenwart augenscheinlich immer wohl gefühlt, und das war es, was letztlich zählte: Lukas und sein Befinden, das sich unbedingt stabilisieren musste, und zwar bald, damit er nicht wurde wie…

»Hey.« Anton sah sie über den Tisch hinweg an. Lukas schlang mit gesenktem Kopf die Pommes in sich hinein und sah aus, als nähme er nichts um sich herum wahr. »Geht's dir gut?«

»Ja, sicher.« Mona nickte mehrmals, als wollte sie sich selbst überzeugen.

»Dann iss was. Dein Souvlaki wird kalt.« Anton hob sein Weinglas, und sie stießen an. Nicht auf den letzten Abend ihres Urlaubs. Sondern einfach nur so.

Das Anwesen der Belolaveks hätte nun auch der fähigste Gärtner nicht mehr retten können. Der nasse, verwilderte Rasen, die unkrautüberwucherten Beete waren in den letzten sechs Stunden von mindestens vierzig Stiefelpaaren fortwährend malträtiert worden und hatten sich – wozu der anhaltende Regen seinen Teil beitrug – in eine sumpfige, flutlichtbeleuchtete Matschlandschaft verwandelt. Polizisten ließen Leichenhunde in jeden Winkel schnuppern, unter jedem Baum, jedem Strauch wurde Erde ausgehoben, denn konnte man wissen, ob nicht die gesamte Familie Belolavek hier ihr Grab gefunden hatte?

Noch wusste man fast nichts. Die halb verweste Leiche im Geräteschuppen war geborgen worden, sie war nur hauchdünn mit Erde bedeckt gewesen, und es handelte sich um einen Mann. Alter noch ungewiss. Todeszeitpunkt noch ungewiss, aber mindestens zwei Wochen her. Morgen würde die Leiche im Institut für Rechtsmedizin obduziert werden.

Auch das Haus war grell erleuchtet für eine gespenstische Party. Sechs Tatortleute in unförmigen weißen Plastikoveralls, ausgerüstet mit einem Durchsuchungsbeschluss (in diesem Fall eine bloße Formalie, da sie das Papier niemandem hatten präsentieren können), filzten Schränke, Kommoden, Keller, Speicher, Bäder, Abstellkammern, Schlafzimmer, Wohnzimmer. Sie fanden keine weitere Leiche, keine Spuren von Gewalt oder Zerstörung, kein Blut – jedenfalls kein sichtbares. Sie nahmen Proben aus allen Räumen, den Teppichen, Handtüchern, Kleidern, Nasszellen, um sie im Labor untersuchen zu lassen. Mit einem Ergebnis konnte man frühestens morgen rechnen.

Außerdem waren sechs Beamte der MK 1 mit Hans Fischer als stellvertretendem Leiter und Martin Berghammer als Chef des Dezernats elf anwesend und die von der Pressestelle alarmierten Journalisten. Sie standen seit Stunden, gemeinsam mit den vielen anderen Schaulustigen, die sich von Kälte, Dunkelheit und schlechtem Wetter nicht hatten abschrecken lassen, an der weißroten Absperrung vor dem Gartenzaun. Sie filmten, fotografierten, telefonierten mit ihren Chefredakteuren, scharten sich um Berghammer oder seinen Pressesprecher, sobald sich einer von ihnen blicken ließ. Und froren in der eisig feuchten Nachtluft.

Was ist los bei euch? Irgendwas gefunden?

Wir haben nichts Neues, Leute. Immer noch nicht.

Keine weiteren Toten?

Nein, niemand.

Im Keller?

Nix. Alles clean so weit.

(Sachte Enttäuschung machte sich breit. Ein brutaler, blutiger Familienmord eignete sich allemal für mehrere Titelstories, selbst wenn es sich wieder bloß um einen Vater handelte, der seinen Job verlor und daraufhin Frau und Kinder und anschließend sich selbst umbrachte.)

Wie schaut das Haus innen aus?

Hübsche Möbel. Aufgeräumt. Absolut normal. Außer dass die Pflanzen vertrocknet sind. Da war länger niemand mehr drin, so viel ist schon mal klar.

Wann können wir rein? Fotos machen?

Später, wenn der Erkennungsdienst fertig ist. Die Tatortleute sind noch dabei. Ihr wisst ja, wie's läuft.

Fehlen Sachen? Im Haus?

Können wir jetzt noch nicht sagen. Wartet halt bis zur Pressekonferenz morgen früh.

Morgen früh! Die Journalisten murrten, aber immerhin: Ein Haus in einem der nobleren Vororte der Stadt als Schauplatz eines entsetzlichen Verbrechens. Eine bis dato unbescholtene, wohl situierte Familie, die spurlos verschwand und einen Toten zurückließ, begraben unter einem Geräteschuppen. Eine Nachbarin, die die Polizei erst auf die Spur gebracht hatte und glücklicherweise mehr als auskunftsfreudig war. Die von Erika Weingarten genussvoll weitergegebene und adäquat ausgeschmückte schaurige Story vom Knochenfinger, der aus dem Erdreich ragte wie eine Mahnung: Das war schon mal für den Anfang absolut außergewöhnlich. Das gab Stoff für weit mehr als einen Aufmacher.

3

Sie landeten um dreizehn Uhr fünfzig. Es war ein unruhiger Flug gewesen mit vielen Turbulenzen. Lukas hatte sich gefürchtet, aber es um keinen Preis zeigen wollen, und irgendwann hatte er sich beinahe übergeben müssen. Schließlich hatte sich der Pilot mit einer launigen Ansage gemeldet. *Wir befinden uns gerade über den Alpen, und da kann's noch mal ein paar Minuten lang ruppig werden, also bleiben Sie bitte angeschnallt. Wir landen in zirka vierzig Minuten. Uns erwartet leider kein schönes Wetter, und die Temperaturen sind auch nicht ganz so angenehm wie auf Ihrer wunderschönen Urlaubsinsel…*

Das Wetter war schrecklich. Sie hatten das gewusst, und trotzdem war es ein Schock. Es war nicht gut, um diese Jahreszeit Urlaub in einem warmen Land zu machen. Man konnte sich dann so schwer wieder eingewöhnen: an Regen und niedrige Temperaturen und an den herbstlichen Lichtmangel. Für Lukas war Lichtmangel nicht gut. Sie hatten in der Klinik festgestellt, dass Lichtmangel seine Symptome verschlimmerte. Mona verstand nicht ganz, worum es dabei ging. Manche Menschen, so hatte man ihr erklärt, reagierten mit Depressionen, wenn sie zu wenig Licht abbekamen. Bei Lukas schien das jedenfalls so zu sein. Die nächsten Monate würde er deshalb jeden Tag eine Stunde lang vor einer Tageslichtlampe verbringen. Lichttherapie nannte sich das, und Mona konnte kaum glauben, dass eine simple Glühbirne etwas bewirken konnte, woran bislang alle mehr oder weniger gescheitert waren: Lukas wieder zu einem gesunden Jungen zu machen.

Kaum standen sie an der Gepäckausgabe, klingelte ihr Handy. Im selben Moment begann sich das Förderband rumpelnd in Bewegung zu setzen. Anton und Lukas wandten sich in einer fast synchronen Bewegung von ihr ab und den Koffern zu, die langsam an den Passagieren vorbeiglitten. Jetzt war wieder jeder für sich, allein mit seinen Problemen und Hoffnungen und Ängsten.

Das Klingeln kam von ihrer Mailbox.

Hallo, Mona, hier ist Hans. Hans Fischer. Ruf mal an. Dringend. Danke, bis dann.

Ihr Blick fiel auf die Titelseite einer aktuellen *Abendzeitung*, die sie im Flugzeug wohlweislich nicht hatte lesen wollen. *Grausiger Mord in Luxusvilla. Komplette Familie ausgelöscht?*

»Kann Lukas heute Nachmittag bei dir bleiben?«

Anton sah auf sie herunter. »Du musst doch nicht heute schon wieder da hin.«

»Na ja. Ich muss wenigstens mal anrufen.«

»Mona, die wissen doch nicht, wann du ankommst. Die haben keine Ahnung, dass du schon da bist. Nütz das doch aus. Tu doch nicht immer so, als wärst du unentbehrlich.«

»Ich …«

»Ruf sie heute Abend an. Dann kannst du immer noch hin, wenn sie dich brauchen.«

»Es ist was passiert. Ich muss mich wenigstens melden.«

»Es ist immer was passiert. Immer. Wenn du dich jetzt meldest, kannst du auch gleich bei denen aufkreuzen, das weißt du genau. Jetzt nimm dir doch noch diesen einen Nachmittag.«

»Anton! Kann Lukas heute bei dir bleiben?«

Er nahm seinen Koffer vom Förderband und stellte ihn zu ihrem auf den Gepäckwagen. Sein Gesicht verschloss sich. »Sicher. Kein Problem.«

Niemand, der sich nicht auskannte, hätte in dem Sechziger-Jahre-Bau, eingezwängt zwischen einem Pizza-Hut und einem Kebab-Lokal, eine Polizeidienststelle vermutet. Dabei gab es sogar deren vier. Die Dezernate 11 bis 14 bearbeiteten Tötungsdelikte, organisierte Kriminalität, Menschenhandel, Prostitution – alles unter einem Dach. Einem provisorischen Dach, wie ihnen schon seit ewigen Zeiten versprochen wurde. Bald, so hieß es Jahr für Jahr, würden sie umziehen. In eine bessere Gegend, in größere, hellere, besser ausgestattete Büroräume.

Mona parkte ihren Astra in der Tiefgarage. Sie hasste die Garage, in der sie einmal überfallen und entführt worden war, und das trotz Lichtschranken, elektronisch gesicherter Absperrungen und angeblich hochmoderner Überwachungskameras. Immerhin war der *Vorfall* – wie ihn Berghammer gern bezeichnete – zum Anlass genommen worden, stärkere Lampen zu installieren, die betongrauen Wände schneeweiß zu streichen und an jedem Parkplatz Alarmknöpfe anzubringen, die an schwarzen Kabeln von der Decke herabbaumelten. Was sehr merkwürdig aussah und einen zu allem entschlossenen Täter bestimmt von nichts abhalten würde, denn Kabel konnte schließlich jeder abklemmen.

Aber immerhin, es war jetzt taghell hier unten. Jede Ecke perfekt ausgeleuchtet. Keine Schatten mehr, kaum noch Versteckmöglichkeiten. Trotzdem waren da die gleichen Beklemmungen, die sie seit dem Überfall immer befielen.

Mona stieg aus und schlug die Tür hinter sich zu. Es gab ein hallendes Geräusch, das sie ignorierte. Sie fühlte, wie sie unter ihrer Bräune blass wurde. Sie fror und konnte sich nicht einreden, dass das nur an den herbstlichen Temperaturen lag. Hastig bewegte sie sich an den anderen parkenden Autos entlang dem Ausgang entgegen. Opel, Ford, Opel, Opel, Opel, und einer älter als der andere. An den Dienstwagen wurde immer als Erstes gespart, Dienstwagen mussten ja auch nicht repräsentativ aussehen, geschniegelt und gelackt wie die Streifenwagen, sondern sollten, so das Standardargument gegen jegliche Investition in diesem Bereich, zu Überwachungszwecken unauffällig sein. Dumm nur, dass sie mittlerweile Letzteres gerade nicht mehr waren – schließlich fuhr kaum ein normaler Mensch freiwillig solche antiquierten Modelle spazieren.

Mona beschleunigte ihre Schritte, bis sie fast lief. Ihr war bewusst, dass die Überwachungskameras ihre Panik registrierten, und sie hasste diesen Gedanken.

Nur noch ein paar Meter zum Lift.

Es war der Urlaub. Jedes Mal nach einem Urlaub überfielen sie die Ängste wie alte, hartnäckige ungeliebte Bekannte. Als gehörten sie für immer zu Mona, ob es ihr nun passte oder nicht. Als hätte der *Vorfall* eine Tür geöffnet, die sich nicht mehr schließen ließ.

Ein Polizeipsychologe hatte sie damals behandelt und ein leichtes Trauma konstatiert. Und ihr gleichzeitig klar gemacht, dass das überhaupt nichts Besonderes sei in ihrem Job.

Als sie endlich im Lift stand, atmete sie auf.

Zwei Minuten später hatte sie alles vergessen.

»Alles okay mit dir?«

»Klar«, sagte Bauer. Er streckte sich unwillkürlich, weil ihn Fischer fast um Haupteslänge überragte.

»Du bist aber ziemlich blass.«

»Mir geht's gut.«

»Hier.« Fischer reichte ihm eine halb leere Chipstüte über den Schreibtisch hinweg und setzte sich, ohne Bauer einen Platz anzubieten. Bauer warf einen Blick in die Tüte. Die Chips waren so ölig, dass sie an der Innenseite einen dünnen Fettfilm hinterließen. Der Geruch nach Paprika, Fett und Salz bedrängte seinen Magen.

»Nee danke.«

»Dir ist *doch* schlecht«, stellte Fischer fest.

Bauer schloss für eine Sekunde die Augen, kalter Schweiß trat ihm auf die Stirn. Er kam von der Schutzpolizei. Er hatte theoretisch gewusst, was ihn bei der Mordkommission erwartete, aber es war seine erste Leiche gewesen, und schon der Gedanke daran löste Brechreiz aus. So *durfte* einfach kein Mensch aussehen, tot oder nicht. Zerfleddert wie einer dieser uralten kaputten Pennerschuhe, die man manchmal am Flussufer fand, mit einem Rest Schnürsenkel dran. Die verbliebene Haut braunfleckig und ledrig, das Gesicht bis auf ein paar Fetzen nicht mehr vorhanden. Die weiß hervorschimmernden Knochen. Der süßlich-eklige, durchdringende Geruch, den seltsamerweise keiner von den Nachbarn wahrgenommen hatte, was vielleicht an dem frühen Kälteeinbruch und dem ständigen eisigen Regen lag. Man ging nicht mehr in den Garten, wenn es sich vermeiden ließ.

Bauer dachte an den erleuchteten Garten, an die Hektik, an die unkoordinierten Grabungsarbeiten mitten in der verregneten Nacht, an die klebrige schwarze Erde an seinen schmutzigen Handschuhen. Er hatte Herzog die Lampe halten müssen, als der die Erstuntersuchung an der Leiche vornahm.

Gehirn fast weggefressen… hey, komm mal tiefer runter mit dem Licht. Tiefer, weiter rechts, verdammt! Ich kann nichts sehen!

Okay, Verwesung weit fortgeschritten, wahrscheinlich weil Objekt nur dünn mit Erde und losen Balken bedeckt… Jetzt den Brustkorb… Junge! Nicht die Beine, den Brustkorb, Herrgott noch mal, die paar anatomischen Kenntnisse kann man ja wohl voraussetzen…

Bauer hatte die Beine angeleuchtet, weil die in einer dunkel verfärbten Hose, wahrscheinlich Jeans, steckten. So konnte man sich einbilden, der Mann, der da lag, war gar nicht so… tot? Ein Albtraum, der ihn nicht aus seinen Klauen lassen wollte. Ein Splattermovie der schlimmsten Kategorie. Ihn schauderte.

»Mir geht's gut«, hörte er sich (zum wievielten Mal?) zu Fischer sagen, dabei rauschte es in seinen Ohren und flimmerte vor seinen Augen.

»Willst du heim? Dich ausruhen?«

»Nein.« Bauer öffnete die Augen; er hörte Fischer kaum. Zu Hause wäre er um diese Tageszeit mutterseelenallein, weil seine Freundin in einem Friseursalon arbeitete. Zu Hause würden ihn die grässlichen Bilder überhaupt nicht mehr in Ruhe lassen.

Okay, wir packen ihn ein, hatte Herzog zum Schluss allen Ernstes gesagt, als handele es sich um einen defekten Stuhl. Und dann hatten Herzogs Helfer die Leiche an den Hosenbeinen und an den skelettierten Armen aus der flachen Grube gehoben, und dabei war ein Batzen vermodertes Restfleisch abgefallen – mit einem widerlichen *Wittsch* in die Grube zurückgefallen. Und noch immer hatte Bauer sich zusammengenommen, und sich nichts anmerken lassen. Erst in den Armen seiner Freundin, um fünf Uhr morgens war der Zusammenbruch gekommen, mit Weinen und Kotzen und Schwindelanfällen.

»Mir geht's gut.« Langsam ließ die Übelkeit nach, warum, wusste er nicht.

»Ehrlich?«

»Ja.« Bauer sah Fischer in die Augen. Er saß mittlerweile auf Fischers einzigem Besucherstuhl. Keine Ahnung, wie er da hingekommen war.

»Hallo, Mona«, sagte Fischer und sah über ihn hinweg. Bauer drehte sich hastig um. Eine große, schlanke, sonnengebräunte Frau in einem hässlichen Parka stand hinter ihm. Sie hatte mittellange braune Haare. Sie musste Mona Seiler sein, Chefin der MK 1. Er stand auf und stellte sich vor.

»Wenn es Ihnen nichts ausmacht, können wir uns duzen. Ich heiße Mona.«

»Patrick«, sagte Bauer folgsam. Mona, Mona, Mona. Er prägte sich ihren Vornamen ein. Sie nannten sich alle nach kurzer Zeit bei den Vornamen, redeten übereinander allerdings meistens per Nachnamen. Der Schmidt. Der Forster. Bei Frauen ging das schwieriger. Die Seiler ... Das klang wie eine Beleidigung.

»Ich hoffe, es gefällt dir bei uns«, sagte Mona und setzte sich auf den Rand von Fischers Schreibtisch. Ihre Augen waren braun und ihr Blick sehr direkt und gleichzeitig auf seltsame Weise zurückhaltend. Als gäbe es viele Gedanken und Gefühle, die sie niemandem mitteilte.

»Ja. Klar. Es gefällt mir gut.«

»Na sicher«, sagte Fischer spöttisch. »Wir haben ja auch den geilsten Job der Welt. Man muss ihn einfach lieben.«

Bauer kam sich vor wie ein Idiot. Er senkte den Kopf. Immerhin gab sein Magen wieder Ruhe, und schwindlig war ihm auch nicht mehr.

»Ich würde gern mal für eine Minute mit Hans allein sprechen«, sagte Mona. »Vielleicht könntest du…«

»Ja – sicher…« Bauer sprang auf.

»Konferenz ist um fünf«, sagte Fischer, wieder mit diesem sarkastischen Lächeln. Bauer nahm seine Tasche und ging hinaus. Auf dem Weg zu seinem Büro, das er sich mit Forster teilte, stieß er fast mit Schmidt zusammen, einem kleinen nervösen Mann, der es ständig eilig hatte.

»Mona wieder da?«, fragte Schmidt.

»Ja«, antwortete Bauer. »Sie ist bei…«

Aber Schmidt war schon an ihm vorbei.

»Schätzungsweise Messerstiche«, sagte Fischer. »Er war möglicherweise schnell tot, sagt Herzog.«

»Schnell tot? Wie schnell?«

»Du weißt doch, wie er ist. Hauptsache nichts Falsches sagen.«

»Und wohin? Die Stiche meine ich.«

Fischer griff nach dem vorläufigen Sektionsprotokoll. »Ich hab die anderen übrigens schon mal losgeschickt. Ich hoffe, das war in deinem Sinn.«

»Sicher, warum nicht?«

Fischers kleines quadratisches Büro ging zum Hauptbahnhof hinaus. Der dröhnende Stop-and-go-Verkehr an der Ampel direkt unter dem Fenster, das aufdringliche Gebimmel der Straßenbahn, das kreischende Bremsgeräusch der blockierten Räder auf den Schienen, all das fiel einem immer besonders auf, wenn man länger nicht hier gewesen war. Wenn man noch Meeresrauschen in den Ohren hatte und ab und zu das vielstimmig klagende Geschrei der Möwen auf Futtersuche.

»Ich hasse diesen Lärm«, sagte Mona.

Fischer grinste sie an, zum ersten Mal an diesem Tag. Wenn

er lächelte, sah er sehr gut aus. Vielleicht sollte man ihm das mal sagen, vielleicht würde er es dann öfter tun. Er bildete sich eine Menge ein auf seinen Schlag bei Frauen.

»Wie war dein Urlaub?«, fragte er und hörte sich tatsächlich interessiert an. »Du bist ja richtig braun.«

»Danke. Es war schön. Lukas hat sich auch wieder ganz gut erholt.«

»Wovon erholt?«

In einem Anfall von Vertraulichkeit hatte Mona ihm einmal von Lukas' Problemen erzählt. Er hatte es vergessen.

»Schulstress«, sagte sie.

»Und da wart ihr zwei also ganz allein in Griechenland.«

»Genau.«

»Wie ist das eigentlich so... Ich meine so als... als...«

»Als allein reisende, allein erziehende Mutter, ganz allein mit ihrem Sohn unter heißer südlicher Sonne?«

Fischer wurde rot. »Du weißt schon, was ich meine.«

»Es ist ganz okay. Unproblematisch. Die Griechen beachten Frauen nicht, die mit Kindern unterwegs sind. Du bist wie ... nicht da.«

»Mhm.« Fischer machte ein unbehagliches Gesicht, wie immer, wenn ihr Gespräch den privaten Bereich streifte, was ja ohnehin fast nie passierte. Mona jedenfalls wusste von Fischer kaum mehr als seine Adresse und dass er eine Lieblingsband hatte, die sich Prodigy nannte. Sie wechselte das Thema.

»Warst du bei der Sektion dabei?«

»Ja.« Erleichtert, dass sie gefährliches Gelände hinter sich gelassen hatten, blätterte Fischer in Herzogs Protokoll.

»Was ist das für eine Geschichte mit diesem Toten?«, fragte Mona.

»Martin noch nicht gesehen?«

»Berghammer? Der ist nicht da, sagt Lucia. Kommt in einer Stunde.«

»Du weißt noch gar nichts, richtig?«

»Im Wesentlichen, dass ihr mitten in der Nacht einen Garten umgegraben habt.«

35

Ich habe kein schlechtes Gewissen, und das ist das Merkwürdigste an dieser ganzen seltsamen, traurigen, schönen, verrückten Geschichte. Es ist so, als hätte ich dich verdient: die Freude, die du mir schenkst, die Ängste, die mich überfallen, sobald wir ein paar Tage nichts voneinander hören, der Schmerz, wenn mir klar wird, dass meine Gefühle dich nicht so erreichen, wie ich es gerne hätte. Und dann wieder die irrsinnige Hoffnung, dass wir doch eines Tages alles miteinander teilen können. Ich habe dich verdient, aber dein Preis ist hoch. Deine Liebe ist Glück und Strafe zugleich.

Der Gang zu deiner Wohnung: Das ist die Strafe. Ich habe sie mir selbst auferlegt. Ich ziehe sie absichtlich in die Länge. Jedes Mal möchte ich kurz vor der Eingangstür kehrtmachen, mich zurückbeamen lassen in mein altes, freundliches, unspektakuläres Dasein. Das Haus, in dem du lebst, ist nicht einfach nur schmutzig, ärmlich und hässlich. Damit würde ich zurechtkommen. Aber dieses Haus hat den Charakter seiner Bewohner angenommen, es sondert Gefühle ab wie Zorn, Furcht, Aggression, Gier, Ärger und eine spezielle Sorte von Resignation. Wer in dieses Haus zieht, hat alles probiert, hat gekämpft und geschuftet und dennoch nichts zu Wege gebracht. Das Haus ist der real existierende Gegenbeweis der These, dass man schafft, was man sich vornimmt, wenn nur der Wille stark genug ist. Euer Wille, das sehe ich und spüre ich, war einmal stark und ist jetzt gebrochen, und das Haus hat seinen Teil dazu geleistet. Das Haus schluckt euch, eure Hoffnungen und Pläne, und irgendwann, wenn es euch noch schlechter geht, wird es euch wieder ausspucken. Leere Hüllen werdet ihr dann sein, ohne Mut und Kraft, ohne Visionen, ohne Liebe.

Als ich dich das zweite Mal besuchte, hatte es nachts ein wenig geschneit. Ich denke, es war Ende Oktober, Anfang November. Ich stand am Wohnzimmerfenster, wie so oft. Ich hatte die Pflanzen gegossen, den Giftefeu, das Orangenbäumchen, den Ficus Benjamini, den Oleander. Sie gediehen nicht mehr so wie früher, als spürten sie, dass ich ihnen meine Liebe entzogen hatte, die nun ganz dir gehört. Der Oleander hatte Läuse, die resistent schienen gegen alle Schädlingsbekämpfungsmittel, der Ficus Benjamini, früher grün und üppig, verlor die Blätter, das Orangenbäumchen wollte nicht mehr blühen.

Ich sah aus dem Fenster, auf die dünne Schneedecke im Garten, aus

der bräunliche Halme spitzten, auf die Sträucher dahinter, gepflanzt als
eine grüne Mauer, die uns den Blick auf die anderen Gärten versperrt,
und ich fühlte mich gefangen in meinem kleinen Reich, das ich mitge-
schaffen hatte.

Trotzdem hielt mich etwas davon ab, meinen Mantel, meine Schlüssel, meine Handtasche mit Geld, Autopapieren, Make-up und Lippenstift zu nehmen, und aufzubrechen. Ich konnte mir nicht mehr vormachen, ahnungslos zu sein. Ich wusste jetzt, was passieren würde –
ich wusste, was ich von dir wollte, und dass das mehr war als Freundschaft, vermischt mit einem kleinen, erlaubten Schuss Verliebtheit.

Wenn ich mich richtig erinnere, klingelte dann das Telefon und erlöste mich aus der Erstarrung. Ich wusste nicht, ob du das warst, um
dich zu erkundigen, wo ich blieb. Wenn ja, solltest du denken, ich sei
schon weg, auf dem Weg zu dir. Wenn es eine Freundin war, wollte ich
nicht mit ihr reden, jetzt nicht, nicht in meinem Zustand der Unentschlossenheit und Schwäche. Der Anrufbeantworter schaltete sich ein;
niemand sprach darauf. Ich zog den Mantel an, schnappte Schlüssel
und Tasche und verließ mein Gefängnis. Vielleicht wäre ich sonst nicht
gekommen – nie mehr. Vielleicht wäre das besser gewesen.

Nein. Streich das. Ich bin in dieser Stimmung, in der ich eigentlich
besser nicht an dich denken sollte.

Ich fuhr wie in Trance. Auf den Straßen lag bräunlicher Schnee-
matsch, durchzogen von Reifenspuren. Es war viel Verkehr. In meinem
Kopf drehte sich die ewige Gedankenspirale, wie eine gesprungene
Platte, die sich nicht abstellen ließ. Das kannst du nicht machen. Das
kannst du nicht machen. Das kannst du nicht machen. Das kannst du
nicht machen.

Ich schaltete das Radio ein, aber auf allen Sendern kamen nur Nachrichten. Ich wollte Musik hören, laute Musik, die mich betäubte und
gleichzeitig anregte. Ich sah im CD-Kasten nach und fand nur Klassik
und Jazz.

Schließlich stand mein Auto vor deinem Haus, und ich hatte keine
Ahnung, wie es da hingekommen war. Ich saß im Auto, die Hände immer noch am Steuer, die Stirn aufs Lenkrad gelegt. Ich hätte ewig so
dasitzen können, aber nach ein paar Minuten kroch die Kälte durch
Mantel und Schuhe (die Frau, die Ehebruch beging, weil sie keine

Standheizung hatte), und ich stieg aus. Meine Strafe begann: der Spießrutenlauf durch den Hauseingang. Wieder lungerten sechs, sieben halbwüchsige Jungs an der Treppe herum, als hätten sie sich dort seit Wochen nicht wegbewegt. Wieder dauerte es eine Ewigkeit, bis der einzige Lift kam. Wieder fühlte ich mich angestarrt, gemustert und für ungenügend empfunden. Nur warst du diesmal nicht dabei. Niemand lenkte mich ab von diesen Blicken.

Ich versuchte, mutig zu sein. Ich wandte mich um, erwiderte den unverschämten Blick der Jungs mit hocherhobenem Kopf – und stellte fest, dass sie mich gar nicht beachteten. Oder zumindest so taten. Es war eine Lektion, eine von vielen, die ich lernte, seit ich dich kenne: Ich bin nicht wichtig. Es gibt außerhalb meiner engsten Umgebung niemanden, der mich auch nur wahrnimmt. Ich wollte lächeln über meinen Wahn, aber ich war zu unglücklich dazu.

Durch den Hausflur pfiff der Wind. Die Jungs schwiegen und zogen ihre Anoraks enger um sich. Ihre dunklen Gesichter wirkten grau im Neonlicht. Schwiegen sie meinetwegen?

Der Lift kam, und ich stieg ein. Es war doch alles das erste Mal für mich. Der lange Gang bis zu deiner Wohnung im achten Stock. Wie ich vor der Tür stehen blieb, wie ich die Hand hob und nicht wusste, ob ich klopfen oder klingeln sollte. Hatte ich jemals so vor einer Tür gestanden?

Du hast meine Schritte gehört und mir aufgemacht. Ich weiß nicht mehr, was du gesagt hast, ob du sauer warst, weil ich mich verspätet hatte, oder ob du froh warst, dass ich überhaupt noch kam, oder ob du vergessen hattest, dass wir uns eine Stunde früher verabredet hatten. (Um zehn. Und es war fast elf). Ich weiß nur noch, wie es für mich war, zum zweiten Mal ganz allein mit dir zu sein. Ich erinnere mich an die Verlegenheit von uns beiden, die mindestens so schlimm war wie das erste Mal.

Und trotzdem wusste ich in der Sekunde, als ich dein Gesicht sah, dass alles richtig war und gut werden würde. Es musste einfach so sein. Wir waren uns das schuldig, verstehst du?

Deine Lippen. Sie schmeckten nach Tabak und Honig. Wenn ich Zigarettenrauch rieche, muss ich an dich denken, und ich hoffe, dass mir niemand ansieht, was ich denke.

»Ein Laie«, sagte Herzog. »Schätze ich.«

»Wer? Der Täter?«

»Ja, sicher. Wer sonst?« Herzog war kleiner als Mona, aber er hatte etwas an sich, das ihn, wenn schon nicht größer, so doch präsenter und stärker wirken ließ.

»Kann ich ihn sehen?«

»Jetzt gleich?«

»Moment noch.«

Sie saßen in Herzogs geräumigem Büro, das eingerichtet war, wie Mona sich die Bibliothek eines Landhauses vorstellte. Alle Wände bis unter die Decke mit Regalen voller gewichtig aussehender fettleibiger Bücher. Sie atmete tief durch.

»Hören Sie, Frau Seiler, ich hab noch einen Termin. Also wenn Sie die Leiche sehen wollen, müssten wir …«

»Ja. Entschuldigung. Wir können los.«

Sie standen auf. Herzog ging mit seinen forschen, breitbeinigen Schritten voran und hielt ihr die Tür auf. Draußen war es bereits dunkel geworden. Stürmisch. Regnerisch. Die Sonne Griechenlands, die Hitze, der Sand, das Meer, Anton – alles schien so weit weg wie ein Traum. Unwillkürlich ging Mona langsamer. Die quadratischen Deckenleuchten im Gang, das funzlige Licht, das sie verbreiteten, der geflammte Linolboden, der bräunliche Wasserschaden an der linken Wand kurz nach Herzogs Büro – sie kannte jeden Meter im Institut. In zehn, zwanzig Jahren würde sie hier immer noch entlanglaufen, mindestens einmal pro Woche, eher zwei- oder dreimal.

In zwanzig Jahren. Dann war sie Ende fünfzig.

Herzog wartete auf sie am Aufzug, die Hände in den Taschen seines weißen Kittels. Wie immer, wenn er es eilig hatte, wippte er auf Fußballen und Fersen hin und her. Bei jedem anderen mit einer ähnlich gedrungenen Statur hätte das lächerlich ausgesehen, bei ihm wirkte es dynamisch. Als Mona ankam, schloss er die schwere Metalltür auf, mit der der Lift gesichert war. Sie betraten die Kabine.

»Wie war der Urlaub? Sie waren doch in Urlaub, richtig?«

»Ja, war ich. Danke. Sehr schön.«

»Das glaub ich Ihnen. Schön braun geworden. Sollten Sie sich öfter leisten.«

»Tja. Sie wissen ja, wie das ist.«

»Sie müssten doch Überstunden en masse abfeiern können.«

»Tun Sie doch auch nicht.«

Herzog lächelte und antwortete nicht. Seine schwerlidrigen braunen Augen wichen ihr aus, seine Miene verzog sich ungeduldig.

Der Aufzug hielt zwei Stockwerke tiefer, und Mona wappnete sich für den Anblick, der ihr bevorstand. Ihr wurde von nichts mehr übel, auch von den scheußlichsten Verletzungen, den ekelhaftesten Fäulnisveränderungen nicht. Sie träumte auch nicht mehr von dem, was sie beschönigend ihren Job nannte.

Aber da gab es eben doch Spuren, die die vielen, vielen Toten hinterließen. Man konnte sie nicht benennen. Sie waren wie Schatten, die sich über die Welt legten und ihr die Farbe nahmen. Wie eine besondere Form der Trauer, geboren aus einem Gefühl der Vergeblichkeit. Was war das Leben wert, wenn danach nichts übrig blieb? Nichts außer einigen Erinnerungen, die noch dazu alles andere als fälschungssicher waren.

Es gibt Fotos, dachte Mona nicht zum ersten Mal. *Immerhin was.*

Sie hatte Fotos von dem Toten gesehen als er noch gelebt hatte – vielmehr von dem Mann, von dem sie *mit an Sicherheit grenzender Wahrscheinlichkeit* vermuteten, dass er der Tote war. Thomas Belolavek hatte gut ausgesehen. Fit und gesund. Vielleicht nicht besonders sympathisch mit seinen dünnen Lippen und seinem hageren, knochigem Gesicht, aber eindeutig lebendig. Herzog drückte auf einen Zentralschalter im Lift, und eine nach der anderen flammten die blendend hellen Lampen in dem beige-weiß gekachelten Gewölbe auf. Mona kniff die Augen zusammen. Langsam folgte sie Herzog.

4

Man hörte das kreischende Bremsen der Straßenbahn und das Zischen der Autoreifen auf nassem Asphalt. Es regnete schon wieder oder immer noch. Es schien nicht mehr aufhören zu wollen. Keiner der Anwesenden achtete darauf, außer Mona, die noch auf dem Rückflug auf einen goldenen Herbst gehofft hatte, auf lange Spaziergänge mit Lukas in einer klaren Oktobersonne, die das Laub rot aufleuchten ließ. Sie sah zur fast durchgehenden Fensterfront, in der sich der Konferenzraum spiegelte, als gäbe es da ein zweites Zimmer, reserviert für die blassen Geister der Teilnehmer. Ihre Lider wurden schwer, senkten sich wie ein Vorhang über die Pupillen.

Mona!

Sie riss die Augen auf, wandte den Blick weg vom Fenster und versuchte, sich im Stimmengewirr zu orientieren. Sie hoffte, dass niemand zu ihr her sah. Sie war die Leiterin der MK1. Sie musste das hier im Griff behalten.

»…eine SoKo?«

»Blödsinn!«

»…ich glaub nicht, dass wir schon so weit sind. Keine SoKo, bevor wir nicht mehr wissen.« Martin Berghammer, Chef des Dezernats 11, sah Mona an. Seitdem Krieger, ihr direkter Vorgesetzter, krank war, nahm Berghammer an fast allen Konferenzen teil. Nichts in seinem Blick verriet, dass er ihren Sekundenschlaf bemerkt hatte.

»Was denkst du?«

Auch seine Stimme klang normal. Aber sie war sich sicher, dass er nur so tat, als sei nichts. Er schätzte sie. Hatte sich immer für sie eingesetzt. Er verdiente gute Arbeit und höchstes Engagement.

»Keine SoKo«, sagte Mona. »Viel zu früh dafür.«

Die anderen nickten. Bauer gähnte verstohlen.

Thomas Belolavek, 44 Jahre alt, war mit mehreren Stichen eines *scharfkantigen Werkzeugs* attackiert worden, von denen *vermutlich* zwei tödlich gewesen waren. Einer hatte *vermutlich* ins

41

Herz, der andere *vermutlich* in den linken Lungenflügel getroffen. Mona las aus dem Sektionsprotokoll vor. »Herzog sagt, der Täter oder die Täterin…«

»Eine Frau?«

»Möglich. Ich war vorhin bei ihm, und Herzog meint, es könnte auch eine Frau gewesen sein. Sofern man das eben jetzt noch beurteilen kann. Wir haben eine Faulleiche, teilskelettiert bis auf die Beine. Die waren geschützt durch seine Jeans. Obenrum hatte er nichts an, sonst wüssten wir mehr. ›*Oberhaut vollständig gelöst, Körper erheblich von Madenfraß beschädigt. Weichgewebliche Veränderungen sind nicht mehr feststellbar.*‹ Also keine Organe mehr, alles weg. Dafür gibt's Kratzer an den Rippen in Herz und Lungenhöhe.«

»Von hinten? Vorne?«, fragte Berghammer.

»Beides. Jemand hat ihm von hinten in die Lungenregion gestochen, dann dreht sich das Opfer um, und der nächste tödliche Stich kommt von vorne. *Möglicherweise.* Ins Herz. Oder umgekehrt.«

»Hört sich nach Profiarbeit an.«

»Eher nicht, sagt Herzog.«

»Das sagt er immer.« Fischer winkte ab. »*Nicht unbedingt, kann man unter den gegebenen Umständen nicht zweifelsfrei beurteilen…*«

»Er sagt, es kann genauso gut Affekt gewesen sein. Kein Weichgewebe mehr da, keine Wunden. Man kann gar nichts sicher sagen. Ihr habt das Opfer doch gesehen.«

»Außer, dass es ein Messer war«, sagte Bauer.

»Nicht mal das. Willst du die Fotos noch mal sehen?«

»Nee.« Bauer wurde einen Schein blasser, der Rest der Runde feixte verstohlen. Mona sah ihn an, er wich ihrem Blick aus. Vielleicht war er zu sensibel für all das hier. Aber waren sie das nicht alle – auf die eine oder andere Weise?

»Herzog denkt, das Opfer ist seit *ein paar Wochen* tot. Ungefähr. Wenn man das Wetter berücksichtigt, den Zustand der Leiche damit in Beziehung setzt und so weiter. Ein paar Wochen plus minus ein paar Tage. Genauer geht's nicht.«

»Das ist ja gar nichts.«

»Richtig.«

»Was ist mit der DNS-Bestimmung? Ist die schon da?«

»Ja, passt auf Thomas Belolavek. Es gibt eigentlich keinen Zweifel, dass er es ist. Aber alles andere …« Mona zuckte die Schultern. »Ich denke mal, als Erstes müssen wir uns auf seine Frau konzentrieren.«

»Was ist mit dieser Nachbarin?«, fragte Berghammer.

»Erika Weingarten«, sagte Fischer. »Die weiß gar nichts. Die können wir total vergessen. Ihr Mann ist den ganzen Tag im Büro und kennt die Belolaveks bloß vom Sehen.«

»Andere Anwohner?«

»Vergiss es. Das letzte Mal wurden die Belolaveks vor drei Wochen gesehen. Das war auf einer Grillparty bei einer der Nachbarn.«

»Freunde oder bloß Nachbarn?«, erkundigte sich Berghammer.

»Die Grillparty? Keine Freunde«, sagte Fischer. »Das waren Leute, die neu in die Straße gezogen sind und ihre Nachbarn kennen lernen wollten, mehr nicht. Sowieso ist diese Karin Belolavek …«

»Ja. Was war die eigentlich für ein Typ?«

»Ja, das ist komisch. Jeder fand sie unheimlich nett, freundlich und aufgeschlossen, kaum einer weiß wirklich was über sie. Aber das sagt ja im Moment noch nichts. Vielleicht haben – hatten – die ihren Freundeskreis ganz woanders.«

»Verwandte?«

»Einzelkind. Ihre Eltern sind vor sechs Jahren bei einem Autounfall ums Leben gekommen. Scheußliche Sache. Ein Geisterfahrer auf der A 8. Sechs Tote.«

»Onkel, Tanten, Cousinen?«

»Bis jetzt keine.«

»Und Thomas Belolavek?«, fragte Mona.

Fischer sagte: »Wir haben seinen Geschäftspartner kontaktiert. Jens Zimmermann. Was interessant ist: Er hat gesagt, dass *Karin* Belolavek ihren Mann bei ihm beurlaubt hat.«

»Wie? Und da denkt er sich nichts dabei?«

»Zimmermann sagt nein. Sie hätte behauptet, ihr Mann sei krank, und sie müssten ihren Urlaub ein paar Tage vorverlegen.«

»Der Urlaub war geplant?«

»Genau. Zimmermann wollte schon noch mit Belolavek sprechen, aber sie, also die Belolavek, hat so lange auf ihn eingeredet, dass er's schließlich gelassen hat. Alle beruflichen Termine waren eh von Belolaveks Seite aus erledigt. Sagt Zimmermann.«

»Warst du bei ihm?«

»Nein, wir haben telefoniert. Er ist heute noch in Hamburg und kommt morgen zurück. Wir haben bisher nur Belolaveks Eltern hier gehabt.«

»Und?«

»Sind beide um die siebzig. Er geht am Stock. Sie hat die ganze Zeit geweint. Wir haben sie dann von einer Streife nach Hause bringen lassen. Völlig fertig. Wussten auch von nichts. Haben die Belolaveks vor zwei Monaten das letzte Mal besucht. Konnten sich überhaupt nicht vorstellen, dass Karin B. so was tut und so weiter. Die Ehe war glücklich, die Familie intakt, angeblich keine Probleme. Sind ganz sicher, dass Karin B. nichts damit zu tun hat.«

»Und jetzt sind Mutter und Tochter weg«, sagte Berghammer. Er knetete seinen Nasenrücken. »Das ist doch verrückt.«

»Tja«, sagte Fischer. »Wir haben sie zur Fahndung ausgeschrieben, klar. Ich schätze, die haben sich abgesetzt. Im Garten sind sie jedenfalls nicht. Der ist komplett umgegraben.«

»Lasst uns morgen weitermachen«, sagte Mona. Es war jetzt nach neun Uhr. Lukas würde diese Nacht bei Anton verbringen, und sie wollte ihn noch einmal sehen, bevor er morgen seinen ersten Schultag hatte. Berghammer sah sie an, als hätte er ihre Gedanken gelesen.

»Schluss für heute«, sagte er. »Ihr wart super.«

»Wie geht es Krieger?«

»Den Umständen entsprechend. Wie es einem eben geht, der gerade eine Chemotherapie macht.«

Anton bewohnte eine Maisonette in einem Altbau, der ihm gehörte. Er hatte die heruntergekommenen Wohnungen renovieren lassen und die beiden oberen Stockwerke für sich ausgebaut. Mona parkte ihren Wagen direkt vor der Tür, wo Anton ein Halteverbotsschild hatte anbringen lassen, obwohl sich dahinter keine Einfahrt, sondern bloß das Treppenhaus befand. So gab es einen zusätzlichen Stellplatz exklusiv für *seine* Hausbewohner.

Typisch für ihn. Er bog sich die Gegebenheiten zurecht, bis sie ihm passten. Er nahm keine Rücksicht auf Regeln.

»Bist du mit dem neuen Lift gefahren?« Antons erste Frage, als er ihr die Tür öffnete.

»Ja. Wirklich toll.« Sie lächelte, erleichtert, dass er nicht mehr sauer war. Anton hatte einen verglasten Außenlift an die Hofseite des Hauses bauen lassen. Es hatte ewig lange gedauert, es hatte zahlreiche Probleme mit den Handwerkern, dem Material und den Kosten gegeben, und eine Zeit lang hatte er über nichts anderes mehr geredet.

»Toll, was?« Er sah sie an und strahlte.

»Ja. Wirklich gut. Der Blick über die Dächer und so. Hat sich gelohnt. Wie hast du das hingekriegt von Griechenland aus?«

»Der Vanicek hat sich drum gekümmert. Der Vanicek tut alles für mich.«

Mona nickte und versuchte, sich nicht für die Frage zu interessieren, was »alles« in Bezug auf Vanicek beeinhaltete.

Anton bezeichnete sich selbst als Unternehmer. Seine »Firma«, die im Wesentlichen von dieser Wohnung aus geführt wurde, hatte etwas mit der Vermittlung und Lieferung deutscher Luxuswagen ins östliche Ausland zu tun. Einzelheiten solcher Transaktionen waren für Außenstehende uninteressant, fand Anton. Monas Kollegen vom Dezernat 3 für Zolldelikte waren nicht dieser Ansicht, ganz im Gegenteil führten Antons »Geschäfte« vor ein paar Jahren zu einem längeren Gefängnisaufenthalt, und schon deshalb blieb Mona nichts anderes übrig, als ihre Beziehung zu ihm geheim zu halten.

Eine Beziehung, die eigentlich keine war. Sie hatten einen gemeinsamen Sohn, aber getrennte Wohnungen. Anton hatte wechselnde Freundinnen, die er ihr mit größter Selbstverständlichkeit präsentierte, weil es ja Mona war, die sich weigerte, ihn zu heiraten und mit ihm zusammenzuleben. So sah Anton das, und wenn Anton etwas so sah, waren Diskussionen sinnlos.

»Ist Lukas noch wach?«

»Glaub ich nicht. Er ist seit halb neun im Bett.«

»So früh?«

»Mein Gott. Er war müde. Magst du was essen?«

Mona setzte sich auf das edle schwarze Ledersofa. Das Licht war gedimmt, eine mit einer weißen Serviette ummantelte, entkorkte Flasche Rotwein stand auf dem Glastisch, im Hintergrund sang Mariah Carey. Antons Inszenierung eines romantischen Abends. Einen Moment lang liebte sie ihn so sehr, dass es wehtat: Dafür, dass er nicht zu den Männern gehörte, die mit ihren Gefühlen geizten, und dass er ihr – auf seine Art – die Treue hielt. Obwohl er eine bessere Frau verdiente. Eine, die auch in den Abendstunden wach und munter war. Eine, die nicht nur daran denken konnte, wie kurz ihr Schlaf auch heute Nacht sein würde und wie hart der nächste Tag.

»Nein danke. Wir haben uns Pizza bestellt.« Sie gähnte und spürte gleichzeitig seinen Blick. Die Frau, die immer müde war. Die Frau, die sich nichts schenken ließ. Die Frau, die bockbeinig auf ihrer Unabhängigkeit beharrte.

»Du ruinierst dir noch den Magen mit dem Zeug.« Er schenkte ihr ein.

»Danke, reicht schon. Ich muss auch bald ins Bett.«

»Ein Glas kannst du schon trinken.«

»Ja.« Sie seufzte unwillkürlich, als sich der schwere, herbe Geschmack des Weins in ihrem Mund ausbreitete. Langsam beruhigte sich ihr Atem, sie lehnte ihren Kopf an das Sofakissen. Anton rückte näher zu ihr und legte ihr den Arm um die Schulter.

Etwas an dieser Geste alarmierte sie. Sie setzte sich wieder auf.

»Was ist los?«

»Nichts.«

»Erzähl mir doch nichts. Irgendwas ist los.«

»Lukas ist… Er war…«, begann Anton. Seine Stimme klang anders, weniger gelassen als sonst.

»Was? Was ist mit Lukas?«

»Nichts. Beruhig dich.«

»Was war mit Lukas? Jetzt sag schon. Hat er wieder…« Sie verstummte. Eine Szene tauchte in ihrem Kopf auf, die sie vergessen wollte. Vergessen musste.

»Nein. Gar nicht. Er war nur so… Ich weiß nicht. Er hat nichts geredet. Und dann dieses Gesicht gemacht, als ob…«

»Als ob was?«

»Als ob er wieder diese Ängste hätte. Du weißt schon. Mit der Schule und dem ganzen Zeug.«

»Und? Hast du ihn gefragt?«

»Nein.«

»Mein Gott! Wieso nicht?«

»Weil das nichts bringt.« Anton nahm seinen Arm weg und wandte sich ab.

»Woher weißt du das, wenn du's nie versuchst?«

»Weil du das doch dauernd machst. *Lukas, geht's dir nicht gut? Lukas, willst du was essen? Lukas, wie wär's mit einem Spaziergang?* Ich seh doch, dass dabei nichts rauskommt, nichts. Man muss ihn in Ruhe lassen. Er schafft das, aber er muss es allein schaffen.«

Mona schwieg. Sie führten diese Diskussion nicht zum ersten Mal. Vielleicht hatte Anton Recht, vielleicht sie, vielleicht beide abwechselnd. Vielleicht – ein ketzerischer Gedanke – war es aber auch vollkommen egal, wie sie sich verhielten. Weil Lukas' Krankheit so oder so nicht heilbar war. Sie schloss kurz die Augen. Schließlich spürte sie Antons Hand an ihrer Wange.

»Hey. Und wie geht's dir?«

Ihr Groll schmolz, aber ein harter Rest blieb. »Ganz gut. Geht schon.«

»Bleibst du hier?«

»Nein. Ich muss auspacken, waschen, den ganzen Scheiß. Ich schau noch mal nach Lukas, dann muss ich los.«

»Er schläft bestimmt.«

»Trotzdem. Hat er was gesagt? Ich meine, ungefragt. Warum er wieder Angst hat, irgendwas in der Art?«

»Nein. Vielleicht hab ich mir das auch nur eingebildet. Er war einfach still, sonst nichts.«

»Sonst nichts? Wirklich?«

»Nein. Ehrlich nicht.«

Aber sie glaubte ihm nicht. »Ich schau noch mal in sein Zimmer.«

»Lass das doch. Du weckst ihn nur auf.«

Mona stand dennoch auf und lief leicht schwankend unter der Treppe hindurch zu seinem Zimmer. Sie öffnete vorsichtig die Tür. Lukas' Nachtischlampe brannte, weil er seit Monaten bei Dunkelheit nicht mehr schlafen konnte. Sonst schien alles normal zu sein. Es roch käsig nach seinen Nikes, und Mona hörte seinen ruhigen, tiefen, leicht unregelmäßigen Atem. Sie ging an sein Bett, obwohl sie wusste, dass Lukas es hasste, aufzuwachen und ihr besorgtes Gesicht zu sehen.

Sie hörte Antons leise Schritte hinter sich und drehte sich um. Er legte den Arm um ihre Schultern. Einen Moment lang duldete sie das, dann schüttelte sie ihn ab. Er interessierte sich nicht für ihre Gedanken, und sie durfte nichts von seinen Plänen wissen. Es gab keinen echten Austausch zwischen ihnen, kein Verständnis, das ihre unterschiedlichen Charaktere hätte überbrücken können, überhaupt nichts, was wachsen und sich entwickeln konnte. Es gab den Status quo. Eine Erkenntnis, die wehtat, und nichts veränderte. Mona verließ das Zimmer. Das hier war Lukas' zweites Zuhause. Er liebte seinen Vater, er brauchte ihn. Sie konnte den Kontakt zu Anton nicht abbrechen, auch wenn diese Beziehung seit Jahren ihr Leben blockierte.

»Bleib doch hier.« Antons Stimme. So weich, so stark, so sicher. »Du kannst im Gästezimmer schlafen, wenn du…«

»Ich hol Lukas morgen Abend bei dir ab. Wenn irgendwas mit ihm ist, ruf mich bitte sofort an. Ich werd morgen noch mal mit der Vertrauenslehrerin telefonieren.«

»Hör mal…«

»Lass mich jetzt. Okay?«

Anton sah sie an, und es brach ihr das Herz, aber die Wahrheit wurde dadurch nicht weniger bitter. Er war der beste Vater für Lukas, den man sich wünschen konnte, aber sie und er würden nie ein Paar sein, und das lag an ihm.

»Was ist los mit dir?«

»Du weißt, was los ist. Immer das Gleiche. Immer der gleiche Scheiß.«

5

Thomas Belolaveks Büro befand sich im achten Stock in einem der wenigen Hochhäuser, die die Stadt den Bauherren erlaubt hatte. Die Sekretärin hatte Mona und Hans Fischer hereingelassen und sie gebeten, dort auf Belolaveks Geschäftspartner zu warten. Das Büro war sehr hell und sah edel aus mit grauem Teppichboden, schwarz lackiertem Schreibtisch, dekorativem Flachbildschirm. Die Fenster reichten von der Decke bis zum Boden. Wenn das Wetter schön war, konnte man von hier aus die Berge sehen, hatte die Sekretärin noch gesagt. Aber heute war es verhangen wie die letzten Tage auch, und man sah nur Nebelschwaden.

»Waren die Tatortleute schon hier?«

»Siehst du doch«, sagte Fischer mit seinem patzigen Unterton, den er morgens immer draufhatte. »Bitte sehr, das Siegel!«

»Und?«

»Nichts und. Wir müssen seine Akten filzen, das dauert. Ansonsten: kein Kampf, nichts. Keine Blutspuren, auch keine okkulten. Hier ist er garantiert nicht über den Jordan gegangen.«

Die Tür ging auf, und ein Mann in grauem Anzug kam herein. Seine schütteren blonden Haare waren nicht einmal streichholzlang, er hatte sehr blaue Augen und trug eine dazu passende blaue Krawatte. *Dynamisch*, dachte Mona.

»Sie sind…?«

»Kriminalhauptkommissarin Mona Seiler. Mein Kollege Hans Fischer. Haben Sie jetzt Zeit?«

Der Mann schüttelte erst ihr, danach Fischer mit festem Griff die Hand.

»Jens Zimmermann. Natürlich habe ich Zeit. Danke, dass Sie sich herbemüht haben.«

»Oh bitte. Das ist unser Job.«

Zimmermann verharrte kurz mitten in der Bewegung und lachte dann auf mit leicht brüchiger Stimme. »Tut mir Leid. Das war völlig unpassend. Sie sind schließlich keine Kunden.«

»Sind wir nicht«, bestätigte Mona. Sie stand mit dem Rücken zum Fenster, neben ihr Fischer, der von Sekunde zu Sekunde ungeduldiger wirkte.

»Möchten Sie beide in mein Büro mitkommen? Ich meine, hier, das ist so…«

»Wie denn?«, fragte Fischer. Es klang genervt und unfreundlich. Fischer war gut, wenn es darum ging, Verdächtige hart anzufassen, blitzschnell auf Widersprüche in ihrer Aussage zu reagieren – so lange, bis sie sich rettungslos in ihren Lügen verheddert hatten. Aber Zimmermann war wahrscheinlich wirklich nur ein Zeuge. Mona jedenfalls konnte sich nach allem, was sie wussten, kein Szenario mit ihm als Täter vorstellen.

Zumindest ließ er sich von Fischer nicht einschüchtern. »Thomas und ich, wir waren nicht nur Geschäftspartner, wir waren auch Freunde. Das Ganze ist ziemlich furchtbar für uns alle hier, wie Sie sich vorstellen können. Aber wenn Sie drauf bestehen, reden wir hier.«

»Tun wir nicht«, sagte Mona und warf Fischer einen Blick zu. »Ihr Büro ist völlig okay.«

»Dann kommen Sie bitte mit. Hier entlang. Claudia, machst du uns bitte Kaffee?« Er wandte sich an Mona. »Espresso, Cappuccino, normaler Kaffee – wir haben alles da.«

»Normal, bitte. Schwarz mit viel Zucker«, sagte Mona. Fischer, merklich freundlicher geworden, wollte einen Espresso. Sie setzten sich, Mona sah sich um. Zimmermanns Büro sah fast identisch wie das von Belolavek aus: hellgrauer Teppichboden, große Fenster, schwarzer Schreibtisch, Flachbildschirm. Aber hier bedeckten Papiere die Arbeitsfläche, hörte man das Stand-by-Summen des eingeschalteten Computers, glimmte eine halb gerauchte Zigarette im Aschenbecher, blinkten Lämpchen auf der flachen schwarzen Telefonanlage.

Die Sekretärin brachte den Kaffee. Ihre dichten, kurzen Haare waren pechschwarz gefärbt. Sie wirkte sehr jung, sehr sexy. Mona bemerkte die Wirkung, die das auf Fischer hatte, wie seine Miene weicher wurde und er sich unwillkürlich in Positur setzte. Die Sekretärin lächelte ihn an, als sie ihm den Espresso hinstellte.

»Danke, Claudia«, sagte Zimmermann.

»Soll ich den Termin mit Digital canceln?«, fragte sie.

»Wann ist der?«

»Um zehn.«

»Ja. Verschieben Sie ihn auf zwölf. Geht das?«

»Ich denk schon. Ich sag Bescheid, wenn nicht.« Sie verließ das Zimmer.

»Sie haben nichts dagegen, wenn dieses Gespräch aufgenommen wird?«, fragte Mona.

»Nein.«

»Okay. Wir müssen das abklären. Ist Vorschrift.« Sie schaltete den Rekorder ein, sprach ihren Namen, Fischers Namen, den Namen Zimmermanns, Ort, Zeit und Datum auf.

»Sie machen hier was?«, fragte Mona, um ihn zu lockern. Sie hoffte, dass Fischer ihr den Anfang überließ, den Mund hielt und nicht wieder ungeduldig wurde.

Zimmermann fuhr sich kurz mit der flachen Hand über das Gesicht. Er gab sich sichtlich Mühe, sich zu sammeln.

»Ich meine, Ihre Tätigkeit hier. Was Ihre Firma macht – herstellt, was immer«, sagte Mona.

»Ja. Schon klar.« Langsam fühlte sich Zimmermann wieder auf sicherem Terrain. »Also, wir stellen selbst nichts her, wir sind Zwischenhändler mehrerer amerikanischer und deutscher Softwarefirmen. Wir haben uns auf Kunden aus der Architekturbranche spezialisiert. Die brauchen spezielle Software für Bauzeichnungen, 3-D-Animationen et cetera. Wir kümmern uns darum.«

»Sie beraten und beliefern diese Kunden?«

»Ja. Das hab ich Ihrem Kollegen aber schon am Telefon gesagt.«

»Okay. Seit wann kennen – kannten – Sie Thomas Belolavek?«

»Seit dem Studium. Seit ungefähr 88. Wir wollten immer was zusammen auf die Beine stellen. 93 haben wir ›Architecture & com‹ gegründet.«

»Ihre Firma.«

»Ja. Heute heißt sie ›Architecture.com‹. Wie unsere Homepage.«

»Und Ihre Geschäfte laufen gut?«

»Ja, wir haben uns früh genug spezialisiert, das war unser Glück. Wir haben feste Kunden, die sich auf uns verlassen. Natürlich gab es Rückgänge. Aber wir sind gut klargekommen bis jetzt.«

Schweigen. Zimmermann war aufgestanden, hatte sich mit dem Rücken zu ihnen ans Fenster gestellt. Mona und Fischer wechselten Blicke. Dann sah Mona, dass er weinte. Sie legte eine warnende Hand auf Fischers Arm. »Lassen Sie sich Zeit«, sagte sie zu Zimmermanns Rücken.

Die Wunden würden verheilen, Narben würden bleiben. Eine davon: die Unfähigkeit zu vergessen, dass der Tod allgegenwärtig war.

Zimmermann versuchte zu sprechen und brach erneut in Tränen aus.

»Entschuldigung. Ist mir wirklich peinlich.«

»Wir können später wiederkommen«, sagte Mona und hoffte, er würde nicht darauf eingehen. Sie hatten keine Zeit für so was. Mona spürte Fischers zornigen Blick.

»Nein«, sagte Zimmermann. Seine Stimme war heiser, aber gefasst. »Wir können anfangen.« Er setzte sich wieder hin.

»Gut«, sagte Mona erleichtert.

»Thomas war ein wirklich guter Freund«, begann Zimmermann. »Ich vermisse ihn wahnsinnig.« Er holte tief Luft.

Das hörte sich gut an. Endlich ein Mensch, der Belolavek kannte.

»Das verstehe ich. Dass Sie ihn vermissen, meine ich. Dass das schlimm für Sie ist.«

»Wer hat ihn so ... Wer war das?«

»Das wissen wir eben noch nicht. Wir wissen überhaupt zu wenig über ihn. Deswegen sind wir ja bei Ihnen.«

Thomas M. Belolavek: ein Spätzünder. Er kam erst mit achtundzwanzig Jahren auf die Uni, in einem Alter, in dem andere Informatiker längst auf Jobsuche waren. Jens Zimmermann war sechs Jahre jünger als er. Trotzdem entwickelte sich eine spontane Zuneigung zwischen den beiden, das Gefühl, sich aufeinander verlassen zu können. Sie bearbeiteten gemeinsame Uniprojekte und verbrachten – beide waren damals Singles – einen großen Teil ihrer Freizeit miteinander. Sie spielten Tennis, gingen segeln, machten einen gemeinsamen Urlaub in Kalifornien, träumten von einer gemeinsamen Karriere in Silicon Valley, sahen sich dort einige Firmen an, bekamen sogar einige reizvolle Angebote, bewarben sich aber dann doch nicht.

Das lag vor allem an Thomas. Als es darauf ankam zu handeln, ihre Träume umzusetzen, schien seine Begeisterung spürbar nachzulassen. Ein Leben in Amerika, weit weg von zu Hause, lag möglicherweise – sie sprachen nie darüber – außerhalb seines seelischen Horizonts. Dabei war er einer der Begabtesten, trotz seines Alters. Er schaffte sein Studium in Rekordzeit und spornte dadurch auch Jens zu Höchstleistungen an. Jens' und Thomas' Freundschaft überlebte mehrere Affären, selbst eine ernsthafte Beziehung mit einer Jurastudentin, die in Jens verliebt war, aber Thomas nicht mochte.

»Warum nicht? Was hatte sie gegen ihn?«

»Sie sagte, er hätte so was Düsteres an sich. Das sei ihr unheimlich. Außerdem fand sie ihn verklemmt.«

»Und? Hatte sie Recht?«

»Ich fand nicht. Aber im Nachhinein ... Ich weiß auch nicht. Er war mein bester Freund. Wir hatten viel Spaß. Ich hab nie darüber nachgedacht, wie er auf andere wirkt. Für mich war er ganz selbstverständlich okay, so wie er war.«

»Hatte er es sonst leicht mit Frauen?«

Zögern.

»Das kommt drauf an. Es gab schon Mädchen, die ihn mochten, aber die gefielen ihm meistens nicht. Er war sehr kritisch, das muss man schon sagen. Vielleicht kam das nicht so gut an. Bei den Mädchen, meine ich. Und dann war er natürlich auch älter, gesetzter als die anderen. Er war kein toller Smalltalker. Er konnte auch keine Komplimente machen, wenn er sie nicht wirklich meinte. Er hatte einen ziemlich trockenen Witz, den ich sehr mochte, der aber bei den meisten Mädchen nicht ankam. Er war nicht *charming*, wenn Sie verstehen, was ich meine.«

»Ja«.

Dann, eines Tages, die Überraschung. Thomas hatte plötzlich eine Freundin, eine feste Freundin. Er erzählte, dass er sie von früher her kenne, dass sie sich zufällig in der Mensa getroffen hätten, dass sie Germanistik und Philosophie studiere, dass er sich noch nie mit einer Frau so gut unterhalten habe wie mit ihr, dass er sehr verliebt sei, dass er glaube, es sei etwas von Dauer. So viel und so offen hatte er noch nie über sein Gefühlsleben gesprochen. Jens wollte sich für ihn freuen und spürte doch diesen eifersüchtigen Stich: Er ahnte, dass ihre Freundschaft, so ideal und ausschließlich, wie sie gewesen war, in diesem Moment zu Grabe getragen wurde. Wenn Thomas sich verliebte, dann bestimmt mit allen Konsequenzen.

Kurz darauf stellte ihm Thomas Karin vor. Sie war ähnlich, wie er sie sich bereits insgeheim ausgemalt hatte: freundlich, hübsch, sehr intelligent (Thomas hätte sich nie mit einer Frau abgegeben, die unter seinem intellektuellen Niveau stand) und, so schien es Jens, mit einem ganz leichten Hang zur Biederkeit. Sie aßen zu dritt in ihrer Wohnung zu Abend, da Karin darauf bestanden hatte, ihn einzuladen, wo er doch Thomas' bester Freund sei. Karin hatte gekocht, Karin servierte das sorgfältig zubereitete und wohlschmeckende Essen, und Thomas entkorkte den Wein und half Karin anschließend, die Spülmaschine einzuräumen. Er schien sich vollkommen zu Hause zu fühlen.

Beide benahmen sich wie ein Ehepaar, obwohl sie erst ein paar Wochen zusammen waren.

»Sie mochten sie nicht besonders«, fasste Mona zusammen.

»Ich fand sie nicht so toll wie Thomas, das stimmt«, sagte er, stand auf und öffnete ein Fenster. »Ich fand, ihr fehlte was.«

»Was? Und können Sie sich bitte wieder hinsetzen? Das Gerät nimmt sonst nichts auf.«

Zimmermann wandte sich folgsam um, allerdings diesmal mit genervter Miene und einem leicht trotzigen Ausdruck in den Augen. Er hatte keine Lust mehr. Er hatte Termine. Aber sie waren noch nicht fertig mit ihm.

»Also, Sie hatten was gegen Karin Belolavek«, schaltete sich Fischer ein. »Was genau?«

»Energie. Esprit. Ich weiß nicht so genau. Sie war sehr intelligent, eine richtige Philosophin, jedenfalls damals, als sie noch studierte. Sie war wirklich interessant, machte sich ihre eigenen Gedanken zu Politik und Gesellschaft und so weiter. Das hat mir schon imponiert. Aber dann hatte sie auch was…«

»Langweiliges?«, half Fischer.

»Ja.« Zimmermann nickte. »Ja, sie… Also, da war überhaupt kein Humor bei ihr. Nicht, dass sie verbiestert oder übertrieben ernst war, das gar nicht. Im Gegenteil, sie hat immer viel gelacht. Aber trotzdem – alles war irgendwie wesentlich in ihren Augen. Verstehen Sie, was ich meine? So – überzeugt von ihrem Weltbild. Da waren keine Brüche, keine Unsicherheiten, nichts Inkonsequentes.«

»Was hatte sie denn für ein Weltbild? Woran hat sie geglaubt?«, fragte Mona.

»Na ja. An die Macht der Frauen zum Beispiel. Eine geheime Weltrevolution der Sanften, hat sie es genannt. Und überall glaubte sie schon die Zeichen der neuen Zeit zu sehen. Aber ich meine – schauen Sie sich um. Die Frauen sind nicht mächtiger geworden, finde ich, um es mal vorsichtig auszudrücken. Aber Karin meinte auch eine ganz andere Form der Macht.«

»Eine sanfte.« Fischer, leicht höhnisch.

»Ja, so ähnlich. Sie hatte zum Beispiel diese Vision, dass es irgendwann keine Kriege mehr geben würde, weil Frauen sich den Soldaten verweigern und die dann ihr Unrecht einsehen würden. Gewaltloser Widerstand. Es sei nur noch eine Frage der Zeit.«

Niemanden überraschte es, dass Karin Schneider und Thomas Belolavek schon mehrere Monate später heirateten. Und Jens' Befürchtungen trafen nur zum Teil ein: Thomas und er blieben enge Freunde. Sie wurden schließlich zusätzlich Geschäftspartner, so wie sie es geplant hatten. Sie gingen manchmal segeln und spielten zweimal in der Woche Tennis. Natürlich war es trotzdem nicht mehr das Gleiche.

»Sondern? Wie war es?«

Eben anders. Karin spielte ab jetzt die Hauptrolle in Thomas' Leben. Es gab kaum noch gemeinsame Kneipenbesuche, kaum noch ausufernde Gespräche über Politik, Philosophie, Börse und das Auf und Ab der IT–Branche. Jens führte im Wesentlichen sein Leben weiter, mit wechselnden Freundinnen. Thomas wurde Familienvater. Karin und er bekamen eine Tochter, ihr erstes und einziges Kind. Danach hatte Thomas noch weniger Zeit.

»Maria Belolavek?«

»Ja. Maria war – ist – ein bezauberndes Mädchen, das muss man schon sagen. Hochintelligent, hübsch, sensibel, geistig sehr weit für ihr Alter. Vielleicht ein bisschen schüchtern. Früher jedenfalls. Wissen Sie, wie es ihr geht? Wo sie ist?«

»Nein. Sie ist verschwunden, genau wie ihre Mutter.«

»Ich versteh das nicht.«

»Wir auch nicht. Deswegen sind wir hier. Wir brauchen alle Informationen, die wir über die Familie Belolavek bekommen können.«

Zimmermann zog an seiner Zigarette, legte den Kopf in den Nacken und blies den Rauch gegen die Decke. Dann sah er Mona an. Zum ersten Mal fielen ihr seine Augen auf, die jetzt nicht mehr gerötet waren. Sie waren schön, mit langen Wimpern und einem warmen, selbstbewussten Ausdruck.

»Wissen Sie, irgendwie hab ich das Gefühl, ich soll Ihren Job erledigen. Sie wollen, dass ich Ihnen die eine, die richtige Erklärung serviere. Die hab ich aber nicht. Das alles ist völlig irre in meinen

Augen. Ich habe keine Ahnung, was zwischen den beiden abgelaufen sein könnte. Karin war eine ganz normale Frau, Thomas ein ganz normaler Ehemann und Vater. Sie waren im Grunde eine …«

»… ganz normale Familie.«

»Ja. Tut mir Leid, mehr weiß ich einfach nicht.«

»Hatte Belolavek Affären? Schulden? Irgendwelche Probleme, die er Ihnen mitgeteilt hat? Alles, was in den letzten ein, zwei Jahren passiert ist, kann relevant sein.«

»Nichts. Keine anderen Frauen, soweit ich weiß. Traue ich ihm auch nicht zu. Schulden? Thomas doch nicht, nie im Leben. Und über Probleme haben wir nie gesprochen. Ich hatte auch nie den Eindruck, dass da welche wären.«

»Und wenn, hätte er sie nicht mit Ihnen besprochen?«

»Wahrscheinlich nicht. Er redete nicht viel über sich. Ich hab das immer akzeptiert, seine Zurückhaltung in solchen Sachen. Er war eben so.«

»Gab es eine andere Person, der er sich vielleicht eher anvertraut hätte?«

»Theoretisch ist das möglich. Aber ich glaub's eigentlich nicht. Karin und Thomas hatten nicht besonders viele Freunde. Sie brauchten das nicht. Sie waren sich selbst genug.«

»Hatte sie vielleicht einen anderen?«

»Einen anderen Mann? Karin? Nie!«

»Sie klingen da sehr sicher.«

»Da bin ich mir auch sicher. Karin flirtet nicht in der Gegend herum.«

6

Erde zu Erde, Fleisch zu Fleisch. Calliphora, die Schwarze mit den roten Bäckchen, hat ihre Eier abgelegt, und sie ist erschöpft. Sie hat Lucilia, die Grüne, auf Grund ihrer zahlenmäßigen Überlegenheit fast zur Gänze verdrängt und ist jetzt müde von den Anstrengungen. Sie ist nicht einmal mehr im Stande, zu fliegen. Sie kriecht langsam weg von dem Körper, der sie nun nicht mehr interessiert. Sie hat ihn auserkoren als Nahrungsquelle ihrer Brut und ist nun frei aller Verpflichtungen.

Ein paar Stunden lang passiert nicht viel. Die Nacht endet, der Tag beginnt. Ein heißer Tag. Calliphoras cremefarbene Töchter sprengen die zarte, fast durchsichtige Eihülle und beginnen zu fressen. Augäpfel, die inneren Schleimhäute von Mund und Nase, blutende, nässende Wunden sind ihr Revier. Die Haut ist – im Moment – zu hart und zu trocke für sie. Noch sind sie winzig klein, schwach und ganz dünn. Alle zusammen bilden sie eine schleierartige Schicht, die man anfangs leicht übersieht.

Der Tod ist dunkelweiß. In diesem Stadium.

Frauen sind die wahren Revolutionärinnen, davon bin ich überzeugt, und immer mehr, je länger ich dich kenne. Frauen haben den Willen zur wahren Anarchie, zur herrschaftsfreien Gesellschaft. Frauen und junge Männer. Je älter Männer werden, desto rettungsloser verfallen sie dem Instinkt der Macht. Entweder werden Männer selbst zum Alphatier, oder sie unterwerfen sich anderen Alphatieren. Ergebnis ist in jedem Fall, dass in ihrem Universum nur noch das eine zählt. Die Macht, die man hat, die Macht, an der man teilhaben will, wenn sie einem schon nicht ganz gehört. Der Weg ist nicht mehr das Ziel, der Zweck heiligt alle Mittel. Und sie merken nicht einmal, welch fatalen Verlauf ihre seelische Entwicklung einschlägt, den sie billigend in Kauf nehmen. Wie irgendwann alles abstirbt, das sie berühren, selbst wenn sie es in bester Absicht tun, selbst wenn sie glauben zu lieben und ge-liebt zu werden...

Wir beide aber, wir schlagen ihnen ein Schnippchen. Wir sind die subversiven Elemente, die ihre Herrschaft unterhöhlen werden. Wir sind das Leben, sie sind todesähnliche Erstarrung. Wenn ich an dich denke, ist das Gefühl der Dankbarkeit überwältigend. Du hast mir mei-nen Körper zurückgegeben, der nur noch eine Schattenexistenz unter der Dominanz meiner Ängste führte. Langsam beginne ich, mich sicher zu fühlen. Langsam kann ich die Augen aufmachen, weit auf, und ich fürchte nicht mehr, was ich sehe.

Dich. Deine Nacktheit. Ich kann Worte sagen, laut, leidenschaftlich, bestimmt, die ich früher nur mit einem verschämten Kichern heraus-brachte. *Schwanz.* Ich sage es dir ins Gesicht: Ich bin geil auf deinen *Schwanz.* Ich spüre kein Zurückzucken, keine Irritation, keine Pein-lichkeit bei dir, nur deine schamlose Offenheit, deine Begeisterung, dass ich mich traue, meine Wünsche zu leben. Obwohl ich weniger schön, weniger jung bin als du. Du sagst, das sei egal, und es ist so weit ge-kommen, dass ich dir manchmal glaube. Immer häufiger. Oder?

Du jedenfalls kannst immer. Ich komme mittags, nachmittags, mor-gens zu dir, und du bist immer, immer bereit für mich. Zweimal, drei-mal, so oft ich will. Du lachst stolz, wenn ich dir das sage. Du bist stolz auf deine Potenz, und manchmal, wenn mich die alten Befürchtungen einholen, dann mutmaße ich in diesen pechschwarzen Stunden, dass ich nur... eben ein Mittel zum Zweck bin. Eine Möglichkeit, dir selber zu beweisen, dass du bei jeder Frau hart wirst, egal, wie ... sie ist.

O Gott, nein, ich darf das nicht denken, es vernichtet mich. Ich muss an gestern denken, ich muss daran denken, wie du meine Brüste ge-küsst hast, als wären sie Reliquien. Und wie ich plötzlich erkannte, dass meine Brüste schön sind. Klein, aber fest wie die Brüste einer viel jün-geren Frau. Ich war stolz, und mein Stolz wandelte sich in Erregung.

Ich will dich reiten, sagte ich, und meine Stimme klang herrlich rau in meinen Ohren. (Ein Teufel flüsterte: Wer weiß, ob du dich nicht lächerlich machst, wer kann schon in einen Menschen hineinschauen, wer sagt dir, dass er wirklich dich meint, wer... Aber ich ignorierte ihn entschlossen, und das machte mich stark.)

Ich will dich reiten, sagte ich.

Du hast dich auf den Rücken gedreht, blitzschnell, mit dieser un-glaublichen Geschmeidigkeit und Kraft, für die ich dich so bewundere, so sehr liebe. Du hast gesagt: Oh ja, bitte reite mich, ich bin so hart für dich. Bitte tu das für mich. Mach mich härter, mach mich geiler...

Und ich tat es, und ich spürte meine Kraft. Sie war so lange ver-schüttet gewesen, und jetzt war sie wieder da. Ich spürte das Feuer in mir, das sich nicht länger beherrschen ließ.

Fick mich, sagtest du, und es war, als wären wir eins, denn ich konnte plötzlich deine Gefühle lesen, wie es dich erregte, es nur auszusprechen...

Fick mich.

Unsere Bewegungen wurden langsamer, intensiver, dein Gesicht entgleiste, deine Züge verzerrten sich, und du warfst mich auf den Rücken.

Du bist so gut für mich.

Und dann schoss diese heiße Flamme in mir hoch, erfasste alle meine Glieder, ich begann zu zittern. Einen Moment lang hatte ich Angst, abzustürzen, Schwindel erfasste mich, Tränen schossen mir in die Augen.

Oh ja. Ja.

Es war das erste Mal, dass wir gemeinsam kamen. Dein Kiefer krampfte sich zusammen, deine Zähne wurden sichtbar, und wieder kam der magische Moment, in dem ich an dich glaubte. An dich, an uns. An mich, an meine Schönheit. Ich sah mich danach in deinem kleinen Bad im Spiegel an: eine um zehn Jahre verjüngte Frau mit glatter, schimmernder Haut und einem straffen Körper. Ich duschte selig. Ich war wieder Mitte zwanzig. Ich hatte Sex und genoss ihn.

Aber jetzt bin ich in einer anderen Stimmung. Ich versuche, mir all das vorzustellen, und ich schaffe es nicht. Ich liege auf dem Bett, ich schließe die Augen, ich streichle mich. Umsonst, ich bin trocken. Es ist, als hätte mein Körper schon wieder vergessen, dass es dich gibt, dass es das Glück gibt, dass es die Hemmungslosigkeit gibt – und zwar für mich. Mich? Meine Haare sind wieder ohne Glanz, meine Augen trübe, meine Haut fleckig. Du hast mich verwandelt, aber der Zauber hält immer nur einen Tag, wie im Märchen. Das macht mich abhängig. Das ist nicht gut für uns, für unsere Beziehung. Du brauchst eine starke Frau, kein jammerndes kleines Mädchen. Die kannst du an jeder Straßenecke haben.

Mich nicht. Das muss ich mir immer wieder vorsagen: Ich bin etwas Besonderes, Einzigartiges für dich. Ich bin nicht austauschbar.

Ich hoffe, dass ich es nicht bin. Du gibst mir das Gefühl, dass ich es nicht bin. Ich würde dich gern rund um die Uhr bewachen, um mir selbst zu beweisen, was ich dir bedeute. Wie gut, dass das nicht geht. In solchen Momenten bin ich froh über meine Verpflichtungen, die mich von derart wahnhaften Aktionen abhalten. Hätte ich Zeit, ich wäre die geschickteste Spionin und die ausdauerndste.

Es war halb eins, als Mona und Fischer ins Dezernat zurück-
kehrten. Auf ihren Schreibtischen lagen mehrere Zettelhau-
fen. Es ging um Telefonate hilfreicher Bürger, die sich zu dem
Fall Belolavek gemeldet hatten. Die Polizeiobermeister Helmut
Schmidt und Karl Forster waren beauftragt worden, aus der er-
warteten Flut an Anrufern diejenigen auszusieben, die als
brauchbare Zeugen in Frage kamen.

Die Pressestelle der Mordkommissionen hatte zwei Fahn-
dungsfotos von Karin und Maria Belolavek an Presseagenturen
und überregionale Medien herausgegeben. An folgenden Orten
waren die beiden in den letzten anderthalb Tagen gesehen worden: im Hauptbahnhof Lübeck, wo Maria Belolavek Freier an-
sprach, an einer Seilbahnstation in Garmisch (Maria Belolavek
gemeinsam mit einer Frau, die sich mit einem Kopftuch und einer Sonnenbrille maskiert habe, aber dennoch ausgesehen habe
wie Karin Belolavek), bei einer Strandwanderung auf Rügen, in
Paris, in Hamburg, in Dresden am Zwinger, in einem toskani-
schen Dorf, dessen Namen die Anruferin vergessen hatte.

»Sie könnten überall sein«, sagte Mona zu Fischer. Sie saß auf
der Kante ihres Schreibtischs und rauchte eine von Fischers
Marlboros. »Vielleicht bei einer Freundin, die sie deckt. Vielleicht schon im Ausland. Sie könnten sich die Haare gefärbt oder
abgeschnitten haben. Sie könnten tot sein.« Sie blätterte zum
x-ten Mal das Fotoalbum durch, das sie im Haus des Opfers sichergestellt hatten. Das Album war ein knappes Jahr alt, Thomas
Belolavek hatte alle Bilder datiert. Karin Belolavek wirkte darauf sehr schlank, sie hatte einen blonden Pagenkopf, ein zartes
Gesicht mit schmalen Lippen, kleiner Nase und blauen Augen.
Ihre Tochter Maria sah ihr ähnlich, nur waren ihre Haare länger.
Zimmermann hatte sie schüchtern genannt. So sah sie eigentlich
nicht aus. Eher munter, hübsch und intelligent.

»Hunderttausend«, sagte Fischer in Monas Überlegungen hinein.

»Was?«

»Sechzigtausend hat sie vom Konto ihres Mannes abgehoben.
Heute hat sich die Stadtsparkasse bei uns gemeldet. Bauer hat das

Gespräch angenommen. Er sagt, sie hat dort ein eigenes Konto. Dreiundvierzigtausend und ein paar Hunderter. Sie hat alles leer geräumt. Konto aufgelöst. Die ist nicht tot. Die ist unterwegs.«

»Die Stadtsparkasse kommt auf uns zu. Das ist ja ganz was Neues. Woher hatte sie das Geld?«

»Eine Erbschaft, sagen die. Von ihren toten Eltern. Das Geld, haben die von der Bank gesagt, blieb jahrelang praktisch unberührt. Gammelte auf einem Sparkonto rum, mit zwei Komma fünf Prozent Zinsen. Demnach hat sie jetzt hunderttausend in bar. Damit kommen die beiden auf einer netten griechischen Insel jahrelang über die Runden. Kaufen sich ein Häuschen, leben von Oliven und Wein.«

Mona lachte überrascht. »Du bist ja ein Romantiker.«

Fischer grinste. Er kippelte auf Monas Stuhl, die Hände in den Taschen seiner Jeans. »Wollen wir schnell was essen gehen? Ist eh keiner da im Moment.«

»Kebab?«

»Okay.«

Sie fuhren mit dem Lift ins Erdgeschoss und gingen durch die Glastür auf die laute Straße. Seit Jahren wurde ihnen ein besseres Bürogebäude in einer ansprechenderen Gegend versprochen, das sich angeblich schon im Bau befand. Aber Mona eilte es damit nicht, obwohl das Dezernat 11 mit seinen grün lackierten Wänden, seinen engen labyrinthhaften Gängen und trostlos kleinen Schuhkarton-Büros eigentlich eine Zumutung war. Aber sie mochte die Straßen rund um den Hauptbahnhof, die griechischen, türkischen und bayerischen Imbisse, die Sex-Shops, Striplokale und Stundenhotels, die Textil- und Elektroläden mit ihrer zweifelhaften Ware (zu Berghammers Standardwitzen gehörte der Ausspruch, dass das kriminelle Potenzial dieses Viertels die Anwesenheit einer zentralen polizeilichen Dienststelle mehr als rechtfertige). Andererseits erinnerte sie das Viertel an Anton und seine Geschäfte.

Manchmal träumte Mona von einem Leben, das ihr mehr Wahlmöglichkeiten ließ, als dieses. Manchmal schätzte sie sich glücklich, dass alles so gekommen war. Sie hatte nicht gerade viele Alternativen gehabt. Sie hatte wahrscheinlich das Beste draus gemacht.

Fischer und sie bahnten sich einen Weg durch das mittägliche Gewühl. Der Himmel war bedeckt, aber es regnete nicht mehr. Dafür war es noch kälter geworden, vielleicht acht, neun Grad. Mona dachte daran, dass sie nach ihrem Urlaub noch nicht einmal dazu gekommen war, ihre Sachen zu waschen. Dass sie unbedingt bei Lukas' Vertrauenslehrerin anrufen musste. Dass Lukas heute nicht mehr bei Anton schlafen durfte, damit diese Regelung nicht zum Dauerzustand wurde (denn was wäre, wenn Anton zum zweiten Mal verhaftet würde? Wie sollte Lukas das verkraften, wenn er nur ein Heim kannte – nämlich Antons Wohnung?).

Sie würde also Lukas heute Nachmittag um halb fünf aus dem Hort abholen, und dann würden sie gemeinsam nach Hause (*ihre* Wohnung) fahren. Sie würde in Windeseile aufräumen und ihre Sachen in die Waschmaschine packen. Dann würde sie mit Lukas gemeinsam einkaufen gehen, weil er das gern tat. Oder sollten sie schon vorher einkaufen und dann aufräumen, während Lukas sich vor dem Fernseher entspannte?

Ja, das war wahrscheinlich die bessere Lösung. Lukas würde fernsehen, sie würde Ordnung machen und kochen, und gegen halb acht würden sie zu Abend essen. Der einzige Abend in der Woche, an dem das immer möglich war. Sie hatte sich diesen einen Abend bei Berghammer ausbedungen – egal, was im Büro los war. Dieser Abend – ein Mittwoch – gehörte Lukas ganz allein. Sie hoffte, dass sich das durchhalten ließ. Die Regelung war erst ein halbes Jahr alt. Und wann immer es hoch herging, spürte sie die ungnädigen Blicke ihrer Kollegen, wenn sie sich früher als alle anderen verabschiedete, *um ihre Extrawurst zu braten.*

»Kebab mit viel Zwiebeln«, sagte Fischer zu einem jungen Mann mit dunklem Bartschatten auf den hageren Wangen.

»Zwei«, sagte Mona geistesabwesend.

»Fünf Euro zusammen.«

Sie zahlten und warteten vor der Glastheke. Schweigend sahen sie dem Verkäufer zu, wie er blitzschnell Lammstreifen vom Drehspieß absäbelte und geschickt das fette Fleisch, Tsatsiki, Zwiebeln und Tomaten im Fladen verstaute. Es herrschte Hochbetrieb, die Schwingtür ging ständig auf und zu. Jeder neue Kunde brachte einen Schwall frischer, feuchter Kaltluft mit.

»Zweimal Kebab, bitte sehr«, sagte der Verkäufer.

Sie stellten sich an einen der Stehtische im Lokal. Mona drückte Fischer ihre Portion in die Hand und holte sich einen Pappteller, Plastikbesteck und mehrere Servietten. Dabei fiel ihr Blick zufällig auf eine der verspiegelten Säulen. Sie sah eine Frau mit dunklen, schulterlangen Haaren und erhitztem Gesicht. Eine Frau, die noch leicht gebräunt war und dennoch schon wieder die vertrauten Augenringe hatte, die immer erst nach einer Woche Urlaub restlos verschwanden. Sie nahm Fischer ihr Kebab ab und legte es vor sich auf den Teller.

»Kebab isst man mit den Händen«, bemerkte Fischer mit vollem Mund. Seine Lippen waren beschmiert mit Tsatsiki.

»Ich nicht. Ich hab keine Lust, mir danach immer das Gesicht zu waschen.«

»Wenn man richtig abbeißt, muss man das auch nicht.«

»Ach ja? Dann schau dich doch mal an!«

Nach dem Geplänkel schwiegen sie, wie meistens, wenn sie zu zweit waren und nicht gerade Berufliches zu besprechen war. Mona fragte sich manchmal, ob es Fischer wohl etwas ausmachte, dass sie sich nichts zu sagen hatten. Fühlte er sich wohl dabei, in Gesellschaft einer Kollegin sein Kebab zu verschlingen und nicht mit ihr zu kommunizieren? Oder hielt er aus purer Unfähigkeit und Fantasielosigkeit den Mund?

Oder lag es an ihr?

Ihre Kollegen, hatte sie beobachtet, verständigten sich hauptsächlich durch Witze. Einer erzählte, alle lachten, dann kam der nächste dran, toppte die Anekdote mit einer noch schärferen, dann wieder dröhnendes Gelächter und so fort. Auf diese Weise brachten sie ganze Bereitschaftsdienste herum. Mona konnte sich keine Witze merken, und wenn sie mal versuchte, einen wiederzugeben, endete das meistens in höflichem Gelächter.

Vielleicht lag es also an ihr.

Fischer wischte sich die Finger an einer ihrer Servietten ab und gähnte. »Weißt du was, ich hasse diesen Zwiebelgeruch. Ich meine, ich mag den Geschmack, aber ich hasse den Geruch danach an den Händen. Bescheuert, was? Da stopft man sich dieses Zeug rein, und weiß genau ...«

»Lässt sich vermeiden, wenn man Messer und Gabel benutzt.«

»Ja, Mutti.« Fischer gähnte wieder, ließ seinen Blick unruhig durch das Lokal schweifen. Er sah blass und gestresst aus. Im Moment waren sie fast allein. Der Verkäufer war in einen Raum hinter der Theke verschwunden. Sie hörten ihn gedämpft auf Griechisch schimpfen.

»Wir sollten langsam mal zurückgehen.«

»Okay, Mutti.«

»Hör jetzt auf mit dem Blödsinn. Hör einfach auf.«

»Ja, M...«

»Aufhören!« Sie war einfach nicht schlagfertig genug. Sie war zu langsam, zu bedächtig, sie hatte zu viele Skrupel. Fischer nahm sich manchmal ziemlich viel heraus. Zu viel? Wer entschied das? *Du*, sagte eine Stimme in ihrem Kopf. *Du bestimmst das, du bist der Chef. Also los!*

»Wir gehen jetzt, und du gibst Ruhe, sonst schreibst du das Protokoll der Konferenz. Klar?«

Und Fischer machte tatsächlich den Mund zu. Jeder hasste es, Protokolle zu schreiben, und ganz besonders er. Was übrigens gut zu wissen war.

»Ich will mir den Tatort noch mal anschauen. Kommst du mit?«

»Nee danke. Ich kenn das alles.«

Schon von weitem sah man dem Grundstück die Zerstörung an. Mona parkte den Wagen neben dem weiß getünchten, jetzt völlig verschmutzten Holzzaun. Sie hatten ganze Arbeit geleistet. Der Rasen, so er noch bestand, war eine schmuddlige braungrüne Masse und an vielen Stellen aufgegraben. In einer der Gruben stak noch ein vergessener Spaten. Ein kleiner, entlaubter Apfelbaum lag vollständig entwurzelt neben dem mit Terrakottaplatten belegten Eingangsbereich. Mona öffnete die Gartentür. Es regnete nicht mehr, aber die Luft war immer noch so kühl und feucht, dass sich ihre Haare kräuselten.

Sie wusste nicht, wonach sie suchte. Es ging vielleicht nur darum, sich überhaupt einen Eindruck zu verschaffen: So hatten die Belolaveks gelebt, bevor alles vernichtet wurde, was sie sich aufgebaut hatten.

Sie ging um das Haus herum, das inmitten der hinterlassenen Verwüstung wie eine friedvolle Insel stand. Von außen immer noch intakt, sauber und adrett. Ein Haus, wie es sich viele Familien wünschten und sich die wenigsten leisten konnten, nicht zu groß, nicht zu klein, mit charmanter Backsteinfassade und weiß eingefassten Fensterrahmen in erstklassiger Lage.

Der Garten auf der anderen Seite bot kein besseres Bild. Herausgerissene Rhododendronsträucher, kaputte Rosenstöcke, zertrampelte Beete. Und ein Haufen Bretter, wo einmal der Schuppen gestanden hatte – das seltsame Grabmal Thomas Belolaveks. Weder im Haus noch im Inneren des Schuppens waren DNA-Spuren gefunden worden, kein Blut, nirgends. Möglicherweise war der Garten also der Tatort. Das war aber nach der Liegezeit und dem vielen Regen selbst mit den neuesten Methoden nicht mehr verifizierbar.

Bevor das Wetter im September urplötzlich umgeschlagen hatte, war es ein heißer, trockener Sommer gewesen. War es denkbar, dass eine Frau ihren körperlich sicherlich kräftigeren Mann im Garten erstach – etwa an einem Spätsommerabend, wo sie damit rechnen musste, dass sich das halbe Viertel im Freien befand?

Was war mit dieser unauffälligen, freundlichen Familie passiert und ihrem unspektakulären Dasein? Wer von den Mitgliedern hatte den Keim der Zerstörung gelegt? Einer, beide, alle drei? Oder doch Fremdverschulden? Ein Racheakt oder ein Raubmord, bei dem der Mörder kalte Füße bekommen hatte und deshalb Geld und Wertsachen unberührt ließ? Mona kniete sich neben die mit Plastikplanen überdeckte flache Vertiefung, in der noch Abdrücke eines menschlichen Körpers zu erkennen waren. Beine, Arme, Rumpf und Kopf. *Madenfraß*. Mona überkam eine leichte Übelkeit. Er hatte hier gelegen wie ein moderndes Stück Holz, so, als hätte es ihn nie gegeben. Tot und vergessen von der Welt. Von niemandem vermisst. Das Gesicht nicht mehr zu erkennen, die Augenhöhlen leer, die Lippen bis über die Zähne verwest. Ausdruckslos. *Zerfressen.* Ein würdeloses Ende.

Mona fühlte sich plötzlich sehr allein in diesem Garten, in dem Tod und Verwesung auf so aufdringliche Weise Einzug gehalten hatten. Am Himmel ballten sich schwarze Wolkengebirge. Es hatte wieder angefangen zu regnen. Dieser Garten, dachte sie plötzlich, war ein verzauberter Garten. Er strahlte Unglück und Gefahr aus, aber die Belolaveks hatten das zu spät gemerkt. Da war das Gift bereits in ihren Adern, eroberte ihr Wesen, tötete …

Mona schüttelte den Kopf und schlug die Gartentür hinter sich zu.

7

Easy come, easy go… Let me blow ya mind. Maria Belolavek trägt eine enge Hose, die ein gutes Stück unterhalb ihres Bauchnabels endet, ein enges Top mit Spaghettiträgern, einen Calvin-Klein-Slip, dessen schwarzer Gummizug hervorlugt, und schwarze Nikes wie Gwen Stefani. Sie wiegt sich beim Gehen in den Hüften wie Gwen. Gwen und ihre Freundin gehen auf eine vornehme Party voller alter Leute und mischen sie auf. *It took a while to get me here and I took my time…* Die Sonne brennt heiß auf Marias Schultern, in ihren Ohren dröhnt der Sound von Gwen, die ihre Party im Knast zu Ende feiern muss. Aber natürlich kommt ein Freund und löst sie mit einer Reisetasche voller Dollars aus.

Maria ist auf dem Heimweg. Es ist Ende Mai, und nichts deutet auf das hin, was später passieren wird – mit ihr und ihrer Familie, mit ihrem ganzen Leben.

Nichts. Jedenfalls nichts direkt Wahrnehmbares.

Aber einige Veränderungen gibt es, die sie nicht einordnen kann.

Maria weiß nicht mehr, wie sie als Kind war. Sie will es auch nicht wissen, denn sie betrachtet sich jetzt nicht mehr als Kind, und was früher gewesen ist als jetzt, interessiert sie nicht. Jetzt ist sie fünfzehn, ein Meter dreiundsechzig groß und wiegt 48,5 Kilo auf der Elektronikwaage ihrer Eltern. Ihre Haare sind lang und blond und auf eine Weise Aufsehen erregend, die Maria noch nicht vollkommen versteht, die sie aber interessant findet. Manchmal fährt sie sich durch die Haare – *Mähne*, sagt ihre Mutter –, und sie spürt, dass das bei anderen etwas auslöst, das früher nicht vorhanden war – nicht in ihrem Leben. Jungs aus ihrer Klasse starren sie heimlich an, und immer häufiger wird sie von Fremden angesprochen. Fremde, die viel älter sind als sie, fragen sie, wo sie gerade hingeht, was sie heute noch vorhat, ob sie Lust auf einen Kaffee hat. Sie sagt immer nein, teils aus Verwirrung, teils aus Unlust. Und dann weiß sie auch gar nicht, was man miteinander reden soll, wenn man sich nicht kennt und einander in einem Café gegenübersitzt. Wo soll man da anfangen?

Sie ist verblüfft über solche Annäherungsversuche und bekommt dann wieder Angst vor ihrer neu erworbenen Macht. Etwas daran ist nicht echt, nicht wirklich stabil: von Umständen abhängig, die sie nicht steuern kann. Maria hat gern alles unter Kontrolle. Aber ihre Macht wächst unkontrollierbar wie ein Krebsgeschwür, und vielleicht verpufft sie eines Tages wie die Luft aus einem maroden Ballon.

Maria drückt auf die Vorlauftaste ihres CD-Walkmans. Sie steht mitten auf dem Bürgersteig und schwingt im Rhythmus des nächsten Songs. Es ist ihr egal, ob ihr jemand dabei zusieht. Ohnehin ist die Straße wie ausgestorben. Sie ist gesäumt von hohen Hecken, üppig belaubten Bäumen, blühenden Rhododendronbüschen. Maria liebt diese Straße – ihre Straße. Sie lebt seit zwei Jahren in dem Backsteinhaus mit den weißen Fenster- und Türrahmen, das ihre Eltern gemietet haben, obwohl sie lieber eins gekauft hätten. Aber es gab keins zu kaufen, das ihnen allen dreien gefallen hätte, außer eben diesem, und das ist nur zur Miete. Sie sind glücklich darin.

Sie sind eine glückliche Familie. Im Grunde.

Ihr Vater ist zum Beispiel perfekt. Früher, daran erinnert sie sich vage, konnte er nicht viel mit ihr anfangen, aber jetzt fühlt sie sich in seiner Gegenwart wie eine Erwachsene. Sie diskutieren jeden Abend beim Essen über Politik, Literatur, Naturwissenschaften und Zeitungsartikel, die er ihr extra ausgeschnitten hat. Ein-, zweimal im Monat gehen sie am Wochenende gemeinsam ins Kino und sprechen danach ausführlich über den Film. Er kann ihr jedes Mal genau erklären, was er gut und schlecht an einem Film findet und warum. Er weiß so viel. Sie lernt von ihm mehr, als sie je in der Schule lernen könnte.

Maria ist am Gartentor angekommen. Sie nimmt die Walkman-Ohrstöpsel heraus und lauscht einen Moment lang in die plötzliche Totenstille. Es dauert einen Moment, bis sie wieder das leise Rauschen der Blätter wahrnimmt, das Gezwitscher der Vögel, das Bremsen eines Autos am anderen Ende der Straße. Sie greift über das niedrige Tor und drückt auf den elektrischen Öffner. Ein leises Summen ertönt, sie stößt mit der Hüfte gegen die schwarzen Metallstreben, und das Tor schwingt gemächlich auf. Die Gummisohlen ihrer Nikes schlucken jeden Laut, als sie über die rostroten Terrakottafliesen zum Haus läuft, die Schultasche lässig über die rechte Schulter geworfen. Überrascht stellt sie fest, dass die Tür einen Spalt weit offen steht. Innen hört sie ihre Mutter telefonieren.

Aber anders als sonst. Ihre Stimme klingt leise und bedrückt.

Maria ist nicht neugierig. In ihrem Alter interessiert man sich nicht für die Gefühle seiner Eltern. Aber es gibt dennoch einen Moment, in dem sie in Versuchung gerät, ihr Ohr ans Arbeitszimmer ihrer Mutter zu legen. Bevor sie das tun kann, bricht das Gespräch ab. Ein kurzes Piepsen signalisiert, dass das Telefon ausgeschaltet wird. Maria zuckt die Schultern und geht in die Küche.

Ihre Mutter hat gekocht. Es riecht nach Ratatouille mit Tomaten, Zucchini, Auberginen – und bestimmt keinem Gramm

Fleisch. Wegen BSE. Nur bei ihr zu Hause wird noch ein derartiger Zirkus um BSE gemacht. Am liebsten würde ihre Mutter nicht nur Rindfleisch, sondern auch jede andere Fleischsorte vom Speiseplan streichen, wenn nicht Maria und ihr Vater ab und zu darauf bestehen würden. Ihre Mutter redet dann von Kadavern, die zu Tiermehl verarbeitet werden, qualvollen Schlachttier-Transporten und zugefütterten Antibiotika, die krank machen und gefährliche Resistenzen auslösen können. Schon längst haben Maria und ihr Vater gelernt, diese Litaneien an sich vorüberziehen zu lassen.

Man stirbt immer an irgendwas, sagt ihr Vater. Das Leben führt konsequent zum Tod. Und warum wohl, führt er bei solchen Gelegenheiten weiter aus, steigt unsere statistische Lebenserwartung immer weiter, wenn doch angeblich unsere Ernährung so schädlich und ungesund ist? Da kann doch etwas nicht stimmen, was meinst du?

Solche Argumente, vorgebracht in ruhigem Ton und mit leisem Lächeln, setzen ihre Mutter regelmäßig matt. Und Maria ist dann hin- und hergerissen zwischen Mitleid mit ihrer Mutter und der Bewunderung für die glasklare Rhetorik ihres Vaters. Er gewinnt immer bei Diskussionen, ohne jemals unhöflich zu werden, und Maria hat den Ehrgeiz, einmal so gut zu werden wie er.

Ihre Mutter betritt die Küche, während Maria einen Blick in die Kasserole wirft, in der das Essen leise vor sich hin köchelt. Sie ignoriert absichtlich, dass ihre Mutter ihr von hinten die Hand auf die Schulter legt. Ihr Körper versteift sich, ohne dass sie etwas daran ändern könnte. In letzter Zeit hat sie etwas dagegen, angefasst zu werden.

»Wie geht's dir, Puppe? Wie war die Schule?«

»Cool. Kannst du aufhören, mich Puppe zu nennen? Bitte.«

Sie sagt das nicht zum ersten Mal. Sie hat diesen Spitznamen einmal gemocht, aber jetzt nicht mehr. Die Mutter nimmt die Hand von ihrer Schulter.

»Entschuldige, ich vergess das immer. Willst du essen?«

Maria dreht sich um. Sie hat ein schlechtes Gewissen. Ihr ist klar, dass sie ihre Mutter in letzter Zeit andauernd zurückweist.

Sie hatten früher ein verschmustes, zärtliches Verhältnis, aber Maria kann das im Moment nicht aufrechterhalten. Vielleicht nie wieder. Sie würde gern erklären, warum nicht, aber sie weiß es selbst nicht…

Sie weiß es nicht. Etwas hat sich verändert, und sie kann es nicht rückgängig machen.

Die Mutter wirkt blass unter ihrer leichten Sonnenbräune, auf ihrer Stirn stehen winzige Schweißtropfen.

»Bist du krank?«, fragt Maria. Aber selbst diese Frage klingt nicht besorgt, sondern gereizt, und das wiederum tut ihr schon eine Sekunde später Leid. Die Mutter hat ihr nichts getan, sie ist immer nett zu ihr. Und trotzdem gibt es diesen Impuls, ihr wehzutun.

»Mit wem hast du telefoniert?« Sie bemüht sich, Interesse zu zeigen, ihren unfreundlichen Ton wieder gutzumachen. In der Regel funktioniert das, aber diesmal nicht. Überrascht sieht Maria, wie sich ihre Mutter mit einem seltsamen Gesichtsausdruck von ihr abwendet.

»War nur eine Freundin, der es nicht gut geht«, sagt sie und scheint plötzlich nicht zu wissen, wohin mit sich. Schließlich verlässt sie mit ungeschickten Schritten die Küche. Sie lässt Maria einfach stehen.

Das hat sie noch nie getan.

Fünf vor drei saß Bauer allein in seinem Büro und überlegte, ob er sich eine Pflanze anschaffen sollte. Etwas Lebendiges, Buntes, das er hegen und pflegen könnte. Die Leiche verfolgte ihn weiterhin bis in den Schlaf, obwohl nun doch schon eine gewisse Zeit vergangen war und er sie bislang nicht mehr zu Gesicht bekommen hatte. Sie ruhte in der Kühlkammer der Rechtsmedizin, für kurze Zeit konserviert, bis sie der Erde erneut übergeben werden würde. Vielleicht würde man sie auch verbrennen. Das wäre ihm am liebsten. Dann wäre sie auf einen Schlag nicht mehr vorhanden und würde ihn nicht mehr quälen.

Nachts sah ihn die Leiche mit ihren leeren Augenhöhlen an, als wollte sie ihn ermahnen. Manchmal bewegte sie ihren halb skelettierten Finger und sagte etwas zu ihm, das er aber regelmäßig vergessen hatte, wenn er um vier, fünf Uhr morgens aus dem Schlaf schrak und dabei seine Freundin aufweckte. Er schlang dann immer seine Gliedmaßen um ihren warmen nackten Körper wie ein Ertrinkender. Er wollte Sex, aber nicht aus Liebe, sondern um zu vergessen, und das spürte sie sehr wohl, und deswegen wies sie ihn auch immer ab.

Lass mich in Ruhe. Ich bin total kaputt.

Er musste das jetzt durchstehen. Es würde immer leichter werden, von Leiche zu Leiche, ganz bestimmt: Irgendwann würde er so cool sein wie die anderen. Tagsüber ging es ihm schon ganz gut. Die anderen fütterten ihn mit Horrorstorys, beispielsweise von Faulleichen in Plastikplanen, die sich derart aufgelöst hatten, dass sie im Leichensaft förmlich zerfielen, und er übte sich eifrig darin, ungerührt zu erscheinen. Das war nicht einfach. Besonders Schmidt und Forster überboten sich schier im Versuch, ihn aus der Fassung zu bringen. Immer gingen sie bis in die letzte grässliche Einzelheit. *Wir müssen unseren Jungspund abhärten.* Manchmal drängten sie ihn dazu, eklige Detailaufnahmen aus alten Akten anzusehen.

Bauer wehrte sich nicht gegen solche Zumutungen, denn sie hatten ja Recht. Er musste abgehärtet werden, sonst würde er in diesem Job nie weiterkommen, und das wollte er unbedingt, denn zumindest das Ermitteln machte ihm richtig Spaß. Das Reden mit den Zeugen, das Fragenstellen, das Kombinieren und Analysieren von Zusammenhängen. Da war er am richtigen Platz, das spürte er, und das andere, das musste sich eben ergeben. Bauer packte seine Unterlagen zusammen und begab sich zur Konferenz.

Mona traf Patrick Bauer auf dem Gang. Sie lächelte ihm ermunternd zu. Er war immer noch reichlich blass und sah aus, als hätte er abgenommen. »Alles klar, Patrick?«, fragte sie.

»Ja.« Seine leise und brüchige Stimme hörte sich nach dem Gegenteil an, aber jetzt war keine Zeit, dem nachzugehen. Er hielt ihr die Tür zum Konferenzraum auf. Eine Rauchwolke kam ihnen entgegen; Schmidt und Forster pafften, als würden sie dafür bezahlt. Ein muffiger Geruch nach ungewaschenen Kleidern und altem Zigarettenrauch erfüllte den Raum, weil beide ihre feuchten Parkas über die Heizung gehängt hatten. Niemanden außer Mona schien das zu stören. Sie setzte sich und sah zum Fenster. Der Regen war wieder stärker geworden und lief in dicken, sirupähnlichen Schlieren die Scheiben herunter.

Zwei Stunden später stand fest, dass sie nichts hatten. Es gab einige Freunde der Belolaveks, die sich im Dezernat gemeldet hatten und willig waren zu helfen. Und selbst diese passten eigentlich eher in die Rubrik gute Bekannte. Wirklich enge Kontakte – Beziehungen, die über Partys und gelegentliche Essenseinladungen zu viert hinausgingen – hatten die Belolaveks offenbar weder gebraucht noch gepflegt. Die einzige Ausnahme war Jens Zimmermann.

Nachbarn und Bekannte beschrieben Karin Belolavek als freundlich, entgegenkommend, sympathisch und hilfsbereit. Sonst war nichts über sie in Erfahrung zu bringen. Ihre Eltern waren tot, Geschwister hatte sie nicht, und weitere Verwandte waren nicht aufzufinden. Weder gab es eine beste Freundin noch alte Freunde oder ehemalige Studienkollegen. Karin Belolavek hatte laut Studentenverzeichnis in München Literaturwissenschaft und Philosophie studiert, aber nie einen Abschluss gemacht. Es gab keine Seminararbeiten von ihr, und kein Professor konnte sich an sie erinnern. Es war beinahe so, als hätte sie vor ihrer Ehe mit Thomas Belolavek nicht existiert.

»Jeder hat die gemocht«, meldete sich Bauer, sein junges, rundes Gesicht glänzte vor Eifer, und plötzlich sah er geradezu gesund aus. Er schaute auf seinen Notizblock. »Ich versteh das nicht. Die Leute haben geradezu geschwärmt von ihr. Aber richtig gekannt hat sie keiner.«

»Was ist mit Thomas Belolavek? Habt ihr da was?«, fragte Mona.

Thomas Belolavek hatte zwei vier Jahre jüngere Zwillingsschwestern, die in Berlin lebten und von Kollegen vor Ort vernommen worden waren. Beide wussten von nichts. Ihr Verhältnis zu ihrem Bruder und dessen Schwägerin sei normal gewesen. Thomas habe manchmal bei ihnen vorbeigeschaut, wenn ihn Geschäftsreisen nach Berlin führten. In letzter Zeit aber selten. Karin hätten sie seit mehreren Jahren nicht mehr gesehen, ihre Tochter zum letzten Mal bei ihrer Taufe. Also vor fünfzehn Jahren.

»Sie wollen wissen, wann die Beerdigung stattfinden kann«, sagte Forster. »Sie sagen, die Eltern würden täglich bei ihnen anrufen und fragen.«

»Was wollen die denn beerdigen? Da ist doch nichts mehr übrig«, sagte Fischer. Er riss mit den Zähnen eine Chipstüte auf.

Forster sah ihn sauer an. Seine Mutter war vor zwei Monaten gestorben, und seither reagierte er dünnhäutig. »Du weißt überhaupt nicht, wie das ist«, sagte er.

»Was?«, konterte Fischer mit vollem Mund und hielt die Tüte in die Runde. Alle außer Forster und Bauer bedienten sich.

»Wenn jemand stirbt, den man liebt. Du Arsch weißt überhaupt nicht, was das heißt.«

»Okay, Ruhe jetzt«, sagte Mona. »Also, die Beerdigung kann erst mal nicht stattfinden. Wir brauchen die Leiche noch. Sag ihnen das, Karl. In netten Worten. Wir müssen unbedingt jemanden engagieren, der uns den genauen Todeszeitpunkt ermitteln kann. Genauer als Herzog und sein Team.«

»Wer soll das denn sein?«, fragte Fischer erstaunt.

»Das werden wir sehen. Ich bespreche das morgen mit Berghammer. Ist noch was? Sonst beenden wir das für heute.«

Es ging ihr schwer über die Lippen, nach einem halben Jahr noch fast genauso schwer wie anfangs. Sie standen am Anfang einer schwierigen Ermittlung. Es gab nach drei Tagen null Resultate. Die Medien riefen im Viertelstundentakt bei der Pressestelle an. Spätestens morgen Mittag würde Berghammer eine Pressekonferenz zum Stand der Ermittlungen geben müssen.

Keiner ihrer Kollegen würde in einer derartigen Situation um vier nach Hause gehen. Aber sie hatte diese Ausnahmeregelung mit Berghammer vereinbart, und sie sagte sich, dass sie kein schlechtes Gewissen haben musste. Es war alles korrekt.

Ihre Kollegen hatten entweder gar keine Kinder oder Ehefrauen oder Freundinnen, die sich um sie kümmerten, Mona hatte nur Anton, den es offiziell nicht gab.

Das interne Telefon klingelte. Mona griff nach hinten und hob den Hörer ab. Es war Berghammers Sekretärin. »Mona, da ist eine Frau, die sagt, sie sei eine Freundin von Karin Belolavek gewesen. Soll ich sie durchstellen?«

»Hast du ihre Personalien?«

»Sie wollte nicht.«

»Hast du ihre Nummer auf dem Display?«

»Nee.«

Die anderen waren bereits aufgestanden und sahen Mona fragend an. Sie gab ihnen Zeichen, dass sie gehen konnten. »Okay, stell sie durch, Lucia«, sagte sie in den Hörer. »Wir sind hier fertig.«

»Okay. Servus, Mona.« Ein Klicken ertönte, dann war die Leitung wieder frei. Mona hörte schweres, hastiges Atmen. Es klang nach einer alten Frau.

»Wer spricht da bitte?«

Die Frau am anderen Ende räusperte sich.

»Hallo? Mit wem spreche ich, bitte?«

»Theresa Leitner«, sagte die Frau schließlich. Auch ihre Stimme klang alt, heiser und brüchig. Mona sah auf die Uhr. Zehn nach vier. Um halb fünf musste sie Lukas vom Hort abholen. Halb fünf pünktlich. Die verstanden da keinen Spaß.

»Hören Sie«, sagte sie zu Theresa Leitner. »Kann ich Sie von einem anderen Apparat aus zurückrufen? In zwei Minuten?«

»Sicher. Mir ist das egal. Sie können auch gleich vorbeikommen.«

»Nein, das geht jetzt nicht.« Mona kramte nach einem Stift. »Können Sie mir bitte Ihre Nummer geben?« Sie wusste, es war ein Risiko dabei. Manche Zeugen meldeten sich nur ein einziges Mal, und dann musste man dranbleiben, um sie nicht zu verlieren.

»Sieben sechs neun null zwei eins.« Sechs Ziffern nur. Eine alte Nummer, wenn sie stimmte.

»Okay. Ich rufe Sie sofort zurück. Zwei Minuten.«

»Von mir aus. Ich hab's nicht eilig.«

»Danke. Bis gleich.« Mona legte auf und raffte ihre Unterlagen zusammen, balancierte den Packen in ihr Büro und deponierte ihn, so wie er war, auf ihrem Bürostuhl. Sie sah auf das Display ihres Handys. Der Akku war fast leer. Sie tippte die Nummer ein, die ihr die Frau gegeben hatte. Erleichtert hörte sie, dass abgehoben wurde. Sie nahm ihre Tasche vom Stuhl und bewegte sich zur Tür.

»Spreche ich mit Frau Leitner?«

»Ja.«

Mona verließ das Büro und steuerte den Lift an. Die schwere Tasche rutschte ihr von der Schulter. »Sie sind eine gute Freundin von Karin Belolavek?« Der Lift öffnete sich, Mona stieg ein, stellte die Tasche auf den Boden und drückte auf »T«.

»Ja. Hab ich jedenfalls gedacht.«

»Wissen Sie, wo sie sich zurzeit aufhält?«

»Nee *kkkrrrrrffffzzz*.« Der Lift hielt im zweiten Stock. Ein Kollege vom Dezernat für Zolldelikte stieg ein. Sie nickten sich zu.

»Wann haben Sie sie zum letzten Mal gesehen?«

Rauschen. Der Kollege stieg im Erdgeschoss aus. Die Lifttüren schlossen sich.

»Frau Leitner? Sind Sie noch dran?«

Das Rauschen wurde schwächer. »Ja, ich bin dran. Also, ich hab Karin vor ungefähr drei Wochen gesehen. Dann nicht mehr. Sie wollte mir eigentlich aus dem Urlaub schreiben. Da kam aber gar nichts.«

»Sie hat Sie auch nicht angerufen? Nie?«

»Nein, kein einziges Mal. Hatte ich auch nicht erwartet. Aber einen Brief, eine Karte. Sie hat mir sonst immer geschrieben, wenn sie in Urlaub war.«

Die Lifttür öffnete sich zur Tiefgarage. Mona bewegte sich im Laufschritt zu ihrem Wagen und fummelte mit der linken Hand ihren Autoschlüssel aus der Manteltasche. Die Verbindung wurde wieder schlechter.

»Wo wollte sie hinfahren? Hat sie Ihnen das erzählt?«

»Mallorca. Glaube ich. Da waren sie schon mal, vor zwei *krrrrrzzzffff* .«

Mona startete den Wagen, das Telefon vorsichtig zwischen Ohr und Schulter geklemmt. »Haben Sie irgendeine Ahnung, was passiert sein könnte?«

»Nicht so *fffrrrrszzzz*«, sagte Theresa Leitner.

»Was? Ich meine, was glauben Sie, könnte es gewesen sein? Haben Sie da eine Vermutung?« Mona zog an der Kette, die von der Decke hing, und das Garagentor öffnete sich quietschend. Zehn vor halb fünf. Das würde sie nie schaffen.

»Also, die Karin…«

»Ja? Was war mit der Karin?« Mona bog auf die Straße.

»Ich weiß nicht, ob ich Ihnen das erzählen darf. Das ist sehr privat, verstehen Sie?«

»Sie müssen mir das sogar erzählen. In einem Mordfall muss jeder sagen, was er weiß. Das ist Gesetz.«

»*krrzzzzffff* … hatte einen Freund.«

»Was?«

»… einen Geliebten. Karin hatte einen Geliebten.«

8

Ich weiß, dass ich gefährlich lebe. Ich hatte vergessen, dass Liebe alles verändert, nicht nur den Körper, nicht nur den Gesichtsausdruck, nicht nur den Gang, auch das gesamte emotionale Universum. Gleichzeitig ist es so, als hätte ich mich in zwei Personen aufgespalten, die unterschiedlicher gar nicht sein könnten. In meiner ersten Welt – jene, zu der du keinen Zutritt hast – bin ich die Frau, die niemals revoltiert. Du bist der parallele Kosmos, den ich mir gestatte. Mit dir begebe ich mich auf eine Reise in die ungewissen Gefilde der Leidenschaft. Ich mache mir dabei nichts vor: Diese Art der Reise kann nicht ewig dauern, sie hat ein Ziel, und das heißt Unterwerfung. Meine Unterwerfung.

Wir dürfen also niemals ankommen. Ich muss weiterhin die Regeln bestimmen, sonst werde ich verwechselbar mit den kleinen Mädchen, die du alle haben könntest, aber nicht willst. Weil ich stärker bin als sie. Weil ich dir gebe, was du von ihnen nicht bekommen kannst. Souveränität, Reife, Erfahrung. Du gibst mir das Gefühl, jeden Tag schöner zu werden. Wenn ich dich verlasse, fahre ich manchmal noch in die Innenstadt. Es ist meistens gegen fünf Uhr nachmittags, die Bars öffnen. Ich habe eine ausfindig gemacht, die dunkel, exklusiv und teuer ist. Dort setze ich mich an den Tresen und bestelle immer das Gleiche: Wodka on the Rocks, weil man von Wodka keinen schlechten Atem bekommt. Dann teste ich meine neu erworbenen Fähigkeiten an den anwesenden Männern.

Ich will nichts von ihnen, gar nichts. Keiner von denen, die sich freiwillig die Hälse mit Krawatten strangulieren, interessiert mich. Aber ich übe mich für dich in der Verführungskunst, die du schon längst beherrschst. Ich will es für dich können, damit du mich noch reizvoller findest. Und langsam mache ich Fortschritte. Natürlich ist es keine Kunst, Männer für eine schnelle Nummer zu finden. Die Kunst besteht vielmehr darin, sie für die Frau selbst zu interessieren.

Und das gelingt mir immer besser. Ich weiß nun, wie ich lächeln muss, um jene Irritation hervorzurufen, die der Erkenntnis vorangeht, dass ich nicht zu haben und deshalb einzigartig bin. Dabei gehe ich schon längst nicht mehr den leichtesten Weg. Ich zeige kein Verständnis mehr für Männer, die mir ihre allgemeine Erschöpfung zu Füßen legen wie ein erlegtes Wild. Wenn sie über ihre Firmen, ihre Ehen, ihre Familien klagen, nicke ich nicht mitfühlend, sondern schweige gnadenlos. Solche Frauen können sie überall haben. Ich bin anders. Ich wechsle das Thema. Ich diskutiere mit ihnen über das Wesen Schwarzer Löcher (die paradoxe Existenz des totalen Nichts) und über die spirituellen Qualitäten der Quantenphysik. Ich fordere sie, und sie folgen mir willig. Ich spüre, wie sehnsuchtsvoll sie sich eine Frau wünschen, mit der sie reden könnten wie mit mir. Doch ich weiß in jeder Sekunde: Wenn sie mich erobert hätten, würden sie alles tun, um mir auszutreiben, was sie an mir fasziniert.

Warum funktioniert Liebe auf diese Weise? Vielleicht weil auch Liebe endlich ist. Ihr Ziel heißt Gleichgültigkeit.

Sobald ich merke, dass sie an meinen Lippen hängen, verabschiede ich mich. Es gibt keine Handynummer und keine Aussicht auf ein Wiedersehen. Ich weiß, dass ich mich auf diese Weise unvergesslich mache. Dann kehre ich zurück in mein altes Leben. Dort gibt es einen Mann, ein gemeinsames Kind, ein gemeinsames Haus. Es besteht aus einer Konstruktion, die Sicherheit garantieren soll und in erster Linie Langeweile produziert. Ich finde mich damit ab, jetzt noch. Es wird der Tag kommen, an dem mir das nicht mehr reicht. Bis dahin erhalte ich das fragile Gleichgewicht aufrecht. Es liegt mir nichts daran, meinen Mann neu zu erobern, sonst hätte ich ihm längst gezeigt, was ich heute alles kann und weiß.

Aber du musst keine Angst haben, so oder so nicht. Niemals wird ein Mann dir Konkurrenz machen können. Wenn du mich ansiehst, öffnet sich alles an mir und in mir. Du sagst manchmal »meine Rose« zu mir, und genauso fühle ich mich in deiner Gegenwart: als etwas Kostbares und zutiefst Lebendiges. Nur wenige Männer gaben mir ein ähnliches Gefühl, und bei ihnen musste ich immer Angst haben, dass sie mich irgendwann in eine Vitrine stellen und mich dort unberührt verstauben lassen. Du dagegen hast deine Hände überall. Wenn wir auf der Straße nebeneinander gehen, umarmst du mich alle paar Schritte – so lange, bis ich endlich die Angst vergesse, von Bekannten mit dir zusammen gesehen zu werden. Es ist ohnehin lächerlich. Die Gefahr ist so gering im falschen Viertel einer Millionenstadt.

Aber anfangs war es schon hart genug, die Blicke der Unbekannten auszuhalten, sich nicht zu schämen, nicht wegzusehen. An Frauen meines Alters bemerke ich manchmal einen Ausdruck von – Neid? Bewunderung? Junge Mädchen übersehen mich dagegen dreist und flirten ganz offen mit dir. Am schlimmsten aber sind ältere Männer. Wenn sie nicht demonstrativ wegsehen, mustern sie mich von Kopf bis Fuß und geben mir anschließend wortlos zu verstehen, dass ich keine Chance habe.

Du glaubst, du kannst diesen Jungen halten? Dich würde ja nicht mal ich noch nehmen!

Du sagst, dass ich mir das einbilde (ich hätte niemals mit dir darüber sprechen dürfen!). Aber nun ist es passiert, und im Grunde ist es gut, dass du auch meine Ängste kennst. Wenn wir eine gemeinsame Zukunft haben sollten, kommen wir ohnehin nicht darum herum. Und *ganz allmählich entwickle ich einen Stolz, der nichts mit Trotz zu tun hat, sondern von innen kommt. Wenn es kalt ist, schiebe ich meine Hand in deine Manteltasche. Deine Hände sind immer warm.*

Wir haben mittlerweile sogar ein Stammlokal. Es ist im bayerischen Rustikalstil der sechziger Jahre eingerichtet. Hier gibt es Cevapcici und ähnliche Gerichte, die ich aus meiner Kindheit kenne, als es noch an jeder Straßenecke jugoslawische Restaurants gab. Der Besitzer, ein Bosnier, begrüßt uns mit Handschlag. Oft sind wir die einzigen Gäste. Das liegt an der Tageszeit: Wir kommen nie vor drei Uhr nachmittags. Ich lade dich gern zum Essen ein, denn ich mag es, wie du isst. Wie du jeden Bissen genießt. Und du bist jedes Mal von einer Bescheidenheit, die mich rührt. Nie nimmst du ein teureres Gericht als ich. Sodass ich mittlerweile für uns beide bestelle, und wir essen dann gemeinsam von allem Aufgetragenen.

Gestern waren wir wieder dort. Du hast mich unter dem Tisch angefasst, und diesmal schob ich deine Hand weg, denn es waren einige Gäste da, die meisten Männer, und ich hatte ohnehin schon das Gefühl, dass wir ungut auffielen.

Ich schob also deine Hand weg, und du legtest sie wieder hin. So als hätte ich gar nichts getan. Ich küsste dich auf den Mund und nahm ein zweites Mal deine Hand von meinem Schenkel. Du hast gelächelt, aber da war etwas in deinem Blick, das ich nicht mochte. Schließlich ließ ich dich gewähren und tat so, als machte es mir Spaß. Aber so war es nicht, und ich will, dass du das weißt. Ich habe es nur getan, um kein Aufsehen zu erregen.

Unsere Liebe hat dadurch ihre Unschuld verloren. Du verstehst das wahrscheinlich nicht, aber so empfinde ich das. Es ist nicht schlimm. Es ist bestimmt normal.

Theresa Leitner wohnte im Westend, nicht weit vom alten Messegelände entfernt. Das Haus, ein Altbau, sah außen baufällig aus und innen verwahrlost. Die Briefkästen im Eingangsbereich waren zum Teil aufgebogen, zum Teil kaputtgeschlagen und meist ohne Namensschilder. Der Lift funktionierte nicht, das Treppenhaus war fensterlos und düster. Spekulantenware, dachte Mona, als sie zu Fuß in den dritten Stock stieg. Die Besitzer warteten ab, bis der letzte Bewohner gestorben, weggezogen oder herausgeklagt war, und dann konnte die Luxusrenovierung beginnen. Früher einmal hätte es vehemente Proteste dagegen gegeben. Heute fanden sich die Leute mit allem ab.

In der Mitte von Theresa Leitners Tür prangte ein Blatt Papier mit einer Kinderzeichnung, die einen Regenbogen in blassen Wachsmalkreidefarben zeigte. Die Tür selbst war vor Jahren einmal dunkelbraun gestrichen worden. Jetzt blätterte an zahllosen Stellen die Farbe ab und ergab bizarre Muster aus dunkelbraunen und rostroten Streifen. Mona klingelte. Nach ein paar Sekunden hörte sie leise knarzende Schritte, als schliche jemand heimlich zur Tür. Der Spion blitzte kurz auf.

»Seiler, Kriminalpolizei. Wir haben gestern telefoniert.«

»Ja. Moment.«

Das Geräusch eines Riegels, der mit Wucht zurückgeschoben wurde. Vor Mona stand eine mollige Frau, die aussah wie Mitte, Ende vierzig. Sie trug ein weites rotes Kleid aus einem orientalisch anmutenden Stoff und einen bunten Seidenschal um den Hals. Aus der Wohnung roch es nach abgebrannten Räucherstäbchen.

»Frau Leitner?«, fragte Mona.

»Ja. Kommen Sie rein.«

»Danke. Ich hoffe, Sie haben Zeit.«

»Jetzt schon. Um zwei muss ich Sie rausschmeißen, da fängt die Nachhilfestunde an.«

»Sie geben Nachhilfe?«

»In Deutsch. Acht Flüchtlingskindern aus dem Kosovo. Sie kommen hierher. Ich habe hier ein richtiges kleines Klassenzimmer.« Theresa Leitner ging durch einen kurzen, unbeleuchteten Gang voraus in eine geräumige Wohnküche.

»Möchten Sie etwas? Tee? Kaffee ist leider nicht da.«

»Vielen Dank, gar nichts.«

»Vielleicht eine heiße Schokolade? Tut doch gut bei dem Wetter.«

»Danke, wirklich nicht. Haben Sie eine freie Steckdose für das Aufnahmegerät?«

»Ja, gleich hier unten, neben der Tür.« Theresa Leitner setzte sich an den Tisch aus hellem Holz und schaltete eine kleine Stehlampe ein. Ihr Licht vermischte sich mit dem trüben Tageslicht, das aus einem hohen, schmalen Fenster in die Küche fiel, ohne den Raum nennenswert zu erhellen. Mona registrierte Küchenschränke aus beigefarbenen, billig aussehenden Pressspanplatten, einen alten Elektroherd neben einer verkratzten Spüle. Die Decke war mit dunkelbraunen Holzpaneelen abgehängt, die vergilbten Wände waren mit farbigen Tüchern drapiert.

»Seit zwei Wochen Regen«, sagte Theresa Leitner. »Es ist nicht auszuhalten. Immer diese schauderhafte Dunkelheit.« Ihr Gesicht war rund und weich, mit vollen blassen Wangen.

Mona bückte sich unter den Tisch und schob den Stecker in die Steckdose. »Sie haben mir am Telefon erzählt, dass Sie Karin Belolavek gut kennen«, sagte sie, nachdem sie das Gerät eingeschaltet hatte. Die muffig-ärmliche Umgebung schien ihre Stimme zu verschlucken, und sie räusperte sich unwillkürlich.

»Tut mir Leid, dass ich mich nicht eher gemeldet habe. Aber ich lese selten Zeitungen, und den Fernseher habe ich schon seit Jahren im Keller stehen. Deswegen wusste ich das mit Karin erst, als es mir jemand von der Gemeinde erzählt hat.«

»Gemeinde?«

»Von der Paulskirche gleich um die Ecke. Karin hat da ehrenamtlich mitgearbeitet.« Sie machte eine Pause und sah Mona an. »Wussten Sie das denn nicht?«

»Nein.«

»Na ja, dann wissen Sie's jetzt. Karin hat auch Nachhilfestunden gegeben, in Mathematik und Deutsch.«

»Wie Mathematik? Sie ist doch keine Lehrerin.«

»Das Grundschulniveau hat sie schon drauf. Sie hat sich wohl auch einiges beigebracht anhand von alten Schulbüchern ihrer Tochter. Wissen Sie, die Gemeinde kann von Glück sagen, dass es Leute wie Karin gibt. Zwei Nachmittage in der Woche hat sie diesen Kindern gewidmet, manchmal sogar drei.«

»Warum gerade diese Gemeinde? Sie wohnt doch ganz woanders.«

»Das lief über mich. Wir haben uns vor zwei, drei Jahren kennen gelernt.«

»Bei welcher Gelegenheit?«

»Ein Vortrag über Globalisierung. Vielleicht war's auch die christliche Meditationsgruppe. Jedenfalls kamen wir ins Gespräch, und da habe ich wohl von meiner Gemeindearbeit erzählt.«

»Und sie war interessiert.«

»Na, allerdings. Ich kann Ihnen jetzt nicht mehr sagen, wie das genau war, aber auf jeden Fall hat sie ganz schnell gehandelt. Wir kannten uns gerade mal ein paar Wochen, und schon war sie voll eingespannt.«

»Hat sie da auch noch andere Aufgaben übernommen? Ich meine, außer Unterricht?«

»Lesungen organisieren und solche Sachen. Wenn Sie da Genaueres wissen wollen, fragen Sie am besten unseren Pfarrer Grimm. Bertold Grimm.«

»Was hat Karin so erzählt? Ich meine, von sich, von ihrem Leben, von ihrer Ehe. Hat sie mal davon gesprochen?«

Theresa Leitner seufzte und sagte nichts.

»Frau Leitner? Haben Sie meine Frage verstanden?«

Theresa Leitner stand auf, verließ wortlos die Küche und kam nach ein paar Sekunden mit einer Zigarette zurück. Schwerfällig kramte sie in einer Schublade herum und beförderte ein Feuerzeug zu Tage. »Möchten Sie auch eine?«

»Nein danke.«

»Ich deponiere sie immer im Flur. Dann werden es nicht so viel.« Sie kniff die Zigarette in den rechten Mundwinkel und zündete sie an. »Die Raucherei bringt mich noch um.« Theresa Leitner blies den Rauch aus und ließ sich langsam wieder auf ihren Stuhl nieder. »Also, was wollen Sie denn nun eigentlich genau wissen?«

Es war bereits halb eins. Der dritte Tag ohne Ergebnis. Mona spürte, wie die Ungeduld in ihr wuchs. Gut dass Fischer nicht dabei war.

»Alles«, sagte sie. »Alles, was *Sie* wissen. Alles ist wichtig. Wir haben hier so was wie eine Familientragödie. Wir müssen was von der Vorgeschichte erfahren.«

»Die Ehe.«

»Zum Beispiel.«

Theresa Leitner nahm erneut einen Zug und legte die linke Hand gedankenverloren an den rostroten Lampenschirm, als wollte sie sich an ihm wärmen. »Die Ehe«, sagte sie, »war wahrscheinlich auch nicht schlechter als andere.«

»Aber?«

»Aber… Ja, ich weiß auch nicht. Karin war nicht glücklich. Mit der ganzen Situation zu Hause nicht. Ich würde mal sagen, sie war unausgefüllt. Ihr Mann war sehr viel unterwegs wegen seiner Computersachen, ihre Tochter hatte ihre Freundinnen. Ist ja auch normal in dem Alter. Aber für eine Mutter eben nicht so leicht zu verkraften.«

»Sicher. Aber deshalb bringt man seinen Mann nicht um.«

»Wer sagt Ihnen denn, dass sie's getan hat? Sie wissen das noch gar nicht, oder?«

»Nein«, gab Mona zu. »Wir wissen nicht einmal, ob sie noch lebt.«

»Sie kann es nicht gewesen sein, das sage *ich* Ihnen. Sie ist viel zu friedliebend. So eine Tat – das hätte sie nie fertig gebracht. Sie ist der netteste, freundlichste, höflichste Mensch, den man sich vorstellen kann. Ich hätte nie mit Ihnen geredet, wenn ich gewusst hätte, dass Karin unter so einem ungeheuerlichen Verdacht steht. Nie!«

»Frau Leitner, Karin Belolavek steht im Moment nicht unter Verdacht. Ist das jetzt klar? Wir müssen sie finden, und dann sehen wir weiter. Wir werden sie aber vielleicht nie finden, wenn uns niemand hilft.«

»Also, was wollen Sie hören? Dass ihre Ehe unglücklich war? War sie nicht. Karin wollte sich nicht trennen. Sie war nicht hundertprozentig zufrieden mit der Situation…«

»Welcher Situation? Bitte!«

Die Frau schwieg ein paar Sekunden mit fest aufeinander gepressten Lippen. Als sie wieder zu sprechen anfing, war ihre

84

Stimme leiser und tiefer. »Man steht morgens auf und macht Frühstück für seine Familie, und dann wird man allein gelassen mit den ungemachten Betten und dem Abwasch. Man trinkt noch einen Kaffee, liest noch ein bisschen Zeitung, und schon ist er halb rum, der Vormittag. Dann macht man die Betten, den Abwasch, das Bad. Man saugt den Flur, die Küche, das Wohnzimmer. Man räumt Klamotten weg, man gibt die Wäsche in die Maschine. Und so weiter. Kein wirklich anstrengendes Leben, im Grunde leicht zu schaffen. Wenn da nicht dieses Wissen wäre, dass man all diese geistlosen, eingelernten Handgriffe am nächsten Tag wieder tun wird, und am übernächsten auch, und wahrscheinlich die nächsten zwanzig, dreißig Jahre lang, bei diesem oder einem anderen Mann. Karin hatte sich das so nicht vorgestellt. Keine Frau stellt sich das so vor, aber es passiert eben ganz oft, es ist wie ein weibliches Karma. Karin ist eine gebildete, intelligente Frau. Sie hat studiert, sie hat Pläne gehabt...«

»Berufliche Pläne?«

»Weiß ich nicht. So konkret haben wir nicht darüber gesprochen. Vielleicht.«

»Hat ihr Mann sie daran gehindert, ihren Plänen nachzugehen?«

Theresa Leitner sah sie mitleidig an. »Sie greifen nach jedem Strohhalm, was?«

»Wie meinen Sie das denn jetzt?«

»Thomas hatte seinen Job und abends seine Familie, und das reichte ihm. Er machte sich keine Gedanken, wie Karin den Tag herumbrachte. Es hat ihn nicht interessiert. Von ihm aus hätte sie auch Kisuaheli lernen können.«

»Es war ihm egal?«

»Wenn Karin gesagt hätte, hör mal, ich möchte einen Job annehmen, dann hätte er wahrscheinlich gesagt: Klar, wenn du das brauchst, warum nicht? Verstehen Sie? Ihr Problem war nicht, dass er sie unterdrückt oder eingesperrt hat, sondern dass sie nicht die Kraft hatte, irgendwas gegen seine geballte Gleichgültigkeit durchzusetzen. Gleichgültigkeit ist ja die schlimmste Sorte von

Widerstand. Gleichgültigkeit ist wie Treibsand, in dem Hoffnung und Tatkraft verschwinden wie in einem Bermudadreieck. Und das Tückische ist, je mehr man dagegen ankämpft, desto schneller geht man selber unter. Haben Sie nie erlebt, wie das ist?«

»Nein.« Aber Mona wusste im selben Moment, dass das nicht wahr war.

»Niemand ist schuld, nur man selbst. Es gibt keinen Blaubart, der einen gefangen hält, keine böse Umwelt, die einem Steine in den Weg legt. Es gibt nur die eigene Trägheit, die sich einfach nicht überwinden lässt. Man fängt an, sich selbst zu verachten.«

»War das so bei ihr?«

»Ich war selber mal in dieser Lage. Ich habe erlebt, wie das ist, wenn man sich nichts mehr traut. Ich kenne das.«

»Hat Karin deshalb ehrenamtlich gearbeitet? Um aus diesem Kreislauf rauszukommen?«

»Sie hat es auch einfach gern getan. Sie ist gern unter Menschen, sie braucht das.«

»Sie haben mir am Telefon erzählt, dass sie einen Freund hatte. Eine Affäre. Wie ist es dazu gekommen?«

Theresa Leitner schwieg.

»Karins Freund? Was war das für ein Typ?« Wieder Schweigen. Leute sprachen gern über die Verfehlungen anderer, einige mussten allerdings ermutigt werden.

»Frau Leitner, leider müssen Sie diese Frage beantworten. Sie sind jetzt Teil der Ermittlungen.«

Theresa Leitner stützte ihr Kinn in die Hand. Schließlich sagte sie: »Er war sehr viel jünger als sie.«

»Ihr Freund?«

»Wirklich sehr viel jünger. Sie hat mir nicht genau gesagt, wie alt. Aber höchstens um die zwanzig.«

»Wie hat sie ihn kennen gelernt?«

»Darüber hat sie nie gesprochen. Ich weiß auch nicht, wie er heißt oder wo er wohnt.«

»Aber sie hat von ihm erzählt.«

»Vor ungefähr einem halben Jahr hat sie zum ersten Mal von ihm erzählt. Dass es schon länger mit ihnen beiden ginge, dass es eine große Liebe sei, nicht einfach nur ein Seitensprung. Solche Dinge.«

»Wusste ihr Mann davon?«

»Nein! Karin hatte große Angst, dass er es erfahren könnte.«

»Warum? Was hat sie befürchtet?«

Theresa Leitner lächelte. »Nicht, was Sie denken.«

»Was denke ich denn?«

»Dass er sie verprügelt oder misshandelt hat, oder so was, stimmt's? Nein. Karin hatte Angst, dass es zur Scheidung kommen und Thomas das Sorgerecht beantragen könnte.«

»Wann hat sie das letzte Mal von diesem jungen Mann gesprochen?«

»Nur noch ein einziges Mal, wenn ich mich richtig erinnere. Das war vor ungefähr drei, vier Monaten.«

»Wie fühlte sie sich da? Glücklich? Verzweifelt?«

»Ich hatte den Eindruck, sie war da viel tiefer drin, als sie wollte. Sie konnte das nicht mehr so einfach beenden, sie hatte gar keine echte Wahl mehr.«

»Das Ganze ist ihr entglitten.«

»Sie hat nicht gesagt, dass sie die Beziehung beenden will, das nicht. Sie liebte ihn. Aber das alles wurde ihr zu viel.«

Pfarrer Grimm war ein hoch gewachsener, schlanker Mann mit glatten dunkelblonden Haaren. Er trug Jeans und einen schwarzen Rollkragenpullover. Er hatte eine leise, aber klangvolle Stimme, lächelte viel und unterstrich seine Sätze gern mit einem leichten Heben der rechten Hand. Mona stellte ihn sich auf einer Kanzel vor und dachte, wie schade es sei, dass sich ein so gut aussehender Mann der Kirche verschrieben hatte. Dann fiel ihr ein, dass Pfarrer Grimm evangelisch war, also keinem Zölibat verpflichtet.

Dafür wahrscheinlich verheiratet.

»Wir hätten uns viel eher bei Ihnen melden müssen«, sagte der Pfarrer. Leichtes Heben der rechten Hand, kein Ehering. »Aber wir waren so geschockt von dieser entsetzlichen Geschichte…«

»Wir haben auf diese Weise wichtige Zeit verloren. Bei einer Todesermittlung kann das wesentlich sein.«

»Ja. Tut mir wirklich Leid.«

Sie saßen zu zweit auf einem schwarzen Ledersofa, das alt, speckig und durchgescheuert aussah. Eine unscheinbare ältere Frau hatte Kaffee und einen Teller voller Kekse und Bonbons auf den Glastisch vor ihnen gestellt und sich dann diskret zurückgezogen. Mona musste sich zwingen, nicht über die Süßigkeiten herzufallen. Sie hatte das Mittagessen nach dem Besuch von Theresa Leitner ausfallen lassen und war gleich zu Bertold Grimm gefahren, um nicht noch mehr Zeit zu verlieren. Sie hatte Glück gehabt, ihn anzutreffen, hatte ihr Grimm gleich zu verstehen gegeben. Normalerweise leite er um diese Zeit einen Gesprächskreis zum Thema »Alter als Chance«.

»Ich habe Frau Belolavek – Karin – sehr gemocht«, sagte Grimm. »Wir alle haben sie gemocht. Ich kann überhaupt nicht begreifen… Sie muss sehr verzweifelt gewesen sein.«

»Das wissen wir eben nicht.«

»Was haben Sie denn bislang in Erfahrung gebracht? Oder dürfen Sie darüber nicht reden?«

»Genau. Ich darf Ihnen nicht sagen, was ich weiß, aber Sie müssen mir alles sagen, was Sie wissen. Ziemlich unfairer Deal.«

Der Pfarrer lächelte. »Also, fragen Sie mich. Ich werde mir Mühe geben.«

Mona nahm einen Schluck Kaffee. Die Pfarrei neben der Kirche war ein grauer, würfelförmiger Zweckbau mit niedrigen Decken und kleinen Zimmern. Auch dieser Raum, das Büro des Pfarrers, war klein und wirkte schäbig. Hier sollte Gott gehuldigt werden? Monas Kehle fühlte sich trocken an nach dem Gespräch mit Theresa Leitner. Gott konnte überall, selbst in der kleinsten Hütte, gepriesen werden, fiel ihr ein. Das Gesicht ihrer ehemaligen Religionslehrerin erschien schemenhaft vor ihrem inneren Auge und verschwand wieder. Sie spürte die Müdigkeit, die sie nach den Anstrengungen der vergangenen Tage einhüllte wie ein verführerisch warmes, weiches Tuch. Gähnend griff sie nach einem Schokoladenkeks und hielt irritiert inne, als sie das Gesicht des Pfarrers bemerkte.

»Zu früh aufgestanden?«

»Sicher. Wie üblich.« Es gab keinen Grund für ihre plötzliche Verlegenheit.

»Nehmen Sie ruhig von den Keksen.«

Bloß das nicht. Dann wäre der Teller ganz schnell leer. »Danke, nein. Können wir anfangen?«

»Sicher.«

»Wie lange kennen Sie Frau Belolavek?«

»Das sind sicher schon zwei Jahre. Wir wüssten überhaupt nicht, was wir ohne sie machen würden. Sie kann ganz toll mit den Kindern umgehen, sie kann super organisieren, und sie ist immer freundlich. Wir sind sehr froh, dass wir sie haben. Ich kann mir überhaupt nicht vorstellen, dass sie ...«

»Das hat bisher jeder gesagt.«

»Das kann ich mir denken. Sie ist ein wirklich wundervoller Mensch. Wenn sie gibt, gibt sie alles.«

»Haben Sie gewusst, dass sie eine Affäre hatte?«

Der Pfarrer schwieg ein paar Sekunden lang, scheinbar verblüfft. Dann sagte er: »Sollte das so sein, würde es mich nichts angehen.«

»Sie hat nie mit Ihnen darüber gesprochen?«

»Unser Verhältnis war nicht so persönlich. Sie war einfach sehr nett. Jeder mochte sie.«

»Hat sie ... War sie ... Ich meine, wie wirkte sie auf Männer?«

»Was meinen Sie damit?«

»Attraktiv? Hat sie gern geflirtet? Das meine ich.« Wieder gab es da diesen Impuls bei ihr, die Augen niederzuschlagen und rot zu werden. Das war lächerlich, unprofessionell und peinlich.

»Eigentlich nicht«, sagte der Pfarrer. Er sah Mona weiterhin unverwandt an, seinerseits völlig unbefangen, den linken Arm locker auf die Sofalehne gelegt. »Nein. Ich glaube, Sie haben ein völlig falsches Bild von ihr. Sie sieht sehr gut aus und ist sehr liebenswürdig, aber das, was Sie da andeuten ...«

»War sie gläubig?«

»Ich denke schon, aber das geht mich eigentlich auch nichts an. Wir fragen hier nicht nach der Konfession, oder ob jemand regelmäßig in die Kirche geht oder auf welche Weise er an Gott glaubt. Uns reicht es, wenn Menschen im Namen der Kirche helfen wollen. Das muss reichen, denn es gibt so wahnsinnig viel zu tun, und wir haben bei weitem nicht genügend Leute.«

»Was genau hat Karin Belolavek hier gemacht? Außer bosnischen Kindern Nachhilfe zu geben?«

»Albanischen Kindern. Aus dem Kosovo. Das war im Wesentlichen alles – und das ist ja auch schon sehr viel. Halt, Moment, jetzt fällt mir ein, dass sie manchmal auch unsere Lesungen mitorganisiert hat.«

»Lesungen?«

»Ja. Wir machen das ungefähr einmal im Monat. Ausgewählte Schriftsteller an ungewöhnlichen Orten. Manchmal sogar in der Kirche. Warum nicht? Die Akustik ist hervorragend, und ich kann da nichts Schlimmes dran finden.«

»Religiöse Schriftsteller?«

Diesmal lachte der Pfarrer frei heraus. »Bei der Hand voll, die es hier zu Lande gibt, wären wir immer wieder bei den gleichen Verdächtigen. Nein, diese Veranstaltungen dienen vor allem der Zerstreuung unserer Gemeindemitglieder, weniger der Missionierung. Da würde bald niemand mehr kommen. Es ist eher eine Frage des Honorars. Bestsellerautoren können wir nicht bezahlen.«

»Kann es sein, dass Frau Belolavek während dieser Veranstaltungen einen Mann kennen gelernt hat?«

»Natürlich ist das möglich. Andererseits kommen zu den Lesungen meistens nur Frauen.«

»Und die Autoren selber? Wäre da einer in Frage gekommen?«

»Schon möglich. Ich kann Ihnen die Namen zukommen lassen, wenn Sie mir ein, zwei Stunden Zeit geben. Welchen Zeitraum brauchen Sie?«

»Ich würde mal sagen, die letzten anderthalb Jahre. Geht das?«

»Kein Problem. Unsere Frau Peschel wird Ihnen das heraussuchen.«

»Gab es auch Männer, mit denen sie hier in der Gemeinde zusammengearbeitet hat?«

»Ja, ein paar. Wollen Sie die Adressen?«

»Ich will vor allem das Alter. Auch von den Autoren, bitte.«

Zurück im Auto klingelte ihr Handy.

»Hör mal, Mona, Lukas will heute nicht bei uns bleiben. Er will, dass du ihn gleich abholst.« Es war Lin, ihre Schwester.

»Was?« Lin hatte drei Kinder und wohnte um die Ecke von Mona. Normalerweise war Lukas gerne dort.

»Ja. Tut mir so Leid. Ich weiß nicht, was mit ihm los ist. Er will sofort nach Hause. Zu dir oder zu Anton. Ganz egal, Hauptsache weg.«

»Scheiße. Kannst du nicht noch mal mit ihm reden? Wir haben um sechs Konferenz. Ich kann das nicht mehr abblasen.«

»Mona, was denkst du, was ich die letzte halbe Stunde gemacht habe? Lukas will heim. Unbedingt. Bitte hol ihn ab.«

»Ich kann jetzt beim bestem Willen nicht. Gib ihn mir mal.«

»Vergiss es. Er will nicht ans Telefon. Er will, dass du kommst.«

»Okay. Ich versuche, Anton zu erreichen.«

»Anton.« In Lins Stimme sammelte sich geballte Verachtung.

»Ich ruf dich gleich zurück.« Mona wählte Antons Nummer, klinkte ihr Handy in die Freisprechanlage und fuhr los, mitten in den Stau des Berufsverkehrs hinein. Es dämmerte bereits, und die Straßen glänzten vor Nässe. Bei Anton meldete sich niemand. Sie versuchte es mit seiner Handynummer und erreichte nur die Mailbox.

»Hallo, Anton. Es geht um Lukas. Bitte ruf an.« Sie bremste vor einer Ampel und zögerte, ob sie sich rechts zum Dezernat oder links in Lins Richtung einordnen sollte.

Es zerreißt mich, dachte sie plötzlich. *Dieser ganze Mist zerreißt mich.* Einen Moment lang sah sie den Pfarrer vor sich, sein gelassenes Lächeln, seine breiten Schultern, seine schönen Hände. Wäre ein Leben mit ihm weniger chaotisch? Geruhsamer, fröhlicher, stabiler? Sinnlose Frage. Sie öffnete das Handschuhfach und fischte eine halb volle Zigarettenschachtel heraus. Sie fummelte das Feuerzeug und eine Zigarette aus der Schachtel. Das Feuerzeug ging nicht an. Sie schüttelte es. Kein Saft mehr. Fluchend schleuderte sie es auf den Beifahrersitz.

Es muss sich was ändern. Irgendwas muss sich ändern.

Sie nahm das Feuerzeug wieder in die Hand und probierte es noch einmal. Plötzlich funktionierte es und produzierte eine Stichflamme, die ihr fast die Haare versengt hätte. Zwei Sekunden später rief Anton zurück und versprach ohne viele Fragen, Lukas von seinem Freund Vanicek abholen zu lassen. Vanicek. Mona nahm ein paar tiefe Züge und drückte die Zigarette anschließend wieder aus. Es war ihr nicht recht, dass Lukas schon wieder bei Anton übernachten würde, und wahrscheinlich wusste Lukas das auch ganz genau und stellte sich deswegen so an. Aber es war die beste Lösung für den Moment.

So sah ihr Leben aus: die beste Lösung für den Moment finden. Jeden Tag aufs Neue.

Um fünf nach sechs passierte sie das Tor zur Tiefgarage des Dezernats.

9

Maria betrachtet sich mit nacktem Oberkörper im mannshohen Spiegel neben dem Badfenster. Niemand darf sie hier stören. Auf den Badewannenrand und über die Wäschestange neben der Dusche hat sie sorgfältig elf unterschiedliche Oberteile drapiert. Sie trägt eine mit schwarz-weißen Graffitis bedruckte, eng auf der Hüfte sitzende Hose und Sneakers mit dicken Sohlen. Im Spiegel sieht sie ein Mädchen mit glatter karamellfarbener Haut, kleinem, festem Busen, zarten Schultern und blauen Augen. Maria ist froh, dass sie hübsch ist, denn alles wird leichter, jeder ist netter, wenn man gut aussieht. Man bekommt sogar bessere Noten und wird mehr gefördert. Diesen Wettbewerbsvorteil muss sie sich erhalten, und so dreht sie sich mit einer graziösen Bewegung um und betrachtet erneut ihre Auswahl an Kleidungsstücken.

Schließlich entscheidet sie sich für ein kurzes, asymmetrisches Top aus weißem, schimmerndem Stretchstoff. Es betont ihren flachen Bauch und ihre braun gebrannten Schultern. Sie öffnet ihre zum Pferdeschwanz hochgebundenen blonden Haare und lässt sie auf die Schultern fallen. Sie beugt sich nach vorn, schüttelt die Haare durch, sprüht etwas Haarspray hinein und wirft sie mit Schwung zurück.

Ein Ritual, bei dem normalerweise ihre Freundin Jenna dabei ist. Es macht weniger Spaß, wenn man es allein absolviert, aber Jenna hat Grippe und Fieber oder tut zumindest so. Maria wird allein auf die Party gehen müssen, die einer der beliebtesten Jungs der elften Klasse gibt. Maria und Jenna sind erst in der zehnten, aber mit gleichaltrigen Jungs halten sie sich nicht mehr auf. Marias andere Freundinnen aus der Zehnten, Aise, Hanna und Lisa, werden ebenfalls dort sein, aber sie sind kein Ersatz für Jenna. Jenna ist so etwas wie ihre Seelenschwester. Sie haben sich im letzten halben Jahr so eng aneinander angeschlossen, dass sie in der Schule nur noch die Siamesen genannt werden.

Aber in den vergangenen Wochen hat sich etwas verändert. Jenna hat mehr Kontakt mit einem Mädchen aus der Parallelklasse. Sie vermeidet es, mit Maria allein zu sein, und kommt sie nur noch dann besuchen, wenn andere Mädchen dabei sind. Jenna hat schwarze Locken und braune Augen. Sie ist normalerweise lustig, schlagfertig und frech, und Maria und sie waren ein unschlagbares Team, wenn es darum ging, sich über verliebte Mitschüler lustig zu machen, Lehrer in den Wahnsinn zu treiben, Eltern zu hintergehen. Aber jetzt ist Jenna irgendwie ruhiger und ernster. Maria sehnt sich nach ihrer Freundin, aber nach der Person, die sie früher war.

Maria nimmt ihren flüssigen Kajalstift und malt sich eine hauchdünne schwarze Linie auf das Oberlid. Sie ist sehr gut darin. Manchmal, wenn sie gut gelaunt ist, schminkt sie andere

Mädchen und beweist dabei ein phänomenales Geschick, das ihr immer wieder aufs Neue attestiert wird. Sie verreibt den Lidstrich und gibt hellblauen Lidschatten darüber, dann kontrolliert sie ihre dünn gezupften Augenbrauen und schließlich kommt als Finish erdbeerfarbener Lipgloss auf ihren Mund. *Kleine Lolita* hat sie ein Geschäftsfreund ihres Vaters neulich genannt, in einem Moment, als ihre Eltern gerade abgelenkt waren. Maria kennt den Namen *Lolita* nur aus einem Popsong, aber sie ahnt dunkel, was den Mann dazu veranlasste, sie auf diese Weise anzusprechen. Sie spürt, dass es sich um eine Andeutung handelte, die etwas Verbotenes beinhaltet. Sie lächelte den Mann an, neugierig, denn sie war vielleicht früher einmal schüchtern gewesen, aber jetzt nicht mehr.

Jemand klopft an die Badezimmertür. »Puppe, brauchst du noch lang?«

»Geh bitte weg von der Tür, ich komm gleich raus.«

In Jennas Haus befinden sich zwei Bäder, eins für sie und ihren Bruder, eins für ihre Eltern. Maria muss ihres mit den Eltern teilen, und sie hasst es. Das Bad ist ihr Refugium. Hier fühlt sie sich am sichersten. Sie weiß nicht, warum ein simpler quadratischer, weiß gefliester Raum eine so positive Wirkung auf sie hat, aber es ist so. Sie hört die sich entfernenden Schritte ihrer Mutter, und ihr Körper entspannt sich.

…Ich habe überhaupt keinen Einfluss mehr auf das, was sie tut…

…normal. Reg dich nicht auf. Du regst dich immer auf…

…hilfst mir nie…

…das ist die Pubertät, das gibt sich…

Ihre Eltern haben sich vor ein paar Tagen ihretwegen gestritten. Maria lauschte an der Wand zum Wohnzimmer und bekam einige Satzfetzen mit. Sie beschließt, dass es ihr egal ist.

Sie öffnet die Tür, ihre Oberteile über den Arm gehängt. Vorsichtig späht sie hinaus. Ihre Mutter hat sich verdrückt. Maria schleicht auf leise quietschenden Gummisohlen über den langen Gang bis zu ihrem Zimmer. Sie legt alles ordentlich zusammen und verstaut es in ihrem Kleiderschrank. Ihr Zimmer ist wie üblich tipptopp aufgeräumt.

Sie überlegt, ob sie doch noch mal bei Jenna anrufen soll. Die Nummer weiß sie auswendig, das Telefon steht neben ihrem Bett. Warum ist Jenna so komisch geworden, was findet sie an dem anderen Mädchen, und was veranlasst sie, im Bett zu bleiben, wenn der beste Typ der Schule sie einlädt? Aber vielleicht hat sie wirklich Fieber, wie ihre Mutter sagt. Maria öffnet das Fenster, und milde Frühsommerluft strömt ins Zimmer. Es ist acht Uhr und noch vollkommen hell. Das Fest soll bei schönem Wetter im Freien stattfinden. Es ist das erste nach den Pfingstferien.

Maria lehnt sich hinaus und lässt den leichten Abendwind mit ihren Haaren spielen. Zwei Stockwerke unter sich sieht sie den Garten mit dem gepflegten Rasen, den blühenden Rhododendren am Zaun zum Nachbargrundstück und den sorgfältig gepflanzten Rosenstöcken neben der Terrasse. Dieses Bild atmet Frieden, und einen Moment lang überlegt Maria, ob sie nicht lieber hier bleiben soll. Sie hört ihre Mutter in der Küche hantieren, die auf die Terrasse hinausgeht, und sie sieht ihren Vater, wie er mit einem Tablett herauskommt, auf dem der Brotkorb, kalter Aufschnitt, eine Karaffe mit Rotwein, zwei Gläser und zwei Teller stehen.

In der nächsten Sekunde hat sie sich bereits ihr schwarzes Hemd übergezogen, das sie offen lässt, damit man ihr bauchfreies Top sieht. Sie nimmt ihre Tasche und läuft aus dem Zimmer, die Treppe hinunter.

»Mam, ich gehe jetzt«, brüllt sie in Richtung Küche. Sofort geht die Tür auf, und ihre Mutter erscheint auf der Schwelle. Das Licht aus der Küche umrahmt ihre Silhouette wie ein Heiligenschein, und einen Moment lang ist Maria fasziniert, bevor diese rätselhafte Abneigung wieder Besitz von ihr ergreift. Etwas an diesem Gefühl ist nicht ganz in Ordnung, sie weiß das. Man sollte seine Mutter lieben, auch wenn man genervt von ihr ist. Aber ihre Mutter ist komisch geworden, und Maria weiß nicht, warum und ob es an ihr liegt und überhaupt…

»Um elf bist du bitte wieder da, Puppe, okay? Morgen ist Schule.«

»Ich weiß selber, wann Schule ist.«

»Dann denk auch dran. Hast du mir die Adresse aufgeschrieben? Legst du sie mir neben das Telefon?«

»Ja.«

»Nimm dein Handy mit.«

»Mach ich.«

Aber das Handy bleibt ausgeschaltet neben ihrem Bett liegen. Maria verlässt das Haus und schwingt sich auf ihr Rad, das neben dem Gartentor steht. Es sind nur fünf Minuten Fahrt bis zum Haus von Boris Kaiser. Vielleicht wird dort heute Abend etwas Wichtiges passieren. Diese Erwartung hat sie eigentlich immer, an jedem neuen Tag. Etwas soll geschehen, etwas Gutes oder Schlimmes. In letzter Zeit wacht Maria häufig mit dem Gefühl auf, dass etwas geschehen wird. Sie sehnt sich danach, und gleichzeitig hat sie Angst davor.

»Das passt nicht«, sagte Fischer. »Die Belolavek war eine Musterfrau, die hatte keinen jungen Lover. Das passt nicht.«

Alle sahen zu Berghammer, und Berghammer schwieg. Er nahm die Brille ab und rieb sich die Augen, wie immer, wenn er nachdachte. Zum ersten Mal seit Tagen ließen die Wolken die Sonne durch, und sie schickte ein paar blassrötliche Strahlen durch die Fenster. Bauer machte sich nützlich und schwang einen Fensterflügel hin und her. Der Rauch von mindestens vierzig Zigaretten verzog sich in die kühle Abendluft.

Berghammer setzte die Brille wieder auf. »Leute, wir wissen nicht, wie Karin Belolavek wirklich war. Beziehungsweise ist. Was die Nachbarn sagen, muss nicht stimmen. Sie kann ein Doppelleben geführt haben. Machen doch viele. Gibt es noch jemand anders außer dieser Leitner, der was von einem Liebhaber erzählt?«

»Nein, aber das heißt gar nichts«, sagte Mona. »Die Leitner war ihre einzige Freundin.«

»Niemand in der Nachbarschaft?«

»Nein. Keine Freundin, keine Verwandten. Die Belolavek hatte nur ihren Mann. Und eben diese…«

»Habt ihr sie überprüft?«

»Die Leitner? Sicher. Dreiundvierzig, geschieden, ein Sohn, Student, neunzehn. Sie arbeitet ehrenamtlich für Pfarrer Grimm. Für seine Gemeinde.«

»Und dieser Pfarrer? Was ist mit dem?«

Mona zuckte die Schultern. »Nichts. Seit...«, sie sah in ihren Unterlagen nach, »... zehn Jahren in der Pfarrei Westend als Seelsorger beschäftigt. Ledig, keine Kinder.«

»Wusste er was über diese Geschichte?«

»Die Affäre? Er sagt nein.«

Berghammer sah sie prüfend an. »Er sagt nein, aber? Da kommt doch noch was, oder?«

»Also – ich bin mir nicht sicher. Könnte sein...«

»Was?«

»Ich hatte den Eindruck, er mochte sie sehr. Vielleicht hat er was verschwiegen.«

»Behaltet ihn im Auge.«

»Klar.«

Berghammer wandte sich an Fischer. »Immer noch nichts über ihren Aufenthaltsort bekannt?«

»Sylt, Hotel am Hauptbahnhof«, leierte Fischer. »Café am Marienplatz, eine Straße irgendwo in Augsburg, hab ich jetzt vergessen, wo. Paris, Hamburg. Was weiß ich.«

»Ich finde, wir brauchen jetzt mal jemanden, der den Todeszeitpunkt klärt«, sagte Mona. »Ich meine, wenn wir irgendwann einen Verdächtigen haben, dann...«

»Die Leiche ist schon zu sehr verwest. Da kann man nichts mehr klären«, sagte Forster.

»Weiß ich nicht. Es gibt da diese Insektenforscher, ihr wisst schon, zum Beispiel dieser Typ, der schon in allen Talkshows war...«

»Herzog sagt, der ist gut auf seinem Gebiet, aber der hat keine Ahnung von Leichenarbeit und Todesermittlung«, sagte Berghammer in einem Ton, der jede weitere Diskussion abschließen sollte.

»Ich weiß, dass Herzog das sagt. Damit sind wir die Einzigen, die noch nie mit ihm gearbeitet haben«, sagte Mona. Sie wusste, dass Berghammer keine Widerworte mochte. Aber wie sollten sie jemals irgendein Alibi checken? Selbst wenn sie den Liebhaber von Karin Belolavek finden würden oder die Belolavek selber – ohne Todeszeitpunkt gab es keine Möglichkeit, sie zu überprüfen.

»Wir haben nicht mal einen Verdächtigen, und du kommst da mit irgendwelchen obskuren Wundertätern«, sagte Berghammer verärgert.

»Angenommen, wir hätten einen Verdächtigen. Angenommen, wir finden die Belolavek oder ihren jungen Freund…«

»Dann gibt's andere Möglichkeiten als diesen… Ich weiß nicht, wie der sich nennt. Ist ja auch wurscht. Wir brauchen den nicht.«

»Er hat jahrelang bei der New Yorker Polizei gearbeitet. Er hatte den Fall mit dem Pastor, der seine Frau umgebracht hat…«

»Der Pastor sagt heute noch, dass er's nicht war. Der reine Indizienprozess. Eigentlich unmöglich. Nur wegen dieser paar Ameisen.«

»Waldameisen an seinen Stiefeln. Dieselbe Sorte, die man am Leichenfundort gefunden hatte, obwohl der Pastor behauptet hat, er sei nie dort gewesen. Ich bin dafür, dass wir ihn mal ausprobieren.« Sie hätte das mit Berghammer allein besprechen sollen, aber man bekam ihn nie zu fassen. Ein Obdachloser war mit durchgeschnittener Kehle gefunden worden, ein Drogenhändler war von einer S-Bahnbrücke gestürzt, ein Mann hatte seine Frau erwürgt und stritt bei der zweiten Vernehmung alles ab, was er bei der ersten schon zugegeben hatte. Lauter ungelöste Fälle, eine PK nach der anderen. Die Medien saßen ihm im Nacken.

»Wir müssen diesen verdammten Liebhaber finden«, sagte Berghammer. »Das hat jetzt mal erste Priorität. Wir müssen wenigstens seinen Namen haben.«

»Die Gemeinde hat uns eine Namensliste gefaxt«, sagte Mona. »Karin Belolavek hat mit insgesamt drei Männern ab und zu zu tun gehabt. Zwei sind über sechzig, einer ist fünfundvierzig.

Dann gibt es noch die Autoren, für die die Belolavek Lesungen organisiert hat. Da ist bloß einer unter dreißig.«

»Und?«

»Der lebt in Norwegen, und sein Verlag sagt, der spricht kein Deutsch. Der war nur auf Lesereise hier und dann nie wieder.«

»Vielleicht stimmt das mit dem jungen Liebhaber ja gar nicht. Vielleicht war er so alt wie sie oder älter.«

»Wieso sollte eine Zeugin so was erzählen, wenn's nicht wahr ist?«

»Vielleicht hat sie was verwechselt.«

»Martin, so was verwechselt man nicht. Maximal Mitte zwanzig.«

»Ist die Leitner glaubwürdig?«

»Überzeug dich doch selbst! Ich lad sie vor, dann kannst du mit ihr reden!«

Aber Berghammer winkte ab, plötzlich resigniert. Sein Gesicht wirkte grau vor Müdigkeit.

»Ich will nicht mehr in die Schule.«

»Immer mit der Ruhe.«

»Ich geh da nicht mehr hin.«

»Jetzt schläfst du erst mal, Lukas. Morgen schauen wir weiter.«

»Nein. Ich kann nicht schlafen.«

»Es ist halb elf. Du kriegst das schon hin. Wir sind ja da. Wenn du nicht schlafen kannst, kommst du zu uns ins Bett.«

»Wenn ich wieder in die Schule muss, dann hau ich ab. Dann bring ich mich um.«

»Lukas, Herrgott noch mal …«

Stunden später lag Mona in Antons Armen und roch seinen vertrauten Duft, eine Mischung aus Schweiß und seinem Aftershave. Anton atmete tief und regelmäßig. Mona schlief nicht. Wie viele Nächte sie so schon neben ihm verbracht hatte, konnte sie gar nicht zählen. Sie dachte an Lukas' kleines, hartes Gesicht, an seinen zusammengepressten Mund, der aussah, als könne er nie wieder lächeln: dann, wenn *es* ihn überkam. *Es* war der Tod aller Gefühle außer Reizbarkeit und Furcht. *Es* machte aus einem gesunden, frechen Dreizehnjährigen einen missmutigen Greis. Ich kann nicht, ich will nicht, ich schaff das nicht, lasst mich in Ruhe.

Allmählich glitt Mona in einen Traum. Sie war wieder ein kleines Mädchen und ging mit ihrer Oma in den Zoo. Sie roch die scharfen Ausdünstungen der Tiere. Die Sonne warf helle Flecken durch die dicht belaubten Kastanienbäume, und ein leichter Wind kühlte Wangen und Glieder. Mona trug ein frisch gebügeltes blaues Kleid mit weißen Blümchen. Es war unglaublich schön in diesem Zoo. Sie lief von einem Gehege zum anderen und wieder zurück zur Oma, strahlend. Mona und die Oma betrachteten die Giraffen mit ihrem majestätischen Gang und ihren schwankenden Hälsen, und anschließend durfte Mona auf einem Pony reiten, einem Emu vorsichtig über die Federn streicheln und Antilopen füttern, deren gepolsterte Lippen weich wie Seide waren. Zum Schluss gingen sie zu den Elefanten. Die standen hinter einem breiten Graben, aber ihre Rüssel reichten bis zu Mona. Unendlich behutsam klaubten sie Erdnüsse aus Monas kleiner Hand und ließen sie anschließend in ihrem riesigen Spitzmaul verschwinden.

Sind Erdnüsse nicht viel zu wenig für so große Elefanten? Das schmecken die doch gar nicht.

Hast du eine Ahnung, sagte die Oma. Elefanten haben ganz feine Geschmacksnerven. Die bekommen alles mit, jeden Krümel, den du ihnen gibst. Und wenn du nett zu ihnen bist, werden sie dich nie vergessen.

Am liebsten hätte Mona danach Stunden vor ihrem Gehege verbracht. Nicht nur wegen der Elefanten, auch wegen der Tatsache, dass der Besuch bei ihnen einen Schlusspunkt markierte. Die Zeit gemeinsam mit ihrer Oma war vorbei. Sie musste wieder nach Hause.

Es war ein so schreckliches Gefühl, dass Mona anfing zu weinen, laut und verzweifelt. Sie wollte nicht nach Hause, zu einer Mutter, die sich immer merkwürdiger benahm.

Du musst, sagte die Oma.

Nein!

Doch. Du darfst mir nicht immer so viel Ärger machen und so unfolgsam sein. Wenn du nicht brav bist, wird die Mama … sich ärgern. Komm, meine Kleine. Schau, der Zoo macht auch schon zu.

Und tatsächlich wurden die Schatten länger und die Besucher immer weniger. Die Tiere wandten sich von den Besuchern ab und ihren Fresströgen zu.

Komm, meine Kleine. Wir müssen nach Hause.

Bitterliches Weinen. Warum kann ich nicht bei dir bleiben, Oma?

Man kriegt eben nicht alles, was man sich wünscht, kleine Lady.

Das war nicht mehr die Oma. Das war die heisere, hämische Stimme ihrer Mutter.

10

Necrophorus humator füttert seine Junglarven mit Aassaft, und Necrophorus vespillo vergräbt seine scharfen Greifer im Leichengewebe, das für Lucilias und Calliphoras Nachkommen zu zäh ist.

Der Tod ist nun drei Tage alt. Noch trägt er menschliche Züge.

Am dritten Tag verwandelt sich das geronnene Blut in etwas, das nicht mehr rot ist, sondern grün. Der Farbstoff zerfällt im Prozess zunehmender Erstarrung und nimmt dabei seine Komplementärfarbe an, ein chemischer Prozess, der die endgültige Auflösung und Umwandlung der Materie einleitet. Bräunliche Flecken bilden sich an den tiefsten Stellen des Körpers. Haut wird nicht mehr Haut und Fleisch bald nicht mehr Fleisch sein. Die ursprüngliche Form wird zu einer amorphen Masse zerfließen, Erhebungen werden sich nivellieren und Flüssigkeiten das aufbrechen, was sich noch wehrt gegen den Zerfall: Die Erde sammelt ihre Kräfte zum Generalangriff. Sie ist ein starker, lebendiger Organismus ohne Mitleid. Sie wird sich alles, alles einverleiben. Es ist nur eine Frage der Zeit.

Natürlich habe ich immer gewusst, dass ich eines Tages dafür werde bezahlen müssen. Ich habe ziemlich hohe Schulden beim Schicksal gemacht, und nun, so denke ich in schwarzen Stunden, macht es sich daran, seine Außenstände einzutreiben. Die Welt um mich herum wird immer unsicherer. Ich sehe überall Masken, nirgendwo Ehrlichkeit.

Wer bist du? Wer bist du wirklich? Ich will dir glauben, aber es gibt zu viele Brüche in deinen Schilderungen über dich und deine Vergangenheit, zu viele Ungereimtheiten. Der Teufel hole mein analytisches Talent und mein unfehlbares Gedächtnis: Du erzählst bestimmte Fakten immer wieder anders, manchmal nur in Nuancen, manchmal mit einer derart dreisten Offensichtlichkeit, dass mein Vertrauen, vorher stark und unerschütterlich, plötzlich zerbröselt wie Sand. Dabei müsstest du wissen, dass ich alles verstehe und verzeihe. Meine eigene Vergangenheit macht mich tolerant. Du kennst sie nicht, aber wenigstens lüge ich dich nicht an.

Du kennst sie nicht, weil du dich – auch das ist eine bittere Erkenntnis – nicht dafür interessierst. Mein Leben außerhalb unserer Treffen scheint in deinem Bewusstsein keinen Platz zu haben. Du fragst nie. Andererseits: Will ich denn wirklich, dass du fragst? Bin ich nicht ganz froh darüber, mit deiner Hilfe all das zu vergessen, was sich im Laufe der Jahre… nun ja: ergeben hat, und so vieles scheinbar ohne mein Zutun?

Aber von dir will ich alles wissen, alles verstehen. Manchmal nehme ich dein schönes Gesicht in meine beiden Hände (sie wirken blass neben deiner immer leicht gebräunten Haut), ich presse die Ballen hart an deine Wangenknochen, ich suche in deinen braunen Augen nach einer Antwort auf meine Fragen. Aber deine Augen sind stumm. Dein Gesicht ist das einer Statue, schön und undurchdringlich.

Du sagst zum Beispiel, du hättest deine Freundin umgebracht, ohne es zu wollen. Du sagst: Es ist einfach so passiert, ich war nicht mehr bei mir, ich hatte ein totales Blackout.

Aber das kann nicht stimmem! Ihr wart vier Stunden in deiner

102

Wohnung, du hast selbst zugegeben, dass sie mehrmals gehen wollte und du sie nicht aus der Tür gelassen hast.

Ich wollte alles mit ihr bereden.

Alles? Was denn alles? Dass du sie ständig betrogen hast und dass sie sich nun endlich in einen anderen verliebt hatte und dich verlassen wollte? Was gab es da noch zu bereden?

War es nicht vielmehr so, mein Liebster, dass du das Ganze geplant hattest? Nun, vielleicht nicht im Sinne von: Morgen werde ich sie töten, die Schlampe. Nicht so, sondern auf eine subtilere, sprachlosere Weise. Vielleicht hast du ein Bild gesehen: sie in deinen Armen. Vielleicht konntest du gar nicht unterscheiden, ob dieses Bild zwei Liebende zeigte oder einen Mann und eine Tote. Vielleicht wolltest du es auch gar nicht. Weil dir beides gleich recht war. Du behauptest, es sei nie zu Gewalttätigkeiten zwischen euch gekommen. Nie vor diesem einzigen, letzten Mal.

Ich denke, du willst all das glauben. Aber es wird dir nichts nützen. Die Wahrheit hat eine Kraft, die sich immer durchsetzt, immer. Sie wird dich vernichten, wenn du dich ihr nicht stellst.

Dann wieder erkenne ich eine Wahrheit zwischen uns beiden, die ich als unantastbar empfinde. Mein Körper und dein Körper. Das ist real. Ich habe abgenommen und bin ganz leicht und gleichzeitig sehr stark und wendig geworden. Du kannst mich ohne Mühe hochheben, und ich schlinge meine Beine um deinen Bauch. Du lässt mich heruntergleiten, und ich spüre deinen Schwanz, wie er in mich eindringt, mich blind findet und mühelos in seinen ewig gleichen Rhythmus verfällt. Manchmal, wenn ich beim Gedanken an unsere Leidenschaft schier den Verstand verliere, versuche ich uns beide von außen zu betrachten. Verstehst du – um wieder auf den Boden zu kommen. Der Akt als solcher ist lächerlich – oder? Ich meine, warum gerade so und nicht anders?

Das Verrückte ist, es gelingt mir nicht. Ich versuche, uns beide lächerlich zu finden, aber alles, was ich finde, ist herrliche Wildheit und Gier. Wir sind noch lange nicht am Ende angekommen. Auch wenn ich es mir manchmal wünsche, weil deine und meine Welt so oft zu kollidieren drohen. Dir werfe ich deine Lügen vor, und was tue ich? Nichts anderes. Ich verschweige dir absichtlich so viele meiner Wünsche und

Gedanken. Und in meinem anderen Universum verleugne ich deine Existenz.

Gestern waren wir auf einer Wiese weit, weit weg von allem. Von ferne hörte man das gleichmäßige Rauschen der A 8. Wir waren einen Schotterweg entlanggefahren und hatten das Auto unter einer Esche geparkt. Kein Mensch weit und breit, kein bewirtschaftetes Feld, einfach nur wilde Natur.

Wir lagen auf einer Decke, um uns herum dichtes Buschwerk. Es war ein wunderbares Versteck. Du hattest mich dahin gelotst, an deinen exklusiven Geheimplatz, und es war vollkommen klar, dass du hier nicht zum ersten Mal warst – zum ersten Mal zu zweit, meine ich natürlich. Du hast mich aber wieder angelogen. Du hast gesagt: Ich war hier nur mit meinen Eltern und einmal mit meiner Schwester. Picknick machen, verstehst du? Keine andere Frau.

Ich beließ es dabei. Die Sonne schien heiß auf unsere Körper. Ich habe es noch nie in der Natur getan. Man braucht eine gepolsterte Decke dafür, sonst fressen einen die Insekten auf.

Es war mittags. Alles schien zu dösen in der Hitze. Selbst das Vogelgezwitscher hatte aufgehört. Ich schrie meine Lust in die gleißende Stille. Danach wuschen wir uns in einem Bach. Ich verletzte mich an einem Stein, und du nahmst meinen blutenden Fuß in die Hand und küsstest ihn. Natürlich habe ich dir alles verziehen.

Am nächsten Morgen ging es Lukas plötzlich besser. Erheblich besser, um genau zu sein. Der grämliche Zug um seinen Mund war verschwunden, seine Stimme munter, seine Augen klar und nicht mehr umschattet. Er aß in Rekordgeschwindigkeit zwei mit Salami belegte Semmeln, trank ein Glas Milch und verkündete, dass er fit sein müsse, da er in den letzten zwei Stunden Zirkeltraining hätte. So gut hatte er seit Monaten nicht mehr ausgesehen.

War das die Wende? Konnte es sein, dass sie das richtige Medikament gefunden hatten? Hatte die tägliche Lichttherapie, die Gesprächstherapie (zweimal in der Woche, noch zahlte die Krankenkasse) endlich angeschlagen?

»Das ist ... toll. Glaubst du, du schaffst das?«

»Wieso bitte nicht?« Lukas sah sie empört an.

Bis fünf Uhr morgens hatte sich Mona schlaflos vor Sorgen hin und her gewälzt, und zum Dank hatte sich ihr Sohn innerhalb von zwölf Stunden in einen Dreizehnjährigen verwandelt, der Probleme scheinbar nur vom Hörensagen kannte. Sie hörte das Rauschen der Dusche. Anton war ebenfalls aufgestanden.

Es war alles plötzlich so – normal. Herrlich, einzigartig normal. Die Morgensonne schien schräg durch das Dachfenster und ließ die Chromgriffe der Küchenschränke aufleuchten, das Thermometer zeigte endlich wieder mehr als fünfzehn Grad plus.

»Heute Nachmittag gehe ich mit dem Dennis Fußballspielen.«

»Nach zwei Stunden Zirkeltraining?«

»Zwischendrin ist ja Mittagessen. Ich kann heute beim Dennis essen.«

»Schön, und wer ist dieser Dennis?«

»Typ in meiner Klasse. Ich muss dann nicht in den Hort, oder?«

»Das kommt drauf an. Hat dieser Dennis auch einen Nachnamen?«

»Mann.« Lukas verdrehte die Augen. »Hellberg. Ich muss jetzt weg, sonst krieg ich den Bus nicht mehr.«

»Hey, Moment mal! Du isst also bei diesem Dennis. Der wo wohnt?«

»Gabelsberger. Zwei Häuser weiter von unserem. Mama! Ich muss lo-os!«

»Okay. Hast du alles?«

»Ja!«

»Bis heute Abend.«

Sie würde sich später mit Dennis' Mutter in Verbindung setzen, aber nicht, weil sie misstrauisch war. Irgendetwas an Lukas' Verhalten sagte ihr, dass diesmal alles völlig in Ordnung war. Vielleicht brauchte Lukas bloß einen richtigen Freund, um ganz gesund zu werden.

»Vielleicht braucht Lukas bloß einen richtigen Freund«, sagte Mona zu Anton, als er in die Küche kam.

»Hä?«

»Egal.«

»Wie – egal? Wovon redest du?«

Ein Gefühl der Erleichterung breitete sich in ihr aus, so intensiv und umfassend, dass es sie beinahe zum Weinen brachte.

»Ich glaube, Lukas geht's endlich besser.«

»Hab ich doch gesagt. Das wird wieder.«

Bei welcher Gelegenheit, fragte sich Mona, lernte eine verheiratete Frau Ende dreißig einen anderthalb Jahrzehnte jüngeren Mann kennen? Auf einem Kuli herumkauend schlenderte sie in Fischers Büro nebenan.

»Hans, wo gabelst du immer deine Freundinnen auf?«

Fischer sah sie irritiert an. Sein Schreibtisch stand vor dem Fenster, und draußen war es so hell und sonnig, dass sie sein schmales Gesicht im Gegenlicht kaum erkennen konnte.

»Deine Freundinnen«, sagte sie. »Wo lernst du die kennen?«

»Die sucht immer meine Mutti für mich aus.«

»Hans! Ich will wissen, wo man heute junge Leute trifft. Außer in der Disko. Die Belolavek wird kaum in die Disko gegangen sein.«

»Man sagt nicht mehr Disko, man sagt Club.«

»Egal. Die Belolavek stürzt sich nicht ins Nachtleben. Dafür ist die nicht der Typ.«

»Keine Ahnung«, sagte Fischer verdrossen. »Weißt du, was ich denke?«

»Ja.«

»Diese Leitner oder wie sie heißt hat sich das ausgedacht.«

»Ja. Weiß ich, dass du das denkst.«

Was, wenn er Recht hatte? Dann hatten sie – nichts. Außer einem Mord, der nach allen Regeln der Wahrscheinlichkeit niemals hätte stattfinden können. Gewalt innerhalb der Familie? Der Vater ein Schläger, die Mutter wehrte sich ein einziges Mal, dann aber richtig? Frauengefängnisse waren voll solcher Täterinnen, die sich nicht auf Notwehr oder Affekt hatten berufen können, weil sie den Tod ihres Peinigers planen *mussten*. Aber nichts wies bei Thomas Belolavek auf versteckte Gewalttätigkeit hin. Einfach nichts.

Es gab Täter, die im öffentlichen Leben perfekt funktionierten, denen man nicht ansah, dass sie sich im Familienkreis, scheinbar von einer Sekunde auf die andere, in stumme, gnadenlose Berserker verwandeln konnten. Forster und Schmidt hatten deshalb mit Karin Belolaveks Gynäkologin gesprochen. Ergebnis: regelmäßige Vorsorgeuntersuchungen alle paar Monate, ganz wie es die Gesundheitsbroschüren empfehlen. Keine Narben, keine blauen Flecke unklaren Ursprungs, keine auf geheimnisvolle Weise gebrochenen Glieder. Kein Hinweis auf Misshandlungen.

Missbrauch der Tochter? Die Lehrer schwärmten von der Intelligenz, dem wachen Wesen von Maria Belolavek. Ihre Freundinnen bewunderten sie. Maria war so intelligent, hübsch und selbstsicher. Sie hatten sie manchmal besucht, in letzter Zeit allerdings selten. Sie habe sich die Haare kurz geschnitten. Das habe cool ausgesehen, aber auch seltsam. Ihr Vater sei so nett gewesen. Ob Maria sich komisch benommen habe, wenn er dabei gewesen sei?

Nö.

Man musste bei ihnen nicht mal um den heißen Brei reden, sie wussten alle aus der *Bravo* Bescheid. Es gab darüber hinaus eine Schulpsychologin, die jederzeit ansprechbar war, auch und gerade für diese Problematik. Maria hatte sie nie konsultiert. Keine Auffälligkeiten im Verhalten. In letzter Zeit, sagte ein Lehrer, sei sie zwar etwas blass gewesen. Aber dafür erstklassige Schulnoten. Kein Anhaltspunkt für einen entsprechenden Verdacht.

Eine blitzsaubere, glückliche Familie.

Was hatte sie gesprengt?

Mona ging zurück in ihr Büro. Sie hatte nun eine wirklich gute Begründung, um den Pfarrer ein zweites Mal zu kontaktieren.

»Wie wär's, wenn wir uns zum Mittagessen treffen? Dort können wir reden.«

»Was?«

»Ja. Sie können ja Ihren Recorder wieder mitbringen. Funktioniert doch bestimmt auch mit Batterie.«

»Nein.«

»Na gut, dann nehmen Sie eben Ihren Block. Bei mir um die Ecke ist ein netter Biergarten. Nicht grade leise, aber das beste Wiener Schnitzel im Umkreis von hundert Kilometern.«

»Also…«

»Jetzt hören Sie schon auf. Auch Kommissare müssen mittagessen.«

Der Biergarten lag neben einer lauten Hauptverkehrstraße, immerhin abgeschirmt durch ein paar kränklich aussehende Kastanienbäume. Jeder der eng stehenden Tische war besetzt, obwohl ein scharfer, kühler Wind wehte und sich die Sonne wieder seltener sehen ließ. Der gekieste Boden knirschte überlaut unter Monas Schritten, als sie versuchte, unter all den fremden Gesichtern Grimms vertrautes ausfindig zu machen.

Grimm saß nahe an der Hauswand, an einem sonnigen, windstillen Platz. Er winkte ihr zu, auf seine lässige, unbeschwerte Art. In dieser profanen Umgebung wirkte er eher wie ein jugendlicher Universitätsprofessor als wie ein Mann Gottes. (Andererseits hielten sich Monas Erfahrungen mit Männern Gottes in Grenzen. Sonntägliche Kirchgänge waren in ihrer Kindheit nicht gerade die Regel gewesen, und von ihrer Mutter hatte sie ganz andere Dinge gelernt als Gebete. Sich unsichtbar machen zum Beispiel, damit der rasende, ziellose Zorn ihrer Mutter gar nicht erst die Möglichkeit bekam, Mona ins Visier zu nehmen, sondern sich an einem Kissen oder einem Stuhl abreagieren konnte.)

»Guter Platz hier?« Er sah sie mit einem merkwürdig schiefen Grinsen an, als wollte er etwas ganz anderes wissen.

»Ja.« Mona setzte sich.

»Wo haben Sie Ihren Block?«

»Kein Block. Ich will Sie nicht vernehmen.«

Der Pfarrer trug eine beige Leinenhose und ein hellblaues Hemd, von dem die obersten drei Knöpfe offen standen. Sein graues Jackett hatte er hinter sich über die Stuhllehne gehängt. In der Sonne wirkte sein blondes Haar leicht rötlich, und auf seinem Hals entdeckte Mona ein paar Sommersprossen. Sie zog den Parka aus. Ihre Jeans mussten mal wieder in die Wäsche, und ihr Baumwollpullover war zwar sauber, aber so alt, dass man kaum noch seine Ursprungsfarbe erahnen konnte. Seit Jahren nahm sie sich vor, ihre Garderobe rundzuerneuern. Nie kam sie dazu.

»Was trinken Sie?«, fragte Grimm, als eine beleibte, in ein Dirndl gezwängte Kellnerin vor ihnen stand.

»Radler.«

»Und zu essen?«

»Keine Ahnung. Was nehmen Sie?«

»Das Schnitzel mit Beilagen. Kann ich empfehlen.«

»Okay. Für mich auch bitte.«

Die Kellnerin verschwand.

»Essen Sie nicht gern?«, fragte der Pfarrer. Wieder bedachte er sie mit einem Blick, als stünde hinter dieser Frage eine andere, unausgesprochene.

»Doch«, sagte Mona verwundert.

»Weil Sie nicht mal in die Speisekarte schauen wollten.«

»Ich hab immer zu wenig Zeit zu allem.« Diese Lebensweise war nicht gut für sie, sie wusste das. Aber nicht, dass es so offensichtlich war.

»Zumindest erhält das Ihnen eine tolle Figur.«

»Danke.« Mona senkte den Blick auf die Tischplatte. Sie hatte keine Zeit zu flirten, redete sie sich ein. Sie hatte einen Job zu erledigen.

»In Ihrem Beruf bekommt man wahrscheinlich wenig Komplimente«, sagte Grimm, und plötzlich hatte seine Stimme einen Unterton, der Mona nicht gefiel. Sie sah ihm direkt in die Augen, die leicht zusammengekniffen waren, um sich vor der Sonne zu schützen. Um seine blaue Iris lag ein orangefarbener Ring.

»Ich möchte mit Ihnen noch mal über Frau Belolavek reden.«

»Nur zu.« Aber sein Lächeln vertiefte sich noch, als handle es sich hier nicht um Tod und Verbrechen, sondern um eine private Verabredung, auf die er sich gefreut hatte. Und merkwürdigerweise empfand es Mona fast ebenso. Der Wind hatte sich gelegt,

109

die Sonne wärmte ihr Gesicht und frischte ihre Bräune auf. Sie hatte sich in diesen Fall verbissen, so wie in alle anderen davor auch, und das hatte ihr den Ruf einer starken, hartnäckigen Ermittlerin eingebracht. Aber oft reichten Intelligenz, Willenskraft und lange Erfahrung nicht aus. Jetzt brauchte sie jemanden mit Fantasie und Instinkt, jemanden mit der Fähigkeit, Querverbindungen zwischen Informationen herzustellen, die auf den ersten Blick nicht ersichtlich waren. Vielleicht war Grimm so ein Mensch, und sie konnte ihn für sich einspannen.

»Ich glaube, dass Sie die Belolavek viel besser kennen, als Sie während der Vernehmung gesagt haben. Stimmt das?«

Ein spontaner Schuss ins Blaue. Aber sie merkte sofort, dass er getroffen hatte.

»Wie kommen Sie darauf?« Grimm war nicht mehr ganz so entspannt. Auf seinen nackten Unterarmen bildete sich leichte Gänsehaut.

»Sie war hübscher und jünger als die meisten Ihrer Mitarbeiter, stimmt's? Eine hübsche Frau mit Mann und Kind daheim, die sich ausgerechnet in einer Gemeinde engagiert, die kilometerweit von ihrem Wohnviertel entfernt liegt. So was macht doch neugierig. Das ist ja wie eine Flucht. Das muss Sie doch interessiert haben.«

Der Pfarrer lächelte nicht mehr. Die dicke Kellnerin trug ihre Mahlzeiten auf. Sie aßen schweigend. Der Wind wurde stärker, wirbelte Servietten in die Höhe, riß an Monas Haaren und fuhr durch ihren dünnen Pullover.

»War doch keine so gute Idee, scheint mir«, sagte der Pfarrer mit vollem Mund.

»Na ja. Es ist gut, mal wieder draußen zu sein.« Aber der Wind hatte die Luft staubig gemacht, und Monas Augen begannen zu tränen.

»Möchten Sie reingehen? Drinnen ist es allerdings nicht besonders schön.«

»Nein. Schon gut.«

»Ich denke oft an Karin. Sie ist etwas sehr Besonderes.«

Mona legte ihre Gabel sorgfältig auf den Teller. Das Schnitzel war zäh und trocken. Sie drückte einen dünnen Zitronenschnitz über der Panade aus. »Sie haben sich öfter mit ihr unterhalten«, sagte sie beiläufig.

Der Pfarrer wich ihrem Blick aus und stocherte in den Pommes frites.

»Stimmt doch, oder?«

»Ja«, sagte er. »Wir hatten ein sehr … freundschaftliches Verhältnis. Ich war da nicht ganz ehrlich.«

»Mehr lief nicht?«

»Sie ist verheiratet. War verheiratet. Ich habe das immer respektiert.«

»Sie ja. Der andere nicht.«

Ein starker Windstoß blies ihm die Haare aus dem Gesicht. Ein paar Tropfen fielen. Die ersten Gäste erhoben sich und flüchteten nach drinnen.

»Sie erinnern mich an sie.«

»Das kann ich mir kaum vorstellen.«

»Nicht äußerlich, im Wesen. Sie war geradeheraus, und sie hatte diese schöne Ernsthaftigkeit. Ihr konnte man nichts vormachen.«

»Kannten Sie ihren Freund?«

»Nein. Ich wusste nicht mal, dass sie einen hatte. Wirklich nicht.«

»Was wissen Sie dann?«

»Einmal im Mai waren wir zusammen auf der Auer Dult. Es war ein ganz warmer Tag, um uns herum waren die Leute und die Buden und die Stände mit den Töpfereiwaren. Das war unsere erste und einzige Verabredung. Wenn man das so nennen kann. Es ist ja nichts passiert.«

»Ja. Und?«

»Irgendwann haben wir uns vor eine dieser Buden gestellt und Kaffee getrunken. Und da erzählte sie von sich.«

»Und zwar was?«

»Sie war nicht glücklich. Sie hatte einen Mann, der mit seinem Job verheiratet war, und eine Tochter, an die sie nicht mehr herankam.«

Mona seufzte.

»So weit waren wir auch schon«, sagte sie zu Grimm.

»Tut mir Leid. Mehr hat sie nicht gesagt.«

»Hat sie eigentlich auch mal mit ihrem Mann darüber gesprochen oder bloß mit Ihnen und Frau Leitner?«

Grimm legte seine Hände aneinander, als wollte er ein Dach aus seinen Fingern bilden. Seine Fingerspitzen waren sehr weiß. Vielleicht kam das von der kühlen Witterung.

»Ja, sie hat wohl schon versucht, manches zu klären. Sie hätte zum Beispiel gern eine Paartherapie gemacht. Aber er wollte wohl nicht, und dann hat sie's auf sich beruhen lassen.«

»Kann es sein, dass sie nicht gerade eine Kämpfernatur war?«

Grimm fuhr sich durch die Haare und sah an ihr vorbei. Der Wind fegte über die leeren Tische und Bänke. Sie waren die Einzigen, die es noch draußen aushielten.

»Sind Sie eine?«, fragte er.

»Was? Eine Kämpfernatur?«

»Wie muss man Ihrer Meinung nach sein, um dieses Prädikat zu verdienen? Was erwarten Sie eigentlich von Menschen? Und gibt es welche, die Ihre hehren Ansprüche erfüllen?«

»Schreien Sie mich nicht an.«

»Ich schreie nicht.«

Mona schwieg. Sie schob ihren Teller zur Seite und zog sich den Parka enger um die Schultern. Grimm fischte sein Portemonnaie aus der Innentasche seines Jacketts und winkte der Kellnerin.

Später ging sie allein noch einmal das Protokoll seiner ersten Aussage und ihr Gedächtnisprotokoll der zweiten durch, Frage für Frage. Da war immer noch einiges offen. Grimm kannte Karin Belolavek besser, als er zugab, das war sicher. Vielleicht liebte er sie. Vielleicht war in Wirklichkeit er derjenige, von dem sie Theresa Leitner erzählt hatte. Mit ihrer Behauptung, er sei viel jünger als sie, wollte die Belolavek vielleicht nur eine falsche Spur legen.

Nein. Zu weit hergeholt. Man kam gar nicht auf so was, wenn es nicht stimmte.

Bei einer von Grimms Antworten während der ersten Befragung stutzte sie. Dann wählte sie seine Nummer.

»Hier ist noch mal Seiler, Dezernat 11. Diese Lesungen, die Frau Belolavek organisiert hat…«

»Ich habe Ihnen die männlichen Autoren gefaxt.« Grimms Stimme klang ungeduldig und kühl.

»Es geht mir nicht um die Autoren. Es geht mir um die Orte.«

»Welche Orte?«

»Sie haben mir bei unserem ersten Gespräch gesagt, die Lesungen finden auch mal an ungewöhnlichen Plätzen statt. Wo, zum Beispiel?«

»In der Kirche. In einem schönen Lokal, manchmal auch im Gemeindesaal. Dann reichen wir Häppchen und Wein. Wieso ist das wichtig?«

»Können Sie nicht ein bisschen genauer werden? Welche Kneipen? Was gehen da für Leute hin?«

Gereiztes Schweigen am anderen Ende der Leitung. Dann: »Warten Sie, ich frag mal unsere Sekretärin.« Ein Klicken ertönte, und *Freude schöner Götterfunken* dudelte ihr ins Ohr. Nach *Tochter aus Elysium* kam seine Stimme zurück.

»Sind Sie noch dran?«

»Ja.«

»Also, unsere Frau Peschel meint, am ungewöhnlichsten war sicher die Lesung in der Jugendstrafanstalt.«

»In der…«

»Für fünfzig Insassen und fünfzig andere Besucher. Die Initiative ging vom Direktor aus, der wollte seinen Jungs mal was Kulturelles bieten. Die haben einen Raum für solche Veranstaltungen. Ich war zu der Zeit in Urlaub, aber das Ganze hatte natürlich meinen Segen.«

Jugendstrafanstalt. Das bedeutete junge Männer en masse. Zwischen sechzehn und 28.

»Wurde diese Lesung von Karin Belolavek organisiert?«

»Ja.«

»War sie also auch dabei?«

»Natürlich. Ist ja klar. Das gehörte zu ihrem Job.«

ZWEITER TEIL

Winzige Erreger, bislang unauffällig, aber gefräßig, brechen mit aller Macht aus dem Darm, ihrem Wirt, der sie nicht mehr sättigen kann. Eine unheimliche Phalanx, die Speerspitze des endgültigen Verfalls, wandert in die Blutbahn, ernährt sich von erstarrtem Lebenssaft und färbt die Adern in moosiges Grün. Bald schimmert eine bizarre Landkarte voller Straßen ins Nichts durch die immer feinere, transparentere Haut. Währenddessen bilden sich Gase und blähen die erschlaffte Epidermis auf. Gesicht, Körper und Glieder nehmen allmählich den doppelten bis dreifachen Umfang an. Es entsteht eine groteske Gestalt mit unkenntlich verdickten, verzerrten Zügen.

Es ist eine der vorletzten Stationen auf dem Weg der Transformation des Fleisches. In eine neue Daseinsform.

Die Jugendstrafanstalt bestand aus mehreren zweistöckigen neuen Backsteingebäuden, die geradezu anheimelnd wirkten, bis man die massiven Gitter vor den Fenstern sah. Mona legte ihr Handy und ihre Ausweiskarte auf den drehbaren Metallteller vor der Anmeldung. Der Polizist hinter der Scheibe aus doppeltem Panzerglas studierte ihren Ausweis und schrieb ihren Namen auf ein Kärtchen, das er in einen Plastikumschlag schob.

»Stecken Sie das gut sichtbar an«, sagte er überflüssigerweise ins Mikrofon. Seine Stimme tönte blechern aus dem Lautsprecher. Mona nickte.

»Die Kollegin holt Sie ab. Eine Minute noch.«

»Okay.«

Mona setzte sich auf einen der billigen Klappstühle. Ihre Gedanken wanderten zu Lukas, dessen Klassenlehrerin sie am Vortag einbestellt hatte. Eine kleine Frau mit ergrautem Haar. Wenn sie lächelte, zeigte sie auffallend gelbe Zähne. Mona hatte sich die ganze Zeit bemüht, ihr nicht auf den Mund zu schauen.

Ihr Sohn schwänzt ab und zu die Schule. Haben Sie das gewusst?

Nein. Das ist…

In den letzten beiden Wochen dreimal. Mathe und Physik. Da hat er ziemliche Lücken. Die Fächer sollte er gerade nicht schwänzen.

Aha. Also, wie gesagt, das wusste ich nicht.

Dennis. Das ist der Junge, mit dem er zusammen schwänzt. Immer nur so stundenweise, damit's nicht weiter auffällt. Seine Mutter war schon da. Sie sagt, Lukas ist die treibende Kraft. Wie sehen Sie das?

Ich…

Das kann von unserer Seite aus nicht geduldet werden. Sie müssen da auf Ihren Jungen einwirken. Das können wir ja den Eltern nicht abnehmen.

Ich werde mit ihm reden.

Aber das hatte sie nicht getan. Der Abend war wieder sehr lang gewesen, und als sie nach Hause kam, wartete ein Berg Wäsche auf sie, und Lukas schlief schon längst – diesmal bei ihrer Schwester Lin. Heute musste sie das mit ihm klären. Oder spätestens morgen.

»Mona Seiler?«

Mona sah auf. Eine junge Beamtin in beigegrüner Polizeikluft stand vor ihr. »Wollen Sie mitkommen?«

»Ja, klar.« Mona erhob sich. Wieder einmal spürte sie lähmende Müdigkeit in allen Gliedern. Es war nicht gut, zu lange zu sitzen, ohne etwas zu tun zu haben. Die Beamtin ging mit forschen Schritten vor ihr her. Sie hatte eine straffe, gute Figur, die nicht einmal die hässliche Uniform verderben konnte. Sie blieb vor einer schweren Tür am Ende des Ganges stehen. »Station eins«,

116

sagte sie und lächelte Mona an, während sie ihren Schlüsselbund
herausholte, die Tür aufschloss und hinter Mona wieder ab-
sperrte. Sie war dunkelhaarig und sehr hübsch. Auf ihrem Na-
mensschildchen über dem rechten Busen stand Susanne Richter.

»Bis zu Willi sind's sechs Stationen.«

»Ich weiß«, sagte Mona.

»Ich habe Sie hier noch nie gesehen.«

»Ich Sie auch nicht. Sind Sie neu in der JSA?«

»Na ja. Halbes Jahr.«

Sie passierten die zweite Tür.

»Und, gefällt es Ihnen?«

»So lala. Ich möchte irgendwann ins Dezernat elf.«

»Ja?«

»Sicher. Ich wollte schon immer zur Mordkommission. KHK
in der MK. Was sind Sie?«

»KHK. Bald vielleicht EKHK.« Das hätte sie nicht sagen sollen.
Über solche Dinge redete man nicht, solange sie in der Schwebe
waren.

»Ach, dann sind Sie die von der MK 1, die der Irre letztes Jahr
entführt hat.« Die Beamtin sah sie bewundernd an. »Das ist übrigens auch mein Ziel.«

»Was? Entführt werden?«

»EKHK. In der MK.«

»Oh. Tja. Das schaffen Sie bestimmt. Wenn Sie das wirklich
wollen.«

»Station drei.«

Den Rest des Weges schwiegen sie. Monas Augenlider fühlten sich schwer an. Sie hatte wieder einen toten Punkt erreicht;
selbst im Gehen schien ihr ganzer Organismus auf Schlafen
programmiert zu sein. Wie im Traum registrierte sie, dass ihre
Turnschuhe klebrig-quietschende Geräusche auf den gewiener-
ten Linolplatten produzierten, die Ledersohlen der Beamtin dagegen ein angenehmes, unaufdringliches Klack-Klack. Schließlich standen sie vor dem Büro des Leiters.

»Ciao, Mona«, sagte Susanne Richter und entfernte sich mit
wiegenden Hüften. Bestimmt war die halbe Belegschaft in sie

verliebt, dachte Mona. Sie riss gewaltsam die Augen auf, klopfte und öffnete die Tür.

»Schön, dich zu sehen«, sagte der Leiter, ein schlanker Mann mit silbrigem Dreitagebart und dichtem grauem, zum Zopf nach hinten gebundenem Haar. Seine langen Beine ruhten über Kreuz auf dem Schreibtisch, auf seinem Schoß befand sich ein geöffneter Aktenordner. Das Telefon klingelte, aber er ignorierte es.

»Hallo, Willi. Willst du nicht rangehen?« Langsam wurde sie wieder wacher.

»Nenn mich nicht Willi. Ich hasse das.«

»Na schön. Wilhelm.«

»Ein guter Name. Wilhelm Kaiser. Klingt nach Wertarbeit unter lauter Mehmets und Alis.«

»Ja, ja. Hör mal…«

Das Telefon verstummte ein paar Sekunden lang und fing dann erneut an zu klingeln. Wilhelm Kaiser hob den Hörer ab. »Nein«, sagte er nach ein paar Sekunden in die Muschel. »Genau: Nein. Wir reden später.« Er legte auf.

»Probleme?«, fragte Mona. Sie mochte ihn. Sie fand, er sah nicht schlecht aus, so, als hätte er alles gesehen und trotzdem seine gute Laune nicht verloren. Das Alter, Anfang vierzig, stimmte auch. Einmal, vor Jahren, waren sie abends zusammen aus gewesen, in einem sehr teuren italienischen Lokal. Wilhelm hatte sie eingeladen, mit Wein und allem. Aber irgendwie hatte sich trotzdem nichts daraus entwickelt.

»Der übliche Scheiß. Diese Jungs hier… Du weißt, was ich meine. Steh hier nicht rum wie angewachsen. Kaffee?«

»Schwarz mit Zucker.« Mona setzte sich.

Wilhelm beförderte seine Füße auf den Boden und begab sich zu einer voluminösen Espressomaschine im hinteren Teil des Büros. Seine ausgewaschenen Jeans schlackerten um seine mageren Hüften.

»Hast du keinen normalen Kaffee?«, rief Mona ihm nach.

»Kein Mensch außer dir trinkt freiwillig diese bittere Brühe, wenn er was Besseres haben kann.«

»Espresso ist mir aber zu stark.«

»Ich mach ihn ganz schwach. Ein Hauch. Speziell für dich.«

Mona holte eine Liste aus ihrer Aktentasche. Die Espressomaschine zischte und spuckte. »Vielleicht 'n Cappuccino?«, rief Wilhelm. »Ich hab Milch da zum Aufschäumen.«

»Schwarz, bitte.«

»Na schön.«

Wilhelm stellte Tasse und Zucker auf ihre Seite des Schreibtischs. Der Espresso glänzte wie flüssiger Teer. Mona nahm einen Schluck. Er schmeckte auch so. Sie stellte die Tasse vorsichtig zurück.

»Was kann ich für dich tun, Mona? Wo du schon nicht mehr mit mir essen gehst.«

Meinte er das ernst? Er hatte sie nie ein zweites Mal gefragt, obwohl der Abend damals eigentlich schön gewesen war.

»Wir könnten…«, fing sie an und erkannte gerade noch rechtzeitig, dass sie dabei war, jemandem beim Wort zu nehmen, der vielleicht nur Sprüche machte. Er wollte sie nicht wirklich. Oder er wusste nicht, wie man es anstellte, einer Frau zu sagen, dass man sie wirklich wollte.

So jedenfalls nicht.

»Ich wusste nicht, dass du hier Lesungen veranstaltest«, sagte sie stattdessen.

Wilhelm wirkte enttäuscht. »Wie, Lesungen?«, fragte er.

»So nennt man das doch. Schriftsteller lesen aus ihren Büchern vor. Hier.«

»Ach so, das.«

Wilhelm legte die Beine wieder auf den Tisch. »Zweimal im Monat gibt's hier Kultur. Wir haben sogar einen Extraraum dafür. Mit einer super Akustik.«

»Wusste ich ja gar nicht.«

»Du hast aber 'ne Einladung gekriegt zur Einweihung.«

Eine schwache Erinnerung stieg in Mona auf. Gut anderthalb Jahre war das bestimmt schon her. Sie hatte wie üblich keine Zeit gehabt, und dann war die Einladung im Papierwust auf ihrem Schreibtisch verloren gegangen. So musste es gewesen sein.

»Wäre ich gern dabei gewesen.«

119

»Du hast nicht mal geantwortet.«

»Tut mir Leid. Ich war wahrscheinlich wieder im Stress und hab vergessen…«

»Ist ja jetzt egal. Also, Lesungen. Wieso interessiert dich das?«

»Im Herbst vor einem Jahr. Hier ist das Datum. Da muss hier eine Lesung gewesen sein, die von euch und von der evangelischen Gemeinde vom Westend organisiert wurde. Eine Schriftstellerin namens Carola Stein, sagen die von der Gemeinde. Kann auch ein – wie sagt man – Pseudonym sein.«

»Ich schau nach. Warte einen Moment.«

»Ich muss vor allem wissen, wer dabei war. Von den Insassen, meine ich.«

Wilhelm kramte in einer Hängeregistratur.

»Hier«, sagte er schließlich. In der Hand hielt er einen dünnen Folder.

»Sind das die Lesungen?«

»Ja. Zeig mir noch mal das Datum…Okay. Carola Stein. Kriminalautorin. An dem Abend hat die hier gelesen. Kennst du sie?«

»Ich lese keine Krimis.«

»Du hast es mehr mit den Philosophen, was? Sloterdijk, Derrida?«

»Klar. Sehr witzig.«

»Carola Stein. Hat vier Romane geschrieben, einer bekam einen Preis. Sie hat aus ›Der Hass‹ vorgelesen, ihrem – ähm – vorletzten Roman. Ach, jetzt erinnere ich mich. Weißt du, warum sie hier war?«

»Nein, warum?« Mona unterdrückte eine schier überwältigende Gähnattacke. Einen Moment lang erwog sie, Wilhelm zu fragen, ob hier irgendwo eine Couch herumstand. Zum Hinlegen. Nur für fünf Minuten.

»›Der Hass‹ spielt in einem Internat. Ich fand, das passte.«

Mona sah ihn verständnislos an.

»Auf das hier. Gut, kein Internat. Aber doch was irgendwie Vergleichbares.«

»Eine JSA? Du spinnst doch!«

»Die Stein hat das aber auch so gesehen. Sie hat sogar vor ihrer Lesung einen Vortrag darüber gehalten.«

»Über die Ähnlichkeit zwischen einem Internat und einem Knast? Die muss ja einen echten Schatten haben!«

Wilhelm schloss den Folder. Er presste die Lippen zusammen und sah beleidigt aus. Mona erinnerte sich zu spät, dass er zu den Leuten gehörte, denen man nicht widersprechen durfte, weil sie sonst zuklappten wie eine Auster. Andererseits hatte sie ihm nicht widersprochen, sondern nur gewisse Dinge gerade gerückt. Trotzdem sollte sie sich vielleicht entschuldigen. Andererseits brachten Entschuldigungen die meisten Adressaten erst auf die Idee, dass es einen Grund gab, sich aufzuregen. Also ließ sie es sein.

»Die Insassen«, sagte sie. »Wer von deinen Kandidaten war dabei? Gibt's da 'ne Liste?«

»Hör mal, als Erstes redest du jetzt mal Klartext. Wieso willst du so was wissen? Was interessiert dich das? Ich meine, es ist ewig her, und an dem Abend ist überhaupt nichts passiert. Alles lief gut.«

»Warst du dabei?«

»Na sicher. Glaubst du, ich lasse eine Frau allein unter lauter halbwüchsigen Killern rumsitzen?«

»Apropos Frau. Kennst du diese hier?« Mona reichte ihm ein Foto von Karin Belolavek hinüber. Wilhelm nahm den Abzug in die Hand. Er runzelte die Stirn. »Kommt mir bekannt vor. Weiß aber jetzt nicht, wo ich sie hintun soll.«

»Karin Belolavek. Kam von der Kirche, also dieser Gemeinde aus dem Westend. Eine Ehrenamtliche. Erinnerst du dich an sie? Sie müsste alles organisiert haben. Von der Gemeinde aus.«

Wilhelm drehte das Foto zwischen seinen sehnigen Fingern. Er betrachtete es sorgfältig, in einem Anfall von Übereifer sogar von der Rückseite.

»Und?«, drängte Mona. Ihre Gedanken drohten abzuschweifen, und sie bemühte sich angestrengt, sie auf Kurs zu halten. (Wieder war es fünf vorbei, wieder musste Lukas vom Hort abgeholt werden, wieder hatte sie selbst es nicht geschafft.

Wieder würde Lin einspringen müssen. Zum soundsovielten Mal.)

So geht das nicht, Mona. Du benimmst dich, als seist du Single. Du hast Verantwortung für Lukas.

Eben. Und weil ich Verantwortung habe, arbeite ich für mich und meinen Sohn. Von einer Vollzeitmutter, die Sozialhilfe bezieht, hat er nichts.

Das verlangt ja auch keiner.

Dann gib mir einen Tipp, wie ich's sonst machen soll. Halbtags arbeiten geht in meinem Job nicht. Soll ich von Antons Geld leben?

Nein, aber…

Oder von deinem?

Also…

Hey, Lin. Sag schon, wie ich's besser machen soll. Ich wäre wirklich dankbar für jeden Tipp.

»Sag schon, Will…helm. Kennst du sie?«

»Phhh… Kann sein. Ich glaube, sie war hier, aber… Das Ganze ist ein Jahr her, verstehst du. Ich bin mir nicht sicher.«

»Okay. Wer war sonst alles anwesend? Wer von den Insassen?«

Wilhelm zog ein zerknittertes, mit blauem Kugelschreiber beschriebenes Blatt aus dem Folder. »Warte mal… Ja, das ist die Anwesenheitsliste. Zehn von den Jungs sind gekommen, der Rest kam von außerhalb. Lauter Frauen übrigens, da kann ich mich noch dran erinnern.«

»Toll.«

»Genau. Lauter Frauen, die beim Anblick der Jungs rumgiggelten. So viele auf einmal hatten wir seit Jahren nicht mehr hier. Willst du jetzt die Liste, oder was?«

»Die Liste allein reicht nicht. Ich muss wissen, wer von denen hier noch sitzt. Alle, die noch sitzen, die können wir gleich streichen.«

»Erst will ich wissen, worum es geht.«

»Der Mordfall Thomas Belolavek. Hast du darüber nicht in der Zeitung gelesen?«

»Mann! Diese Leiche im Gartenhaus?«

»Geräteschuppen.«

»Und sie war's? Diese Karin Bedingsda?«

»Der Tote war jedenfalls ihr Mann. Die Belolavek ist flüchtig. Oder auch tot.«

»Kein Anhaltspunkt?«

»Bisher nur falsche Spuren.«

»Und was haben die Jungs damit zu tun?«

»Wissen wir noch nicht. Aber vielleicht hatte sie mit einem von ihnen eine Affäre. Dass sie eine Affäre hatte, wissen wir. Dass er viel jünger war als sie auch. Aber nicht, wer es ist.«

»Du willst mir nicht im Ernst erzählen…«

»Sag mir einfach, wer von denen auf der Liste wieder draußen ist. Und seit wann.«

Ich habe einiges gelernt in den letzten Monaten. Zum Beispiel, dass es eine Form von Liebe gibt, die sich nicht erschöpfen will. Oder rede ich von Leidenschaft? Oder von Besessenheit? Es gibt so viele Worte für das, was mir widerfährt, und einige davon sind so hässlich, dass mir die Tränen kommen.

Hörigkeit. Hörigkeit heißt: Opferdasein. Hörigkeit leugnet hartnäckig, dass es so etwas wie Schicksal und Bestimmung gibt. Es impliziert krankhaften Irrtum und selbst verschuldete Probleme. Es banalisiert, was zwischen uns passiert.

Ich erkunde deinen Körper wie ein Haus, Zimmer für Zimmer. Mittlerweile kenne ich ihn fast auswendig und bin seiner dennoch nie überdrüssig: deine knochigen Füße mit den dicken, verhornten Nägeln, deine perfekt geformten, fast unbehaarten Waden, die muskulösen Schenkel, dein kleiner, kraftvoller Po, dein Schwanz, die breite Blinddarmnarbe, die sich viel zu weit in den Rücken zieht (du weißt nicht warum, wenn ich dich frage, zuckst du die Schultern). Ich liebe deinen Schamhügel, von dem sich eine zarte braune Haarlinie bis fast zum Bauchnabel zieht. Dein Bauchnabel ist herausgestülpt, deine Brust ist ebenfalls beinahe unbehaart, deine Schultern sind breit und knochig. Knapp unter der rechten Achselhöhle ist eine weitere, kaum sichtbare Narbe (du weißt nicht, woher sie kommt, und es ist dir auch egal). Du bist so mager und hart, mein Geliebter. Du vergräbst dich in mein

Fleisch, als sei es Nahrung für dich. Ich liebe diese Vorstellung, Nahrung für dich zu sein. Dir lebenswichtige Elixiere zu spenden.

Nein, ich bin dir nicht hörig. Die Wahrheit ist viel einfacher. Ich liebe dich. Nicht von Anfang an, natürlich nicht. Am Anfang, das stimmt, da stand die Besessenheit, eine dunkle, angstvolle Gier, die alle anderen Gefühle verblassen ließ. Aber nun habe ich dich lieben gelernt, und das ist dein Verdienst, denn du hast dich mir geöffnet wie noch kein anderer Mann vor dir. Im Vergleich zu dir sind alle anderen Männer komplexbeladen und voller Furcht und Vorbehalte. Immer haben sie die ausgefeiltesten Argumente dafür, dass sie sich nicht hingeben wollen, nicht loslassen können. Nicht einmal für eine einzige Stunde können sie ihre kleinliche, kindische Angst davor vergessen, mit Haut, Haaren und Seele beherrscht zu werden von einem wirklich starken Gefühl.

Denn es ist ja auch gefährlich. Ihre kostbare Persönlichkeit könnte bei diesem Prozess verwandelt werden in etwas Neues, Wunderbares. Ihre hoch geschätzte Individualität könnte sich auflösen in etwas Machtvolles, Grenzüberschreitendes. Aber kein Grund zur Sorge, das passiert nie. Normale Männer ziehen lieber in den Krieg als in die Liebe, denn der Krieg bringt nur den Tod, und den fürchten Männer weniger als den Verlust ihrer Willenskraft. Nur du bist anders. Du gibst alles und machst auf diese Weise uns beide reich.

Es gibt so viel Raum für Zärtlichkeit und Lachen zwischen uns. Und weil das so ist, akzeptiere ich auch die zeitweise Abwesenheit von Licht und Liebe.

Ja, du hast auch eine finstere Seite in dir. Ich habe sie immer gespürt, aber erst in letzter Zeit nehme ich ihre Existenz deutlich wahr. Als Kind holte ich jeden Morgen meine Freundin ab, um mit ihr gemeinsam in die Schule zu gehen. Manchmal, wenn sie noch nicht fertig war, musste ich in die Wohnung ihrer Eltern kommen und in der Diele auf sie warten. Meine Freundin hatte einen schwarzen Pudel namens Gustav. Ihre Mutter schob ihn immer aus der Küche, sobald ich da war. Vielleicht, damit ich mich nicht langweilte. Sie glaubte, ich käme mit Gustav gut aus, und ich traute mich lange nicht, ihr die Wahrheit zu sagen: dass ich ihn nicht ausstehen konnte.

Als junger Hund war Gustav verschmust und fröhlich gewesen. Doch je älter er wurde, desto seltsamer entwickelte sich sein Verhalten.

Sobald er mich sah, wollte er in einem fort gestreichelt werden. Hörte ich damit auf oder verringerte sich bloß die Frequenz meiner Tätschelbewegungen, begann er bösartig zu knurren und nach meiner Hand zu schnappen. Manchmal stand ich, die Achtjährige, also an die fünf Minuten lang gebückt in der meist ziemlich unterkühlten Diele und liebkoste Gustavs schwarzes, kurz geschorenes Fell und den lächerlichen Puschel auf seinem Kopf, während Gustav meine Bemühungen wachsam observierte – mit tückischem Blick von unten herauf und einem leisen, drohenden Rollen in der Kehle.

Seitdem habe ich Angst vor Hunden.

Ich vergleiche dich mit einem Hund. So weit ist es mit mir gekommen. Ich bin verwirrt...

Aber wahr ist: Du beobachtest mich viel genauer als früher. Unter deiner Aufmerksamkeit blühte ich auf, unter deiner Beobachtung werde ich ganz klein. Es ist anstrengend, ununterbrochen im Blickfeld zu sein. Du kommentierst jede meiner Gesten. Du hinterfragst alles. Es gibt in deinen Augen keine harmlose Äußerung mehr. Jede Entschuldigung wird von dir als Ausrede gewertet. Besonders auffällig ist es, wenn wir unter Leuten – Fremden – sind. Du scheinst den Drang zu haben, meine Gefühle immer wieder von neuem auf die Probe zu stellen. Du küsst mich ausgerechnet dann, wenn der Kellner das Essen auf den Tisch stellt. Du fasst mir auf offener Straße unter den Rock oder an den Busen und begegnest dreist, mit hoch erhobenem Kopf, den irritierten Blicken der Passanten. Neulich warteten wir auf die Straßenbahn, da drücktest du mich an die Glaswand des Wartehäuschens und fingst an, mich unter der Bluse zu befummeln. Du wirst sehr ärgerlich und ausfallend, wenn ich dich in solchen Situationen bitte, damit aufzuhören. Du missverstehst das absichtlich als Versuch, mich von dir zu distanzieren. Du fühlst dich ausgenützt. Aber natürlich stimmt das nicht, und ich bin mir sicher, dass du das auch weißt. Ich bin so stolz auf dich und mich, aber in der Öffentlichkeit gibt es Grenzen des Zumutbaren.

Ich gebe zu, dass ich mich in solchen Situationen manchmal schäme. Ich bin älter als du, mir steht ein solches Verhalten nicht mehr zu. Du fühlst dich vielleicht ausgenützt, aber ich, ich fühle mich missbraucht. Ich habe den Eindruck, du willst mich provozieren. Das, was du da tust, ist nicht Liebe. Manchmal kommt mir sogar der schreckliche

Verdacht, du willst mich auf diese Art vertreiben. Gibt es nicht viele Männer, die das tun? Die es nicht fertig bringen, einer Frau zu sagen: »Es ist aus, ich hab keine Lust mehr«, und stattdessen durch fortgesetztes Fehlverhalten dafür sorgen, dass die Frau – endlich! – den ersten Schritt macht, um die Beziehung zu beenden?

Oder ist alles ganz anders? Bleibe vielmehr ich dir den ultimativen Liebesbeweis schuldig, indem ich auf Konventionen beharre, die du mutig in den Wind schlägst?

Um These Nummer eins bestätigt zu bekommen, habe ich dich herausgefordert. Ich erzählte dir lächelnd von einem Traum, in dem ich dich mit einer jungen Frau sah. Deine Reaktion war unmissverständlich.

Wenn du gehen willst, dann geh. Aber dann steh auch dazu, dass du wegwillst. *Dein Gesicht war kreidebleich, deine dunklen Augen loderten vor Zorn.* Keine Tricks mit mir, bloß keine Tricks.

Ich war erleichtert und gleichzeitig erschrocken über das erneute Missverständnis, das ich nun unmöglich hätte aufklären können, ohne mich in einem Wust von Widersprüchen zu verstricken. Ich will ja nicht gehen! Die schönen, innigen, leidenschaftlichen Momente überwiegen bei weitem. Ich würde sie nie aufs Spiel setzen wegen eines wahrscheinlich ganz lächerlichen, unbegründeten Unbehagens. Ich bin sicher, ich kann auch mit deinen Fehlern leben, und wenn nicht, muss ich es eben lernen. Ich denke immer noch und immer mehr an eine gemeinsame Zukunft, obwohl sich die äußeren Umstände, die dem entgegenstehen, jeden Tag mehren.

Alle und alles sind gegen uns. Zwischen uns darf es also kein Misstrauen geben. Unsere Liebe muss an den Hürden wachsen, nur dann haben wir eine Chance.

11

Bauer hatte noch nie eine leibhaftige Schriftstellerin gesehen. Anfangs war da eine gewisse Ehrfurcht gewesen, die sich aber rasch verloren hatte. Zuerst hatte nur Fischer die Fragen gestellt, auf seine schnelle, rotzige Art nach der Jeder-hat-irgendwo-Dreck-am-Stecken-Devise. Die Schriftstellerin schien er damit kaum zu beeindrucken. Sie antwortete mit ruhiger, tonloser Stimme und nahm sich alle Zeit der Welt. Nach gerade mal fünf Minuten war Fischer plötzlich ziemlich bleich geworden. Mit erstickter Stimme wies er Bauer an, er sollte jetzt weitermachen, bis er wieder zurückkäme, und hatte dann den Vernehmungsraum ziemlich überstürzt verlassen.

Tatsächlich kam Fischer aber nicht wieder, und so musste Bauer, obwohl er ganz neu in der MK1 war, die Zeugenvernehmung allein durchführen, was völlig unüblich war und ihn sehr verunsicherte. Andererseits, dachte er, konnte er nicht viel falsch machen, denn sie wusste ohnehin nicht gerade viel.

Carola Stein hieß eigentlich Cordula Faltermeier. Sie war neununddreißig, groß und mager, mit knochigen breiten Schultern unter ihrem schwarzen Rollkragenpullover. Ihre Haare waren ebenfalls schwarz, ziemlich lang und glatt und sahen gefärbt aus. Ihr Gesicht war blass. Sie rauchte fast ununterbrochen, wirkte dabei aber überhaupt nicht nervös. Vielmehr schien sie Zigaretten so notwendig und selbstverständlich zu brauchen wie andere Leute Nahrung und Luft. Das Vernehmungszimmer war klein, und Bauer musste mehrmals das Fenster öffnen.

Methodisch arbeitete er sich gemeinsam mit ihr durch den Verlauf der Lesung. Ja, an Karin Belolavek könne sie sich erinnern, sie war ja schließlich die Veranstalterin. Aber sonst an niemanden im Speziellen. Auch an keinen der Insassen. Doch, einer habe ihr einen Blumenstrauß auf die Bühne gebracht. Hatte schweißfeuchte Hände dabei, was sie süß fand. Für Schwerkriminelle hätten die Jungs übrigens ganz gut ausgesehen. Sie zwinkerte bei dieser Bemerkung, und Bauer wurde rot.

Ob ihr aufgefallen sei, dass sich einer der Insassen mit Karin Belolavek unterhalten habe?

Nein. Sie habe auch überhaupt nicht darauf geachtet. Da seien über fünfzig Leute in dieser Aula gewesen. Ihr seien die vielen Türen aufgefallen, die man aufsperren und wieder abschließen musste, um überhaupt irgendwohin zu gelangen. Die JSA sei ihr wie ein Labyrinth vorgekommen. Verwirrend, aber insgesamt viel weniger schlimm, als sie sich ein Gefängnis vorgestellt hatte. Ach, und eine Frau hätte einen Schwächeanfall bekommen.

»Welche Frau? Kannten Sie sie?«

»Äh … Nein. Sicher nicht. Die Luft war ziemlich schlecht. Kein Wunder.«

»Lesen Sie Krimis?«, fragte sie ihn zum Schluss.

»Na ja …«, sagte Bauer unschlüssig. Eigentlich las er gar nichts außer Fachliteratur.

»Ich war übrigens schon mal hier. Hab mit Ihrem Chef gesprochen. Für Recherchen.«

»Martin Berghammer?«

»Genau der. Ein netter Mann. Würden Sie ihn von mir grüßen?«

»Klar.«

Sie beugte sich vor. Ihm fiel auf, dass sie um die Augen herum ziemlich stark geschminkt war. »Mal ehrlich, war Ihnen mein Name ein Begriff?«

»Hab ich schon irgendwo gehört«, log er.

Sie lächelte. »Wenn Sie wollen, schick ich Ihnen ein Buch.«

»Ja, also … Das wäre toll.«

»Sind wir jetzt fertig?« Sie unterschrieb das Protokoll und ging, ohne sich von ihm oder der Protokollantin zu verabschieden. Auch nach seiner Adresse fragte sie nicht, obwohl sie ihm doch ein Buch schicken wollte. Welchen Eindruck er wohl auf sie gemacht hatte? Eine Weile saß Bauer ganz allein im Vernehmungszimmer, ohne sich zu rühren. Es roch nach viel Rauch und einer schwachen Ahnung von Parfüm. Schließlich stand er auf und ging in sein Büro zurück. Glücklicherweise war er allein. Bauer setzte sich an seinen Schreibtisch und stützte den Kopf in beide Hände.

Seine Freundin war vor ein paar Tagen ausgezogen. Das war zu erwarten gewesen, nachdem sie keinen Sex mehr wollte, keine Liebkosungen, nicht einmal Küsse. *Ich halt das nicht mehr aus. Dieses Gerede von Tod und wie Leichen wirklich aussehen und wie der … Dingsda das Blut der … Dings in den Ausguss…*

Ich weiß.

Es ist so eklig.

Ich weiß. Tut mir Leid. Ich bin erst eine Woche dabei. Ich gewöhn
mich schon daran, und dann rede ich auch nicht mehr drüber.

Ich halt das nicht mehr aus. Du riechst schon danach.

Ich rieche nicht. Ich dusche und wasche meine Klamotten. Jeden
Abend. Weißt du genau.

Das nützt nichts. Du riechst nach Tod.

Sie hatte ihren Koffer aus rotblauem Lederimitat aus dem
gemeinsamen Kleiderschrank geholt und dann ganz ohne Hast,
sorgfältig und methodisch begonnen, einzupacken. Erst ihre Hosen, dann die ordentlich zusammengelegten T-Shirts, dann die
Blusen, dann die Kleider. Da war ihm klar gewesen, dass es ihr
ernst war. Merkwürdigerweise kamen ihm erst die Tränen, als
sie den braunen Ledermini im Koffer versenkte, den Rock, den
er an ihr besonders liebte und nun wahrscheinlich nie wieder
sehen würde.

Völlig bescheuert, wegen eines Kleidungsstücks zu heulen.

Dann aber fielen ihm die ganzen anderen Sachen ein, die nun
nie mehr stattfinden würden, und er musste noch mehr weinen.
Gemeinsam frühstücken an den Wochenenden, gemeinsam einkaufen, gemeinsam wegfahren, gemeinsam ihre Eltern besuchen,
die ihn nicht ausstehen konnten, weil er so wenig verdiente und
so schlechte Aussichten hatte, jemals weiterzukommen.

Ihre Augen waren völlig trocken geblieben. Sie hatte den Koffer zugemacht und danach in aller Ruhe ihre Reisetasche aus
dem Kellerabteil geholt, um darin Schuhe und Waschzeug zu
verstauen. Er verlegte sich aufs Flehen.

Ich könnte was anderes machen. Ich könnte wieder zur Schupo
gehen.

Ach ja, toll.

Ich könnte…

Polizei ist Polizei, Patrick, verstehst du? Ist doch egal, in welcher
Abteilung. Da geht's immer nur um schlechte Sachen. Wenn nichts
Schlechtes passiert, braucht euch kein Mensch.

Und das war die Wahrheit. In guten Zeiten brauchte niemand
Leute wie ihn. Sie wollte einen Mann für gute Zeiten. Konnte
man ihr eigentlich nicht übel nehmen.

Seit drei Tagen aß Bauer fast nichts mehr. Seine Rippen standen heraus, sein Schädel war knochig und hohlwangig geworden. Manchmal betrachtete er sich im Spiegel des Waschraums und fuhr mit den Fingerspitzen die hageren Linien seines Gesichts ab.

Sein Telefon klingelte, und er schrak schuldbewusst zusammen.

»Patrick, Konferenz!«

»Komme schon.«

Konferenz. Diese Zwangsveranstaltungen mit all den schrecklichen Leuten, die sich Kollegen nannten und sicher schon längst hinter sich hatten, womit er sich zum ersten Mal abquälte.

Dieses ewige Gequalme.

Diese öden Witze, immer bevor Mona den Raum betrat.

Mona *Mördertitte*.

Er stand auf und nahm seine Unterlagen.

Diesmal gab es keine Mördertitten-Witze, denn Mona war schon da und klopfte ungeduldig mit einem Kugelschreiber auf ihren Block. Links neben ihr lümmelte Forster, wie üblich mit Kippe im Mund, rechts saß Fischer, nicht mehr so blass wie vorhin, aber ausnahmsweise ohne Chipstüte, neben Fischer saß Schmidt. Berghammer lehnte am Fensterbrett. Als Bauer hereinkam, drückte Berghammer sich ab und schloss das Fenster, sperrte den Straßenlärm, die Sonne und den warmen Wind aus.

»Geht's dir gut, Patrick?«

Berghammers väterlich besorgte Stimme löste Alarmsignale in Bauers Kopf aus. *Gehtsdirgutpatrickwiuuwiuuuwiiiuuu.*

»Ja«, sagte Bauer. »Alles okay.« Sie würden ihn wieder zurück zur Schupo schicken, wenn er sich nicht zusammenriss. Und dann hätte seine Freundin für gar nichts mit ihm Schluss gemacht.

»Gerade auf Diät?«

Bauer schaffte es zu lächeln. »Kommt alles wieder drauf.«

»Wieso? Sieht doch gut aus. Stehen die Mädels drauf.« Die anderen lachten. Bauer dachte, *leckt mich, ihr Arschlöcher.* Er setzte sich neben Schmidt, der ihn nicht ansah, obwohl er immer noch lachte. (Über ihn. Und dann traute er sich nicht mal, ihm ins Gesicht zu sehen.)

»Es kommen drei in Frage«, sagte Mona auf ihre übliche sachliche Art, als hätte sie gar nicht mitbekommen, was hier ablief. Das Gelächter verstummte aprupt.

»Drei«, wiederholte Mona. »Das ist schon mal ein guter Anfang.« Welche drei? Er hatte irgendwas verpasst.

»Milan Farkas, heute dreiundzwanzig«, fuhr sie fort, »hat mit sechzehn seine Freundin umgebracht. Totschlag, sechs Jahre Jugendstrafe, vier Jahre später auf Bewährung entlassen. Zur Zeit der Lesung war er kurz in U-Haft wegen einer anderen Sache, nämlich Körperverletzung mit Todesfolge. Ihm konnte nichts nachgewiesen werden. Verhandlung und Entlassung aus der JSA zwei Wochen später. Wolfgang Heiermann, heute achtundzwanzig, zehn Jahre Jugendstrafe wegen Mord, Eifersuchtsdelikt, war vier Monate nach der Lesung frei. Hanno Jindjic, heute zwanzig, schwerer Raub mit Körperverletzung, Jugendstrafe, auf Bewährung entlassen.«

»Alle andern sitzen noch?«, fragte Berghammer.

»Ja. Zwei sind verlegt worden. Unwichtig für uns.«

»Und wenn sie zu den Weib... den Frauen gehört, die an Strafgefangene Liebesbriefe schreiben?«

Mona sah Berghammer verständnislos an.

»Du weißt schon«, sagte Berghammer, »diese...«

»Ich hab schon verstanden. Die Leitner hat aber klar gesagt, es war eine Affäre. Mit allem Drum und Dran. Keine läppischen Briefchen hin und her.«

»Ist ja gut«, sagte Berghammer. Bauer wusste nie so genau, woran man mit ihm war. Wegen seiner massigen Statur und seiner tiefen Stimme wirkte er schwerfällig, friedfertig und langsam. Aber er konnte unvermutet scharf schießen.

»Ich denke, wir sollten gar nicht lange reden«, erklärte Mona. »Wir nehmen uns die Typen vor. Jetzt sofort. Wir rufen nicht an, wir laden nicht vor, wir fahren hin und führen die Vernehmungen vor Ort. Ich will nicht, dass einer von denen plötzlich nie mehr zu Hause ist.« Sie sah Berghammer an. »Was hältst du davon?«

Berghammer nickte und machte gleichzeitig ein Gesicht, als wollte er dazu noch etwas sagen. Dann aber ließ er es sein.

»Wer von denen ist noch auf Bewährung?«, fragte Fischer.

»Jindjic und Heiermann. Farkas war ja bloß in U-Haft, also keine Bewährung. Ich hoffe, seine Adresse stimmt noch. Ist immerhin gut ein Jahr her. Gemeldet ist er da jedenfalls.«

»Und wenn die ausgeflogen sind?«

»Dann observieren wir.«

»Die ganze Nacht?«, fragte Schmidt entsetzt.

»Immer mit der Ruhe. Vielleicht sind sie ja da.«

Als das große Stühlerücken einsetzte, stand Fischer plötzlich neben Bauer. »Geht's dir besser?«, fragte Bauer.

»Danke, geht schon. Hast du der Seiler …« Fischer senkte seine Stimme, bis er fast flüsterte. Gemeinsam gingen sie zur Tür.

»Nein.«

»Das war … sehr fair von dir. Echt superfair. Ich wär schon wiedergekommen, wenn mir nicht so übel gewesen wär. Totaler Dünnschiss. Hat die Alte noch was gesagt?«

»Die Stein? Nee. Nichts Interessantes.«

»Wo ist das Protokoll?«

»Bei der Seiler, wo sonst?«

»Okay. Ähh …«

»Ich werd schon nichts erzählen. Wenn ich nicht muss«, sagte Bauer mit einem leise triumphierenden Unterton. Es war nicht schlecht, jemanden wie Fischer in der Hand zu haben.

»Milan Farkas, Wolfgang Heiermann oder Hanno Jindjic«, sagte Mona ins Telefon. »Sagt Ihnen einer dieser Namen was?«

Schweigen am anderen Ende der Leitung. Sie hörte Theresa Leitner leise atmen. Dann: »Nein, ich glaube nicht. War einer von denen der junge Mann, der mit Karin …«

Mona seufzte. »Das wissen wir noch nicht«, sagte sie.

»Karin hat mir seinen Namen leider nicht gesagt, nicht mal seinen Vornamen.«

»Okay.«

»Kann ich Ihnen sonst irgendwie helfen?«

»Ist Ihnen noch irgendetwas nach unserem Gespräch eingefallen? Etwas, das Karin betrifft?«

Wieder gab es eine Pause am anderen Ende der Leitung. »Na ja, nicht wirklich. Ich habe sie sehr gern gemocht. Ich muss noch mal sagen, ich bin sicher, dass Karin nichts mit dieser entsetzlichen Sache zu tun hat.«

»Tja. Die meisten Mörder benehmen sich nicht, wie wir denken, dass Mörder sich benehmen.«

»Sie war so liebevoll. Nie laut. Immer nett.«

»Viele Mörder waren vorher richtig nett. Das sagt gar nichts.«

»Tja, also…«

»Eine Frage noch. Hat Karin Belolavek oder ihr Mann… Haben die ein Ferienhaus oder so was in der Art? Irgendeine Möglichkeit unterzuschlüpfen?«

»Nicht dass ich wüsste. Keine Ahnung. Tut mir sehr Leid.«

»Macht nichts. Vielen Dank.«

»Herr Zimmermann? Hier ist Mona Seiler.«

»Wie? Ach so, ja. Von der Kripo.«

»Ja. Ich habe noch eine Frage.«

»Ja?«

»Wissen Sie etwas von einem Ferienhaus? Ich meine, hatten die Belolaveks ein Ferienhaus oder Wochendhaus?«

»Puh. Da fragen Sie mich was. Ich glaube nicht. Sie sind, glaube ich, mal in ein Ferienhaus von Freunden gefahren, an die Ostsee.«

»Wer waren diese Freunde?«

»Keine Ahnung. Ich bin mir auch gar nicht sicher. Sie kannten ja eigentlich nicht sehr viele Leute. Sagte ich Ihnen ja schon.«

Nach diesem Abend weiß Maria, dass sie die Party ihr Leben lang nicht mehr vergessen wird. Die Eltern des Gastgebers sind nicht zu Hause, und entsprechend ufert das Ganze aus. Haus und Garten sind voller Leute, von denen Maria mindestens die Hälfte noch nie gesehen hat. Es wird getrunken, gekifft, getanzt und herumgeknutscht. Anfangs fühlt sie sich unsicher unter den vielen Fremden. Sie kann ihre Freundinnen nicht entdecken und geht hinaus in den dämmerigen, von Fackeln erleuchteten Garten. Die abendliche Luft ist kühler als gedacht, und sie fröstelt.

Dann fällt ihr Blick auf ein Mädchen, das sie ansieht, als sei sie die Einzige hier, die wirklich zählt. Sie ist ein paar Jahre älter als Maria, hat helle, lange Locken und ein sehr blasses Gesicht.

Sie sieht interessant aus. Maria wendet den Blick ab und wartet mit ihrer Cola in der Hand. Eine Minute später steht sie neben ihr.

»Hallo, meine Schöne.« Ihre Stimme ist rau und samtig, und sie wirkt kein bisschen verlegen. Sie benimmt sich vielmehr mit einer Selbstverständlichkeit, als würden sie sich schon ewig kennen. Und in der nächsten Sekunde kommt es Maria bereits so vor, als sei das wahr. Als seien sie Geschwister im Geiste.

»Was trinkst du da?«, fragt sie das Mädchen. Es hält ein Glas mit einer weißlichen, undurchsichtigen Flüssigkeit in der Hand.

»Ricard. Willst du mal probieren?«

Maria nickt und nimmt einen Schluck. Ein ekelhafter Alkohol-Lakritz-Geschmack, von dem ihr fast schlecht wird, aber sie zwingt sich, den Mund voll hinunterzuschlucken.

»Schmeckt's dir?«, fragt das Mädchen. Fast ist Maria enttäuscht, dass sie ihr die Antwort nicht ansieht. Sie schüttelt den Kopf, und das Mädchen lächelt, als wüsste sie es besser. Es wird immer dunkler. Der Schein der Fackeln tanzt auf ihrem Gesicht, modelliert ihre scharfen, feinen Züge. Das Mädchen sieht sie immer noch an, direkt und unverschämt. Ihre Augen sind mit schwarzem Kajal umrandet. Maria hat noch nie solche Augen gesehen. Sie sind groß und tief. Sie sind weise und still, und gleichzeitig haben sie etwas Beunruhigendes.

»Wie heißt du?«, fragt Maria. Sie weiß, dass ihre Haare sie im Licht der Fackeln umrahmen wie ein Heiligenschein, aber ausnahmsweise denkt sie einmal nicht daran, wie sie wirkt.

»Kai.«

Kai nimmt sie bei der Hand, und gemeinsam gehen sie ins Haus. Im Wohnzimmer legt ein DJ House und Hiphop auf, aber es tanzen nur wenige. Trotz der ohrenbetäubenden Rhythmen stehen die meisten in der Nähe der Boxen herum und schreien sich gegenseitig ins Ohr. Kai führt sie durch dieses akustische Inferno in die Diele, die ebenfalls voller Leute ist. Dann geht es rechts herum, eine Treppe hinauf. Sie scheint sich hier gut auszukennen. Sie halten sich immer noch an den Händen. Kais Hand fühlt sich glatt und kühl an.

»Ich würde dir gern was zeigen«, sagt Kai. Ihre leise, dunkle Stimme wird fast übertönt von dem ausgelassenen Lärm um sie herum, aber trotzdem erreicht Maria jedes Wort. Sie nickt und sieht zu ihr hoch.

»Du hast wirklich keine Angst? Wenn du Angst hast, gehen wir woanders hin.«

Maria versteht nicht, aber sie sagt: »Nein, ich hab überhaupt keine Angst.« Und das zumindest ist wahr.

Sie gehen gemeinsam die Treppe hoch, lassen die Party hinter sich, mit jedem Schritt ein bisschen mehr. Oben im ersten Stock ist niemand mehr. Kai zieht Maria hinter sich her zu einer schmalen Holztür, die aussieht wie die Tür zu einer Abstellkammer. Sie öffnet sie, und Maria sieht eine weitere, diesmal sehr einfache Holztreppe, die nach oben führt. Es riecht trocken und auf undefinierbare Art muffig.

»Der Speicher«, erklärt ihr Kai. »Oben ist noch ein Zimmer.« Sie lässt Marias Hand los, macht das Licht an und steigt, ihr voran, die Treppe hoch. Es ist mühsam, denn die Treppe ist steil. Oben stehen verstaubte Regale, mit Folie abgedeckte, ausrangierte Möbel und uralt aussehende Schrankkoffer. Der Holzboden knarzt unter ihren Füßen. Die Musik, das Geschrei der anderen sind kaum noch hörbar: Sie sind wie in einer anderen Welt. Kai öffnet vorsichtig eine weiß lackierte Tür, dreht sich um und legt den Finger auf den Mund. In der nächsten Sekunde stehen sie in einer völlig verrauchten Dachkammer. Auf dem Boden, unter einer der Schrägen, liegt eine Matratze, über die eine blaue Überdecke geworfen wurde. Am Fenster befindet sich ein kleiner Schreibtisch und davor ein Stuhl. Ansonsten ist das Zimmer unmöbliert.

Drei Jungen und vier Mädchen, unter ihnen der Gastgeber, sitzen im Kreis auf den hellen Dielen, vor sich ein quadratisches Ding, das aussieht wie ein x-beliebiges Spielbrett. Sie gönnen Kai und Maria keinen Blick und wirken vollkommen konzentriert. Ihre Fingerspitzen ruhen auf einer schwarzen Plakette mit einem Loch in der Mitte, die sich sehr langsam und ruckartig bewegt. Maria kennt das Brett, ein Ouija-Brett, aus dem Fernsehen. Man kann mit Hilfe der Plakette angeblich mit dem Jenseits kommunizieren. Sie hat nie daran geglaubt.

»Willst du mitmachen?«, fragt Kai sie flüsternd. Ihr Atem streift Marias Haar, ihren Hals, und Maria fühlt ein leises Schaudern. Sie hat nie daran geglaubt, aber plötzlich ist sie im Zweifel.

»Ja«, flüstert sie zurück, ohne nachzudenken. Sie hat das Spiel immer für Kinderkram gehalten. Jetzt ist sie bereit für etwas Neues.

Sie kniet nieder, und die Gruppe rückt wortlos enger zusammen, öffnet ihr und Kai den Kreis.

»Leg deinen Zeigefinger auf die Plakette«, sagt Kai dicht an ihrem Ohr. »Dann fühlst du die Kraft.«

Vorsichtig tut Maria, wie ihr geheißen. Als ihre Fingerkuppe die Plakette berührt, schießt ein Strom aus reiner Energie durch ihren Körper. Die Plakette fühlt sich schweißig-feucht an. Sie macht einen plötzlichen Ruck, sodass Marias Finger ihr kaum folgen kann. Ihre Bewegungen werden schneller und zielgerichteter. Sie fährt, scheinbar von allein, zu eingestanzten Buchstaben und Zahlen. Sie bildet auf diese Weise ein Wort.

M-A-C-H-T.

»Du hast total viel Power«, sagt Kai zu Maria, diesmal in normaler Lautstärke. Ihre Stimme hört sich verblüfft und beinahe neidisch an.

»Das bin doch nicht ich«, sagt Maria. Eine leise Angst erfasst sie.

»Doch«, sagt einer der anderen Jungen. Sie kennt ihn nicht. »Wir machen hier schon seit 'ner halben Stunde rum. Und kaum bist du da, tut sich was.«

»Stell ihm eine Frage«, sagt Kai.

»Wem?«

»Das ist der Hilfsgeist. Er redet mit uns durch die Plakette. Frag ihn, was du wissen willst, er wird dir antworten. Du kannst die Frage auch denken.«

Maria schließt die Augen. Sie würde lieber gehen, aber gleichzeitig ist etwas an dem Spiel, was sie fasziniert. Sie denkt die erste Frage, die ihr in den Sinn kommt.

Wer ist Kai?

Unter dem tiefen Schweigen aller rutscht die Plakette hin und her und bildet schließlich ein neues Wort.

G-E-F-A-H-R.

Ihr bricht der Schweiß aus. »Was hast du gefragt?«, will der Gastgeber wissen.

»Das ist geheim«, sagt Maria. Die Blicke der anderen sind ihr lästig. Sie will weiterspielen, aber nicht als Hauptperson. Sie glaubt nicht an diesen angeblichen Hilfsgeist. Kai ist alles andere als gefährlich, das weiß sie einfach. »Ich könnte Fragen stellen, die von euch kommen«, schlägt sie vor. Zu ihrer Überraschung verfängt der Vorschlag sofort. Auch die Atmosphäre entspannt sich. Der Gastgeber sagt: »Also, ich will wissen, ob eine gewisse Du-weißt-schon-wer auf mich steht.« Er grinst und sieht Maria an, und sie kapiert mit Verzögerung, dass mit Du-weißt-schonwer sie gemeint ist. Aber sie lässt sich nichts anmerken. Sie schließt die Augen und stellt die Frage im Geist noch einmal.

H-A-H-A.

Die Gruppe explodiert vor Gelächter. Ein Junge ruft: »Hey, und ich will wissen, ob Barbie gut poppt!«

B-E-S-S-E-R-O-H-N-E-D-I-C-H.

Gefeixe, Gelächter. Der Junge produziert ein schiefes Grinsen.

»Ihr seid so kindisch«, sagt Kai plötzlich. Gelassen nimmt sie ihren Finger von der Plakette und zieht den anderen das Brett darunter weg.

»Hey! Was soll'n das?«

»Für den Scheiß gebe ich das Ding nicht her!« Kai legt das Brett in aller Ruhe zusammen. Es gibt noch ein paar vereinzelte Proteste, dann stehen schließlich alle auf, gähnend. Nach ein paar Sekunden ist das Zimmer leer bis auf Maria und Kai. Kai öffnet das Fenster, damit der Rauch abziehen kann. Musik und ausgelassene Stimmen dringen mit der frischen Nachtluft in den Raum, und Maria ertappt sich bei dem Gedanken, dass sie gern wieder unten wäre bei den anderen.

»Willst du runter?« Kai stellt diese Frage in einem ganz normalen Ton, so als sei ihr jede Antwort recht. Aber Maria spürt, dass sie sie auf die Probe stellt. Wenn sie jetzt ja sagt, hat sich ihre Verbindung erledigt. Dann wird es keine Freundschaft geben.

»Ich würde lieber hier bleiben«, sagt sie also. Kai heftet ihren hypnotischen Blick aus ihren schwarz umrandeten Augen auf Maria. Einen so schönen Menschen hat Maria noch nie gesehen. Kai ist schlank, hat einen kleinen Busen, ihre Lippen sind voll und scharf geschnitten, ihre Wangen, ihre Stirn so perfekt geformt wie bei einer Statue. Maria lächelt unwillkürlich. Die anderen können ihr gestohlen bleiben.

»Ist das dein Brett?«

»Ja.«

»Warum hast du's eingepackt?«

Kai streicht ihr mit dem Handrücken ganz leicht über die Wange. »Wieso? Willst du weitermachen?«

Eigentlich nicht. Aber dann wieder doch. »Ja.«

Kai kniet sich hin, packt das Brett wieder aus und legt es zwischen sie beide. »Weißt du, wie alt dieses Spiel ist?«

»Nein«, sagt Maria vorsichtig. Das Brett wirkt zwar abgegriffen, aber keineswegs antik.

»Ich meine nicht das Ding da speziell. Das haben mir Leute aus Amerika mitgebracht. Dort gibt's so was in jedem Drugstore. Ich meine insgesamt.«

»Keine Ahnung.« Sie legen beide ihre Zeigefinger auf die Plakette.

»Jahrhunderte. Es stammt aus Frankreich und Deutschland. Deshalb heißt es Ouija. Abtrünnige Mönche haben es erfunden. Sie hassten Gott und nahmen durch das Brett Kontakt zu den gefallenen Engeln auf.« Die Plakette bewegt sich nicht.

»Warum haben sie das getan?«

»Gott hatte sie enttäuscht. Sie haben andere Wege gesucht, mit der Meta-Welt zu kommunizieren.« Die Plakette bewegt sich, ruckartig, unschlüssig. »Die Power ist da«, sagt Kai. »Stell eine Frage.«

»Mir fällt keine ein. Stell du eine.«

»Das glaube ich dir nicht«, sagt Kai ruhig. »Du hast eine Menge Fragen. Du brauchst keine Angst zu haben.«

Da schließt Maria die Augen, und sie spürt überraschend Tränen dahinter brennen.

Warum mag ich meine Mutter nicht?

Sie will gerade diese Frage nicht denken. Sie kommt ihr einfach so in den Sinn, ohne eigenes Zutun, und sie versucht verzweifelt, sich auf etwas anderes zu konzentrieren. Aber es ist schon zu spät. Die Plakette beginnt, sich um sich selbst zu drehen, immer schneller. Dann fegt sie plötzlich in rasender Geschwindigkeit über das Brett. Hin und her, hin und her, über die eingestanzten Buchstaben und Zahlen hinweg. Schließlich schießt sie über das Brett hinaus, und der Kontakt bricht ab.

»Was hast du gefragt?«, fragt Kai. Sie wirkt nicht erschrocken, sondern eher animiert. Ihre Augen leuchten, ihr Mund ist halb geöffnet.

»Das kann ich dir nicht sagen. Ich würde gern, aber ich kann nicht.«

Kai zuckt die Achseln. »Willst du's noch mal probieren?«

Maria schüttelt den Kopf. Sie hat Angst. Sie steht auf. »Ich muss hier raus.«

»Warte!« Kai erhebt sich ebenfalls, das Brett liegt vergessen auf dem Boden. »Bitte, bitte warte auf mich.« Sie nimmt Maria in den Arm. Ihr Körper ist biegsam und fest zugleich. »Du brauchst Hilfe«, flüstert sie. »Ich kenne Leute, die dir helfen können.«

12

»Du lässt natürlich erst mal mich reden«, sagte Mona zu Bauer, der ergeben nickte. Diesen Satz hatte er in den vergangenen zehn Tagen in Abwandlungen an die fünfzig Mal gehört. *Du hörst schön zu und sagst keinen Ton, klar? Du mischst dich nicht ein. Schreib einfach mit, was dir auffällt.*

Sie stiegen aus dem Auto und sahen sich um. Eine trostlose Sozialbau-Gegend mit einem trügerisch idyllischen Namen. *Hasenbergl.*

»Hier komm ich übrigens her«, sagte Mona, betont beiläufig, wie es Bauer erschien. Er wusste nicht, was er auf dieses unerwartete Geständnis sagen sollte. Ach, das ist ja nett? Es war nicht nett hier, es war das mieseste Viertel der Stadt, schon immer gewesen.

»Dahinten, da in der Dülferstraße, da war meine Schule«, fuhr Mona fort, und diesmal hörte sich ihre Stimme beinahe wehmütig an. Bauer, der aus einem idyllischen Dorf inmitten wunderschöner Natur stammte, in dem es nur leider keine Jobs für junge Leute gab, traute seinen Ohren kaum. In so eine solche Jugend konnte sich kein Mensch zurücksehnen. Er räusperte sich. »Wollen wir mal sehen, ob er da ist?«

»Ja, klar.« Mona erwachte aus ihren seltsamen Reminiszenzen und sah ihn mit einem leicht verwirrten Gesichtsausdruck an, den er noch nie an ihr wahrgenommen hatte. So konnte sie also auch sein. Erstaunlich. »Ich glaube, es ist das Haus da drüben«, sagte er. »Nummer 12.«

Gemeinsam gingen sie zu dem Haus, einem achtstöckigen, mit Eternitplatten verkleideten Schandfleck, vorbei an einem Kinderspielplatz, der aussah, als gäbe es ihn seit vielen Jahrzehnten, und zwar mit genau derselben Ausstattung: ein schmuddlig aussehender Sandkasten, eine uralte Rutschbahn und eine rostige Kletterstange, an der man sich bestimmt richtig schöne, tiefe Kratzer holen konnte, die blitzschnell zu einer Blutvergiftung führten.

Es war kein Mensch zu sehen.

An die sechzig, siebzig Namen standen auf dem Klingelschild an der Haustür zu Nummer 12, manche auf geklebten Zettelchen, andere vor Urzeiten in Messing geprägt, die meisten klangen türkisch oder osteuropäisch. Akribisch suchten sie eine Reihe nach der anderen ab. Bauer entdeckte als Erster den Namen Farkas, dritte Reihe von rechts, sechster Stock. Er wollte auf den Knopf drücken, da hielt ihm Mona sanft die Hand fest.

»Wir klingeln erst vor der Wohnungstür.«

Er nickte überrascht und nahm die Hand weg. »Und wie kommen wir jetzt rein?«

Mona lächelte und drückte auf ein paar Klingelknöpfe in den oberen Stockwerken. »Wer is da?«, quäkte eine weibliche Stimme aus der Sprechanlage.

»Katalog«, rief Mona.

»Quelle is doch schon da«, raunzte die Stimme zurück.

»Jetzt kommt Ikea. Und Neckermann.«

Sie hörten das penetrante Summen eines elektrischen Öffners.

»Der Milan wohnt hier schon lang nicht mehr«, sagte die Frau. Sie war um die fünfzig und so dick, dass sie die Tür fast vollständig ausfüllte. Sie trug einen grauen Jogginganzug, und wenn sie den Mund aufmachte, sah man mindestens zwei Zahnlücken Sie gähnte herzhaft, und die Zahl der Zahnlücken erhöhte sich auf vier. »Der ist hier bloß gemeldet. Sind Sie vom Sozialamt?«

»Nein. Was heißt gemeldet? Und wo wohnt er jetzt?«

»Ich kann Ihnen die Adresse geben.«

»Tun Sie das«, sagte Mona. »Können wir kurz reinkommen?«

»Nein.« Die Tür fiel ins Schloss. Mona seufzte.

»Meinst du, die kommt wieder?«, fragte Bauer, um etwas zu sagen. Auf dem schlecht beleuchteten, fensterlosen Gang fühlte er sich wie in einer Gruft. Es roch nach kaltem Rauch und verkochtem Essen, und ihm war nicht wohl bei dem Gedanken, hier noch weiter auszuharren.

»Ich schätze mal«, sagte Mona. »Wenn nicht, gibt's eben einen Durchsuchungsbeschluss.«

»Meinst du, sie lügt, und er ist doch da, und sie versteckt ihn?«

»Patrick! Bin ich Jesus?«

Die Tür öffnete sich einen Spalt. Eine Hand schob sich heraus und streckte ihnen einen vergilbten linierten Zettel hin, der aussah, als sei er aus einem alten Schulheft herausgerissen. Mona nahm ihn und stellte gleichzeitig die Stiefelspitze in die Tür. Ein verärgertes Murren war von innen zu hören. »Ist das die Adresse von Milan?«, rief Mona hinein und sah auf den Zettel.

»Ja! Und jetzt lassen Sie mich in Ruhe. Ich weiß nicht, was der Milan treibt. Der holt hier bloß seine Stütze ab.«

»Das heißt, er hat keinen Job?«

»Der wird nie einen richtigen haben. Der ist sich zu gut für so was. Hat er von seinem Vater.«

Mona überlegte einen Moment, dann zog sie den Stiefel zurück. Sofort knallte die Tür ins Schloss. Bauer fand das verdächtig, aber er sagte nichts. Mona betrachtete stirnrunzelnd den Zettel in ihrer Hand. »Lass uns gehen«, sagte sie schließlich.

»Meinst du, sie versteckt ihn?«, fragte Bauer noch einmal, als sie wieder im Auto saßen und sich vor dem Mittleren Ring im Stau einordneten.

»Weiß ich doch nicht. Wir probieren es jetzt mal bei der Adresse, würde ich sagen, und dann sehen wir weiter.«

Bauer betrachtete gedankenverloren Monas Profil, während sie fuhr. Ihre dunklen Haare waren schulterlang und an den Spitzen zipfelig und ausgefranst (*die schreien nach einem Schnitt*, hätte seine Exfreundin gesagt). Ihr weiter Pulli sah verschossen aus und konnte ihren ziemlich großen Busen trotzdem nicht verstecken. *Warum zeigt sie nicht einfach, was sie hat?*, dachte Bauer. *Das wäre cooler.*

»Ist irgendwas?«, fragte Mona in seine Gedanken hinein.

»Äh – nein. Nichts.«

»Frag ruhig, wenn du was nicht kapierst.«

»Ja – äh… Mach ich. Im Moment ist alles klar.«

Sie lächelte, als wüsste sie ganz genau, was sich in ihm abspielte. Ihr Lächeln hatte dennoch etwas Beruhigendes.

»Darf ich dir eine Frage stellen?«, sagte sie.

»Ja klar.« Die kurze Zeit der Entspannung war vorbei. Besorgt setzte er sich gerade hin. Fragen. In letzter Zeit hasste er Fragen, besonders wenn sie ihn betrafen.

»Gefällt's dir bei uns?«

Genervt schloss er die Augen. »Natürlich. Sicher.« Ein blauer BMW überholte sie von rechts und scherte direkt vor ihnen ein. Mona trat fluchend auf die Bremse.

»Du machst aber nicht den Eindruck, als ob's dir gefällt.« Sie gab Gas und fuhr am BMW vorbei. Nicht ohne dem Fahrer einen Vogel zu zeigen.

»Aha.«

»Ja. Du wirkst – irgendwie gestresst. Der Job ist ja auch Stress. Wir sind für die Scheiße zuständig.« Seine Ex hätte es nicht besser ausdrücken können. Bauer atmete tief ein.

»Meine Freundin hat mich verlassen«, hörte er sich zu seinem Entsetzen sagen. Wieder schloss er die Augen. Das ging doch niemanden was an. Das interessierte doch niemanden.

»Da bist du nicht der Erste in unserem Job«, sagte Mona. Sie wandte den Kopf und betrachtete ihn sekundenlang. Er sah stur geradeaus. »Oder war es gar nicht deswegen?«

Er schluckte. »Doch. Hat sie jedenfalls gesagt.«

»Was hat sie gesagt?«

»Das mit der Scheiße eben. Dass kein Hahn nach den Bullen kräht, wenn alles gut läuft. Dass wir dafür da sind, die Leichen aus den Schränken zu kratzen. Und sonst für nichts.« *Da war nur noch Brei im Schrank, ehrlich. Den musste man rauskratzen.* Diesen Fall, er war ein paar Jahre her, hatte ihm Forster vor zwei Tagen genüsslich geschildert. Bauer hatte bereits davon geträumt. Menschen wurden also manchmal zu Brei nach ihrem Tod. Das war eine abgrundtief widerliche, deprimierende Vorstellung, an die er sich nie gewöhnen würde.

»Tja«, sagte Mona. »Einerseits hat sie Recht. Andererseits: Eine Frau, die jetzt schon schlappmacht, die brauchst du nicht.«

»Mhm.« Sie hatte leicht reden. War allein erziehend, hatte wahrscheinlich seit Ewigkeiten keinen Mann mehr nackt gesehen und schwang sich auf, ihm wohlfeile Tipps zum Thema Partnerschaft und Liebe zu geben. Er sah vor sich auf die Straße. Seine Augen drohten feucht zu werden, und er wusste, dass es jetzt darauf ankam, diesem verführerischen Impuls nicht nachzugeben. Mona konnte ihn nicht trösten.

Er war allein.

Seine Augen begannen zu schwimmen. Er starrte weiter geradeaus, vorsichtig Luft holend, verzweifelt bemüht, keinen verräterischen Laut von sich zu geben.

Plötzlich standen sie neben einem parkenden PKW. Mona drehte sich um und fuhr das Auto rückwärts in eine Parklücke. »Heul dich aus«, sagte sie anschließend ganz ruhig. Sie behielt beide Hände am Steuer und sah ihn nicht an. Bei Bauer brachen sämtliche Dämme. Er verbarg sein Gesicht in den Händen und begann zu schluchzen, laut, abgehackt, verzweifelt, peinlich berührt von den schrecklichen Geräuschen, die er fabrizierte. Minuten vergingen, die ihm wie Stunden vorkamen, aber er konnte trotzdem nicht aufhören. Sollten sie ihn doch feuern, dachte er mittendrin. Dann hatte er eben versagt. Dann war das hier kein Job für ihn.

Er spürte eine Berührung an der Schulter. Sie war warm und fest. Er versteifte sich automatisch, und langsam verebbte sein Weinkrampf.

»Ich hab leider kein Taschentuch dabei«, hörte er Mona sagen. Er zog den Rotz mit Gewalt in der Nase hoch und schluckte ihn runter. Er schmeckte so bitter wie seine Tränen. Seine Ohren fielen zu. »Entschuldigung.« Seine Stimme hörte sich dumpf und heiser an. Er wischte sich mürrisch die Tränen aus dem Gesicht.

»Ich brauche keine knallharten Typen«, sagte Mona. Bauer hob langsam den Kopf und traute sich zum ersten Mal, sie anzusehen. Auch sie hatte sich ihm zugewandt. Ihre braunen Augen waren fest und sicher auf die seinen gerichtet. »Ich sag das jetzt nicht einfach nur so, Patrick. Ich will Leute wie dich, die sensibel sind. Natürlich dürfen sie nicht nur sensibel sein. Das Ganze macht keinen Sinn, wenn du vor jeder Vernehmung anfängst zu heulen. Das würde irgendwann nicht mehr funktionieren.«

Bauer lachte schwach. Weinen war Stress. Er hatte leichte Kopfschmerzen davon.

»Aber ich will, dass du dir das bewahrst. Deine Gefühle. Dein Mitleid. Wenn du das schaffst, ohne dich von all dem Elend schaffen zu lassen, dann wirst du richtig gut. Du hast alles, was du brauchst, um gut zu werden.«

»Glaubst du?«

»Ja. Aber wenn dich diese Arbeit fertig macht – dann lass sie sein. Manche kommen damit klar, andere nicht. Es ist keine Schande, wenn du es nicht schaffst, es ist eine Entscheidung. Aber die kann dir keiner abnehmen. Du musst wissen, wie weit du gehen kannst.«

»Okay.«

»Wenn du zu viel denkst in diesem Job, gehst du kaputt daran. Warum tun Menschen anderen Menschen so was an, was ist das für eine Welt, in der so was möglich ist … Das sind die Dinge, die du nicht denken darfst. Es ist, wie es ist. Es gibt Schweine, und es gibt gute Menschen. Damit musst du klarkommen.«

»Okay.«

»Wenn du alle drei Tage deinen Moralischen kriegst, bist du bei uns falsch. Das heißt nicht …«

»Ich weiß, was du meinst.«

»Geht's dir besser? Sei ehrlich. Willst du freihaben für den Rest des Tages? Ist kein Problem für mich.«

Bauer schüttelte den Kopf. Es ging ihm nicht wirklich besser. Aber eine leere Wohnung war nicht das, was er jetzt brauchte. »Ich bin … Mir geht's wieder gut. Lass uns weiterfahren.«

Mona lachte leise. »Wir sind da. Marsstraße 120. Lass uns mal schauen, was Milan Farkas heute vorhat.«

Vielleicht gibt es keinen Gradmesser für Liebe, vielleicht bemisst sie sich ausschließlich nach der Stärke des Gefühls – egal, um welches es sich handelt. Mein Gefühl ist heute ein unendlicher Schmerz für das, was du mir angetan hast. Je stärker der Schmerz, desto stärker die Liebe? Ist es das, was du mir beibringen wolltest?

Ich betrachte meinen Körper im Spiegel. Er ist voller blauer Flecken und blutiger Kratzer. Ich muss lange Hosen und langärmelige T-Shirts tragen, und dabei ist Sommer. Dennoch bin ich stolz auf ihn, wie nach einem gewonnenen Kampf. Denn ich habe gekämpft um dich, und ich setzte alles auf Sieg, was ich habe – auch meine körperliche Unversehrtheit. Ich weiß, dass das kein Fehler war, auch wenn der Rest der Welt es so sehen würde. Tief in uns ahnen wir doch alle, dass Schmerz und Lust eine unauflösliche Einheit bilden. Ich wollte es bislang nicht wissen und bekam nun die Quittung für mein beharrliches Wegschauen. Ich habe sie gern in Empfang genommen, wenn auch nicht freiwillig.

Ich betrachte mich im Spiegel und sehe – endlich! – eine Frau, die den Mut hat, bis zum Ende zu gehen. Ich kann nicht mehr zurückkehren in ein Dasein ohne Leidenschaft. Ich bin ein Kreuzritter der Gefühle geworden. Ich habe meine Lanze geschärft und richte sie gegen Drachen und Dämonen, die Langeweile heißen und Gleichgültigkeit, Bequemlichkeit und Ordnungswut. Ich habe mich auf eine Reise begeben, die sich nicht abbrechen lässt, weil sie mir immer mehr Abenteuer verspricht. Ich will sie alle erleben und bestehen, und möglicherweise ist dann wieder Platz für mich in meinem alten Leben. Wenn ja, werde ich dennoch eine neue Frau sein. Eine, die sich wehrt. Eine, die sich nie wieder mit den Brosamen hohler Gefühle zufrieden geben wird, die die Welt ihr gönnerhaft zukommen lässt.

Langsam erfahre ich immer mehr über dich. Du musst mir gar nichts mehr erzählen. Ich kann mir auch so alles zusammenreimen. Ich kann in deinem Gesicht dein ganzes Leben sehen.

Du hast deine Freundin getötet, weil sie dich verlassen wollte. Anfangs wollte ich das nicht glauben, aber mittlerweile weiß ich, wozu du in der Lage bist. Einen kleinen Vorgeschmack hast du mir nicht erst gestern gegeben. Die Vernunft rät mir, meiner Familie reinen Wein einzuschenken und die Sache zu beenden. Ein Teil von mir sehnt sich danach – manchmal. Ein anderer Teil weiß, dass das niemals in Frage kommt.

Du hast deine Freundin getötet. Du hast es nicht geplant, aber du hast es getan. Du hast sie gewürgt, so lange, bis sie für immer dein war. Ich verstehe dich jetzt so gut. Ich weiß so genau, was damals in dir passiert ist. Es gibt keine reine Liebe, außer in der Theorie. Leidenschaft ist ihrem Wesen nach besitzergreifend. Sie macht alle Argumente stumpf.

Sie ist radikal, aggressiv und egoistisch. Ein Flächenbrand, der vernichtet, was sich ihr in den Weg stellt.

Würdest du mich töten, wenn ich dich verlassen wollte, oder bedeute ich dir dafür zu wenig? Eine Frage, die mich seit Tagen quält und die man niemandem stellen kann. Die Antwort würde ich im Fall des Falles erst erfahren, wenn es zu spät wäre. Ist das nicht – komisch? Vielleicht muss ich erst sterben, um zu erkennen, dass du mich wirklich geliebt hast. Vielleicht überlebe ich aber auch mit der Gewissheit, dass ich immer nur eine Lückenfüllerin war, die dir so lange dienen durfte, bis die Richtige kam, die in der Lage ist, dich wirklich zum Wahnsinn zu treiben. Ich gehe das Risiko ein, herauszufinden, ob ich diejenige welche bin.

Es ist wahr: Ich bin verrückt. Ich bin nicht mehr ich selbst.

Aber ist das etwa ein Verlust? Wer war ich denn schon – die letzten Jahre, bevor du kamst?

Die Adresse stimmte immerhin. Milan Farkas war nicht in seiner Wohnung, aber ein Nachbar sagte, dass er um diese Zeit oft zum Billardspielen gehe. Mona fuhr also zum Salon ein paar Straßen weiter, im Schlepptau Patrick Bauer, der schrecklich aussah, aber darauf bestand, dass es ihm gut gehe. Junge Polizisten wie er gingen zur Mordkommission, weil sie sich davon Abenteuer versprachen oder wenigstens einen abwechslungsreichen Alltag. Tatsächlich war kein Arbeitstag wie der andere, andererseits gab es auch genug andere spannende Berufe, die nicht jeden Anflug von Idealismus im Keim erstickten. Das Herumstochern in Milieus, wo Armut, Gier und Gewalt regierten statt Toleranz, Liebe und Verständnis, konnte einen seelisch so mitnehmen, dass man vergaß, dass es auch gute Menschen mit edlen Motiven gab. Verfaulte Leichen Obdachloser, die man zu spät fand, weil niemand sie vermisst hatte, teerschwarz zusammengeschrumpfte Brandopfer, von ihren alkoholisierten Partnern bis zur Unkenntlichkeit geprügelte Säuferinnen brachten einen immer wieder dazu, jene Sinnfragen zu stellen, die ins Leere liefen, weil sie niemand beantworten konnte: Was war der Zweck eines Lebens, das auf so triste und entwürdigende Weise endete?

Wozu alle Ängste und Anstrengungen, wenn ein trostloser, qualvoller Tod der ultimative Lohn war?

Das Schlimmste war, dass man oft nicht einmal mehr in der Lage war, Mitleid für die Opfer aufzubringen. Der Tod machte alle gleich – gleich hässlich. Er war auf schauerliche Weise demokratisch. Er vernichtete alles, was je eine Persönlichkeit ausgemacht hatte. Er verhöhnte sämtliche Illusionen, denen sich Lebende hingaben, die es nicht besser wussten.

Wir wissen zu viel und das Falsche, dachte Mona nicht zum ersten Mal. Zu viel Wissen konnte einen vernichten, so wie Monas Mutter vernichtet worden war. In ihren schwarzen Stunden hatte sie begriffen, dass niemand sie schützen konnte vor dem schwarzen Atem des luftleeren Alls. Ihr Wahnsinn war nichts anderes gewesen als eine krankhafte Hellsichtigkeit. *Wir sind nur Staub zwischen den Planeten,* hatte sie Mona einmal mit gebrochener Stimme zugeflüstert, bevor sie wieder anfing zu schreien und zu toben und mit Gegenständen um sich zu werfen. Und Mona zu schikanieren, ein kleines, zartes Mädchen, das jahrelang kein anderes Gefühl kannte als Todesangst vor einer unberechenbaren Frau.

Heute war Monas Mutter in einem Heim in den Bergen. Als hoffnungsloser Fall und für immer ruhig gestellt. Für niemanden mehr gefährlich, im Grunde nicht mehr existent, außer in Monas Träumen.

Sie erkannten Farkas sofort, als sie den Salon betraten, einen schlauchförmigen Raum, in dem es nach verschüttetem Bier und kaltem Rauch stank. Ein polizeibekannter Umschlagplatz für Hehlerware. Farkas stand im hinteren Teil an einem der Billardtische, hielt eine Queue in der rechten Hand und sprach mit einem kleinen, glatzköpfigen Mann. Er trug Jeans und eine teuer aussehende schwarze Lederjacke und wirkte selbst aus der Entfernung nervös, wie auf dem Sprung. »Du hier, ich da«, sagte Mona leise zu Bauer. »Und guck ihn nicht an. Guck auf den Boden.« Noch hatte er sie nicht gesehen. Würde er sie sehen, würde er sofort Bescheid wissen.

Mona schob sich durch die Männertrauben, die sich um die Billardtische drängten. Obwohl es erst zwei Uhr nachmittags war, herrschte starker Betrieb. Jeder Tisch war besetzt. Vielleicht gab es ein Turnier. Jemand fasste Mona an den Hintern; sie packte die fremde Hand und verdrehte sie mit einem raschen, geübten Klammergriff, bis der Mann aufstöhnte. Sie ließ ihn stehen, denn zu mehr war keine Zeit. Es kam ihr wie eine Ewigkeit vor, bis sie endlich neben Farkas stand. Bauer erreichte ihn fast zur gleichen Zeit von der anderen Seite. Sie nickte ihm zu. Farkas unterhielt sich weiter mit dem Glatzkopf. Er merkte nichts.

»Seiler, Mordkommission 1«, sagte Mona und zog ihren Ausweis. »Bitte kommen Sie mit. Bitte ohne Aufsehen.«

Farkas sah konsterniert auf. Der Glatzkopf reagierte schneller und verschwand sofort in der Menge.

»Bitte kommen Sie mit«, sagte Bauer. Es klang gut. Sehr souverän, ohne eine Spur von Angst.

»Was soll'n das? Ist das 'ne Razzia oder so was? Ich hab nichts.«

»Keine Razzia«, sagte Mona. »Es geht um Mord. Wenn Sie jetzt nicht mitkommen, machen Sie sich verdächtig.«

»Wohin mit?« Farkas drehte den Kopf panisch nach rechts und links. Einige Männer unterbrachen ihr Spiel, stützten sich auf die Griffe ihrer Queues.

»Dezernat elf. Mordkommission 1.«

»Ich hab niemanden umgebracht.«

Mona schob ihren Arm unter seinen. Nun beobachteten sie bereits zehn, zwölf der Spieler aufmerksam. »Sagt auch keiner. Kommen Sie einfach mit, wir erklären Ihnen alles später. Wenn Sie kooperieren, sind Sie in einer Stunde wieder hier. Das garantieren wir. Tun Sie's nicht, gibt's wirklich eine Razzia. Und dann haben Sie hier keine Freunde mehr.«

13

Mona überlegte, ob sie Berghammer zur Vernehmung holen oder sich wenigstens vorher mit Bauer eine Strategie überlegen sollte. Aber dann stellte sich heraus, dass Berghammer unterwegs war. Und Strategien funktionierten nach Monas Erfahrung meistens nur, wenn man eine Person so gut kannte, dass man wusste, worauf sie ansprang. Sie hatten keine Zeit, Farkas' Charakter zu beurteilen. Noch waren sie ihm gegenüber im Vorteil, weil er wenig Zeit gehabt hatte, sich auf die neue Situation einzustellen. Mona beschloss, diesen Vorsprung zu nutzen. Er sollte keine Gelegenheit haben, sich eine eigene Version der Vorgänge zu überlegen.

Sie wussten mittlerweile, dass er der Geliebte von Karin Belolavek sein musste. Die beiden anderen Kandidaten Heiermann und Jindjic – der erste ein blonder, massiger Stotterer, der zweite picklig und rothaarig – brachten keine Frau der besseren Gesellschaft vom Pfad der Tugend ab. Aber Farkas, das hatte Mona sofort gesehen, war ein ganz anderes Kaliber. Hübsch, intelligent, charmant, dazu eine kaum wahrnehmbare Aura melancholischer Resignation. Frauen mochten Typen wie ihn.

Er war es. Aber er leugnete alles. Aber sie konnten ihm nichts beweisen. So wie die Dinge lagen, brauchte er nicht einmal ein Alibi.

»Sie haben nie mit Karin Belolavek gesprochen?«

»Ich kenn die gar nicht.«

»An die Lesung in der U-Haft können Sie sich auch nicht erinnern?«

»Nee.«

»Sie waren aber dort. Dafür gibt's neun Zeugen. Zehn, wenn man Wilhelm Kaiser mitrechnet.«

»Kann mich aber nicht erinnern.«

»So früh schon Alzheimer? Die Veranstaltung ist gerade mal ein Jahr her. Es war garantiert die erste und letzte Lesung Ihres

Lebens. Und Sie wollen mir erzählen, dass Sie davon nichts mehr wissen? Ist doch lächerlich.«

»Na und? Bin ich eben lächerlich. Ist ja nicht strafbar.«

Schweigen. Das Band lief mit leisem Surren, die Protokollantin tippte.

»Sie wollen also eine Gegenüberstellung?«

»Was?«

»Wir bitten Zeugen, Sie zu identifizieren. Dass Sie bei dieser Lesung waren. Dürfte überhaupt kein Problem sein.«

»Und dann? Was haben Sie dann davon?«

»Dann wissen wir, dass Sie schon mal in diesem Punkt gelogen haben. Gedächtnislücken sind in Ihrem Alter kein Argument. Wir können Sie auch in Beugehaft nehmen. So lange, bis Sie reden.« Die Protokollantin räusperte sich, und Mona spürte Patrick Bauers Blick von der Seite.

»Ist doch die reine Verarschung«, murrte Farkas. »Das dürfen Sie doch nie im Leben.«

Leider wahr, dachte Mona und sagte: »Leider falsch. Wenn wir Sie einer offensichtlichen Falschaussage überführen, können wir Sie dabehalten.«

Farkas sagte nichts. Er wirkte immer noch selbstbewusst, aber seiner Sache nicht mehr ganz so sicher.

»Sie haben sich da selber ein Bein gestellt«, sagte Mona und dachte: Es war erst drei. Wenn sie kein Geständnis bekamen, würde sie heute Lukas rechtzeitig von seinem Hort abholen und morgen weitermachen können. Eine Nacht konnten sie ihn ohne Gerichtsbeschluss festhalten. Gab es hingegen jetzt schon ein Geständnis, dann lag ein langer Abend vor ihr. Aber so zu denken, verbot ihr der Job. »Sie behaupten, dass Sie sich nicht an die Lesung erinnern können, und das ist offensichtlich gelogen. Verstehen Sie, da besteht für uns kein Zweifel. Und nun stellt sich die Frage, warum Sie uns bei einer so harmlosen Sache belügen. Und da bleibt eigentlich nur eine mögliche Antwort übrig. Oder? Wie würden Sie das sehen?«

Farkas schwieg und betrachtete, den Kopf in den Nacken gelegt, die Decke. Er saß noch immer am längeren Hebel. Wenn er nichts sagte, einfach nichts sagte, dann mussten sie ihn gehen lassen. Spätestens morgen mussten sie ihn gehen lassen.

»Sie hat dich wohl sehr geliebt«, sagte Bauer plötzlich in die Stille hinein. Mona sah ihn erstaunt an. Auch Farkas hob den Blick. Seine dunklen Augen fixierten Bauer, schätzten ihn blitzschnell ab. Ein Typ in seinem Alter.

»Sie hat ihre Ehe aufs Spiel gesetzt, ihre Familie, alles, was sie hatte. Karin Belolavek hat alles riskiert, nur für dich. Sie muss echt beeindruckt von dir gewesen sein. Wie hast du das gemacht?«

»Ich hab nichts gemacht.«

»Du hast Karin nicht angemacht? Sondern umgekehrt? Das glaub ich dir einfach nicht. So was macht eine Frau wie Karin nicht.«

»Ach, nicht?«

»Nie. Du warst es, stimmt's?«

»Nein.«

»Also, wer dann?«

»Sie.«

»Sie?«, fragte Bauer, wie betäubt, dass es so schnell und so leicht gegangen war.

»Sie war was?«, schaltete sich Mona ein.

»Ich hab sie nicht angemacht. Sondern sie mich.« Farkas beugte sich nach vorn und verbarg sein Gesicht in den Händen. Die nervöse Spannung, die ihn bislang aufrechtgehalten hatte, wich aus seinem Körper, und plötzlich wurde sichtbar, wie schmächtig er in Wirklichkeit war. Kein Mann, nur ein Junge. Mona atmete leise aus.

»Ich hab sie geliebt«, sagte Farkas. Sein Gesicht war blass, auf seiner Oberlippe bildete sich eine feine Schicht Schweiß.

»Was heißt das, Sie haben sie geliebt? Ist sie tot?«

»Nein! Ich meine, keine Ahnung!«

»Sie wissen nicht, ob sie noch lebt und wo sie ist? Hören Sie doch auf!«

»Ich weiß nicht, wo sie ist. Ehrlich. Ich weiß nicht, wer das mit ihrem Mann gemacht hat. Ich war's nicht. Ich hab Karin geliebt.«

»Aber Sie wissen, was mit Karins Mann passiert ist.«

»Hab ich im Fernsehen gesehen.«

»Wieso haben Sie sich nicht bei uns gemeldet?«

Farkas hob den Kopf und machte eine Handbewegung, die den ganzen Raum umfasste. Unter seinen Augen lagen tiefe Schatten. »Deswegen.«

»Wir brauchten Sie als Zeugen, und das haben Sie gewusst. Wir können Sie drankriegen wegen Behinderung der Ermittlungen.«

»Scheiß drauf. Ich war's nicht, ich weiß nichts, aus.«

»Wann haben Sie Karin Belolavek zum letzten Mal gesehen?«

»Ich sag nichts mehr. Nichts.«

»Dann müssen wir Sie hier behalten, bis Sie was sagen.«

»Ist mir egal. Ich sag nichts.«

Zusammenfassung der Akte Milan Farkas, AZ Re.6730-30.678.

Milan Farkas, dreiundzwanzig, Vater Milan Farkas aus Ungarn, Elektriker, Mutter Gertrud Jung, verh. Farkas, aus Berlin, Hausfrau. Aufenthaltsort des Vaters: unbekannt, evtl. Budapest. Aufenthaltsort der Mutter: Candidstraße 12. Beruf: keiner bekannt, eine abgebrochene Elektrikerlehre. Mit dreizehn Jahren zum ersten Mal aktenkundig wegen kleinerer Delikte, u. a. Autoknacken, Hehlerei in begrenztem Umfang (Autoradios, CD-Player), leichte Körperverletzung.

Mit sechzehn Jahren Tötungsdelikt an seiner damaligen gleichaltrigen Freundin Sissi Lehmann. Motiv nach Aussage des Täters: Eifersucht und Verzweiflung, weil sie ihn verlassen wollte. Es gab keine Zeugen. Der Hergang wurde vom Täter folgendermaßen geschildert und vor Gericht und von der Staatsanwaltschaft als korrekt akzeptiert: Farkas lud seine bereits abkehrwillige Freundin »zu einem letzten Gespräch« in die Wohnung seiner Mutter ein, die zu diesem Zeitpunkt nicht zu Hause war. Schon nach wenigen Minuten kam es zum Streit. Sissi Lehmann beschuldigte Farkas, sie mehrfach mit anderen Mädchen betrogen zu haben. Er habe sie außerdem wiederholt angelogen, sei oft tagelang nicht auffindbar gewesen und habe ihr mehrfach zu verstehen gegeben, dass er an einer engen Beziehung nicht interessiert sei.

Der Täter gab dies alles zu, weinte und schwor, sich künftig zu bessern. Sissi Lehmann gab ihm zu verstehen, dass sie auf diesen Sinneswandel zu lange habe warten müssen und nun keine Lust mehr auf einen neuen Anfang habe, da sie ihm zu oft habe verzeihen müssen. Zudem habe sie sich in einen anderen Mann verliebt. Es gebe keinen Weg zurück. Das wollte der Täter nicht akzeptieren. Mehrmals stand Sissi Lehmann auf und wollte die Wohnung verlassen, mehrmals schob sie der Täter zurück auf die Couch im Wohnzimmer. Zu diesem Zeitpunkt, so sagte der Täter aus, sei es noch nicht zu Gewalttätigkeiten gekommen. Er habe Sissi Lehmann auch früher niemals geschlagen oder auf andere Weise körperlich misshandelt. Letztere Aussage deckt sich mit den Aussagen von Zeugen, die das Paar näher kannten.

Die Stimmung heizte sich, so die Version des Täters, immer mehr auf. Das Gespräch drehte sich im Kreis, es wurden immer wieder dieselben Vorwürfe geäußert und zurückgegeben. Schließlich erklärte Sissi Lehmann, sie wolle jetzt endgültig gehen. Zum ersten Mal an diesem Abend setzte sie sich entschieden gegen die Versuche des Täters zur Wehr, sie zum Bleiben zu veranlassen. Da habe der Täter »durchgedreht« und »irgendwann nur noch rot gesehen«. Er habe daraufhin das Opfer in den Würgegriff genommen, laut seinen Angaben nur deshalb, damit »sie endlich Ruhe gibt«. Schließlich habe sich das Opfer nicht mehr bewegt. Der Täter habe mit Entsetzen festgestellt, dass das Opfer »ganz blau« war und nicht mehr atmete. Schließlich habe er einen Freund angerufen und ihm gesagt, er habe »totalen Scheiß gebaut« und er brauche jetzt Hilfe.

Der Freund kam vorbei und stellte den Tod Sissi Lehmanns fest. Sie wickelten die Leiche in ein Bettlaken und transportierten sie zu dem Auto des Freundes. Der Täter blieb zu Hause, der Freund brachte die Leiche zu einem Motocross-Gelände unweit der Wohnung des Täters. Am nächsten Tag regnete es. Der Täter hielt es nicht mehr aus und fuhr zu dem Gelände. Die Leiche war bereits entdeckt worden. Sie lag durchnässt im Freien, ungeschützt dem Regen preisgegeben. Der Täter gab später an, dass ihn dieses Detail besonders bewegt habe. Er sei nicht mehr im Stande gewesen, sich zu verstellen. Er kniete sich vor die Lei-

che und weinte. Die Polizei traf ein und nahm den Täter fest. Beim ersten Verhör gab er die Tat nicht zu, sondern nur, dass er die Tote kenne. Doch da die Indizien erdrückend waren, erfolgte noch am selben Tag ein Geständnis.

Die Version des Täters wurde, soweit möglich, von allen Zeugen bestätigt. Freunde und Bekannte des Täters sagten aus, die Beziehung Sissi Lehmanns zu Milan Farkas sei eng und leidenschaftlich gewesen. Er habe sie zwar tatsächlich oft belogen und betrogen, aber es sei immer klar gewesen, dass sie das Mädchen gewesen sei, das er wirklich geliebt habe.

Das psychologische Gutachten bescheinigt Milan Farkas eine temperamentvolle, unbeherrschte Persönlichkeit. Seine Beteuerung, er habe das Opfer ehrlich geliebt, entspricht dem Gutachten zufolge den Tatsachen. Der Täter neige aber dazu, Fakten, die nicht in sein Selbst- oder Weltbild passen, auszublenden. So habe er nicht wahrhaben wollen, dass Sissi Lehmann sich schon vor der Tat stundenlang in einem Zustand der Angst und der Verzweiflung befunden haben müsse. Erst auf längeres Insistieren hat der Täter zugegeben, dass sein Opfer ihn in regelmäßigen Abständen angefleht habe, sie doch endlich gehen zu lassen. Der Täter gestand in diesem Zusammenhang, auch schon in anderen Situationen cholerisch reagiert zu haben, allerdings nie tätlich.

Seine Reue wertet das Gutachten dennoch als tief und aufrichtig. Das Gericht verurteilte ihn wegen Totschlags im Affekt zu einer Jugendstrafe von sechs Jahren, zwei Jahre wurden zur Bewährung ausgesetzt. Nach vier Jahren wurde Milan Farkas wegen guter Führung vorzeitig entlassen. Zwei Jahre – die Zeit, in der er seine Elektrikerlehre begann, aber nicht abschloss – blieb er strafrechtlich unauffällig. Dann geriet er aus ungeklärten Gründen in eine Schlägerei vor einem polizeibekannten Hehlertreff, in deren Verlauf ein Mann durch einen Messerstich ums Leben kam. Die Identität des Opfers konnte nicht geklärt werden. Es blieb ebenfalls unklar, wer die Schlägerei aus welchem Grund begonnen hatte. Zeugen äußerten die Vermutung, es handele sich um einen säumigen Zahler, der abgestraft werden sollte.

Zwei Tage nach Beginn der Ermittlungen meldete sich der Bosnier Zoran Melivecz, vierundzwanzig, bei der Polizei und gab an, Mi-

lan Farkas habe den tödlichen Stich ausgeführt, er habe es deutlich gesehen. Milan Farkas gab zu, dass er zur Tatzeit vor Ort war, an der Schlägerei habe er sich aber nicht beteiligt; ein Zoran Melivecz sei ihm nicht bekannt. Da er jedoch Gesichtsverletzungen hatte, deren Herkunft er nicht erklären konnte, gab es genügend Indizien, die eine Festnahme rechtfertigten. Milan Farkas kam in Untersuchungshaft, musste aber nach zwei Wochen wieder entlassen werden, da der angebliche Zeuge Melivecz nicht mehr aufzufinden war...

»Anständiges Strafregister«, sagte Berghammer in seinem Büro und legte den Folder beiseite. »Das sieht doch gut aus. Ich denke, wir haben unseren Mann.« Er lächelte Mona und Bauer an. »Gute Arbeit.« Sie standen vor seinem Schreibtisch wie Schüler vor ihrem Direktor.

»Er hat gar nichts zugegeben. Außer dass er sie kennt und mit ihr was hatte«, sagte Mona.

»Mach's nicht so kompliziert«, sagte Berghammer. Er nahm die Brille ab und legte sie vor sich auf den Tisch. Sein Blick bekam dadurch etwas Wehrloses, Nacktes, das gar nicht zu seiner mächtigen Statur passte. »Er wollte entweder die Belolavek oder ihr Geld oder beides. Ihr Mann stand im Weg. Farkas hat ihn – zack – aus dem Weg geräumt. Dass er töten kann, hat er bewiesen. Die Belolavek ist flüchtig, weil sie ihn angestiftet hat. Gut, vielleicht nicht bewusst. Aber der Mord ist ihretwegen passiert.«

»Oder sie ist auch tot, und Farkas hat ihr Geld. Hunderttausend insgesamt.«

»Oder so.« Berghammer nickte. Er sah zufrieden aus unter seinem Walross-Schnurrbart. »Wie auch immer, Farkas ist unser Mann.«

Es war sechs Uhr durch. Die Sonne war untergegangen, ein für die Jahreszeit wunderschöner warmer Tag war zu Ende. Nichts hatten sie von der milden Spätsommerluft mitbekommen.

»Und wie beweisen wir ihm das? Wir haben nicht mal den ungefähren Todeszeitpunkt von Thomas Belolavek. Farkas braucht noch nicht einmal ein Alibi. Wir können ihn nicht ewig festhalten.«

»Vielleicht jetzt noch nicht«, gab Berghammer zu. Dann setzte er die Brille wieder auf und rieb sich die Nasenwurzel. Die gute Laune verschwand nach und nach aus seinem Gesicht.

»Wir müssen ihn spätestens morgen laufen lassen«, sagte Mona.

»Wollte er einen Anwalt?«

»Er hat nichts gesagt.«

»Gut!«

Bauer stand gebückt, bleich und schlapp neben ihr wie ein Häuflein Elend. Sie hatte ihn längst nach Hause schicken wollen, aber er hatte sich gesträubt.

»Meinst du, wir kriegen eine Überwachung genehmigt?«, fragte sie Berghammer. »Ich meine, ab morgen.«

»Genehmigt schon. Aber wir haben die Leute im Moment nicht da. SoKo Vanessa. Dreißig Mann sind am Tod der Kleinen dran. Ich brauche auch Schmidt und Forster von dir. Das hat im Moment höhere Priorität.«

»Höhere Priorität als der Mord an Thomas Belolavek?«

»Herrgott«, sagte Berghammer. »Du weißt, wie die Leute sind. Wenn kleine Mädchen umgebracht werden, flippen sie aus. Irgendein Mann zählt da überhaupt nicht mehr.«

»Also, wir lassen ihn laufen, und er kann in aller Ruhe mit der Kohle von der Belovavek abhauen.«

»Hätte er das vor, hätte er's doch längst gemacht.«

»Nein. Weil er nicht wusste, dass wir an ihm dran sind.«

»Okay«, sagte Berghammer. »Er darf im Interesse der Ermittlungen die Stadt nicht verlassen. Wir geben sein Foto an die anderen Dienststellen. Mehr können wir im Moment nicht tun. Noch haben wir ihn hier. Zieht die Vernehmung morgen ein bisschen in die Länge. Er soll so richtig auspacken, über sich und Karin Belolavek und wie sie im Bett war und so weiter. Dann gewinnen wir wenigstens Zeit.«

»Was ist, wenn er nichts sagt?«

»Er wird schon. Du machst das schon, Mona.«

»Wirst du dabei sein?«

»SoKo Vanessa. Kann mich da nicht ausklinken.«

»Du warst gut bei Farkas«, sagte Mona danach zu Bauer. »Tolles Timing.«

Bauer schüttelte den Kopf, bescheiden. »Der wollte reden. Der hat im Grunde nur darauf gewartet, dass wir ihm einen Anlass geben.«

»Meinst du?«

»Ja. So hat er auf mich gewirkt.«

»Du meinst, dass er sie wirklich… dass er sich wirklich was aus ihr gemacht hat?«

»Glaub ich schon. Komisch, dass er einfach so hier bleibt.«

»Er denkt eben, dass wir das dürfen. Dürfen wir ja auch, solange er keinen Anwalt einschaltet.«

»Aber warum hat er keinen verlangt? Ist doch komisch. Der kennt sich doch aus mit dem Prozedere, der war doch schon im Knast.«

»Geh heute mal früh schlafen«, sagte Mona.

»Ja. Mal schaun.«

Es war dunkel, als Mona gegenüber von Antons Wohnung parkte, um Lukas abzuholen. Ganz gegen ihre Gewohnheit blieb sie noch ein paar Minuten im Auto sitzen. Sie schloss die Augen und vergegenwärtigte sich Farkas' Gesicht, seine dunklen Augen, der Blick von unten herauf. Ängstlich oder tückisch. Ängstlich hatte Farkas zu keiner Zeit gewirkt. Also…

Sie kramte ihr Handy aus der Tasche und versuchte, Wilhelm Kaiser zu erreichen. Aber in seinem Büro in der JSA lief nur ein Anrufbeantworter. Mona sprach ihren Namen aufs Band und bat um Rückruf.

Bauer war ein lieber Kerl, der an das Gute glaubte. Aber ein junger, attraktiver Mann, der sich ernsthaft und ohne Hintergedanken in eine Frau verliebte, die knapp seine Mutter hätte sein können? Das gab es in diesen Mutmacherfilmen für verlassene Frauen ab fünfzig, die für einen Abend in der Illusion schwelgen wollten, doch noch eine Chance auf Leidenschaft zu haben. In der Realität kamen solche Liebesgeschichten nicht vor.

Andererseits war Karin Belolavek nicht fünfzig, sondern

neununddreißig, und eine hübsche Frau. Auf Fotos sah sie zudem jünger aus, als sie war. Jeder hatte ihren guten Charakter, ihr sympathisches Wesen gelobt. Warum also nicht? Es war nicht wahrscheinlich, aber auch nicht unmöglich. Sie würden ihn morgen über seine Affäre ausfragen – absichtlich, damit sie ihn so lange wie möglich dabehalten konnten.

Mona startete das Auto. Farkas Wohnung war nicht weit weg von hier, vielleicht acht Minuten Fahrt. Sie hatte gesehen, dass das Schloss von Farkas' Wohnung sehr einfach zu knacken war. Für jemanden, der mit einem Dietrich umgehen konnte, überhaupt kein Problem. Es gab keinen Durchsuchungsbeschluss, aber diese Tatsache war nur relevant für Leute, die sich erwischen ließen. Sie steckte ihr Handy in die Freisprechanlage und rief Anton an, um ihm mitzuteilen, dass sie eine halbe Stunde später käme.

Natürlich ahnte sie, dass es mit einer halben Stunde nicht getan war.

14

Mona bremste vor der Marsstraße 120 und stieg aus. Das Haus aus grauem Sichtbeton stand vor ihr, dunkel und bedrohlich wie eine Festung. Hier lebte Milan Farkas, vielleicht schon seit einer längeren Zeit. Wie wirkte sich eine derartige Umgebung auf den Charakter eines jungen Mannes aus? Nur hinter wenigen der Balkonbrüstungen schien Licht. Es war ein Haus, in dem man schlief – unruhig, mit Albträumen –, keins, in das man Gäste einlud, keins, in dem man kochte, liebte, fernsah oder las. Es war ein Haus, in dem man sich widerwillig aufhielt, aus dem einzigen Grund, weil man nachts irgendwo unterkommen musste und keine bessere Bleibe gefunden hatte. Mona schloss das Auto ab und ging auf den Eingang zu.

Die zerschrammte verglaste Haustür stand trotz der späten

Stunde offen, vielleicht weil die Nachtluft immer noch so warm war. Eine trügerische Spätsommerphase hatte den eisigen Dauerregen der letzten Wochen vorerst beendet und würde sich seinerseits in spätestens zwei Wochen verabschieden, um einem langen, dunklen Herbst Platz zu machen. Spätestens dann würden Lukas' Depressionen zurückkehren und ihr Leben zur Hölle machen – so wie letzten Winter. Mona schüttelte diese Gedanken ab, die Erinnerung an Lukas' steinernes Gesicht, an seine Weigerung, sich mitzuteilen, an die entsetzliche Stummheit, die seinem Selbstmordversuch vorangegangen war.

Der Anblick von Lukas auf dem Asphalt. Das Blut. Die Ärzte, die immer wieder von einem Wunder sprachen, weil er sich nur den Arm gebrochen und ein paar Prellungen zugezogen hatte – nach einem Sprung aus dem dritten Stock.

Nicht denken! Einfach nicht denken!

Mona betrat den mit Graffiti beschmierten Eingangsbereich. Eine einzelne Neonröhre tauchte den Raum in kaltes, flackerndes Licht. Selbst die Lifttüren waren voll gesprüht mit zum größten Teil fremdsprachigen Parolen, hier und da gewürzt mit »Arschloch« oder »Wichser«.

Eine der Lifttüren öffnete sich und spuckte eine Ladung junger Männer aus. Sie unterbrachen ihre laute Unterhaltung und fixierten Mona, die ihren Blicken nicht auswich und sich damit automatisch verdächtig machte. Die Männer kamen langsam auf sie zu.

»Hey, weißt du was, die Frau ist ein Bulle.«

Einer der Männer trat ihr in den Weg. Er trug eine verspiegelte Sonnenbrille auf seinen kurzen braunen Locken und sprach mit dem leicht rollendem R der Turkodeutschen. Mona schätzte ihn auf höchstens Anfang zwanzig, etwa so alt wie Farkas. Ob er Farkas kannte? Aber das konnte sie jetzt nicht herausfinden, nicht hier, nicht auf diese Weise.

»Lass mich einfach durch«, sagte Mona.

»Was gibst du mir dafür?«

»Lass mich einfach durch.«

»Erst will ich wissen, was du hier willst.« Er baute sich vor ihr auf, seine Kameraden blieben hinter ihm, hielten ihm den Rücken frei. Mona kam sich vor wie in einem dieser Karatefilme aus Hongkong. Sie wich einen Schritt zurück und tastete unter dem Parka nach ihrem Pistolenhalfter.

»Dir einen blasen, was sonst?«, sagte sie. »Darauf wart ich schon den ganzen Tag.«

Die Jungen lachten überrascht auf; der Punkt ging an Mona. Der Wortführer maß sie von Kopf bis Fuß. »Mein Schwanz ist so ein Prügel, den packst du gar nicht.«

»Zeig ihn mir doch«, sagte Mona. »Ich steh auf große Schwänze. Ich hoffe, deiner ist eine Granate.« Sie machte einen Bogen um die Gruppe und ging an den Jungs vorbei in den Lift. In ihrem Job hatte es was für sich, in einem rauen Viertel aufgewachsen zu sein. Nichts konnte einen mehr schockieren, schon gar keine verbalen Unverschämtheiten. Es war ganz leicht, man musste nur mit dem gleichen Jargon kontern. Männer, selbst Männer wie diese hier, fürchteten Frauen, die ordinär wurden. Sie hielt mit der rechten Hand ihren Pistolenhalfter unter dem Parka fest und drückte mit der linken auf die Zahl des Stockwerks, in dem Milan Farkas wohnte. Es war nicht günstig, dass man sie hier sah, aber in einem derart großen Wohnblock wäre es ein Wunder gewesen, wenn sie komplett unbemerkt geblieben wäre.

»Hey, Tussi, ich hol ihn jetzt raus, und ich sag dir was, du wirst dich nicht mehr einkriegen.«

Aber nichts dergleichen passierte. Die Jungen blieben stattdessen vor dem Aufzug stehen, sahen sie unschlüssig an, die Hände in den Taschen ihrer weiten Baggy-Jeans, von einem Bein aufs andere tretend. Endlich schlossen sich die Türen, und Mona war allein. Sie hob den Kopf und sah, dass die Decke der Kabine verspiegelt war. Ihr Gesicht wirkte blass und schmal, ihre Augen waren rot vor Erschöpfung.

Der Lift hielt schwankend im achten Stock.

Mona trat auf den Gang hinaus. Hinter ihr schlossen sich mit leisem Rumpeln die Aufzugtüren, und plötzlich stand sie allein in fast völliger Dunkelheit. Sie presste ihre Hand auf einen der rötlich glimmenden Schalter. Ein leises Knacken ertönte, aber das Licht blieb aus. »Verdammt«, flüsterte Mona vor sich hin. Sie zog die Pistole aus dem Schulterhalfter und versuchte, sich an die Richtung zu Farkas' Wohnung zu erinnern. Lag sie links oder rechts vom Lift? Links oder rechts? Die Finsternis verwirrte ihre Gedanken.

Sie entschied sich für rechts, vielleicht weil sie in dieser Richtung, am Ende des Gangs, ein helles Viereck zu entdecken glaubte. Sie tastete sich an der Wand entlang und betätigte einen weiteren Schalter. Nichts. Die wievielte Tür vom Lift aus gesehen war die, die in Farkas' Wohnung führte? Die zweite oder die dritte? Sie hatte keine Ahnung. Ihr Kopf war leer, als wäre sie nie hier gewesen, ihr Gedächtnis ließ sie vollkommen im Stich.

Da fiel ihr ein, dass sie ein Feuerzeug dabei hatte. Das war nicht optimal, aber besser als nichts. Mona entzündete das Feuerzeug und hielt die Zunge nach unten gedrückt, bis ihr Daumen schmerzte und es nach verbranntem Fingernagel roch. Sie tastete sich von Tür zu Tür. Jede sah gleich aus, und an den meisten stand kein Name. Auch nicht an Farkas' Tür, wie sie noch wusste. Glücklicherweise erinnerte sie sich an jenen tiefen Kratzer im grünbraunen Billiglack, der seine Tür von den anderen unterschied.

Sie schrak zusammen, als sich auf der anderen Seite des Ganges eine der Türen öffnete. Sie machte das Feuerzeug aus und stellte sich kerzengerade hin. Jemand machte die Tür wieder zu und öffnete sie nach einer knappen Minute ein zweites Mal. Diesmal leuchtete er mit der Taschenlampe nach draußen. Ein Mann und eine Frau kamen, in einen leisen, unverständlichen Wortwechsel vertieft, aus der Wohnung und gingen in Monas Richtung zum Lift, aber der Lichtstrahl ihrer Taschenlampe reichte nicht weit genug, um Mona zu erfassen. Mona stellte sich in einen Türrahmen und machte sich so flach wie möglich. Der Lift kam mit einem leisen Summen und hielt. Das Paar stieg schwatzend und lachend ein. Mona sah starr geradeaus. Im schwachen Licht, das sekundenlang aus der offenen Aufzugkabine strömte, sah sie einen tiefen Kratzer an der Tür ihr gegenüber. Die Lifttüren schlossen sich, die Dunkelheit kehrte zurück.

Mona trat vor, steckte ihre Pistole in den Halfter zurück und zog ihren Schlüsselbund aus der Jackentasche. Sie tastete nach einem abgeplatteten Metallstäbchen, nahm es zwischen Daumen und Zeigefinger und versuchte, das Schlüsselloch zu finden. Das war einfach; viel schwieriger wurde das Hantieren mit dem Metallstäbchen in der Dunkelheit. Langsam gewöhnten sich ihre Augen an die Finsternis. Am Ende des Gangs befand sich offenbar tatsächlich ein großes Fenster oder zumindest eine Wand aus Glasbausteinen, sodass Mona mittlerweile wenigstens einige Umrisse erkennen konnte.

Sie schob das Stäbchen in das primitive Schlüsselloch und bewegte es vorsichtig hin und her. Im Grunde war es nur eine Frage der Übung und des Fingerspitzengefühls. Schließlich, nach einer halben Ewigkeit, wie es ihr vorkam, spürte sie, dass im Schloss etwas nachgab. Sie hörte ein kurzes Knackgeräusch, und die Tür sprang auf. Mona glitt in die Wohnung und schloss die Tür leise hinter sich.

Die Deckenlampe, nur eine kahle, in die Fassung hineingeschraubte Birne, funktionierte. Mona stand in einem Apartment, das aus einem etwa zwanzig Quadratmeter großem Zimmer, einer gelb gefliesten Kochnische und einem Bad bestand. Der Teppichboden, der vielleicht einmal blau oder grau gewesen war, sah alt und fleckig aus. Das Zimmer war aufgeräumt, aber der Eindruck von Armut ließ sich dadurch nicht verscheuchen. An Möbeln gab es lediglich ein Bett, einen Tisch, wahrscheinlich vom Sperrmüll, und einen Stuhl gleicher Herkunft.

Das Bett allerdings war eine Überraschung. In dieser Umgebung wirkte es wie ein Edelstein in einer Fassung aus verbeultem Blech. Mona trat heran und fuhr mit einem Finger über das Gestell. Es war aus poliertem hellem Holz mit verchromtem Rahmen und glänzend schwarz lackierten Beinen. Ein Designerstück, das überhaupt nicht in dieses ärmliche, abgeschabte Zimmer passte. Mit Sicherheit viel teurer als jede Schlafstatt, die sich Farkas selbst hätte leisten können. Mona setzte sich probehalber auf die weiß bezogene, ordentlich drapierte Bettdecke. Der Bezug aus satinierter Baumwolle roch frisch und sauber.

Jemand hatte Milan Farkas ein neues, hochwertiges Bett inklusive Bettwäsche geschenkt. Wer das gewesen sein konnte, war nicht schwer zu erraten.

Neben der Kochnische stand eine Art Einbauschrank, den Mona zunächst nicht bemerkt hatte. Sie ging langsam darauf zu und öffnete ihn. Sie entdeckte eine erstaunliche Menge an Kleidungsstücken von ebenfalls guter Qualität, alle säuberlich zusammengelegt oder aufgehängt. Mona sah auf die Uhr. Es war halb zehn. Lukas schlief längst, und sie hatte ihn wieder nicht gesehen, nicht mit ihm gesprochen, ihn nicht in den Armen gehalten. Einen Moment lang überwältigte sie diese fatale Mischung aus Liebe und schlechtem Gewissen, die sie immer wieder heimsuchte und nichts bewirkte, außer, sie handlungsunfähig zu machen. Sie stand mit hängenden Armen vor dem Schrank. *Wie bestellt und nicht abgeholt*, dachte sie und lächelte grimmig. Ihre Schwester Lin hatte Recht, sie verdiente es nicht, ein Kind zu haben. Sie wollte ihren Job richtig machen, und sie wollte eine gute Mutter sein, aber beides ließ sich einfach nicht vereinbaren.

Mona holte tief Luft und nahm einen Stapel Pullover aus dem Schrank. Dann die Stapel mit den T-Shirts, Hemden, Unterhosen und Socken. In den Fächern dahinter war nichts. Kein Versteck, kein doppelter Boden. Mona langte in Blazer- und Hosentaschen und fand nichts außer den üblichen Papierwürstchen, Tabakkrümeln und einigen zusammengeknüllten Zetteln mit schwer lesbaren Vornamen und Telefonnummern. Karin Belolaveks Name und Nummer waren nicht dabei. Dafür ertastete sie ein halbes Gramm in Silberpapier gepacktes Haschisch.

Mona schälte das Papier ab und hielt sich die dunkle Masse an die Nase. Die Substanz fühlte sich ölig an und roch angenehm nach Wald. Mona ertappte sich bei dem Wunsch, dieses würzige, harzig duftende Zeug zu rauchen. Idiotische Idee, sie wusste ja nicht einmal, wie man einen Joint drehte. Sie wickelte das Kügelchen wieder ein und steckte es in die Hosentasche zurück. Aus dieser geringen Menge konnten sie Farkas keinen Strick drehen. Das war keine Dealerware, sondern Konsum, und Konsum mussten sie ihm erst mal nachweisen – schließlich war Mona illegal hier.

Ihr fiel zum ersten Mal auf, wie still es in der Wohnung war. Man hörte den Verkehr als beständiges, ab und zu durch Hupen oder Polizeisirenen durchbrochenes Rauschen, aber innerhalb des Hauses schien alles tot zu sein. Vielleicht lag das nur an der Uhrzeit, vielleicht standen auch viele der Wohnungen leer. Mona fröstelte und legte Farkas' Kleider wieder zurück in den Schrank. Unter der Spüle in der Kochnische fand sie ein paar abgestoßene Teller, Gläser und Tassen, aber ebenfalls kein Versteck – für was auch immer. Wie konnte ein Mensch so leben, so vollkommen reduziert auf die täglichen Bedürfnisse? Mona öffnete den Kühlschrank und sah einen angebrochenen halben Liter Milch, drei verschrumpelte Orangen und ein Stück Paprikasalami, die roch, als hätte sie ihr Haltbarkeitsdatum weit hinter sich gelassen.

Männer wie Farkas, dachte Mona, mussten so leben, weil ihnen nichts anderes übrig blieb. Sie hatten keine Mütter, von denen sie hätten lernen können, wie man ein Heim freundlich und einladend gestaltete, und ihre Väter waren entweder brutal oder abweisend oder nie zu Hause. Was passierte mit den Söhnen? Sie befanden sich immer auf der Durchreise und kamen nie ans Ziel. Sie kannten sich von der Straße, von Raubzügen, Rauscherlebnissen und aus dem Knast. Sie tauchten auf und ab, geschmeidig den Verhältnissen und Erfordernissen einer gnadenlosen Umwelt angepasst. Sie bildeten flexible Netzwerke im Untergrund, die sich ständig veränderten und deshalb von der Polizei nicht zu zerschlagen waren. Sie pflegten kaum Freundschaften, aber jede Menge Zweckgemeinschaften. Manchmal verdienten sie in wenigen Stunden so viel Geld wie ein Manager in einer Woche, aber jedes Mal zerrann es ihnen zwischen den Fingern. Nichts blieb ihnen außer einer beständigen Verlusterfahrung. Sie waren resistent gegen die Versuche von Sozialarbeitern und Bewährungshelfern, ihnen in eine Welt zu helfen, die sie einerseits beneideten und andererseits verachteten und der sie niemals angehören würden, weil sie ihre Regeln nicht verstanden.

Sie wurden nicht alt. Sie starben fast alle so arm, wie sie geboren worden waren.

Auf dem Boden des Schranks lag, wie vergessen, eine verstaubte Kamera. Mona nahm sie in die Hand. Es war keine Digitalkamera, sondern eine dieser älteren billigen Kompaktkameras. Mona schaltete das Licht aus, und öffnete die Kamera. Es war kein Film darin. Sie schloss die Kamera und machte das Licht wieder an. Sie legte das Gerät zurück, tastete den Boden des Schranks ab. Kein doppelter Boden, kein Versteck. Sie machte den Schrank zu und schloss das Kästchen unter der Spüle. Sie sah sich um, ob sie etwas vergessen hatte. Sie untersuchte die Teppichfliesen, eine nach der anderen. Keine saß locker, keine eignete sich für ein Versteck. Keine Geheimnisse in diesem Zimmer.

Vorsichtig öffnete sie die Tür. Der dunkle Gang schien leer zu sein. Sie schaltete das Licht im Zimmer aus und zog die Tür vorsichtig hinter sich zu.

Einen Moment später hörte sie ein Rascheln hinter sich. Sie verharrte mitten in der Bewegung. Totale Stille umhüllte sie wie ein weiches Tuch, und dennoch glaubte sie zu spüren, dass da jemand war. Ihre Nackenhaare stellten sich langsam auf. Sie atmete lautlos durch die Nase. Wenn hier jemand war, dann hatte er etwas vor, das mit Monas Anwesenheit zusammenhing. Er. Oder sie. Mona zählte langsam bis sechzig und bewegte sich dabei so lautlos wie möglich an der Wand entlang Richtung Lift. Währenddessen holte sie ihre Pistole aus dem Halfter. Dann glitt sie in einen Eingang, presste sich an die Tür und blieb mit der Pistole in der Hand stehen. Sie hoffte, dass sich ihre Augen bald an die Dunkelheit gewöhnten.

Wieder gab es ein Rascheln, diesmal begleitet von einem Geräusch, das wie ein unterdrücktes Stöhnen klang. Mona wartete. Sie wusste, dass die Person, die da im Dunkeln lauerte, ihr gegenüber im Vorteil war. Die Person kannte Monas ungefähren Standort, Mona hingegen konnte das Rascheln nicht präzise orten. Sie wusste nur, es war links von ihr gewesen. Das bedeutete, dass sich die Person zwischen Farkas' Wohnung und dem Lift aufhielt. Mona musste also so oder so an ihr vorbei.

Wer war das?

Ihr brach der Schweiß aus, die Pistole in ihrer Hand fühlte sich mit einem Mal glitschig an. Aber Mona rührte sich nicht. Schließlich, nach mehreren Minuten, spürte sie den kaum wahrnehmbaren Luftzug einer ganz leichten Bewegung. Sie streckte unwillkürlich ihre Hand aus und berührte die Haut eines anderen Menschen. Sie griff zu, rasch, bevor der andere reagieren konnte. Ihre Hand schloss sich um ein Handgelenk, das sich zart anfühlte wie das einer Frau, eines jungen Mädchens oder eines noch nicht ausgewachsenen männlichen Jugendlichen.

Ein kurzer wuterfüllter Laut ertönte, und dann wurde Mona unvermutet angegriffen. Jemand stürzte sich auf sie, presste sich mit seinem (ihren?) Körper an sie, legte seine (ihre?) Hände um Monas Hals und drückte ihren Nacken an die Wand. Mona war gefangen wie in einem Schraubstock. »Wer bist du, du Nutte?«, zischte eine hasserfüllte, tonlose Stimme, die Mona nicht zuordnen konnte. Sie erkannte nicht einmal, ob sie weiblich oder männlich war. Sie roch den schwachen Duft eines herben Parfüms, der ihr erst bekannt vorkam, dann wieder überhaupt nicht, dann blieb ihr endgültig die Luft weg, und eine Welle der Panik überschwemmte sie. Sie stieß die Pistole nach vorn, in weiches, nachgiebiges Fleisch, aber der Druck auf ihre Kehle ließ nicht nach.

Ich muss schießen, dachte Mona, aber wie konnte sie das tun: eine Person niederschießen, die sie nicht einmal sah? Schließlich zog sie die Pistole von der Person weg und schoss in die Luft. Der Knall war ohrenbetäubend, und keine Zehntelsekunde später pfiff ein Querschläger nah an ihrem Ohr vorbei. Ein entsetzter Schrei ertönte, aber es war nicht ihr Gegner, der (die?) schrie, sondern eine Frau hinter einer der stummen Türen.

Mona ließ mit der Kraft der Verzweiflung ihr Knie hochschnellen und traf offenbar eine Stelle, an der es wehtat. Denn endlich lösten sich die Hände von ihrem Hals. Mona hustete. Der Angreifer lief weg, sie hörte nur noch seine sich entfernenden Schritte. Es handelte sich um jemanden, der sich hier auskannte, denn die Schritte klangen trotz der Dunkelheit fest und sicher. Vielleicht zehn Meter von Mona entfernt öffnete sich eine Tür, die nach einer schweren Feuertür klang. Mit einem satten Plopp fiel sie zu, und die Stille kehrte zurück. Auch in den Wohnungen regte sich nichts. Niemand stürzte mit einer Taschenlampe auf den Gang und versuchte zu helfen. Niemand schien wissen zu wollen, was passiert war. Es war, als ob stattdessen alle Bewohner die Luft anhielten, so lange, bis die Gefahr vorbei war und Störenfriede wie Mona endlich das Haus verlassen hatten.

»Bleiben Sie stehen!«, rief Mona mit heiserer, überschnappender Stimme sinnlos in die Luft, viel zu spät. Sie wollte sich von der Wand abstoßen, aber ihre Knie knickten unter ihr weg. Langsam glitt sie, die Pistole immer noch in der Hand, zu Boden. Ihre Kehle schmerzte, als wäre sie von innen verätzt worden. Mona stöhnte leise. Sie bekam nicht genug Luft. Es war nicht genug Sauerstoff da für sie, sie würde ersticken. »Hilfe«, krächzte sie, aber niemand half. Hier nicht.

Nach endlosen Minuten kroch sie zum Lift. Langsam erholte sich ihre Atmung, kehrte die Kraft in ihre Glieder zurück. Sie hatte Glück gehabt. Keine Gehirnerschütterung, nicht einmal eine Prellung, nur bestimmt eine hässliche, rote Stelle an ihrem Hals, die in ein paar Tagen wahrscheinlich blau und grün aussehen würde. Sie erhob sich langsam. Ihre Beine und Hände zitterten, aber es ging ihr gut. Gemessen an den Umständen sogar sehr gut.

»Du bist wahnsinnig«, sagte Anton eine halbe Stunde später, als er ihren Hals mit den Strangulationsflecken betrachtete. Er drehte ihren Kopf behutsam hin und her. Seine Stimme klang heiser. »Ich will wissen, wo du warst. Ich will wissen, wer das gemacht hat.«

»Ich weiß nicht, wer das war.«

»Blödsinn.«

»Ich weiß nicht, wer das war. Ehrlich.« Das Sprechen tat weh wie bei einer schweren Halsentzündung. Sie hustete. »Wenn ich's wüsste, hätte ich Verstärkung angefordert, und dann hätten wir ihn schon.«

»Wo warst du? Du hast gesagt, du kommst eine halbe Stunde später. Jetzt ist es elf. Wo warst du?«

Mona hatte Anton selten so erlebt, so aufgewühlt. Seine Gelassenheit, seine manchmal aufreizende Coolness war weg.

»Ich schlag den Scheißkerl zusammen. Ich schick ihm meine Leute auf den Hals.«

»Hör auf. Ich darf dir nicht sagen, wo ich war, und weiß nicht, wer es war, ehrlich. Hör auf, dich so aufzuführen.«

»Du baust nur Scheiße in letzter Zeit.« Antons Gesicht war bleich und hart. Seine Wangenmuskeln traten hervor.

»Was? Was soll das jetzt?«

Er trat einen Schritt von ihr zurück. Mona saß auf der Badewanne und sah zu ihm hoch. Sie konnte nicht glauben, was sie eben gehört hatte.

»Du bist völlig neben dir«, sagte Anton. »Und das mein ich ernst. Dein Job frisst dich auf. Dich und uns. Dich und Lukas.«

»Moment mal…«

»Gib doch zu, dass ich Recht hab.«

»Nichts gebe ich zu.« Monas Stimme hörte sich schrecklich an, tief und rau wie bei einem Mann, aber das war ihr egal. »Du hast kein Recht… Du bist der Letzte, der mir… Bring doch erst mal deinen eigenen Dreck in Ordnung! Dieser ganze illegale Mist, mit dem du Geld machst… Du bist schuld, dass wir keine Familie sein können. Und dann wirfst du mir vor…« Sie begann wieder zu husten, schmerzhaft und quälend, bis ihr die Augen tränten. Sie konnte nicht weitersprechen, aber sie würde nicht weinen, nicht vor Anton.

»Lass mich einfach in Ruhe«, flüsterte sie. »Lass mich und Lukas einfach in Ruhe.«

»Damit Lukas kaputtgeht? An dir und deinem tollen, wichtigen Beruf? Deiner supertollen ›Karriere‹?«

»An meiner Karriere?« Mona sprang auf. Sie war fast so groß wie Anton. Sie gab ihm keinen Raum mehr auszuweichen. »An meiner Karriere geht er nicht kaputt. An den Ermittlungen vom Dezernat 3 gegen dich und deine Geschäfte – daran geht Lukas kaputt, wenn du's genau wissen willst. Jedenfalls dann, wenn sie dich wieder am Wickel haben, und ich sage dir, das dauert nicht mehr lange.«

Anton schwieg. Sein Gesicht war blass vor Zorn. Er sah an ihr vorbei die Wand an, als wollte er sie mit seinen Blicken durchbohren. Mona dachte, dass sie ihn vielleicht für immer verlieren würde, wenn sie jetzt weiterreden würde, aber sie konnte nicht mehr aufhören. Zu viel hatte sich in ihr aufgestaut, zu viel Zorn über seine Lässigkeit, seine Rücksichtslosigkeit, seinen völligen Mangel an Einfühlungsvermögen. Sie legte die Hand an seine Wange, zwang ihn, ihr in die Augen zu sehen.

»Hey, Anton«, sagte sie. »Weißt du noch, wie schnell das geht? Weißt du noch das letzte Mal, wo sie morgens um sechs vor der Tür standen, vier Mann hoch, und dich nicht mal mehr haben duschen lassen wegen Fluchtgefahr? Weißt du noch, wie das für mich war, als sie reinkamen, und ich mich auf dem Klo verstecken musste, damit keiner draufkam, dass sich Kriminalkommissarin Seiler mit einem wie dir eingelassen hat? Kannst du dir vorstellen, wie das war für mich? Wie ich mich gefühlt habe – als Gangsterbraut, die für die andere Seite arbeitet?«

Sie ließ sein Gesicht los, und Anton lehnte sich an die Waschmaschine. Sein kräftiger, elastischer Körper wirkte plötzlich massig und ungeschickt. Er verschränkte die Arme und legte den Kopf in den Nacken. Und Mona weinte nun doch, obwohl jeder Schluchzer in ihrem Hals brannte wie Feuer.

15

Marias Leben verändert sich mit einer Geschwindigkeit, die sie in stillen Stunden atemlos macht. Von der Schule mit ihren Anforderungen abgesehen, existiert nichts mehr für sie außer Kai und die geheimnisvolle Welt, in die sie sie einführt. Sie lernt jeden Tag Neues dazu. Sie liebt Kai, die wie sie nicht hierher gehört. Sie berühren sich kaum. Sie seien Seelengeschwister, sagt Kai, sie seien auf spirituelle Weise miteinander verbunden.

Kai schnallt ihre Räder auf ihren alten Polo und fährt mit ihr in Gegenden, die Maria bislang nicht einmal vom Hörensagen kannte. Verzauberte Regionen voller natürlicher Magie. Kai scheint jeden Winkel zu kennen, und das seit langer Zeit. Sie muss nie nach dem Weg fragen und nie eine Karte konsultieren. Mit ihren Mountainbikes radeln sie an Wasserläufe, so entlegen, dass man sie erst sieht, wenn man schon fast hineingefallen ist, und zu geheimnisvoll modrigen Erdhöhlen, verdeckt von dichtem, dornigem Buschwerk.

Dort rufen sie Geister wie den Kobold Puka, der sich in Tiere verwandeln kann und auf diese Weise Menschen an der Nase herumführt. Sie kommunizieren mit Waldnymphen, die unsichtbar bleiben müssen, weil sie so schön sind, dass man ihnen sonst in die tiefsten Tiefen von Seen und Flüssen folgen würde. Die Natur, lehrt Kai Maria, ist voller Mysterien, die man nutzen kann. Sie bringt ihr bei, die flüsternden Stimmen der Geister aus dem Rauschen der Bäume, dem Windhauch über den Gräsern heraus zu filtern. Die Geister erzählen von jahrtausendealten Bräuchen im Reich zwischen der sichtbaren und der toten Welt, von gefährlichen Verstrickungen jener, die sich nicht an die Regeln dieses magischen Universums halten wollten, von verbotenen Lüsten und tödlicher Wissbegier.

Maria ist erst skeptisch, dann fasziniert. Sie glaubt die Geister zu hören und stellt ihnen Fragen über die Zukunft, die sie beantworten oder auch nicht. Ihre Fantasie treibt die üppigsten Blüten, und die Welt um sie herum, nicht nur die, die sie durch Kai kennen lernt, wird plötzlich farbig und spannend. Sie sieht und spürt Dinge, die normale Menschen nicht wahrnehmen. Sie hört Gedanken, die nicht die ihren sind. Sie durchschaut alle Lügen. Sie fühlt sich unbesiegbar.

Nachdem sie sich einen knappen Monat lang kennen, nimmt Kai sie zum ersten Mal zu einer Freundin mit. Bislang haben sie ihre Zeit zwischen Hausaufgaben und Abendessen immer nur zu zweit verbracht. Maria hat, wovon ihre Eltern nichts ahnen, die Kontakte zu all ihren anderen Freunden praktisch eingestellt. Es gibt niemanden, der sie so interessiert wie Kai. Es gibt niemanden, von dem sie so viel weiß und den sie andererseits so wenig kennt. Ohne Kai kann sie nicht mehr sein.

»Ich möchte dich jemandem vorstellen«, sagt Kai eines Tages. Sie sitzen in ihrem Auto, wie so oft, und Kai sieht Maria von der Fahrerseite aus forschend an, so als wollte sie sich noch einmal vergewissern, ob Maria es wirklich wert ist, eine Person kennen zu lernen, die ihr wichtig ist. Maria erwidert Kais Blick mit großen Augen. Sie ist nicht aufgeregt, nur gespannt auf das, was heute zum ersten Mal passieren wird. Nie in ihrem Leben hat sie sich so sicher und gut gefühlt wie in Kais Gegenwart. Kai scheint all ihre Gedanken zu akzeptieren und zu verstehen. Sie ist nie schockiert, nicht einmal über ihre abwegigsten Ideen.

Kai startet den Wagen ohne ein weiteres Wort. Niemand sieht sie und Maria, denn Kai parkt nie direkt vor Marias Haus, sondern immer eine Straße weiter. Kai will ihre Eltern nicht kennen lernen. Eltern sind in ihren Augen eine überflüssige Belastung, sobald man die Geschlechtsreife erreicht hat. Sie selbst spricht auch kaum über ihre Eltern. Es ist, als gäbe es sie nicht. Allerdings kennt Maria, die ihr einmal heimlich gefolgt ist, ihre Adresse: ein enttäuschend normales, sogar recht hübsches Haus im selben Viertel wie sie, nur zehn Radminuten von ihrem Zuhause entfernt. Im Garten schnitt ein Mann mit kräftigen grauen Haaren an einem Busch herum. Auf dem Türschild steht Lemberger.

Kai Lemberger. Maria würde ihr das nie erzählen. Es würde alles zerstören.

»Wo fahren wir hin?«, fragt sie, obwohl sie mittlerweile weiß, dass Kai solche Fragen nicht beantwortet. Kai sagt nichts, und sie sieht aus dem Fenster. Es ist ein windiger, sonniger Frühsommertag. Altes gelbes Laub vom letzten Herbst fegt über die Straßen der Siedlung. Marias letzte unbeschwerte Monate sind angebrochen, aber das ahnt sie noch nicht. Die Unglücksboten, das wird sie später sehen, stehen bereits vor der Tür, aber sie haben ihre Gesichter maskiert, und Maria erkennt sie nicht.

Sie fahren aus der Stadt hinaus in Richtung Norden. Kai sagt wenig, wie immer, wenn sie am Steuer sitzt. Maria ist das gewohnt, und dennoch vermisst sie zum ersten Mal während ihrer intensiven Bekanntschaft ihre anderen Freundinnen. Besonders an Jenna muss sie plötzlich denken. Jenna mit den dunklen Locken und dem Mundwerk, das nie stillsteht. Sie spielt keine Rolle mehr in Marias Leben, sie grüßen sich kaum noch. Von anderen hat Maria aber gehört, dass Jenna vielleicht nach diesem Schuljahr, also schon im kommenden Herbst, auf ein Internat gehen wird. Es hat ihr einen Stich versetzt, eine kleine, brennende Wunde, die sie beharrlich ignoriert.

Kai verlässt die Autobahn und folgt einer kleinen, schlecht geteerten Straße, die sich kilometerweit durch Maisfelder zieht. Die Landschaft wirft hier seltsam erstarrte Wellen, riesige Strommasten stehen mitten in den Feldern wie Mahnmale. Am Himmel türmen sich weiße Wolkengebirge, in der Ferne sieht man einen Gewitterguss niedergehen. Kai biegt auf einen schmalen, holprigen Feldweg ab. Sie fährt schnell und ohne Rücksicht der schlecht gefederte Wagen hüpft über Stock und Stein, einmal stößt Maria mit dem Kopf beinahe an der Decke an.

Aber sie beschwert sich nicht. Das alles gehört zu ihrem Abenteuer.

Eine halbe Ewigkeit geht das so weiter, dann schließlich kommen sie an einem baufällig aussehenden Holzhaus vorbei. Kai schlägt scharf rechts ein, und sie bleiben abrupt auf einer ungepflegten Grasfläche voller Maulwurfshügel stehen. »Wir sind da«, sagt sie. Maria antwortet nicht. Eine leichte Übelkeit hat von ihr Besitz ergriffen. Sie öffnet mit zitternden Händen die Beifahrertür und steigt aus.

Draußen greift kühler Wind nach ihren Haaren. Sie nimmt sich eine Strickjacke aus dem Fond des Wagens und hüllt sich hinein. Dann schlägt sie die Tür zu und sieht sich suchend um. Kai hat nicht auf sie gewartet, sondern befindet sich bereits auf dem Weg zum Haus. Maria folgt ihr, ohne nachzudenken. Sie ist Kais wegen hier, sie wird wissen, was zu tun ist.

Das Haus ist in besserem Zustand, als es vom Auto aus wirkte. Es ist zwar alt, aber es sieht bewohnbar aus. Das Holz der Wände ist grau und verwittert, aber intakt. Maria holt Kai kurz vor der

Tür ein. Kai beachtet sie nicht, sondern betätigt einen glänzend polierten Messingklopfer. Das laute Pochen lässt die schwere Tür erzittern und scheint sich bis ins Innere des Hauses fortzupflanzen.

Nach ein paar Sekunden öffnet ihnen eine sehr schlanke Frau, die vielleicht dreißig oder noch älter ist. Sie trägt Jeans, ein langes schwarzes Hemd und darüber einen breiten Ledergürtel mit einer großen, mit türkisfarbenen Steinen besetzten Silberschnalle. Sie hat brennend rot gefärbte kurze Haare. Aber das Auffälligste an ihr sind die Augen. Sie sind groß, umrahmt von Kajal und schwarz getuschten Wimpern und von einem so hellen Blau, dass ihr Blick wie der einer Blinden wirkt: leer und gleichzeitig unangenehm stechend.

»Kommt rein«, sagt sie zur Begrüßung. Sie umarmt Kai und übersieht Maria.

»Stören wir dich?«, fragt Kai.

»Nein.« Sie geht voraus in ein geräumiges Zimmer voller Kissen und Polster. Es gibt einen niedrigen braunen Holztisch voller Schnitzereien, aber keinen Stuhl. Die Überzüge sind orientalisch gemustert, die Fenster halb zugehängt mit silbrig durchwirkten Tüchern.

»Setzt euch«, sagt die Frau und nimmt eine Teekanne vom Tisch. Noch immer hat sie Maria nicht angesehen. Kai tritt neben Maria und nimmt sie am Arm. »Leila?«

Die Frau dreht sich um, mit unwilligem Gesichtsausdruck.

»Leila, das ist Maria, meine Freundin. Maria – Leila.« Maria sagt leise »Hallo, Leila« und lächelt sie an. Ihr ist völlig egal, ob diese Vogelscheuche sie mag oder nicht, aber sie spürt, dass Kai die Sache wichtig ist.

»Hi«, sagt Leila, die Teekanne in der Hand. »Was will sie hier?«, fragt sie, an Kai gewandt.

»Sie hat Power«, sagt Kai.

Farkas sah nicht so aus, als ob ihn die Nacht im Gefängnis mürbe gemacht hätte. Ein Beamter in Uniform brachte ihn ins Vernehmungszimmer, wo Mona, Bauer, Fischer und im Hintergrund eine Protokollantin warteten. Farkas setzte sich mit einer so ungezwungenen Miene auf den ihm zugewiesenen Stuhl, als sei er zu Kaffee und Kuchen eingeladen. Kein Schatten eines Vierundzwanzig-Stunden-Bartes, keine trüben Augen, die von schlechtem Schlaf auf einem engen, harten Pritschenbett zeugten. Stattdessen wirkte er so frisch wie nach einer ausgiebigen Dusche und einer gründlichen Rasur.

»Ich will einen Anwalt«, sagte Farkas, kaum dass er Platz genommen hatte.

»Kein Problem«, sagte Mona. »Sie haben das Recht auf einen Pflichtverteidiger, der Ihre Interessen wahrnimmt. Oder wollen Sie Ihren eigenen Anwalt verständigen?«

Farkas zögerte. Natürlich war allen Beteiligten klar, dass er keinen Anwalt hatte. »Wann kann der hier sein? Der Typ, von dem Sie gerade geredet haben?«

Mona lehnte sich zurück. »Oh, in ein, zwei Stunden. Wir können hier so lange sitzen, wenn Sie wollen. Oder ich lasse Sie zurückbringen in Ihre Zelle.«

Farkas senkte den Kopf. Die Vorstellung, einen weiteren Vormittag hier oder im Gefängnis zu verbringen, machte ihm nicht gerade Laune. Schließlich sagte er: »Fragen Sie schon!«

»Wir können anfangen?«

»Von mir aus. Bringt Ihnen eh nichts.«

»Sie kennen Karin Belolavek seit wann?«

Farkas zögerte. »Seit der Lesung in der JSA«, sagte er dann.

»Wie kam es zum Kontakt?«

Farkas wischte sich mit der rechten Hand über das Gesicht. Mona las in ihm wie in einem Buch. Sie hatten ihn überrumpelt, und jetzt gab es keinen Weg mehr zurück. Es ging ihm zu schnell, er hatte sich nicht richtig vorbereitet, er wusste nicht, was er sagen durfte und wie viel. Umständlich zog er seine Lederjacke aus und hängte sie über seine Stuhllehne. Er tat das, um Zeit zu schinden, aber es wirkte wie eine freiwillige Entwaffnung. Vor ihnen saß nun ein Junge mit schmalem Goldkettchen um den Hals, gut aussehend, teuer angezogen, selbstsicher. Aber eben doch ein Junge, trotz seiner dreiundzwanzig Jahre. Einer von vielen, die

175

Mona und Fischer hier schon sitzen hatten, als Täter, als Opfer, als Zeugen. Aber egal, welchen Part sie übernahmen – so oder so musste man ihnen fast jede Information mühsam entwinden, und nicht selten scheiterten sinnvolle Ermittlungsarbeiten an hartnäckigem Schweigen oder beredten Nonsens-Geschichten voller unfreiwillig komischer Widersprüche. Mona hatte sich einmal mit Berghammer über die Frage unterhalten, warum die meisten Befragten sich nicht einmal die Mühe gaben, mit einem Minimum an Fantasie und Intelligenz zu lügen.

Es ist ihnen egal, hatte Berghammer gesagt. Erwischt zu werden gehört mit zum Spiel. Welches Spiel, hatte Mona gefragt. Keine Ahnung, hatte Berghammer geantwortet. Sicher ist nur, dass sie nicht mehr aussteigen können. Alles, was bei denen zählt, ist ihr Kodex. Keine freiwillige Kooperation. Unter keinen Umständen.

»Also, die Lesung«, sagte Mona. »Was passierte da?«

»Weiß ich nicht mehr so genau.«

»Dann erzählen Sie genau das, was Sie noch wissen. Okay? Von Anfang an.«

Farkas tat so, als ob er nachdachte. »Also, da war diese Frau – diese Schriftstellerin. Die hat aus ihrem Buch gelesen. Vorher gab's noch eine Rede vom Chef.«

»Wilhelm Kaiser, Chef der JSA?«

»Ja, der. Der hielt also 'ne Rede. Dann hielt sie 'ne Rede.«

»Die Schriftstellerin?«

»Ja. Carolin Irgendwas. Weiß nicht mehr, wie die hieß. Wir saßen jedenfalls alle da und hörten zu. Es waren sehr viele Leute da. Bestimmt an die sechzig.«

»Ja. Und?«

»Das ging 'ne knappe Stunde oder so. Dann hörte die wieder auf zu lesen, und wir sollten Fragen stellen.«

»Haben Sie Fragen gestellt?«

»Ich nicht. Ein paar Leute schon. Mir ist keine eingefallen. Dann hat ihr einer von uns einen Strauß Blumen auf die Bühne gebracht. Weiß nicht mehr, wer das war. Dann gab's was zu essen.«

»Und bei der Gelegenheit sind Sie mit Karin Belolavek ins Gespräch gekommen.«

Farkas antwortete nicht. Er räkelte sich in seinem Stuhl, als wollte er die Sache spannender machen. Schließlich sagte er: »Ich will nicht, dass die beiden da dabei sind. Wenn die dabei sind, erzähl ich nichts.« Er zeigte auf Bauer und Fischer. Fischer, in dem schon die ganze Zeit sichtbar der Zorn brodelte, herrschte ihn an: »Bild dir ja nichts ein. Hier machen wir die Bedingungen.«

»Ganz ruhig«, sagte Mona. Sie überlegte. »Geht raus«, sagte sie dann. »Beide.«

»Du spinnst!«, rief Fischer. »Das ist gegen die Regeln! Das machen wir nie so!«

»Geht raus. Beide.« Mona sah Fischer an. Sie wusste, was sie tat und dass Berghammer das erfahren würde. Sie verteidigte sich in Gedanken. Es war eine enorm wichtige Vernehmung. Vielleicht gab es eine Chance.

Fischer war gut in einer bestimmten Sorte von Vernehmungen, aber wenn es um Liebe ging, würde Farkas einer Frau im gleichen Alter wie Karin Belolavek mehr erzählen. Sie hätte auch Bauer gerne dabehalten, denn Bauer war unaggressiv, sensibel und so alt wie Farkas – er und Mona hätten ein Paar abgegeben, das wie ein Spiegelbild der Konstellation Farkas – Belolavek hätte wirken können. Aber es war sinnlos, das Fischer jetzt zu erläutern, solche Argumente würden ihn erst recht zornig machen. Sie hätte früher daran denken und vorab mit ihm reden sollen. Am besten gestern Abend, anstelle der Exkursion zu Farkas' Wohnung, die auch noch beinahe böse ausgegangen wäre. Mona fasste sich an den Hals, den ein Rollkragenpullover bedeckte und der immer noch schmerzte.

Auch ohne Erklärungen war es schlimm genug. Fischer stand auf, knallte seinen Stuhl gegen die Wand und verließ ohne ein Wort den Raum. Bauer trottete mit unglücklichem Gesicht hinter ihm drein, wobei ihm Fischer beinahe die Tür ins Gesicht schlug. Die Protokollantin zuckte zusammen.

Farkas sah zufrieden aus.

»Jetzt aber raus damit«, sagte Mona.

Farkas hatte nie eine strenge, aber gerechte Mutter gehabt, und vielleicht sehnte er sich nach einer – nach jemandem, der ihm endlich vernünftige Grenzen setzte. Vernehmungen waren Rollenspiele. Man musste sich in die Befragten hineinversetzen, genau den Ton finden, der sie zum Reden brachte. Die strenge, aber gerechte und letztlich vertrauenserweckende Mutter zu geben gehörte zu Monas Standardrepertoire und war meistens wirksam.

Auch in diesem Fall. Farkas hatte diese Mischung aus Trotz und Schuldbewusstsein im Blick, die zeigte, dass es wirkte.

»Ich warte«, sagte Mona. »Du hast hier einen Mordswirbel veranstaltet, alle sind stinksauer auf dich und mich. Ich hoffe, das lohnt sich für uns beide.«

»Wieso duzen Sie mich plötzlich? Ich mag das nicht.«

»Du kannst dich gern beschweren.«

Farkas schwieg.

»Wenn du dich beschweren willst, kann dir die Protokollantin ein Formular holen.«

Farkas schwieg.

»Also gut«, sagte Mona nach einer Pause. »Karin Belolavek. Sie hat dich nach der Lesung angesprochen, nehme ich mal an.«

»Ja.« Mehr ein Seufzer als ein Wort: Sie hatte gewonnen. Fürs Erste.

»Wie ist das abgelaufen?«

»Wir standen an diesem Tisch, wo es Cracker, Saft, Limo und so Zeug gab. Die Saftbar. Also, ich stand hinter der Saftbar und habe ausgeschenkt. Das war mein Job. Und sie stand davor. Und sie hat gesagt: Einen Orangensaft, bitte.«

»Und? Dann?«

»Sie hat mich so angelächelt.«

»Ja? Wie?«

»So – schüchtern. Als ob sie sich was aus mir macht, nur aus mir, nicht aus den anderen. Ich hab ihr gesagt, dass ich sie hübsch finde… Da wurde sie ganz rot.«

»Und das fandst du… irgendwie süß?«

Farkas sah Mona an, zum ersten Mal an diesem Morgen. Sein Gesichtsausdruck hatte sich verändert, das Trotzige war daraus verschwunden. »Ja«, sagte er. »Ich fand sie echt süß.«

Der Anfang. Allem Anfang wohnt ein Zauber inne… Ich habe mich als Erstes in deinen Gesichtsausdruck verliebt. Du hast mich angesehen, als sei ich kostbar und einzigartig. Du wirktest, als ob du offen für alle wunderbaren Gefühle seist, neugierig auf das Leben, die Liebe und auf mich. Ich glaubte zum ersten Mal vor einem Mann kein Theater spielen zu müssen. Die Männer, die ich vor dir hatte – besonders mein Mann –, hatten schon in jungen Jahren diese Härte, diese Kälte, diese ängstliche Distanz in den Augen. Lenk mich nicht ab, ich habe Wichtiges zu tun. Sie sagten es nicht direkt, aber ich habe sie immer verstanden: wenn sie sich viel zu früh aus einer Umarmung zurückzogen, wenn sie unwillig den Kopf wegdrehten, um nicht geküsst zu werden. Lustschreie mussten hübsch gedämpft sein, um sie nicht aus dem sexuellen Konzept zu bringen, Kritik ertrugen sie nicht, Komplimente machten sie misstrauisch.

Weißt du, was das Schlimmste an unserer Beziehung ist? Dass es nach dir für mich keinen anderen Mann mehr geben kann. Ich meine, wo sollte ich anfangen, nach jemandem wie dir zu suchen? In Jugendstrafanstalten? Entschuldige, ich will diesen Gedanken nicht weiterführen. Er ist geschmacklos, ich hasse mich dafür.

Ja, es wird ein Danach geben, ich kann mir nicht länger vormachen, dass ich es nicht weiß. Jede große Liebe will die Ewigkeit und stößt doch immer wieder auf die Endlichkeit aller Gefühle. Ich weiß, eines Tages wirst du gehen oder ich, und wir werden das nicht »in aller Freundschaft« tun. Unsere Trennung wird schrecklich sein, eine auf Leben und Tod, denn wir sind so weit gegangen, dass sich unsere Schicksale unentwirrbar ineinander verhakt haben. Der letzte Tag wird kommen, und wir werden beide bluten für unser Vergehen. Wenn es denn eins ist. Ist es statthaft, wegen einer Obsession die eigene Familie vollkommen in den Hintergrund zu verbannen und seinem eigenen Mann nicht mal mehr die Chance einer erneuten Annäherung zu geben? Die Antwort, sage ich mir immer häufiger – dann, wenn ich mich selbst quälen will –, liegt doch schon in der Frage. Ich hatte nie ein Recht, es so weit kommen zu lassen. Ich hatte dagegen jede Möglichkeit, alles rechtzeitig im Keim zu ersticken. Dann könnte der verheißungsvolle Anfang heute eine schöne, nostalgische Erinnerung sein, so ähnlich wie gepresste Rosenblätter in einem Poesiealbum. *Süß und ein wenig ältlich duftend und für niemanden gefährlich.*

Ich spreche nicht mit dir über diese Grübeleien. Du reagierst empfindlich auf jede Äußerung, die so etwas wie Zweifel beinhaltet. Du verlangst von mir das, was auch eine jüngere Frau von ihrem älteren Liebhaber verlangen würde: souveräne Sicherheit in jeder Situation. Du wirst aggressiv, wenn ich Verzagtheit zulasse, und damit ist der Beweis erbracht, dass ich auch in deiner Gegenwart bestimmte Gefühle unterdrücken muss. Das ist nicht nur schlecht. Es diszipliniert mich. Ich verstehe plötzlich, wie es Männern zu Mute sein muss, die abhängige Frauen haben. Sie können sich an ihrer Seite stärker fühlen, als sie sind, und dafür zahlen sie willig den hohen Preis, nicht schwach sein zu dürfen, außer wenn sie krank sind.

Man muss seinen Ausstieg langsam vorbereiten, vielleicht gelingt es dann, die Katastrophe doch noch zu vermeiden. Ich beginne damit, die Realität außerhalb unseres Kokons wieder wahrzunehmen. Ich versuche es zumindest und merke mittendrin – wenn ich koche, einkaufen gehe, mich an Diskussionen beteilige –, wie alle meine Gedanken und Gefühle aufgesogen werden von einem Vakuum, das ich nicht benennen kann. Ich denke nicht einmal bewusst an dich und mich, aber ich kann mich auf nichts anderes mehr konzentrieren. Mein Alltag ist wie ein endloser, mühsamer Hürdenlauf, den ich kaum noch bewältige, weil mir der tiefere Sinn all dieser Anstrengungen abhanden gekommen ist. Wozu leiste ich das alles, wer liebt mich dafür und warum?

Ich weiß es nicht mehr. Ich habe Angst. Vor dir, vor mir, vor der Strafe, die mich als Frau ereilen wird, wenn irgendwann doch alles von uns beiden bekannt wird, jedes schmutzige Detail. Wenn wir uns sehen, stürze ich mich auf dich, ersticke dich mit Umarmungen, errege dich und mich, um wieder in diesem Strudel unterzugehen, in dem nur wir beide überleben. Mein Körper trägt deine Male, ich kann sie kaum noch verbergen, und es gibt diese fatale Begierde, sie jemandem zu zeigen – damit anzugeben. Ich muss das beenden, denn sonst tue ich etwas, das nicht mehr rückgängig zu machen ist.

Nur wir beide! Anfangs warst du eine Bereicherung meines Lebens, ich glaubte damals, einen dunklen, engen Tunnel hinter mir zu lassen und vor mir eine endlose Ebene zu haben, einen weiten Horizont, in dessen umfangreichen Grenzen alles möglich ist. Aber jetzt reduziert sich mein neuer Kosmos nur auf dich und mich.

Das ist nicht das, was ich will und brauche!

Ich will das Ende und könnte es gleichzeitig niemals herbeiführen. Wann immer ich mir vorstelle, ohne deinen Körper, deine Haut, deine Arme (deine Bisse, deine Schläge) auszukommen, überfällt mich eine Panik, als würde mir jemand die Luft zum Atmen entziehen.

Darauf läuft also alles hinaus. Ein junger, starker Körper, dem man Geist und Charakter andichtet, um die eigene banale Gier nach Jugend und Schönheit seelenvoll zu bemänteln. Ich weiß jetzt, dass ich dich brauche, aber über die Gründe mache ich mir keine Illusionen mehr. Dieser Zustand ist so furchtbar, dass ich ihn nicht einmal meinem schlimmsten Feind wünsche. Diese Frau will ich nicht sein, ich will sie nicht einmal kennen. Sie ist nicht sympathisch und schon gar nicht bemitleidenswert. Aber ich komme nicht heraus aus ihrer Haut.

16

»Sie hat gesagt, es geht nicht mehr«, sagte Farkas und verstummte. Er war sehr blass, wie ausgelaugt von seiner Beichte. Zwei Stunden waren vergangen, seit er begonnen hatte, über seine Beziehung zu Karin Belolavek zu reden. Mona hatte gar nicht viel fragen müssen, es war alles nur so herausgeströmt aus ihm, als sei sein Bedürfnis, zu reden und Verständnis zu finden, tiefer als sein sorgsam antrainiertes Misstrauen. Nun saßen sie voreinander, ein Mann und eine Frau, und es entstand ein Gefühl der Peinlichkeit. Farkas hatte seine Seele entblößt, und Mona hatte ihm dabei zugesehen.

»Kann ich jetzt gehen?« Langsam baute sich die Schutzschicht wieder auf, die Farkas brauchte, um in seiner Welt zu überleben.

Mona antwortete nicht sofort. Als hätte sie sich die letzten zwei Stunden in einem schalldichten Raum befunden, hörte sie plötzlich wieder die Geräusche der Straße, das Tippen der Protokollantin, das Surren des Tonbandgeräts auf dem Tisch zwischen ihr und Farkas.

»Du hast sie wirklich… geliebt?« Ihre Stimme klang heiser in ihren Ohren.

»Ich schwör's, dass es so war. Ich liebe sie immer noch. Wenn sie zurückkommt, dann werde ich wie ein Hund vor ihrer Tür sitzen und auf sie warten.«

»Aber da gab's doch bestimmt eine Menge Probleme zwischen euch. Ich meine, Karin Belolavek war viel älter als du, die hatte einen ganz anderen Hintergrund.«

»Na und?«

»Jetzt tu nicht so naiv. Ich meine, worüber habt ihr zum Beispiel geredet? Ich meine, wenn ihr mal nicht… also…«

Farkas stand auf und reckte sich, und Mona ließ ihn gewähren. Er ging ein paar Schritte, steifbeinig, als müsste er sich erst wieder daran gewöhnen. Dann stützte er sich mit beiden Händen auf den Tisch. »Sie könnten sich das nicht vorstellen, was? Mit einem wie mir was zu haben, oder?«

Mona sagte nichts. Sie konnte sich das ja eben nur zu gut vorstellen. Vielleicht war sie deshalb so – berührt. Anton war nicht jünger als sie, aber auch er ließ sich nicht in ihr Leben integrieren, nicht vollständig jedenfalls. Und dennoch war sie nie von ihm losgekommen, und das lag nicht nur an ihrem gemeinsamen Sohn.

»Sie hatte die Probleme, nicht ich. Sie hat das alles nicht gepackt, ich schon. Sie hat ständig nachgedacht, sich alle möglichen Sorgen gemacht, und dann wurde ich sauer… Ich hätte nicht sauer werden dürfen. Ich hätte sie verstehen müssen. So. Ist das jetzt klar? Kann ich jetzt gehen?«

»Noch nicht. Wir müssen noch mal über den Mord an ihrem Mann reden.«

»Scheiße, ich weiß da nichts drüber!«

»Wann hast du sie zum letzten Mal gesehen?«

Widerwillig setzte sich Farkas wieder hin und vergrub sein Gesicht in seinen Händen. Was war das jetzt? Dachte er etwa über den Zeitpunkt nach? Wollte er ihr weismachen, dass er sich daran nicht mehr erinnern konnte?

»Wann?«, fragte Mona mit harter Stimme.

Erstaunt registrierte sie, wie wichtig ihr Farkas' Antwort war. Sie wollte ihm seine Geschichte glauben. Sie mochte ihn und wollte glauben, dass er die Wahrheit gesagt hatte. Wenn er jetzt anfing, sich zu winden und herauszureden, dann hätte sie sich eingestehen müssen, dass die vorangegangenen Anstrengungen Zeitverschwendung gewesen waren. Wenn nicht, konnte sie sich einreden, dass die Vernehmung ein Erfolg war (und sie brauchte einen Erfolg, oh, wie sie ihn brauchte!). Dabei hatte Farkas keinerlei Beweise für seine Behauptungen geliefert. Er war nach wie vor verdächtig, egal, was er sagte oder wie er es tat. Es hatte sich nichts geändert.

»Der 30. August«, sagte Farkas und hob die Hände in einer Gebärde, die sagen sollte: Der Klügere gibt nach. »Ein Dienstag. Am Nachmittag. Sie war bei mir, in meiner Wohnung. Sie hat mir gesagt, dass es aus ist.«

»Wie? In welchen Worten?«

»Wie, wie! Ist doch egal, wie! Es ist aus, ich kann nicht mehr, ich kann das vor meiner Familie nicht verantworten. Ich liebe dich, aber es geht nicht mehr.«

»Wie hast du reagiert?«

»Geheult. Dann gebittet und gebettelt. Ich hätte alles gemacht, verstehen Sie? Ich hätte sie geheiratet, alles.«

»Du hast sie nicht etwa bedroht?«

»Nein!«

»Du hast schon mal ein Mädchen…«

»Ich weiß, aber das war ganz anders.«

»Wie anders?«

Farkas suchte nach Worten. »Sie war ganz anders. Karin war eine … richtige Frau, kein Mädchen. Ich hab sie verstanden. Sie hat es mir ganz ruhig erklärt, und ich hab es verstanden. Irgendwie.«

»Verstehst du, dass du im Moment trotzdem der Hauptverdächtige bist?«

»Nein, versteh ich nicht! Ich kenn ihren Mann gar nicht. Ich weiß nicht mal, wie der aussieht. Wieso soll ich den umbringen? Hab ich doch nichts von.«

»Nach deinen eigenen Worten hast du sehr wohl was davon. Karin Belolavek wäre frei gewesen. Für dich. Plus eine Erbschaft.«

Farkas schüttelte den Kopf, resigniert. »Das hätte die Karin doch nie gemacht. Nie!«

»Also, Karin Belolavek macht Schluss mit dir. Dann fährt sie weg.«

»Ja. Seitdem hab ich sie nicht wieder gesehen. Ganz, ganz ehrlich nicht. Ich hab versucht, sie anzurufen, aber da lief immer nur das Band. Das Handy hatte sie ausgestellt.«

»Und das Nächste, was du hörst…«

»In der Glotze. Ich sehe den Garten, alles total versaut. Sie war so stolz auf ihren Garten. Ich hab dann wieder versucht anzurufen. Aber nichts. Sie ist weg. Dann saß ich da und hab nachgedacht. Soll ich zu den Bullen gehen oder nicht?«

»Und dann kamst du zum Ergebnis, ach nee, ist mir zu viel Stress.«

»Nein. Ich wollte wirklich kommen. Ehrlich.«

»Guter Plan. Hätte uns viel Arbeit erspart.«

»Ja, Ihnen vielleicht. Ich sitze jetzt hier als Verdächtiger. Und wenn ich hier weggehe, werden Sie mich überwachen lassen.«

»Mach dir keine Gedanken, für so was haben wir gar nicht die Leute.«

»Keine Leute! Klar! Haha!«

Es war zu Ende. Mona war müde und hungrig, und Farkas sah aus, als ob er jeden Moment vom Stuhl fallen würde. Sie mussten ihn gehen lassen. Sie hatten keine Handhabe, ihn länger festzuhalten, und bei der schwachen Indizienlage brauchten sie sich nicht mal um einen Haftprüfungstermin zu bemühen. Schon diese eine Nacht im Gefängnis war nicht koscher gewesen. Und sie hatten tatsächlich niemanden übrig, um ihn zu beschatten. So lange die MK3 den Mörder der kleinen Vanessa nicht hatte, gab es eine dreißigköpfige SoKo und keinen freien Mann für den Fall Belolavek.

»Ich glaub ihm«, sagte Mona mit vollem Mund zu Kaiser. Sie saßen auf einem Mäuerchen vor dem Stamm-Döner des Dezernats 11. Wilhelm Kaiser verschlang sein zweites Kebab mit einer Geschwindigkeit, als wäre das seine erste Mahlzeit seit einer Woche.

»Du glaubst ihm«, sagte er mit neutraler Stimme, nachdem er seinen Mund mit einer Papierserviette abgewischt hatte.

»Ja. Na ja. Die Sache mit dem Garten ist komisch. Er hat gesagt, dass er den Garten im Fernsehen gesehen hat. *Ich sehe den Garten, alles total versaut. Sie war so stolz auf ihren Garten.* Ich meine, sie wird ihn doch nicht mit nach Hause genommen und ihm den Garten gezeigt haben, oder?«

Kaiser grinste. Sein Kinn glänzte immer noch ölig. »Weiß ich doch nicht. Warum hast du ihn nicht gefragt?«

»Ist mir zu spät eingefallen. Außerdem … Abgesehen davon …«

»Und dennoch glaubst du ihm?«

»Ja. Eigentlich ja.«

»Darf ich fragen, wieso?«

»Er hat sie geliebt. Das hat man gesehen.«

»Mann, Mona. Du bist seit wann im Geschäft?«

»Warte mal … zehn Jahre? Ja, mindestens. Warum fragst du das?«

Kaiser nahm einen Schluck Cola aus der Flasche. Die Sonne schien heiß auf sie herunter, eine Gruppe türkischer Schülerinnen drängte an ihnen vorbei, der Verkehr dröhnte.

»Also zehn Jahre. Ich bin jetzt seit sechzehn Jahren in der JSA. Und ich sag dir eins, da verlierst du alle Illusionen. Ist einfach so. Du magst die Jungs irgendwann, das schon, das gehört dazu. Die Jungs, die haben nämlich Charme. Die sind oft ganz schön pfiffig …«

»Aber man kann ihnen nichts glauben, ich weiß schon. Aber in dem Fall …«

»Mona, ich will gar nicht behaupten, dass die Jungs immer lügen wie gedruckt. Das tun sie nicht, warum sollten sie auch? Du verstehst nicht, was ich sagen will. Weißt du, die Jungs, die kommen aus unterschiedlichen Ländern, haben unterschiedliche Sitten und ich weiß nicht was.«

»Aber?« Mona pickte mit einer Plastikgabel kleine Fleischstückchen aus ihrem Sandwich. Aus den beiden Hälften quoll weiße Joghurtsoße, und sie legte das Brot auf eine Serviette neben sich, damit es ihre Hose nicht voll tropfte. Kaiser reckte sein Gesicht in die Sonne. Mit geschlossenen Augen sagte er: »Aber trotzdem sind sie in gewisser Weise alle gleich.«

»Das kannst du doch so nicht sagen …«

»Hör doch auf, Mona! Diese Jungs, die haben keine Chance, von Anfang an nicht. Und warum? Weil sie null Frustrationstoleranz haben. Verstehst du, die fangen was an, sind total begeistert, und dann kommt der erste Rückschlag, und sie kneifen oder schlagen zu. Sie wollen alles – Kohle, Erfolg, Prestige, geile Karre, hübsche Mieze, tolle Klamotten – und zwar sofort.«

»Das weiß ich, aber …«

»Die kannst du nicht mit Visionen ködern à la: Wenn du dich hübsch anstrengst, dann gibt's in zehn Jahren vielleicht mal ein gebrauchtes Cabrio. Da hören die gar nicht hin. Die nehmen immer den schnellsten Weg. Und der schnellste Weg ist eine Bruch- oder Hehlerkarriere. Mit Knast als Endstation.«

»Also, Willi …«

»Wilhelm.«

»Also, Wilhelm, das kann schon sein. Ich will dir da nicht dreinreden, und du hast da sicher deine Erfahrungen, aber …«

»Jemand wie Milan Farkas … Der erzählt dir alles, was du hören willst, weil das der einfachste Weg ist, wieder rauszukommen. *Ich hab sie wirklich geliebt, sie war die Einzige für mich, ich hätte ihr nie was getan …* Diese Jungs haben das Schmus- und Kitschrepertoire drauf wie kein anderer, weil sie auf diese Weise schnell an die Mädels rankommen. Es … äh … spart sozusagen Zeit, es artet nicht in Arbeit aus …«

»Wilhelm …«

»Die können sogar Sex haben und dabei lügen. Je hässlicher und älter die Frau, desto größer ihre Potenz. So sehen die das. Ich weiß, dass ihr Frauen das nicht versteht …«

»Doch, aber …«

»Wahrheit, Mona. Die wissen gar nicht, was das ist. Komm

186

denen mit Wahrheit, und die gucken dich an und nicken und sagen: Ja, ehrlich, Mann. Ich sag dir voll die Wahrheit, echt. Und da gibt's kein Zucken im Gesicht, nur ein gerader Blick direkt in deine Augen, und du glaubst ihnen jedes Wort. Aber was du siehst, ist kein ehrliches Gesicht, sondern ein Mensch, der in ganz anderen Kategorien denkt und fühlt als du.«

»Mhm.«

»Wahr ist wirklich wahr, ganz ehrlich für den Moment. Morgen ist was anderes wahr. Oder auch nicht.«

»Aha.«

»Okay. Was ich also meine, ist nicht unbedingt, dass Farkas von A bis Z gelogen hat. Er hat das erzählt, von dem er glaubt, dass du das hören wolltest und dass ihm das weitere Nächte im Knast erspart. Vielleicht war's ja rein zufällig die Wahrheit. Verstehst du?«

Mona knüllte die Serviette zusammen und legte sie neben einen völlig überfüllten Abfallkorb. Wilhelm hatte die Augen immer noch geschlossen und wirkte völlig entspannt. Er hatte ja auch keinen Fall am Hals, der die seltsamsten Haken schlug und trotzdem immer wieder in einer Sackgasse landete.

»Kannst du dich an Farkas erinnern?«, fragte sie ihn.

»Sicher. Er war ja vier Jahre bei uns.«

»Und?«

»Er war wie die anderen, Mona. Lustig, temperamentvoll, charmant und verlogen. Das versuch ich dir die ganze Zeit zu erklären.«

»Sonst war da nichts?«

»Tut mir Leid. Er hatte seine Freundin umgebracht, aber er hat sich in keiner Weise wirklich mit seiner Tat auseinander gesetzt. Es gab psychologische Angebote. Er hat sie nicht angenommen. Keiner von denen tut das. Sie sitzen in der Gruppentherapie rum, blödeln. Es bringt alles nichts.«

»Hat er nicht… bereut?«

»Klar. Und wie. Und er war sich ganz sicher, dass ihm so was nie, nie wieder passieren wird. Nie. Ganz sicher. Sind sie alle.«

»Was?«

»Ganz, ganz sicher. Sie vergessen schnell. Sie denken nicht…
in die Zukunft.«

»Aha.«

»Tut mir Leid. Du würdest lieber was anderes hören, aber…«

»Macht ja nichts. Ist eben deine Meinung.«

»Ich muss los«, sagte Wilhelm. Er half Mona auf, und sie
schlenderten die sonnendurchflutete Straße hinunter.

»Bist du mit dem Auto da?«, fragte Mona.

»Klar. U-Bahn fahr ich nicht mehr. Treff ich zu viele Bekannte
von früher.« Er zwinkerte ihr zu. »Was hast du heute noch vor?«

»Weiß nicht«, sagte Mona geistesabwesend. »Weißt du was,
ich werd doch jemanden auf ihn ansetzen.«

»Auf Farkas? Ich denke, ihr habt keine Leute.«

»Er ist unsere einzige Chance. Vielleicht hat er noch Kontakt
zur Belolavek.«

»Wie kommst du da drauf?«

Mona zog ihren Rollkragen nach unten und wandte sich Wilhelm zu. Der blieb abrupt stehen und sah auf die blauroten Wür-
gemale an ihrem Hals. Ein Mann rempelte ihn beinahe an und
warf ihm einen wütenden Blick zu. Wilhelm beachtete ihn nicht.
»Wer war das?«

»Keine Ahnung. Ich war gestern Abend in Farkas' … Wohnhaus. Bin nur mal so durch die Flure, wollte mir das alles mal
anschauen. Und da hat mich einer angegriffen. Vor Farkas' Wohnungstür.«

Wilhelm sah so entgeistert aus, dass Mona ihm einen Schubs
gab. »Guck nicht so, wir müssen weiter. Vielleicht war es irgendein Typ, der dachte, ich hätte Geld.« Sie setzten sich wieder in
Bewegung.

»Oder?«

»Es könnte auch eine Frau gewesen sein. Ich bin mir nicht
sicher. Sie oder er hat mich total überrumpelt.«

»Scheiße. Diese Belolavek?«

»Keine Ahnung.«

»Weiß das einer in deinem Verein?«

»Wozu denn? Krieg ich nur Ärger. Ich hoffe, du hältst den Mund.«

»Was ist bloß mit dir los, Mona. Ich fass es nicht.«

»Ich denke, ich werde Patrick Bauer einsetzen. Der ist ganz neu bei uns, kommt von der Schupo. Bisschen sensibel, aber ich denke, der macht sich noch. Der muss sowieso mal raus hier, weg von den anderen.«

»Wird er schikaniert?«

Mona warf ihm einen Blick zu und seufzte. »Sicher. Wie alle am Anfang. Das gehört dazu.«

»Du folgst ihm«, sagte Mona zu Bauer. »Es ist keine ideale Überwachung, weil er dich schon kennt, aber besser als nichts.«

Bauer nickte und versuchte, nicht begeistert auszusehen. Er hatte mittags eine Currywurst gegessen und sich danach beim Bäcker zwei Apfelkrapfen genehmigt. Es ging ihm zumindest körperlich endlich wieder gut. Überwachung war ein langweiliger Job, aber alles war besser als das Dezernat und seine Kollegen. Er würde ganz für sich sein. Er würde nachdenken können über sich und das Leben und hatte dabei trotzdem etwas zu tun. Das war ihm sehr wichtig: etwas zu tun zu haben. Sein Vater war genauso. In ihrer Familie wurde nicht gefaulenzt. Sie wussten gar nicht, wie man das machte.

»Du wirst es allein tun müssen«, sagte Mona. »Heute, den Rest des Tages und die ganze Nacht. Morgen müssen wir dann weitersehen.«

»Okay. Macht nichts.«

»Packst du das?«

»Ja.«

»Sicher?«

»Ja!«

»Bis morgen früh, sieben Uhr. Dann löst dich jemand ab. Ich weiß noch nicht, wer, aber ich finde jemanden, und wenn's Forster oder Schmidt ist.«

»Mhm.«

»Du kannst dann heimfahren und dich hinlegen.«

»Ja.«

»Forster hasst so was. Aber das interessiert mich nicht.«

»Ich fahr dann mal los«, sagte Bauer. »Am besten stell ich mich vor sein Haus, oder?«

»Klingel vorher bei ihm. Am besten von drinnen, vom Gang aus, du weißt schon. Das Apartment ist so klein, du hörst dann, ob er da ist. Wenn ja, verschwindest du und stellst dich vor die Haustür und wartest da. Ich hab das beim Hausmeister gecheckt, es gibt keinen zweiten Ausgang. Wenn nicht, probier's im Billardsalon. Was hast du bei seiner Festnahme angehabt, weißt du das noch?«

Bauer überlegte. »Schwarze Lederjacke«, sagte er dann. Heute trug er einen hellen Stoffanorak.

»Gut. Dann besteht die Chance, dass er dich nicht erkennt. Kannst du nicht noch was mit deinen Haaren machen?«

Bauer musste lachen, zum ersten Mal seit einer guten Woche. Es hörte sich merkwürdig in seinen Ohren an, wie ein trockener Husten. Er hörte rasch wieder auf damit, weil ihn Mona todernst ansah.

»Was soll ich mit denen machen? Grün färben?«

»War eine blöde Idee«, gab die Mona zu, und er verabschiedete sich hastig. Er musste nicht allein in seine Wohnung zurück, und er musste sich auch nicht mit Forster und den anderen abgeben. Das war einfach perfekt. Er summte leise vor sich hin, als er mit dem Lift hinunter in die Tiefgarage fuhr. You give me so much pleasure / you cause me so much pain ... Er drehte den Song voll auf, als er aus der Tiefgarage fuhr, auf die sonnige, belebte Straße. I keep on falling / in love / with – a – you ... Ob er sich jemals wieder verlieben würde? Ob Milan Farkas wirklich eine Frau geliebt hatte, die knapp seine Mutter hätte sein können? ... falling, falling, falling ... Würde er, Patrick Bauer, das fertig bringen? ... sometimes I feel good, sometimes I feel used ... Er dachte an Mona, ihre kühle, selbstsichere Art. Nein, in die bestimmt nicht. Mona hatte nichts an sich, das ihn reizte, nichts Weiches, Charmantes, Nachgiebiges. Andererseits hätte sie ihn nicht einfach so sitzen gelassen mit seinen Problemen.

Vielleicht war es das, was Farkas an der Frau geliebt hatte. Sie hatte ihm Sicherheit gegeben, sie hatte nicht alles ernst genommen, was er sagte, sie hatte nicht so viel Angst gehabt wie die Mädchen in seinem Alter. Bauers Exfreundin hatte sich vor zahlreichen Dingen gefürchtet, und manche waren so lächerlich gewesen, dass er sich darüber lustig machen musste.

Scheiße, ich hab bei der einen Kundin die falsche Schattierung genommen. Hazelnut statt darkblonde.

Na und? Wenn's die Kundin nicht gemerkt hat, ist es doch egal.

Vielleicht hat sie's aber zu Hause gemerkt. Weißt du doch nicht. Die Weiber stehen zu Hause vor dem Spiegel, und plötzlich gefällt ihnen der Schnitt nicht mehr und die Farbe auch nicht, und dann beschweren sie sich. Ist zigmal passiert.

Und wenn schon. Dann beschwert sie sich halt. Ist doch nicht schlimm. Deswegen wirst du nicht gefeuert.

Das ist wohl schlimm. Die Chefin hat mich auf dem Kieker. Die hasst mich.

Ach komm.

Doch!

Wieso soll sie dich hassen?

Weil sie eine scheißfrustrierte Kuh ist.

Nie würde Mona so reden. Das tat man in ihrem Alter einfach nicht mehr. Als er an einer roten Ampel halten musste, öffnete Bauer das Seitenfenster, legte seinen Arm auf den Rahmen, ließ den warmen Wind in das Auto wehen und war beinahe glücklich. Der Verkehr floss träge dahin, die Luft roch nach Auspuffgasen und aufgeheiztem Asphalt. Bauer betrachtete junge Mädchen in engen Hüfthosen, die sich mit wiegenden Hüften an den Schaufenstern vorbeibewegten und immer wieder einen Blick hineinwarfen, als könnten sie es nicht glauben: Dass sie hübsch waren, dass sie jeden Mann haben konnten, dass jetzt ihre beste Zeit war. Eine Blonde mit hochgedrehter Bananenfrisur warf ihm einen Blick zu, der ihn leicht erschauern ließ. Er lächelte und hob ganz leicht die Hand. Sie wandte gespielt hochmütig den Kopf ab.

Die Ampel wurde grün, und er fuhr so langsam an ihr vorbei, dass hinter ihm gehupt wurde. Sie trug einen wadenlangen

Jeansrock, Turnschuhe und ein weißes Wickelshirt. Ganz zum Schluss, als er sich schon widerwillig auf der Linksabbiegerspur eingeordnet hatte, winkte sie ihm zu und lächelte.

Er lächelte zurück und sah im selben Moment Milan Farkas. Farkas kam dem Mädchen entgegen, mit langen, schnellen Schritten und verschlossenem Gesicht. So ein großer Zufall war das gar nicht, seine Wohnung lag nicht weit weg. Bauer fluchte. Sein Wagen war von anderen eingekeilt, keine Chance, dass er hier schnell genug rauskam. Er behielt Farkas durch den Rückspiegel im Auge. Wenn er ein rasches Wendemanöver hinlegen konnte, hatte er noch eine Chance. Er würde das Auto irgendwo abstellen und Farkas zu Fuß folgen müssen. Der Gedanke gefiel ihm. Zum ersten Mal in seinem Leben würde er jemanden *beschatten*. Die Sonne ging unter, Dämmerung senkte sich auf die Stadt. Noch war Farkas gut zu sehen. Bauer hatte wieder freie Fahrt und schaffte die Kehrtwendung.

»Du hast die Schule geschwänzt«, sagte Mona. Lukas saß am Küchentisch, diesmal endlich wieder in *ihrer* Wohnung, krumm wie ein Alter, mürrisch. Er antwortete nicht.

»Hast du mit diesem Dennis zusammen geschwänzt?«

»Nö.«

»Das stimmt doch nicht. Deine Lehrerin …«

»Diese verfickte Kuh!«

Mona verstummte. Wie redete man mit einem Sohn, der sich so äußerte? Musste sie solche Schimpfworte normal finden, weil eben alle heute so waren? Sie dachte an die Jungs im Wohnhaus von Milan Farkas – sie wollte nicht, dass Lukas so wurde. Im Gegensatz zu ihnen hatte er Eltern, die sich kümmerten. Sie waren nicht perfekt, aber sie liebten ihn. Er hatte kein Recht, so zu werden. Oder lag das ohnehin nicht in ihrer Hand?

Sollte sie lachen oder einfach darüber hinweggehen? Sollte sie Lukas eine runterhauen? Und was würde das bringen?

Mona sagte nichts. Sie wandte sich zum Herd und warf die Spaghetti ins sprudelnd kochende Wasser.

17

Ich mache Fehler, immer mehr Fehler. Ich bin in vielen Momenten nicht mehr zurechnungsfähig. Wenn ich einkaufe, das Geschirr in die Spül-maschine räume, die Betten frisch beziehe, Gemüse schneide, Fleisch anbrate, Reis aufsetze, sind meine Gedanken bei dir und den entsetz-lichen Problemen, die unsere Beziehung aufwirft und vor denen ich nicht mehr länger die Augen verschließen kann. Ich bin nervös, was ich früher nie war. Anfangs war die Liebe zu dir wie ein Energieschub, jetzt saugt sie mich aus, macht mich verrückt und hässlich.

Ich stehe vor einem Regal mit Putzmitteln und kann mich nicht ent-scheiden, welche Sorte Haushaltschwämme ich nehmen soll. Ich bin vollkommen ratlos, und schließlich kommen mir die Tränen, weil mich solche läppischen Fragen früher niemals tangiert haben, weil ich im-mer stolz darauf war, nicht zu jenen Hausfrauen zu gehören, die aus dem Haushalt eine Wissenschaft machen. Aber jetzt will ich alles rich-tig machen. Es ist meine Form der Abbitte. Ich bin dabei, meine Fa-milie zu zerstören, aber sie sollen saubere Zimmer, saubere Bäder ha-ben und jeden Tag ein wohl schmeckendes Essen auf dem Tisch. Als ob sie mir im Rückblick dann eher verzeihen würden, was ich vorhabe zu tun.

In Wirklichkeit passiert das Gegenteil. Beide spüren meine seelische Abwesenheit, und sie bestrafen mich dafür, weil sie nicht verstehen, was in mir vorgeht. Und damit treiben sie mich zurück in deine Arme.

Oder ist es ein ganz anderer Prozess der Entfremdung, einer, den ich gar nicht wirklich durchschaue? Manchmal, und du bist der Einzige, dem ich das sagen kann, habe ich regelrecht Angst vor meinem eigenen Mann, seinem starren Gesicht, seiner beherrschten Art, seinem trocke-nen, explosiven Gelächter, das nichts Lustiges, nichts Befreiendes hat. Mein Mann erzählt nichts. Wenn er redet, doziert er.

Nie verliert er die Haltung – Contenance hätte es meine Großmutter genannt –, nie kommt es zum Streit zwischen uns, nie wird ausge-sprochen oder wenigstens versucht, zu ergründen, was unsere Ehe der-art veröden ließ, obwohl wir doch einmal ineinander verliebt waren. Wir hatten gemeinsame Träume, es gab leidenschaftliche Auseinander-

setzungen, die sich in Tränen oder Gelächter auflösten, sein Körper hatte damals nicht immer diese Steifheit und Härte, die jede zärtliche Berührung abprallen lässt.

Vielleicht hat er mittlerweile selbst eine Freundin, die – vielleicht – ebenso jung ist wie du. Überall liest man, dass das für Männer ab einem bestimmten Alter normal ist. Aber, um ehrlich zu sein, ich traue es ihm nicht zu. Er strahlt so wenig Lebensfreude und Sinnlichkeit aus, dass ich mir keine junge Frau vorstellen kann, die Lust hätte, sich mit ihm abzugeben. Er arbeitet lieber viele Stunden täglich in der Firma und oft noch am Wochenende zu Hause.

Ich koche und denke an dich. Ich gebe die Zutaten für italienisches Pesto in ein Gefäß und schalte den Stabmixer ein. Alles fliegt mir lärmend um die Ohren, weil ich das Olivenöl vergessen habe. Ich lache und weine und denke an dich. Ich bin in einem ewigen Rausch. Ich werde es nicht fertig bringen, dich zu verlassen. Ich habe wieder Striemen am Körper, aber mein Mann bemerkt sie nicht. Will er sie nicht sehen? Ich werde leichtsinniger, ziehe mein Nachthemd in seiner Gegenwart aus, setze mich seelenruhig seinen Blicken aus, bevor ich in die Dusche steige, aber er reagiert nicht. Bin ich unsichtbar für ihn? Ist es ihm egal? Fühlt er sich nicht wenigstens in seiner Männerehre getroffen?

Er fragt nicht. Meine nun schon Monate andauernde Lustlosigkeit scheint ihn nicht zu beschäftigen. Warum soll ich also bleiben? Warum nicht ein neues Leben anfangen – mit einem Mann, der mich wenigstens wahrnimmt?

Ich wische die Basilikumflecken von Spüle und Herd, fege die Parmesanbrösel und die Pinienkerne zusammen und beginne von vorn: Basilikum, Parmesan, Knoblauch, Pinienkerne, Öl, Salz. Ich mixe die Zutaten zu einer glatten grünen Masse. Sie schmeckt scharf und würzig. Ich stelle das Wasser für die Pasta auf den Herd. Wir essen um acht Uhr zu Abend wie jeden Tag. Heute werde ich draußen decken, denn der Abend ist mild. Ich nehme die steif gewordene Mousse au chocolat aus dem Kühlschrank. Ich stelle sie auf das große Holztablett, das mir meine Mutter geschenkt hat. Teller, Besteck, Gläser, eine Flasche Mineralwasser, eine Flasche spanischer Rotwein kommt dazu. Ich reiße mit den Zähnen die Plastikverpackung der Fertiggnocchi auf, die nur zwei Minuten sieden müssen. Gleich ist das Wasser heiß genug. Gleich *ist alles fertig. Wir werden zusammen sitzen, wir drei, und wir werden wie üblich wenig reden, weil die entscheidenden Dinge ungesagt bleiben müssen.*

Ich sehe mir von außen zu. Ich funktioniere wie eine Maschine. Es gibt diese eigentümliche Befriedigung, die mechanische Handlungsabläufe in sich bergen. Ich könnte vielleicht gar nicht mehr darauf verzichten. Wie wäre es für dich, wenn ich immer um dich wäre? Für dich kochen würde, deine Sachen waschen würde, dich umsorgen würde? Würdest du es genießen oder hassen? Könntest du es, mit der Last deiner Vergangenheit, überhaupt ertragen, gut behandelt zu werden, und das jeden Tag?

Gestern habe ich dich gesehen. Ich war zu früh dran, und du hast es nicht gemerkt. Du bist auf der Straße gestanden im Gespräch mit einem deiner so genannten Freunde. Also einem jener Männer, die dich daran hindern, ein Leben zu führen, das wirklich Zukunft hat. Ich saß im Auto und konnte nichts verstehen. Ich habe beschlossen, dich künftig ab und zu zu überwachen. In unregelmäßigen Abständen, einfach, damit ich sehe, woran ich mit dir wäre, falls… Sollte ich mich wirklich entschließen, uns beiden eine Chance zu geben, muss ich wissen, wer du bist – außerhalb unserer Rendezvous, die zeitlich nur einen so winzigen Teil deines Leben ausmachen.

Ich werde es dir irgendwann erzählen, und du wirst dann gemeinsam mit mir darüber lachen. Vielleicht. Später einmal. Es gibt im Moment Menschen und Umstände, die sich uns in den Weg stellen. Es ist sehr wichtig, aus dem Weg zu räumen, was uns belastet. Ich bin… sehr müde. Aber gleichzeitig immer wach und aufmerksam. Das ist kein Widerspruch. Ich muss für uns beide denken.

Bauer hielt sich dicht hinter Farkas. In seiner Anoraktasche hatte er eine Wollmütze gefunden, die er sich über den Kopf zog. Mehr Vorsichtsmaßnahmen hielt er für überflüssig. Er war sicher, dass Farkas gar nicht mehr genau wusste, wie er aussah.

Farkas hielt sich ein Mobiltelefon ans Ohr und sprach im Gehen leise, aber erregt hinein. Bauer rückte näher auf, verstand aber nichts. Farkas bog in eine kleine, leere Seitenstraße, und gezwungenermaßen ließ sich Bauer zurückfallen. Sie waren jetzt seit etwa zwanzig Minuten quer durch die Stadt unterwegs und kamen nun in ein Viertel, in dem Bauer noch nie gewesen war. Hohe, etwas heruntergekommene Altbauten säumten eine breite, menschenleere Straße. Bauer hatte vorsorglich einen Stadtplan mitgenommen, aber noch keine Gelegenheit gehabt, einen Blick hineinzuwerfen.

Farkas sah sich nicht um. Er telefonierte noch immer, machte wilde Gesten mit der freien rechten Hand und schien seine Umgebung überhaupt nicht zu beachten. Erst als die Straßenlaternen aufflammten, fiel Bauer auf, wie dunkel es mittlerweile geworden war. Wieder bog Farkas ab, und Bauer begann schneller zu laufen, um ihn nicht zu verlieren. An der Querstraße hielt er an und spähte vorsichtig um die Ecke. Die Straße war leer, kein Auto unterwegs, kein Fußgänger. Auch Farkas war nirgendwo mehr zu sehen.

Bauer lief die Straße, in der Farkas spurlos verschwunden war, hinauf und hinunter. Er sah in Toreinfahrten hinein und versuchte, Haustüren aufzudrücken. Es gab keine Seitenstraße, keine Unterführung, keine schmale Abkürzung zwischen den Häusern hindurch. Farkas musste in einem der Häuser sein. Bauer überlegte. Er hatte Farkas höchstens zehn, zwanzig Sekunden aus den Augen verloren. Es war also eins der Häuser am Anfang der Straße. Bauer joggte wieder zurück und nahm die Klingelschilder, eins nach dem anderen, in Augenschein. Kein Name sagte ihm etwas, und er konnte nicht überall klingeln.

Er musste hier warten, ausgerechnet an einer Stelle, wo es nicht einmal einen Imbiss gab. Er faltete seinen Stadtplan auseinander und legte ihn auf ein Mäuerchen. Er fand zumindest das Viertel, wenn auch nicht die Straße auf dem entsprechenden Planquadrat. Aber selbst wenn – was würde ihm diese Information nützen?

Mit fortschreitender Dunkelheit wurde es kalt. Bauer stellte sich in einen der verschatteten Hauseingänge, versenkte die Hände in den Hosentaschen und trat von einem Fuß auf den anderen. Ein Auto näherte sich und fuhr röhrend an ihm vorbei. Die Räder knatterten über das Kopfsteinpflaster wie Maschinengewehrfeuer. Das Geräusch des Motors war noch zu hören, als der Wagen schon längst abgebogen war. Stille Gegend hier, dachte Bauer. Die Kälte des Bodens zog langsam seine Beine empor, machte eine Pause in seiner Blasengegend und bewegte sich dann Richtung Magen.

Eine heiße Suppe wäre jetzt das Richtige. Ausgerechnet jetzt, wo er endlich wieder einmal Hunger hatte, gab es nirgendwo etwas zu essen. Bauer dachte an seine Eltern und seine zwei jüngeren Schwestern, die jetzt wahrscheinlich am weiß lackierten Esstisch saßen und sich fragten, was ihr Patrick wohl so treibe. Sie würden schön dumm schauen, wenn sie ihn hier sehen könnten. Bauer hörte das Klacken hoher Absätze. Eine Frau mit einem Hund kam den Bürgersteig entlang, dicht an seiner Einfahrt vorbei. Er zog sich in die Tiefe des Torbogens zurück. Wenn die Frau ihn hier entdeckte, so wie er da stand, mit seiner tief in die Stirn gezogenen Mütze, würde sie ihn für einen Sittenstrolch halten.

Bei dem Gedanken musste Bauer grinsen. Fast lockte es ihn, die Frau zum Schein zu verfolgen – nur so, nur um zu sehen, wie sie reagieren würde. Zum ersten Mal erkannte er, wie ungemein einfach es war, jemandem Angst zu machen. Er hätte nichts anderes zu tun, als immer ein paar Schritte hinter der Frau zu bleiben. Mehr wäre nicht nötig, um ihr den Schrecken ihres Lebens einzujagen. Er erinnerte sich an die häufig erzählte Geschichte seiner Exfreundin, die eines Nachts nach einem Spätfilm eingeschlafen war und vom Klingeln des Telefons geweckt wurde. Eine Männerstimme flüsterte ihr mehrere obszöne Drohungen ins Ohr und hängte anschließend auf. Das Ganze hatte höchstens anderthalb Minuten gedauert und sich nie wiederholt, aber der Effekt war enorm gewesen. Wochenlang hatte sie danach unter Schlafstörungen gelitten, und wenn Bauer Nachtdienst hatte, musste er sie stündlich anrufen und stets für sie erreichbar sein.

Mit einem normalen Mann hätte sie diese Probleme nicht gehabt. Ein normaler Mann war gegen sechs zu Hause, jeden Tag, bis zur Rente.

Bauer schlotterte inzwischen vor sich hin. Er war zu dünn geworden, hatte keine Fettreserven mehr. Die Kälte schwächte ihn so sehr, dass selbst sein Hunger verschwand. Er sah auf die Uhr: Mehr als eine halbe Stunde stand er jetzt hier. Was, wenn Farkas bei jemandem übernachtete und den Rest des Abends nicht mehr vor der Haustür erschien? Bauer konnte nicht die ganze Nacht hier stehen, das brachte er nicht fertig, das musste Mona verstehen …

(Sie würde schon verstehen. Dass er ein Versager war, der nicht einmal einen Überwachungsjob auf die Reihe bekam.)

Ein leichter Wind kam auf, strich durch die mageren, mit Stöcken abgestützten Bäumchen, die die Stadt hier hatte einpflanzen lassen, auf dass sie sich eines Tages vielleicht zu einer Allee auswachsen würden, wenn sie die Abgase nicht vorher verdorren ließen. Wieder fuhr ein Auto an ihm vorbei, dann noch eins, dann ein drittes. Dann erneut Stille. Dann hörte er ein Geräusch, das klang, als ob eine Haustür zufiel. Bauer löste sich aus dem Torbogen und sah in die Richtung, aus der er glaubte, etwas gehört zu haben.

Jemand verließ tatsächlich das Nachbarhaus in die andere Richtung. Ein Mann, der von hinten jung aussah. Es war nicht zu erkennen, ob es sich um Farkas handelte. Bauer prägte sich rasch die Nummer des Hauses ein, aus dem der Mann gekommen war; sie würden später immer noch überprüfen können, wer hier wohnte. Dann folgte er der Gestalt, weil er, wie er sich in einem Anfall von Verzweiflung eingestand, einfach nicht mehr stehen konnte. Wenn es nicht Farkas war, dann hatte er ihn eben verloren. Dann musste er zu seinem Auto zurückkehren, und zu Farkas' Wohnhaus fahren. Irgendwann würde Farkas dort schon wieder erscheinen.

Doch von Schritt zu Schritt wurde Bauer sicherer, dass es sich doch um Farkas handelte. Der Mann vor ihm trug zwar nicht die Jacke, die Farkas eben noch angehabt hatte, sondern einen längeren Mantel, aber etwas an seinem Gang erinnerte dennoch an ihn. Die Größe stimmte und auch die geradezu demonstrativ zur Schau gestellte Hast, die angespannt hoch gezogenen Schultern, die tief in den Manteltaschen vergrabenen Hände – *eher Fäuste*, dachte Bauer.

Was hatte er in dem Haus wohl gewollt, überlegte Bauer. Wen hatte er getroffen? Karin Belolavek etwa? Versteckte sie sich dort? Und warum hatte er nun einen Mantel an? Die Gedanken schwirrten Bauer durch den Kopf, aber er konnte keine Erklärung, keine Antwort auf seine Fragen finden. Er war viel zu erschöpft, um noch klar denken zu können. Im Gehen rieb er sich seine kalten Finger, schon längst hatte er wieder jede Orientierung verloren. Der Mann bewegte sich mit einer Schnelligkeit und Sicherheit durch die Straßen, dass zumindest feststand: Er war hier schon öfter gewesen. Er kannte sich hier richtig gut aus.

Schließlich erreichten sie eine belebte Hauptstraße. Der Mann bewegte sich auf ein blau erleuchtetes U-Bahn-Schild zu, Bauer folgte ihm. Eine lange Rolltreppe führte ins Tiefgeschoss, auf der sich eine Gruppe Teenager lärmend aneinander drängte. Bauer verlor den Mann für ein paar Sekunden aus den Augen, sah ihn aber wieder, als er am Ende der Rolltreppe zu den Zugängen zu den Bahnstreifen strebte. Bauer zwängte sich durch die Gruppe und rannte die Rolltreppe herunter. Er verlangsamte seine Schritte gerade noch rechtzeitig, denn Farkas – jetzt konnte Bauer sehen, dass er es tatsächlich war – stand nun ganz entspannt mit dem Profil zu Bauer an einem Fahrkartenautomaten und zog sich ein Ticket.

Bauer hielt sich hinter ihm und hoffte, dass Farkas sich nicht aprupt umdrehen würde. Aber Farkas schien sich sicher zu fühlen. Langsam, fast schlendernd, begab er sich zu einem der Zugänge, entwertete sein Ticket und ging auf den halb leeren Bahnsteig. Der Zug fuhr ein paar Sekunden später ein; Bauer stieg ins gleiche Abteil wie Farkas und versteckte sich hinter einem dicken Jungen mit blauer Fliegerjacke. Der Zug fuhr an. Bauer sah sein eigenes Gesicht, das sich undeutlich in den Scheiben spiegelte. Es wirkte alt und gestresst mit dunklen Ringen unter den Augen, schmalen Lippen und einer Nase, die hervorsprang wie ein Schnabel. Bauer wandte sich ab. Bei diesem Licht, dachte er, sahen alle so aus. Aber er wusste, dass das nicht stimmte.

Farkas stand am anderen Ende des Abteils, die Hand an einer Haltestange, und ließ sich durchschaukeln. Er wirkte ruhig, beinahe schlaff. Das Treiben um ihn herum, die lärmenden Jungencliquen, die herausgeputzten, kichernden Mädchen, schien ihn völlig kalt zu lassen. *Er fährt die Strecke oft*, dachte Bauer. Vielleicht ergab das später einmal einen Hinweis.

Am Hauptbahnhof stieg Farkas aus. Menschenmassen drängten sich auf den Bahnsteigen, es roch nach Dieselöl, Gebäck, Burgerlokalen, Schweiß und Leder. Bauer ignorierte seinen wieder ständig wachsenden Hunger und folgte Farkas weiter. Es war mittlerweile neun Uhr. Bauer fixierte Farkas' Hinterkopf, der vor ihm auf und ab schaukelte und immer wieder für Sekundenbruchteile in der Menge verschwand. Farkas war jetzt sein Führer, und Bauer war der Hund, den Farkas an einer unsichtbaren Leine hinter sich herzerrte, ohne es zu wissen. Alle Sinne Bauers fokussierten sich auf die Person Farkas', dessen Ziele, Ängste und Pläne. Wieder liefen sie auf eine Rolltreppe zu, die ein Stockwerk tiefer fuhr. Eine weitere Rolltreppe führte auf den Bahnsteig einer S-Bahn-Station.

Langsam überwältigte Bauer die Müdigkeit. Er hatte anderthalb Wochen kaum geschlafen, nur wenig gegessen und viele Stunden gegrübelt. Er war am Ende seiner Kräfte. Was sollte er tun, falls Farkas tatsächlich in dem Wohnblock verschwand und nicht mehr auftauchte? Durfte er dann wagen, sein Auto zu holen, das mindestens zehn Fußminuten entfernt parkte? Bauer stieg in den Zug und setzte sich auf einen freien Platz, ohne Farkas im Auge zu behalten. Sein Blick blieb an den braunen Kunstlederbezügen hängen, wanderte weiter zur braunen Holzimitatbeschichtung der Lehnen, und für ein paar Momente vergaß er einfach, warum er hier war. Seine Augen schlossen sich ganz langsam, sein Kopf schwankte im Rhythmus der Gleise, die unter dem Zug wegschossen, sich teilten und wieder zusammengeführt wurden, nach einem unergründlichen Plan … Er nickte ein.

Bauers Gegenüber, eine ältere Frau, sah einen blassen jungen Mann mit blonden Bartstoppeln, der so erschöpft aussah, dass er ihr beinahe Leid tat.

»Spürst du die Power?«

»Ja.«

»Gib sie uns.«

»Ja.«

»Gib alles, was du hast.«

»Ja. Ja.«

Die Plakette bewegt sich in unruhigen Zickzacklinien über das Brett. In Marias Ohren klingt ein leises, fernes Rauschen, wie immer, wenn sie mit der anderen Welt kommuniziert.

»Frag!«

»Ja. Warte.«

»Frag es jetzt.«

Und Maria schließt die Augen und stellt sich ihre Mutter vor, konzentriert sich auf ihr Gesicht mit den schmalen Lippen, der feinen Nase, den umschatteten blauen Augen. Irgendwo in diesem Gesicht ist der Grund für Marias Hass versteckt, aber sie findet ihn nicht. Einen Moment lang fühlt sie sich schwindlig wie im freien Fall. Sie hat gelernt, in dieser Situation die Augen nicht zu öffnen, aber sie spürt, wie ihr der Schweiß auf die Stirn tritt.

»Nicht aufgeben, du bist ganz nah dran.«

»Ja.«

Wie aus weiter Ferne hört Maria nun die Stimme der Frau mit den kurzen roten Haaren. Maria versteht nicht, was sie sagt, aber sie registriert einen beunruhigten Unterton. Dann schaltet sich wieder Kai ein, ruhig und streng. Sie lässt sie nicht im Stich.

»Was siehst du?«

Maria öffnet langsam die Augen und senkt sie auf das Brett. Die Plakette bewegt sich jetzt schnell und zielgerichtet.

TÖTE SIE.

Maria erstarrt vor Entsetzen. Sie springt auf, schleudert das Brett auf den Boden und läuft quer durch den großen, dunklen Raum. Sie findet nicht gleich die Tür in dem fremden Haus, und einen schrecklichen Moment lang glaubt sie, es gäbe keine, sie sei hier für immer gefangen. Doch dann stößt sie die schwere Tür auf und stürzt auf die Wiese, zu Kais verwaist dastehendem Auto. Der Wind ist noch stürmischer geworden, die Landschaft wirkt demgegenüber seltsam starr und unbewegt. Maria bleibt keuchend stehen, mit dem Rücken zum Haus.

Etwas stimmt nicht. Mit ihr. Etwas ist nicht richtig an dieser ganzen Situation. Jemand berührt sie an der Schulter, und sie macht vor Schreck einen Satz zur Seite. Es ist Kai, die neben sie tritt, ohne sie anzusehen. Sie legt ihre Hand auf Marias Nacken, eine der intimsten Berührungen, die sie sich je gestattet hat. Langsam beruhigt sich Maria. Unter Kais warmer Hand spürt sie, wie steif und kalt ihr Körper ist. Die Panik durchzieht sie in Wellen, die allmählich schwächer werden. Kai ist wie Medizin für sie.

»Leila macht sich Sorgen«, sagt Kai. Maria zuckt die Schultern. Leilas Gefühle sind ihr egal.

»Ich mir auch«, sagt Kai. Langsam wendet sie sich ihr zu und nimmt sie in den Arm, das zweite Mal seit jenem Abend, an dem sie sich kennen gelernt haben. Auch ihr Körper fühlt sich warm an, beinahe heiß.

»Sag mir, was es ist«, sagt sie.

Und Maria sagt es ihr. Sie hat schon früher mit Kai über ihre Mutter gesprochen, über die Abneigung, die sie in letzter Zeit empfindet, wenn ihre Mutter sie anfasst oder auch nur ein Gespräch sucht, das über die üblichen Mutter-Tochter-Informationen hinausgeht, über das Gefühl, dass ihre Mutter nicht mehr da ist für sie, obwohl der Augenschein dagegen spricht, über den Ärger, den Maria in solchen Momenten empfindet. Den … Hass. Kai hat in solchen Momenten über Eltern an sich gesprochen und über die Anmaßung, die darin liege, zu glauben, sie seien fähiger, intelligenter oder lebenstüchtiger als ihre Kinder. *Wir sind stärker, flexibler und lernfähiger als sie. Sie müssten bereit sein, von uns zu lernen. Ihre Erfahrung ist das Einzige, was sie glauben, uns voraus zu haben. Aber das ist lächerlich. Die Geschichte wiederholt sich niemals, auch wenn sie das behaupten.*

Das ist ihre Einstellung. Sie klingt auf seltsame Weise durchaus vernünftig und besonnen, aber sie hat nichts mit Marias Problem zu tun. Ihre Mutter ist da und auch wieder nicht. Sie macht sich Sorgen um Maria und scheint gleichzeitig mit ihren Gedanken woanders zu sein. Sie ist wie ein Geist, der durch das Haus schwebt. Sie wird jeden Tag ungreifbarer. Manchmal wirkt sie wie durchsichtig. Man kann nicht mit ihr streiten. Man kann sich nicht auf sie verlassen. Ihr Lächeln ist unsicher, ihre Stimme wird immer leiser. Sie strahlt keine Stärke, keine Autorität aus. Vielleicht geht sie eines Tages, und dann bleibt Maria mit ihrem Vater zurück. Ihrem intelligenten Vater, den sie so bewundert und in dessen Gegenwart sie sich trotzdem nie wirklich wohl fühlt.

»Ich will nach Hause«, sagt sie, den Kopf an Kais Brust gelehnt. Ihr Pullover aus rauer Lambswool fühlt sich tröstlich an. Sie schließt die Augen und atmet Kais Geruch ein.

»Nein, Maria.« Sanft wiegt Kai sie hin und her. »Das wäre jetzt ganz falsch. Du musst mit uns darüber reden. Leila hat sehr viel Erfahrung mit solchen Sachen. Du kannst ihr vertrauen.«

Jedem traut Maria mehr als dieser Leila, aber sie will das Kai nicht sagen. Schließlich ist es eine Freundin von ihr, sie hat Maria extra hergebracht, damit sie sich kennen lernen... Sie muss Leila eine Chance geben. Langsam löst sie sich von Kai und geht zurück zum Haus. Jemand in ihr sagt, dass sie einen Fehler macht, dass die Geschichte zwischen Kai und ihr hier ein Ende haben sollte, aber sie hört nicht hin. Kai ist ihre Freundin. Sie kann ihr gar nichts Böses tun.

18

Bauer schreckte hoch. Er hatte von einem Mädchen geträumt, das er nur von einem Foto kannte. Maria Belolavek. In seinem Traum war er der Lösung ganz nah gekommen. Dieses Mädchen dachte er, erst halb wach, war der Schlüssel zu allem. Sie musste er finden. Er versuchte, sich an Einzelheiten zu erinnern, aber der Traum ließ sich nicht zurückholen. Je mehr Mühe sich Bauer gab, desto schneller löste sich der Traum in seine luftigen Bestandteile auf, bis nur ein Gefühl zurückblieb.

Eine Mischung aus Angst und Lust. Bauer vertiefte sich hinein.

Domino, dachte er plötzlich. Vor seinem inneren Auge erschienen die schwarzen Steine mit den weißen Augen. Warf man einen um, brach die ganze Reihe zusammen. Schlug irgendwo auf der Welt ein Schmetterling mit seinen Flügeln, konnte das am anderen Ende der Welt einen Taifun verursachen. Aber war diese Theorie nicht längst widerlegt?

Plötzlich fuhr er hoch. Farkas! Er war weg, er hatte ihn verloren! Er war eingeschlafen und hatte ihn verloren!

Dann entdeckte er Farkas. Er saß ihm schräg gegenüber, ein paar Sitzgruppen weiter in der Ecke des Abteils, und wirkte ernst und entspannt. Nicht wie jemand, der sich verfolgt fühlte, eher wie jemand, dem alles egal war. Bauer versuchte, sich unauffällig zu geben. Die S-Bahn hielt, eine blechern klingende Stimme sagte: »Donnersberger Brücke«, die Türautomatik machte ein zischendes Geräusch, aber niemand stieg aus. Farkas saß weiterhin auf seinem Platz und starrte in die Dunkelheit vor seinem Fenster. Die S-Bahn fuhr jetzt überirdisch. Bauer sah Lichtreklamen vorbeihuschen; sie passierten eine mit Grafittis verzierte Betonmauer und einen offenbar ausrangierten Bahnhof. Dann hielt der Zug erneut.

Das Abteil wurde allmählich leerer; es stieg kaum noch jemand zu. Bauer hoffte, dass sie nicht irgendwann zu zweit hier saßen, denn dann wäre er Farkas mit Sicherheit aufgefallen. Er überlegte, ob er den Platz wechseln und sich mit dem Rücken zu Farkas setzen sollte, dann dachte er, dass das dessen Aufmerksamkeit erst recht auf ihn lenken würde. Er verschränkte die Arme. Ihm fielen die beigebraun marmorierten Plastikplatten auf, mit denen der Innenraum des Zuges verschalt war. Es wirkte schmuddelig und heruntergekommen. Wer dachte sich so etwas aus?

Farkas erhob sich und stellte sich an die Tür. Eine Hand ruhte lässig an der Haltestange. Mit der anderen fuhr er sich durch die Haare; von seinem Sitz aus konnte Bauer beobachten, wie er sich dabei wohlgefällig in der spiegelnden Scheibe betrachtete – ganz anders als Bauer vorhin. Er überlegte, was er jetzt tun sollte. Aufstehen kam nicht in Frage. Außer ihnen beiden waren nur noch fünf andere Passagiere im Abteil. Keiner von ihnen rührte sich vom Fleck.

Bauer sah scheinbar müde und gelangweilt vor sich auf den Boden. Er war nun doch erstaunt, dass Farkas ihn überhaupt nicht zu erkennen schien. Immerhin hatte Bauer ihn verhört, und das am selben Morgen. Vielleicht lag es an der Mütze. Er zog sie sich tiefer in die Stirn. Der Zug fuhr langsamer und hielt. Farkas zog an dem Aluminiumgriff, die Tür öffnete sich, und er verschwand. Bauer sprang auf, lief zur Tür und spähte vorsichtig hinaus. Farkas ging auf eine Treppe am Ende des Bahnsteigs zu. Bauer verließ den Zug und folgte ihm.

Sofort begann er wieder zu frösteln. Es war inzwischen halb zehn und mindestens drei Grad kälter als noch vor einer halben Stunde in der Innenstadt. Farkas legte wieder sein altes schnelles Tempo vor, die Hände in den Manteltaschen, den Kopf weit vorgebeugt. Bauer lief hinter ihm her, die Treppe hinunter. Am Fuß der Treppe bewegte sich Farkas nach links. Er durchquerte einen engen Tunnel mit einem schmalen Bürgersteig und bog dann rechts in eine Straße ein, die »Auenweg« hieß.

Außer ihnen war niemand zu sehen. Bauer beglückwünschte sich zu seinen Turnschuhen, die seine Füße nicht warm hielten, aber wenigstens kaum Geräusche machten. Er hoffte, dass sich Farkas weiterhin nicht umdrehen würde, und er wurde von Schritt zu Schritt müder. Die feuchte Kälte machte seinen Körper steif und ungeschmeidig. Er fühlte sich allmählich wie ein alter Mann. Er hatte seit vielen Stunden nichts gegessen und mit niemandem geredet. Seine Gedanken verwirrten sich zu bunten, sinnlosen Gebilden. Es war ihm mittlerweile egal, wohin Farkas ging, Hauptsache, diese Nacht endete irgendwann, irgendwie. Mechanisch setzte er einen Fuß vor den anderen.

Ein Wohngebiet, aber ganz anders als das, in dem sie vorhin gewesen waren. Hier standen Villen, die alt und wertvoll aussahen inmitten großzügiger Grundstücke. Großzügige Grundstücke, Villen … Irgendetwas an dieser Gegend kam Bauer plötzlich bekannt vor, aber es dauerte noch eine ganze Weile, bis er erkannte, wo sie sich befanden. Sie waren hier gewesen, aber sie hatten keine öffentlichen Verkehrsmittel benützt, deshalb war es eigentlich kein Wunder, dass er nicht sofort geschaltet hatte…

Es war die Straße, in der sie die Leiche Thomas Belolaveks gefunden hatten. Der Schock des Erkennens durchfuhr Bauer wie ein plötzlicher Schmerz und verlieh ihm den Adrenalinstoß, den er brauchte, um noch länger durchzuhalten. Zwanzig, dreißig Meter vor ihm lief Farkas, eilig, aber scheinbar völlig unbesorgt, auf das leere, versiegelte Haus der Belolaveks mit dem zerstörten, entweihten Garten zu. Alle Wertgegenstände im Haus waren längst sichergestellt worden: Es gab hier nichts, das einen »Besuch« lohnen würde. Farkas musste das wissen.

Also, was wollte er hier?

Was wolltest du von mir, ich meine, am Anfang? Was war es, das dich veranlasst hat, mir all diese Dinge zu sagen, die mich mit gnadenloser Sicherheit von meinem geraden, langweiligen, aber harmonischen und überschaubaren Weg abgebracht haben? Das Körperliche kam erst später. Zunächst hast du mich mit Worten gewonnen, das weiß ich noch – aber was genau hast du damals eigentlich gesagt? Ich erinnere mich nicht mehr, ich weiß nur noch, dass deine Worte in meinem Kopf tanzten, Reigen bildeten, sich zu neuen Paarungen fügten und Erwartungen weckten, die du vielleicht niemals vorhattest zu erfüllen. Vielleicht war also alles ein Missverständnis. Vielleicht warst du einfach nur höflich, oder du zeigtest ein für dich typisches Flirtverhalten, das nichts mit meiner Person zu tun hatte. Vielleicht habe ich mich also nach objektiven Kriterien lächerlich gemacht.

Aber jetzt ist es zu spät für derartige Erwägungen, nicht wahr, mein Geliebter? Jetzt sind wir, ob wir es wollen oder nicht, gefangen in unserer Geschichte, die wir nicht mehr selbst beeinflussen können, denn dafür sind wir zu weit gegangen. Das, was wir – oder nur ich? – beschworen haben, ist nun eingetreten, und statt uns steuert jetzt das Schicksal ein Geschehen, das außer Kontrolle geraten ist – außer meiner Kontrolle jedenfalls.

Dass du so geworden bist, wie du jetzt bist, ist jedenfalls allein meine Schuld. Ich bin die Ältere, ich hatte die Verantwortung, ich hätte alles so einrichten können, dass wir Freunde geblieben wären, ohne das – andere. Oder sind wir wie zwei Chemikalien, die nur so und nicht anders aufeinander reagieren konnten, auf Grund unserer einzigartigen Struktur? Wie auch immer, ich wünschte, ich hätte die Macht, alles rückgängig zu machen, noch einmal da anzufangen, wo wir uns gefunden haben. Ich wäre vernünftiger, das schwöre ich dir. Ich hätte mich auf die Rolle, wenn schon nicht der Mutter, so wenigstens der großen Schwester beschränkt. Ich hätte meine Sehnsucht nach körperlicher Berührung woanders stillen können, stillen müssen. Ich hätte dich nicht belastet mit meinen Problemen, die du nicht lösen kannst.

Aber nun ist alles so gekommen, wie ich es nie wollte. Ich habe nicht gewusst, dass ein Schritt manchmal den nächsten erzwingt, dass man eine eingeschlagene Spur manchmal nicht mehr verlassen kann. Diese Kausalitätenkette hat eine tödliche Logik, die darin besteht, dass man sie immer zu spät erkennt…

Ich bin dir nachgefahren, einen ganzen Tag lang, nein, zwei, drei Tage lang, nein, eine ganze Woche lang. Als ich es einmal getan hatte, konnte ich nicht mehr davon lassen. Ich sah, wie du auflebtest ohne mich. Du warst mit deinen Freunden zusammen, du hast Mädchen angesprochen, du hast gelacht, getanzt, geraucht, getrunken, Drogen genommen und Spaß gehabt. Wir haben keinen Spaß mehr. Alles ist ernst und besessen geworden. Ich spüre, dass dir etwas fehlt, dass ich dich nicht mehr glücklich mache, dass dich aber dennoch etwas an mir festhalten lässt. Ich weiß nicht, was es ist, vielleicht eine fatale Form der Gewohnheit.

Ich lüge schon wieder. Du entziehst dich mir, das ist die Wahrheit. Wenn ich deinen Körper will, ist da dieses unmerkliche Widerstreben, bevor du mich umarmst. Es ist, als wolltest du mir etwas sagen, bevor wir uns erneut ins Reich der Besessenheit begeben, das uns beide schon lange nicht mehr glücklich macht. Jedes Mal wieder nehme ich mir vor, es diesmal langsam und souverän angehen zu lassen, und jedes Mal misslingt es mir. Es ist, als müsste ich mit einem Riesensprung eine immer breitere Kluft überwinden, um zu dir zu gelangen. Ich schaffe das nur noch mit Sex. Zärtlichkeiten kommen bei dir nicht mehr an. Du nimmst mich, weil ich es will und brauche, es ist ein Gefallen, den du mir tust. Du machst es mir schnell und hart wie einer Prostituierten, damit es rasch vorbeigeht. Du siehst danach heimlich auf die Uhr, deine Ungeduld ist geradezu messbar: Sie wächst, je länger ich da bin.

Nur Gewalt erregt dich noch. Ist es das, was ich will? Dass du bei mir bleibst, weil ich dir Dinge erlaube, die andere Mädchen nicht zulassen würden?

Gleichzeitig bemühst du dich geradezu rührend, mich deine innere Unrast nicht merken zu lassen. Du machst Vorschläge, was wir unternehmen können (alles, scheint mir, ist dir recht, um nicht länger als notwendig mit mir im Bett bleiben zu müssen). Du unterdrückst einen permanent gereizten Unterton, du setzt ein Grinsen auf, das wie eine Karikatur deines früheren warmen Lächelns wirkt. Und ich bin nicht im Stande, diese Zeichen so zu deuten, wie du es von mir erwarten könntest: als die stumme Bitte, dich endlich aus dieser Situation zu erlösen. Ich weiß, dass du Angst hast: mir zu sagen, dass es aus ist. Ich nutze diese Angst, denn ich kann jetzt nicht einfach gehen, bitte versteh mich, ich kann es einfach nicht. Ich habe nichts mehr außer dir, keine Liebe, keine Visionen, keine Lebensfreude, keine Zukunft. Wenn du mich verlässt, bin ich leer. Dann gibt es mich nicht mehr.

Wie konnte es so weit kommen mit mir? Ich war immer ausgeglichen und vernünftig. Ich war nett und hilfsbereit, das kann dir jeder bestätigen. Ich war intelligent, und nicht nur das: Ich habe mir eine Menge auf meinen scharfen, analytischen Verstand eingebildet, der mich jetzt vollkommen im Stich lässt. Ich bin einer Situation ausgeliefert, die ich zeit meines Lebens unterschätzt habe. Ich wusste nicht, dass Liebe so gefährlich ist. Ich wusste nicht, wie rücksichtslos sie macht, wie egoistisch und hart. Ich wusste nicht, dass sie einen guten in einen schlechten Menschen verwandeln kann. Bei mir hat sie das geschafft. Ich bin todunglücklich, aber vollkommen auf mich fixiert.

Alles andere verschwindet in einem Moloch der Gleichgültigkeit. Es ist mir egal, wie es meiner Familie, meinen Freunden geht. Ich kümmere mich um nichts mehr. Der Haushalt wird nebenbei erledigt, wenn ich Zeit dazu habe, und das ist nicht oft der Fall. Denn viele Stunden vergehen damit, dass ich dich verfolge – im Auto, im Schritttempo oder zu Fuß, verkleidet mit einer Perücke und einem dünnen Sommermantel. Den Rest der Zeit gieße ich meine Pflanzen oder liege grübelnd auf dem Bett, erregt, verzweifelt, unbefriedigt.

Dabei sollte ich erleichtert sein. Wenn ich dich jetzt loslasse, gehört die ganze Affäre der Vergangenheit an. Ich könnte sie vergessen, als wäre sie nie passiert. Ich könnte mich auch an sie erinnern wie an ein spannendes Abenteuer. Es gäbe keine Konsequenzen, ich bliebe ungestraft. Was für eine Chance! Ich könnte mich wieder den Menschen widmen, die mir wirklich wichtig sein müssten, und bräuchte nicht einmal Angst zu haben, dass du mein Leben zerstörst. Denn du wärst froh, endlich wieder frei zu sein. Du sagst das nie, aber ich weiß es, ich sehe es. Unsere Zeit ist zu Ende.

Aber es nützt nichts. Mein Körper schmerzt, wenn du nicht da bist, als sei er nicht mehr vollständig ohne deine Hände, deine Brust, deine Küsse, deinen Schwanz. Ich überlege, eine Therapie zu machen – gegen Liebeswahn. Es wäre eine wunderbare Vorstellung, endlich jemandem von dir erzählen zu können – jemandem, der es garantiert nicht gegen mich verwendet. Einem Profi in Sachen schädlicher Obsessionen. Ich wäre wahrscheinlich sogar seine normalste Patientin. Es gibt doch so viele exotische Perversionen, da ist meine sicher noch am einfachsten heilbar. Es wäre so schön, wenn ein Mensch mir sagen könnte, wie man diese schauderhafte, erniedrigende Gier eliminiert. Möglicherweise schafft er es, meine Programmierung auf dich wieder rückgängig zu machen und auf meinen Mann zu lenken. Ich würde meinen Mann so gern wieder begehren. Stattdessen bin ich fixiert auf einen Jungen, der sich nicht mehr für mich interessiert.

Ich habe Sehnsucht nach starken Gefühlen, die nichts mit dir zu tun haben. Früher konnte ich mich für die Natur begeistern, eine aufgeblühte Rose, ein besonders schöner Sonnenuntergang reichte damals, um mich glücklich zu machen. Jetzt sind Pflanzen Pflanzen. Ich gieße und pflege sie, aber nur aus Pflichtgefühl. Eine Hortensie und ein Zitronenbäumchen sind bereits kaputt. Pflanzen registrieren feinste Stimmungsschwankungen. Ich bin nicht mehr für sie da.

Ich werde nun gleich wieder zu dir fahren. Wir sind verabredet, um zehn Uhr in deiner Wohnung. Du wolltest mich vor dem Haus treffen, »um einen Spaziergang zu machen«, aber ich habe abgelehnt. Ich *will das, was mir zusteht. Ich will es gleich. Ich werde Vollgas geben, um möglichst schnell bei dir zu sein.*

Wie konnte das aus mir werden?

Ich müsste mit jemandem sprechen. Jemandem, dem ich restlos vertraue. Aber es gibt niemanden, ich kann nur weiter für mich allein traurig sein. Mittlerweile sprechen mich flüchtige Bekannte darauf an, wie elend und dünn ich in letzter Zeit aussehe. Sie haben Recht, und das liegt daran, dass nichts so einsam macht wie unglückliche Liebe. Inzwischen wünschte ich mir einen Todesfall, der mir erlaubt, meinen Kummer öffentlich zu zeigen und wenigstens Mitleid und Verständnis zu ernten, wenn schon nicht das, was ich mir ersehne.

Ich habe Angst. Ich habe mich in Gebiete vorgewagt, die wild und unerforscht sind. Ich dachte, ich kann jederzeit wieder umkehren, aber ich habe mich verirrt. Jetzt weiß ich, dass es dort fremde, unheimliche Wesen gibt, die nur darauf warten, dass mich meine Schwäche vollends wehrlos macht. Ich irre durch einen Dschungel, ich habe meinen Kompass verloren, und ich bin dabei zu verhungern. Mein armer Mann, mein armes Kind. Es ist unverzeihlich, was ich euch antue. Manchmal möchte ich sterben, um meiner Schande nicht länger ins Gesicht zu sehen. Ein Parasit frisst mich von innen auf und vernichtet alles, was stark, freundlich, treusorgend, liebevoll und sympathisch ist.

Farkas war an der Gartentür angekommen. Einen Moment lang schien er zu zögern. Er drehte sich um und starrte auf die matt erleuchtete Straße hinter ihm. Bauer war gut verborgen im Schatten einer riesigen Tanne, deren Äste bis auf die Straße reichten. Farkas schien ihn dennoch zu sehen. Bauer glaubte, er starre ihn an, bis Farkas sich wieder umdrehte und beide Arme auf das niedrige Gartentor stützte. Er schien auf etwas – jemanden – zu warten. Wer konnte das sein? Wer befand sich in diesem Garten? Bauer wartete und behielt Farkas im Auge.

Es begann ganz leicht zu regnen. Feinste Wassertröpfchen durchdrangen selbst das dichte Nadeldach über Bauer, hängten sich an seine Wimpern und seine Augenbrauen und ließen sein Gesicht noch kälter werden, seinen Körper noch steifer. Die Luft um ihn herum schien plötzlich weiß verschleiert zu sein. In diesem Moment hörte er leise, durch Gummisohlen gedämpfte Schritte hinter sich. Er drehte sich gerade noch rechtzeitig um.

Eine Frau in einer Regenpelerine, die ihn mit weit aufgerissenen Augen anstarrte. Ihr Gesicht war halb unter einer Kapuze verborgen, ihre Figur konnte er unter dem feucht glänzenden Umhang nicht erkennen. Bestimmt, dachte Bauer nach dem ersten Schreck, war sie eine ganz normale Spaziergängerin, der er lediglich verdächtig erschien. Er wusste nicht, was er tun sollte. Sprach er sie an, würde Farkas auf ihn aufmerksam werden. Tat er es nicht, glaubte sie vermutlich das Allerschlimmste von ihm. Er zauderte. Die Frau blieb weiterhin wie angewurzelt stehen, als wäre sie vor Angst erstarrt.

»Hören Sie«, sagte Bauer mit leiser Stimme zu ihr, »ich will nur…«

In diesem Moment sah er ein Messer in ihrer Hand aufblitzen. Sie wich ein paar Schritte zurück.

»Hilf mir!«, schrie sie. »Hilf mir doch!«

Bauer trat auf sie zu, mit beschwichtigend erhobenen Armen. Er konnte das Bedürfnis nicht unterdrücken, sie zu beruhigen, sie dazu zu bringen, mit dem Geschrei aufzuhören, das seinen Überwachungsjob gefährdete. Keine Sekunde dachte er daran, zur Waffe zu greifen. Da spürte er einen harten Griff um seine Kehle. Jemand hatte ihn von hinten gepackt und drückte den Unterarm gegen seinen Hals. Im gleichen Moment stach die Frau zu. Immer wieder und wieder. Auf jeden höllischen Schmerz folgte ein neuer Stich, so lange, bis Bauer das Bewusstsein verlor.

Mona schrak hoch, weil sie glaubte, etwas poltern zu hören. Ihr Herz klopfte wie rasend, ihr erster Gedanke war: *Lukas tut es wieder.* Sie sprang aus dem Bett und lief barfuß in die Küche, dort, wo er sich damals, an diesem kalten grauen Wintertag in die Tiefe gestürzt hatte. Lukas auf dem Asphalt, blutüberströmt. Die Blicke der Nachbarn, die sagten: Du bist schuld, du warst nicht für ihn da. Die Sirene des Krankenwagens. Der Notarzt, der sie festhielt. *Bitte beruhigen Sie sich. Sie können mitfahren, aber nur*

*vorne. Hinten werden wir operieren. Bitte. Sie können da nicht rein.
Lassen Sie uns unsere Arbeit machen. Wir haben wenig Zeit. Bitte. Wir
sind auf Ihre Hilfe angewiesen.*

In der Küche war er nicht. Auch nicht im angrenzenden
Wohnzimmer. Es war auch nichts heruntergefallen, soweit sie es
sehen konnte. Sie schlich sich zu Lukas' Schlafzimmer und öffnete leise die Tür. Lukas schien zu schlafen. Sie sah seinen dunklen Haarschopf auf dem Kissen. Sie löschte das Licht im Flur, damit er nicht aufwachte, und ging auf Zehenspitzen zu seinem
Bett. Sie lauschte auf seinen Atem. Er tat nicht nur so, er schlief
wirklich mit einem leisen, röchelnden Schnarchen. Auch in seinem Zimmer stand alles am Platz.

Sie war kaum wieder eingeschlafen, als das Telefon zu läuten
begann.

DRITTER TEIL

Haut und Organe werden zum Raub der Maden, die sich bis zu diesem Zeitpunkt auf anderthalb Zentimeter Größe gemästet haben und sich nun anschicken, den Rest des schleimig aufgeweichten Biotops zu verschlingen. Calliphoras millionenfache Nachkommenschaft bildet einen weißen Teppich auf der Leiche, die, bar aller Menschenähnlichkeit, nun zum Teil der Nahrungskette wird und während dieses Prozesses eine grasgrüne bis erdschwarze Farbe annimmt. Die Maden sind nun so groß, so zahlreich und so gierig geworden, dass sie sich gegenseitig verdrängen beim Versuch, an die üppigsten Stücke zu gelangen. Das zirpende Rascheln, das sie dabei verursachen, verbindet sich mit dem Geräusch der mitbewegten Krumen, der Blättchen und Zweiglein, die in einer dünnen Schicht die Leiche bedecken. (Es ist, als wäre der Körper wieder lebendig geworden, und auf eine gewisse Art entspricht das sogar der Wahrheit. Tod gebiert neues Leben: So lange die Erde existiert, funktioniert dieser unendliche Kreislauf.)

Die Augenhöhlen sind nun leer, im Rippenbereich spannen sich verbliebene Hautfetzen, der Bauch wird zur Kraterlandschaft. Der Haarschopf fällt ab, das Gesicht ist nicht mehr länger als solches zu erkennen. Die Mundwerkzeuge der Maden ähneln winzigen Baggern. Sie können nur schaben und kratzen, nicht beißen. Aus diesem Grund bleibt die Kleidung oft intakt. Sie wird durchtränkt von Faulleichenflüssigkeit und verfärbt sich dunkel.

1

Milan Farkas lag mit offenen Augen im feuchten Gras und spürte, dass das Leben aus ihm entwich wie Gas aus einem defekten Ballon. Er glaubte, es zu hören. Ein leises, unheimliches *Fffffhhhh*. Es gab so viele brennende Schmerzherde an und in seinem Körper, er konnte sie gar nicht zählen. Mühsam versuchte er, den Kopf zu heben. Er suchte nach Licht, einer Spur von Wärme, einer tröstlichen menschlichen Stimme, aber um ihn herum waren nur Nacht und Kälte und ein bedeckter Himmel, der Mond und Sterne abschirmte. Milan wimmerte leise. Ihm war übel. Er hätte gern etwas gesagt, etwas gefragt, aber die Einsamkeit um ihn war total. Er wandte seinen Kopf nach links und sah den bewegten Schattenriss eines Menschen. Wieder wimmerte er. Er hatte keine Angst mehr, aber er fühlte sich so unendlich allein.

Der Mensch beachtete ihn nicht. Er stand mit dem Rücken zu ihm und war keuchend damit beschäftigt, ein Loch zu graben. Milan konnte das nicht sehen, aber er hörte das trocken schabende Geräusch, das entsteht, wenn sich eine Schaufel in harten Boden arbeitet. Langsam kam ihm die Erkenntnis, dass dieses Loch für ihn bestimmt war. *Erde zu Erde.* Er stöhnte entsetzt. Adrenalin schoss durch seine Adern und verlieh ihm trügerische Energie: Er setzte sich auf. Sofort begann der Schmerz wieder zu toben. Seine Stirn war im Nu schweißnass, ihm wurde schwindelig und schlecht. Rasch legte er sich wieder hin. Er begann nachzudenken, vielmehr: sich in rasender Geschwindigkeit alle Optionen vor sein inneres Auge zu rufen. Darin war er gut, das wusste er. Nur waren seine Handlungsmöglichkeiten derart eingeschränkt, dass man geradezu von ihrer Nichtexistenz spre-

214

chen konnte. Es waren rein hypothetische Überlegungen, die er sich da leistete, matt gesetzt und völlig wehrlos, wie er war.

Er konnte seinem Schicksal nicht entkommen. Noch einmal dachte er daran, wie verführerisch sein Verderben angefangen hatte. Der Gott der Liebe, dachte er ironisch, war in Wirklichkeit sein Todesengel gewesen. Diese Formulierung gefiel ihm; sie war poetisch und dramatisch. Er hörte das Rauschen hoher Bäume um sich herum. Ein leiser Windzug kühlte seine Wangen. Ihm wurde plötzlich ganz warm. Blutrote Schleier wallten vor seinen Augen; im Hintergrund erkannte er einen breiten, sich gegen Ende verjüngenden Lichttunnel. Noch einmal packte ihn die Angst vor dem, was nun kommen würde, egal, ob es nun entsetzlich oder wunderschön sein würde.

Freunde tauchten vor ihm auf. Sie sagten: *Hey, Milan, Alter, ist ja total scheiße gelaufen bei dir, tut mir echt Leid. Ich muss weiter, ich hab diese krasse Sache am Laufen, totales Risk, aber maximale Möglichkeiten, bist du noch mit der Alten zusammen? Zahlt sie gut?* Er sah seine Mutter, diese fiese, fette Kuh, die ihn verprügelte, um sich anschließend in ihrem Selbstmitleid zu suhlen. *Milan, mein Junge, ich will doch nur, dass. du mal hier rauskommst aus diesem Loch. Ich liebe dich, aber wenn du nicht wärst – man sieht's nicht mehr, aber ich war damals die schärfste Braut im Viertel, ich hätte jeden haben können, aber dann fall ich auf deinen Vater rein, dieses Schwein, diesen Lügner...* Er hatte alte Fotos von ihr gesehen, scharfe Braut, guter Witz! Fett war sie schon immer gewesen mit viel zu großen Brüsten und gefärbter blonder Mähne.

Schließlich sah er Karin B. So hatte er sie genannt, Karin B. Ihre Liebe war sein Tod, so einfach war das. Liebe konnte mörderisch sein. Er war ihr nicht mehr böse. Er war kurz davor, sich damit abzufinden. Ihr Bild verschwamm, und ein letztes Mal riss er die Augen auf, versuchte, sich an etwas Lebendigem zu orientieren – irgendetwas, und sei es nur ein Grashalm. Aber die Welt um ihn herum war pechschwarz. Er glaubte, jemanden neben sich zu spüren, er versuchte, etwas zu sagen, aber kein Laut verließ seine Kehle. Er wusste, ohne es wahrhaben zu wollen, dass es keinen Weg zurück gab und dass jetzt die Zeit gekommen war, Abschied zu nehmen. Langsam kamen ihm die Tränen. Er nahm es ihr und all den anderen nicht übel, er wollte nun ihr und all den anderen verzeihen: Vielleicht würde diese noble Geste Gott rühren und ihn noch einmal umstimmen. Aber Gott ließ sich nicht bestechen. Er bestand darauf, dass sich Milan auf den Weg ins Licht machte, in eine schöne oder entsetzliche Zukunft, ganz wie es Gott gefiel. Milan lächelte nun trotz seiner Schmerzen und ließ endlich los. Der Tunnel war inzwischen ganz nah.

»Wer hat ihn gefunden?«

»Eine Studentin. Wohnt gegenüber von den Belolaveks bei ihren Eltern. Kam um vier nach Hause.«

»Zu Fuß?«

»Mit dem Auto«, sagte der Polizist. »Sie hat ihn bloß zufällig auf dem Gehweg liegen sehen. Sie hat angehalten und…«

Er verstummte, weil er merkte, dass sie ihm nicht zuhörte. Warum war Bauer da draußen gewesen, ging es ihr durch den Kopf. War er Farkas dorthin gefolgt? Hatte der ihn zum Grundstück der Belolaveks gelockt, um ihn dort umzubringen? Aber warum? Und was hatte Farkas sonst dort gewollt? Hatte er in Wahrheit mehr mit dem Mord an Thomas Belolavek zu tun, als er ihr gegenüber zugegeben hatte? Hatte er sie tatsächlich nur angelogen, wie Wilhelm Kaiser von Anfang an behauptet hatte? Mona stützte den Kopf in die Hände. Alles schwarz, hoffnungslos schwarz. Bauer sei schwer verletzt, hatte ihr eine der OP-Schwestern mitgeteilt. *Innere Blutungen. Leber, Lunge, Milz sind geschädigt. Wir schauen halt, was wir tun können.* Der Dienst habende Arzt, mit dem sie anschließend sprechen konnte, hatte erschöpft gewirkt, als sei er schon seit vielen Stunden auf den Beinen. *Er hat viel Blut verloren. Schlechter Allgemeinzustand übrigens. Geschwächt und zu mager für seine Größe.*

Es war halb sechs Uhr morgens, die Notaufnahme war jetzt fast leer. Von irgendwoher hörte man gedämpftes, qualvoll langes Husten. Ein Rollbett stand auf dem Gang, als hätte es jemand dort vergessen. Darin lag eine alte stumme Frau, eine kaum sichtbare

Erhebung unter einer dünnen weißen Decke. Niemand sah nach ihr, niemand kümmerte sich um sie. Vielleicht lebte sie gar nicht mehr.

Mona war schuld. Sie hatte Bauer allein losgeschickt, obwohl Observierungen der Regel nach nur zu zweit erledigt wurden. Sie war schuld, sie würde für ihren Fehler bezahlen müssen. Zu Hause lag ihr Sohn allein in hoffentlich tiefem Schlaf. In einer halben Stunde war es sechs, dann konnte sie bei Lin anrufen und sie bitten, Lukas zu holen, damit er wenigstens ein Frühstück bekam. Mona dachte, dass es ihr schlechter nicht mehr gehen konnte. Bauer war zu jung und zu unerfahren für diese Aufgabe gewesen, und sie hatte das gewusst. Wenn er jetzt starb, war sie dafür verantwortlich.

Der Polizist, der die Aussage der Studentin aufgenommen hatte, räusperte sich. Mona sah hoch, direkt in sein kindlich eifriges Mondgesicht.

»Kann ich dann gehen?«, fragte er. »Ich hab noch zwei Stunden Dienst.«

»Ja. Sicher. Du musst ein Protokoll schreiben, das weißt du ja.«

»Bei Dienstschluss um acht. Wer kriegt das?«

»Ich. Und KD Berghammer.«

»KD…«

»Berghammer. Leiter vom Dezernat 11.«

Und wer noch alles? Das würde sich erweisen. Vielleicht beim Disziplinarverfahren, das man ihr anhängen würde.

»Also, dann geh ich jetzt.«

»Ja, sicher.«

Aber der Polizist zögerte noch. »Alles klar mit dir? Ich meine…«

»Du kannst ruhig gehen«, sagte Mona. »Bei mir ist alles in Ordnung.«

Am anderen Ende des Ganges sah sie zwei Männer, einer im Mantel mit wehenden Schößen, einer in Lederjacke auf sich zukommen. Es waren Berghammer und Fischer. Sie schloss kurz die Augen und wappnete sich. Dann sah sie ihnen gefasst entgegen.

»Wie geht's ihm?«, fragte Berghammer.

»Sie operieren gerade. Schwere innere Verletzungen. Sie wissen nicht, ob sie ihn durchbringen.«

Berghammer nickte, ohne Mona anzusehen. Schwerfällig setzte er sich auf einen der Klappstühle neben ihr. Das Neonlicht ließ seine sonst schwammigen Züge schärfer und klarer erscheinen. Vielleicht hatte er auch ein paar Pfund abgenommen. Fischer blieb vor ihnen beiden stehen, mit undefinierbarem Gesichtsausdruck. Das war seine Chance, sie zu beerben. Wenn er auf ihren Posten scharf war, bot sich jetzt eine erstklassige Gelegenheit.

Und wenn schon.

»Der Auftrag kam von mir«, sagte Mona, bevor Berghammer fragen konnte.

»Der Auftrag wofür?«

»Bauer sollte Farkas observieren. Wir hatten keine Leute frei, das hast du selber gesagt, und wir kommen anders nicht weiter, wir…«

»Ist schon gut. Also, du schickst ihn allein los, Farkas zu überwachen, und was dann?«

»Ja.«

»Und dann? Hat er sich zwischendrin gemeldet?«

»Nein. Keine Ahnung, was los war. Wir hatten ausgemacht, er meldet sich. Ich hab zweimal versucht, ihn anzurufen, aber sein Handy war entweder aus oder kaputt oder was weiß ich. Ich hab jedenfalls keinen Empfang bekommen.«

»Vielleicht war er grade an ihm dran und hat's deshalb ausgeschaltet«, sagte Fischer plötzlich. Sein Ton war weder mürrisch noch aggressiv, sondern einigermaßen sachlich. Mona fühlte sich eine Spur erleichtert.

»Wir hatten Vibrationsalarm vereinbart«, sagte sie.

»Aha«, sagte Berghammer.

»Wir hatten vereinbart, dass Bauer, sollte er gerade nicht reden können, sein Handy vibrieren lässt, bis die Mailbox anspringt, und mich dann zurückruft, sobald er wieder kann.«

»Warum hat er sich nicht von selber mal gemeldet?«

»Weiß ich nicht.«

»Du hast keine Ahnung, was passiert ist«, fasste Berghammer zusammen. Er nickte vor sich hin, als sei nun alles klar.

»Nein, keine.«

Nichts war klar, und Berghammer schien, ein seltenes Ereignis, nicht mehr recht weiterzuwissen. Er bewegte sich unbehaglich auf dem für seine Figur zu schmalen und klapprigen Stuhl. Ein Arzt kam aus der Notaufnahme und blieb bei ihnen stehen. »Sie sind die Kollegen von Herrn Bauer?«

»Was ist mit ihm?«, fragte Mona. Ihr Herz begann zu hämmern, von Sekunde zu Sekunde unangenehmer und schmerzhafter, so als würde es unaufhörlich wachsen und irgendwann den Brustkorb sprengen.

Der Arzt sah sie prüfend an. »Ich hab mal ein Praktikum in Chicago in einer No-Go-Area gemacht«, sagte er. »Da hatte die Hälfte der Patienten unter fünfundzwanzig solche Wunden. Die andere hatte Schussverletzungen.«

»Was für Wunden?«

»Messerstiche. Ein kleines, scharfes Messer, die Klinge war vielleicht zehn Zentimeter lang. Der Täter hat gut getroffen, zwischen den Rippen durch. Ist gar nicht so einfach.«

»Wie geht's ihm?«, fragte Berghammer mit scharfem Unterton in der Stimme.

Der Arzt ließ sich nicht beirren. »Kann hier noch keiner sagen. Er kriegt Blutkonserven. Wir müssen sehen, wie sich die Organe regenerieren. Nach der OP kommt er auf die Intensiv.«

»Wird man mit ihm reden können?«, fragte Fischer.

»Erst mal nicht. Bitte halten Sie sich dran. Haben Sie die Telefonnummer seiner Eltern? Frau oder Freundin?«

»Eltern«, sagte Mona. Sie kramte einen Zettel aus ihrer Tasche und reichte sie dem Arzt. Der steckte sie in seine Kitteltasche und ging. Er sah nicht so aus, als würde er sich sofort auf die Suche nach dem nächsten Telefon machen.

»Wir müssen eine Großfahndung nach Farkas einleiten«, sagte Berghammer. Er stand auf und dehnte sich.

»Ja«, sagte Mona. Sie stand ebenfalls auf, obwohl sie am liebsten sitzen geblieben wäre, so lange, bis sie wusste, was mit Bauer

219

sein würde. Es gab nichts Wichtigeres im Moment als die Gewissheit, dass Bauer wieder gesund werden würde. Wenn nicht, wäre alles vorbei für sie. Ihr Beruf, ihre Karriere, ihre ganze Arbeit, für die sie so viel geben und so viel einstecken musste und die sie dennoch liebte. Aber vielleicht wäre ein Schlussstrich sogar das Beste.

Für sie. Und für die Allgemeinheit.

»Du kannst nicht hier bleiben«, sagte Berghammer. »Tut mir Leid.«

»Ich weiß.«

»Wir müssen die Fahndung…«

»Ich weiß. Aber kann nicht einer von der Schupo kommen?«

»Hab ich schon veranlasst«, sagte Berghammer. »Wir halten hier Kontakt. Wir erfahren alles, was – äh – passiert.« Langsam gingen sie zu dritt auf den Ausgang zu. Draußen war es neblig und kalt. Gelbbraune Blätterhaufen lagen auf der Kastanienallee vor der Klinik.

»Kann ich dich mitnehmen?«, fragte Berghammer.

»Danke, ich bin mit meinem Wagen da.«

»Okay. Bis gleich.« Fischer und Berghammer gingen zu Berghammers Auto, das er auf dem Parkplatz neben der Notaufnahme abgestellt hatte, obwohl den nur Angestellte des Krankenhauses benutzen durften.

»Martin!« Mona lief hinter ihnen her. Berghammer drehte sich überrascht um. Mona blieb vor ihm stehen, trotz der Kälte mit erhitzt roten Wangen.

»Wird das… Wirst du mich…«

»Nein«, sagte Berghammer nur.

»Also…«

»Es gibt kein Nachspiel, Mona, du bist weiter dran. Bei Nachfragen nehm ich das auf meine Kappe. Wir haben dem Fall zu wenig Luft gegeben, das war nicht bloß deine Schuld.«

»SoKo Vanessa…«

Berghammer lächelte zum ersten Mal an diesem Morgen. »Wir haben ihn gestern Abend geschnappt. Bei den DNA-Reihenunter-

suchungen war er dabei. SoKo Vanessa wird heute oder morgen
aufgelöst. Jetzt hat dein Fall Hauptpriorität.«

»Das ist…«

»Aber mach das nie wieder, solche Extratouren. Und das mein
ich ernst, Mädchen.«

»Mach ich nicht. Aber dann muss sich was ändern.«

»Was meinst du damit?«

»Wir müssen alles probieren, alles. Wir müssen noch mal von
vorn anfangen. Die Zeugen befragen und so weiter. Alles noch
mal von vorn.«

»Von vorn? Und dann?«

»Einen dieser Insektenforscher. Er kann vielleicht den Todeszeitpunkt bestimmen. Ich will, dass wir einen von ihnen engagieren.«

Berghammer und Fischer verharrten an den offenen Wagen-
türen und sahen sie an, als hielten sie sie für nicht ganz normal.

Schließlich stieg Fischer ein. Berghammer blieb stehen. »Wie
du meinst«, sagte er schließlich.

2

Der Insektenforscher hieß Marko Selisch und war ein großer,
dünner Mann, vielleicht Mitte dreißig, mit dichten, millimeter-
kurzen braunen Haaren. Seine unruhigen dunklen Augen schienen alles in Sekundenschnelle zu erfassen. Sein Händedruck war
feucht und schlaff und rasch vorbei. Er schien keine Zeit verlieren zu wollen.

»Wo ist der Tatort?«, fragte er, kaum dass er in Monas Büro
Platz genommen hatte. Berghammer und Fischer lehnten am
Fensterbrett, Mona saß Selisch gegenüber. »Vielleicht erst mal ei-
nen Kaffee?«, fragte Mona.

»Nee danke, es sei denn, Sie haben koffeinfreien.«

Mona hörte hinter sich ein Schnaufen. Wahrscheinlich kam es von Fischer.

»Koffeinfrei?«, fragte sie. Warum trank man dann Kaffee?

»Ja. Ich vertrage kein Koffein. Auch kein Tein. Ist übrigens das Gleiche, rein biochemisch betrachtet.«

Die drei sahen ihn an wie einen Außerirdischen. Selisch kramte in einer verschossen aussehenden Aktentasche und holte einen Teebeutel hervor, der leicht nach Zimt duftete. »Yogitee«, sagte er. »Ohne Schwarztee. Irre bekömmlich. Gibt's hier heißes Wasser?«

»Den Gang runter, dann rechts an der Kaffeemaschine«, sagte Berghammer trocken. »Wir warten hier.«

»Was'n das für'n Blödmann?«, fragte Fischer, nachdem Selisch die Tür hinter sich geschlossen hatte.

»Sein Charakter ist mir egal«, sagte Mona. »Hauptsache, er kann uns helfen.«

»Das sind Zusatzkosten …«

»Sei doch einfach mal ruhig. Gib ihm eine Chance. Wenn er nichts kann, war's den Versuch wert.«

Die Tür ging auf, und der Insektenforscher kam mit einem dampfenden Plastikbecher zurück. Sein Gesicht, dachte Mona, war eigentlich nett. Nur auf den ersten Blick wirkte es so, als würde er normalerweise eine Brille tragen und hätte sie für diesen Anlass abgenommen: merkwürdig blind und ausdruckslos. Selisch setzte sich. Ein paar Sekunden sagte niemand etwas.

»Der Tatort und die Leiche«, erinnerte Selisch. Er wirkte nicht im Geringsten verlegen. Wieder beugte er sich zu seiner Aktentasche und holte einen Schreibblock mit angeklemmtem Kugelschreiber heraus.

»Was wollen Sie da wissen?«, fragte Mona.

Selisch sah sie erstaunt an. »Na, alles eben. Wir können auch gleich zum Tatort fahren, dann ersparen wir uns diese Präliminarien hier.«

Mona wusste nicht, was Berghammer und Fischer, die hinter ihr standen, taten. Vermutlich wechselten sie viel sagende Blicke. *Mona mal wieder. Konfrontiert uns mit einem präpotenten Vollidioten.*

»Ich finde das gar nicht so schlecht«, sagte Mona. Jetzt war ohnehin schon alles egal. »Lasst uns hinfahren. Gleich.«

»Es ist fünf vor drei. Konferenz«, sagte Fischer.

»Dann leitest du die heute. Ich fahre mit Herrn Selisch zum Tatort. Martin, was ist mit dir?«

»Konferenz«, sagte Berghammer. Seine Stimme zitterte leicht, ob aus Wut oder unterdrücktem Gelächter konnte Mona nicht sagen. Alle vier standen auf. »Geht das in Ordnung?«, fragte Mona Berghammer. »Ich meine, dass wir …«

»Klar. Danach kommst du zu mir.«

»Sicher«, sagte Mona. Sie mussten eben alles versuchen, es blieb ihnen nichts anderes übrig. Sie hoffte, dass Berghammer das genauso sah. Wenn nicht, dachte sie, wäre es an ihm, Gegenvorschläge zu machen. Den Fall zu den Akten legen konnten sie jedenfalls noch lange nicht. Abzuwarten, bis sie Farkas gefunden hatten, ging ebenfalls nicht. Ein gewisser Aktionismus war schon aus psychologischen Gründen notwendig.

Farkas war in seiner Wohnung nicht mehr aufgetaucht, auch nicht in seinem Billardsalon – nirgendwo. Niemand, der ihn kannte, hatte ihn seit dem vorvergangenen Abend gesehen. Niemand, außer Bauer, und der war zwar noch am Leben, aber …

Wieder einmal ein Gedanke, den Mona lieber nicht zu Ende dachte. Bauer lag nun seit anderthalb Tagen in der Klinik auf der Intensivstation. Sein Zustand war weiterhin kritisch, sagten die Ärzte. Er war immer noch nicht ansprechbar.

»Wir können«, sagte sie zu Selisch, der mit hängenden Armen vor ihr stand. Berghammer und Fischer hatten ihr Büro verlassen.

Farkas war offensichtlich flüchtig. Und sie standen wieder da ohne irgendwas in der Hand.

Zum zweiten Mal seit knapp zwei Wochen befand sich Mona in dem Garten, in dem – und diese fixe Idee wurde sie nicht los – alles Unglück der Familie Belolavek ihren Anfang genommen hatte. Der Himmel war einheitlich bleigrau und schien alle anderen Farben verschluckt zu haben. Im Vergleich zu den säuberlich gestalteten Nachbargrundstücken wirkte das der Belolaveks wie die Ausgeburt eines wahnsinnig gewordenen Landschaftsgestalters: Hügel und ausgehobene Gruben, umherliegende Grasnarben, verwüstete Beete und verwelkte Rosenstöcke, die achtlos aus dem Boden gerissen worden waren. Selisch schien für das Chaos kaum einen Blick zu haben. Sein Kopf war gesenkt, als habe er Witterung aufgenommen.

»Wo ist der Fundort?«, fragte er.

Mona ging voraus. Der nasse Boden schmatzte unter ihren Füßen. Selisch folgte ihr schweigend. Die Vermieterin des Hauses hatte sich bereits bei ihnen erkundigt, wann sie das Grundstück wieder in Ordnung bringen lassen konnte und wer für all den Schaden aufkommen würde. Wir geben Ihnen bald Bescheid, hatte Mona gesagt und in der nächsten Sekunde den Anruf vergessen. Viel konnte ihnen die Vermieterin im Moment nicht anhaben, denn die Miete wurde ihr immer noch in voller Höhe von den ansonsten gesperrten Konten Thomas Belolaveks überwiesen.

Mona blieb vor dem fast vollständig zerlegten Gartenhaus stehen. Sie wies auf den mit Plastikplane sorgfältig abgedeckten Umriss, den die Leiche im Erdreich hinterlassen hatte. Selisch nickte und zog die Plane ab. Er zog eine Lupe aus der Tasche und kniete sich auf den Boden. Ein paar Minuten vergingen. Mona trat fröstelnd von einem Bein aufs andere.

»Was machen Sie da?«, fragte sie nach einer Weile.

»Das ist ja wohl unschwer zu sehen.«

»Unsere Tatortleute haben hier jeden Fetzen mitgenommen und gecheckt«, sagte Mona verärgert.

»Okay«, sagte Selisch, ohne sich aufzurichten. »Ich schätze, hier finde ich auch nichts mehr.« Er fügte immerhin nicht hinzu: ...weil ihr Dilettanten alles verdorben habt. Schweigend untersuchte er weiter jeden Quadratzentimeter. »Das kann übrigens noch dauern«, sagte er zwischendurch zu Mona. »Wenn Sie was anderes zu tun haben, als auf mich zu warten – nur zu!«

»Was suchen Sie eigentlich?«, fragte Mona stattdessen und

übte sich in Geduld. Sie hatte diesen Mann hergeholt, er hatte ihr bereits am Telefon zu verstehen gegeben, wie glücklich sie sich schätzen konnte, dass er gerade jetzt sofort Zeit für sie habe – nun musste sie ihn auch nach seiner Methode arbeiten lassen.

»Maden«, sagte Selisch, die Nase dicht über dem Boden. »Manche fallen von der Leiche ab und sterben an Ort und Stelle. Wie die hier, sehen Sie.« Er hielt eine Art Pinzette in die Höhe, mit der er ein weißliches wurmartiges Geschöpf festhielt. Selisch betrachtete sie durch eine Lupe, ließ sie dann in ein transparentes Plastiktütchen fallen, das er anschließend verschloss.

»Calliphora«, sagte er. »Interessant. Lassen Sie uns jetzt mal zur Leiche fahren, und danach komme ich noch mal allein her, wenn's recht ist. Können Sie mir ein Auto besorgen, damit ich unabhängig bin?«

»Sicher.«

»Ich brauche auch ein Büro bei Ihnen. Ich muss eine Menge rumtelefonieren. Dann brauche ich eine Marke von der Mordkommission. Damit geht alles viel leichter.«

»Okay. Wenn Sie mir sagen, was Sie jetzt vorhaben.«

Selisch stand auf. Seine Gelenke knackten hörbar. »Wissen Sie, was ich an dem Job hasse?«

»Nein.«

»Die ständigen Knieschmerzen. Irgendwann gibt das eine Arthrose.«

»Das tut mir Leid für Sie. Würden Sie mir jetzt sagen, was genau Sie vorhaben? Ich muss einen Bericht machen über Ihre Tätigkeit für uns. Die verlangen genaue Rechenschaft über alles.«

»Sie sind gut. Die Polizei zahlt mir fast nichts für meine Arbeit, und dann wollen Sie Rechenschaftsberichte.«

»Hat Sie keiner gezwungen herzukommen.«

Aber Selisch hatte sich bereits von ihr abgewandt und balancierte durch die Berg-und-Tal-Bahn des Gartens. Mona lief hinter ihm her.

»So können wir nicht zusammenarbeiten«, sagte sie atemlos, als sie wieder vor dem Auto standen.

Selisch antwortete nicht. Schweigend stieg er auf der Beifahrerseite ein.

»Ich rede mit Ihnen«, sagte Mona, während sie den Wagen startete.

»Ist mir nicht entgangen.«

»Hören Sie mal…«

»Calliphora.«

»Wer?«

»Calliphora ist eine Fliegenart.«

»Und?«

»Ihr Vorhandensein beziehungsweise das Vorhandensein ihrer Maden könnte schon mal darauf hinweisen, dass die Tat nachts verübt wurde. Calliphora ist eher nachtaktiv im Gegensatz zu Lucilia, die eher tagsüber unterwegs ist.«

»Ist das sicher?«

»Wir schauen uns jetzt noch mal die Leiche an. Finden wir dort hauptsächlich Calliphora-Maden, können wir mit einer gewissen – ich sage: gewissen – Sicherheit davon ausgehen. Ich hoffe, sie haben die Leiche nicht gesäubert.«

»Von Maden?«

»Und Käfer- und Fliegenpuppen. Je nachdem.«

»Lecker«, sagte Mona, und Selisch lächelte zum ersten Mal.

Herzog war nicht im Institut, aber sein Assistent brachte sie zur Leichenkammer. Er zog die Schublade mit der tiefgekühlten Leiche Thomas Belolaveks auf. »Haben Sie sie gesäubert?«, fragte Selisch den Assistenten.

»Nee. Hätten wir das tun sollen?«

»Bloß nicht. Dann hätte ich hier gar nichts mehr machen können.« Selisch wandte sich an Mona. »Ich würde jetzt hier gern tätig werden. Allein, wenn's geht.«

»Und ich wäre gern dabei. Wenn's geht.«

Selisch seufzte, als sei er diese Art von Renitenz gewöhnt. »Ich arbeite lieber allein, ist so eine Marotte von mir. Ich erstatte Ihnen heute Abend Bericht. Alle Details. Versprochen.«

Mona dachte, dass Berghammer Recht behalten hatte. Dieser

Mann war ein arroganter, verhaltensgestörter Wissenschaftler ohne einen Schimmer von professioneller Tatortarbeit, und er half ihnen bestimmt keinen Schritt weiter. Aber nun war er einmal hier, und ihr blieb nicht viel übrig, als der Sache erst mal ihren Lauf zu lassen.

»Heute Abend sechs Uhr in meinem Büro. Klar?«

Selisch beugte sich über die Leiche und schien nichts um sich herum mehr wahrzunehmen.

»Sechs Uhr. KLAR??«

»Sechs Uhr stehe ich stramm bei Ihnen«, murmelte Selisch, ohne den Kopf zu heben. Der Assistent begleitete Mona zum Lift nach oben. »Was will der?«, fragte er neugierig.

»Ein Insektenforscher. Forensischer Entomologe.«

»Aha.«

»Er kann die Liegezeit einer Leiche bis auf den Tag genau bestimmen. Behauptet er.«

»Aber doch nicht bei einer Faulleiche wie der da.«

»Doch. Er sagt, das geht. Nicht tausendprozentig, aber er sagt, man kann das so eingrenzen…«

»Und wie macht er das?«

»Die Besiedelung durch Insekten. Er hat das studiert. Er weiß, wie lang die Maden sind, wenn sie sich so und so lange auf einer Leiche befinden, wann sie sich verpuppen und so weiter.«

»Glaub ich nicht dran.«

»Dann lassen Sie's bleiben«, sagte Mona. »Es ist einfach ein Versuch. Wir kommen im Moment anders nicht weiter.«

War unsere Liebe anfangs ein reißender Fluss, so ist sie jetzt ein müdes, kraftloses Rinnsal. Es ist das eingetreten, wovor ich solche Angst hatte: Ich kann absehen, wann der Strom vollkommen versiegt, wann die Erde, die er befruchtet hat, an Austrocknung stirbt. Ich hasse dich für die Gefühle, die du in mir wachgerufen hast und nun nicht länger ernähren willst. Wie kannst du es wagen, dich meiner Liebe zu entziehen? Wie kannst du so tun, als hätte es die großartigen Versprechen nie gegeben? Du hast angefangen, von Ewigkeit zu sprechen, nicht ich!

Du hast von gemeinsamen Kindern fantasiert, von einer Zukunft, in der ich nicht mehr lügen muss, um dich zu sehen!

Ein Junge hat achtzehn Menschen in seiner Schule ermordet. Ich sehe die verstörten Menschen vor dem Schulgebäude, die Klassenkameraden, die sich weinend stützen, das Blumenmeer vor dem Portal, ich höre die stotternden, tränenerstickten Kommentare der Rektorin und die oberschlauen Erklärungsversuche all jener selbst ernannten Experten (meistens sind sie männlich), die versuchen zu begreifen, was für sie, diese bornierten, blockierten Theoretiker, doch ohnehin niemals zu begreifen sein wird: die Wildheit und Kraft lange gezügelter Emotionen, das explosive Potential unerwiderter Liebe, in Bitterkeit vergoren, mit Selbsthass angereichert. Ja, ich kann den Täter verstehen, seine heiße Wut, die monatelang in kaltem Kalkül geschmiedet wurde, bis sie schließlich zur tödlichen Waffe wurde.

Und gleichzeitig ist da dieses quälende Mitleid mit all den Opfern, die bestraft wurden, obwohl sie am wenigstens wissen konnten, was den Täter antrieb. Wie kann man Eltern und Lehrer zu Schuldigen degradieren, ohne wirklich alle Hintergründe zu kennen? Bildet sich denn wirklich irgendjemand dieser arroganten Mahner und Warner ein, er hätte es im Zweifelsfall besser gemacht? Muss man als Mutter oder Vater künftig ein Hellseherdiplom ablegen?

Niemand weiß, was jemand anders denkt und fühlt, es sei denn, der andere spricht es aus. Es gibt keine einfachere Disziplin als die, seine Mitmenschen zu hintergehen. Jeder kann sie lernen. Ich bin das beste Beispiel dafür, wie sich die Kunst der Täuschung perfektionieren lässt, ich, die ich heute eine Expertin im Verfassen kunstvoller Notlügen bin. Meine Fassade ist nicht mehr länger untadelig, aber – Übung macht den Meister – sie wird noch eine ganze Zeit lang halten, auch dann noch, wenn das Innere bereits zu erodieren beginnt und scheinbar stabile Stützpfeiler bersten. Niemand merkt, was wirklich mit mir los ist, darauf gebe ich mein Wort.

Ich hasse dich. Du hast mir deine Kraft gegeben und sie mir ausgerechnet dann wieder entzogen, als sie anfing, in mir Wurzeln zu schlagen und zu meiner Kraft zu werden. Du hättest mir mehr Zeit geben müssen. Ich verzeihe dir nicht, niemals, dass du dich jetzt anschickst, mich allein zu lassen.

Du findest plötzlich so viele Gründe, mich nicht zu sehen. Du behauptest, du hättest ein schlechtes Gewissen gegenüber meiner Familie. Du lügst, du hättest einen Job in einem bestimmten Lokal angenommen (ich habe dich verfolgt, es gibt weder den Job noch das Lokal). Du rufst mich nicht zurück. Du lässt dein Mobiltelefon so lange läuten, bis ich wieder auf der Mailbox lande, die bereits voll von Nachrichten an dich ist – liebevolle, flehentliche, bitterböse. Du hast mich zur Megäre gemacht, zu einer Person, die ich nicht mal mehr im Spiegel anschauen mag, und ich bin dieser Verwandlung wehrlos ausgeliefert. Warum sind Frauen so? Warum kann die Liebe sie zu Monstern machen?

Seitdem klar ist, dass dein Interesse schwindet, spüre ich dieses erschreckende Maß an Wut in mir. Manchmal setze ich mich ins Auto und fahre auf die Autobahn, nur um zu weinen und zu schreien. Um mich herum sind anonyme Menschen, einsam in Blechkisten gesperrt so wie ich, und in ihrem Beisein kann ich mich endlich gehen lassen. Denn sie hören mich nicht, und würden sie mich sehen, wäre es ihnen egal. Sie sind geschützt vor den Gefühlen anderer. Jeder in seinem eigenen potentiellen Sarg aus Glas und Metall.

Ich kreiere raffinierte Rachepläne, die meistens die Autofahrt nicht überleben. Ich denke daran, dir jede weitere Beziehung zu vergiften, und überlege mir das Wie in allen grausigen Einzelheiten. Gleichzeitig weiß ich, dass ich perfiderweise einer Person, die so wenig besitzt wie du, fast nichts wegnehmen kann. Wärst du reich, könnte ich mich an den Insignien deines Wohlstands vergreifen, hättest du Frau und Kinder, würde dich diese Tatsache erpressbar machen, gäbe es tatsächlich diesen von dir erfundenen Job, könnte ein kurzer, anonymer Brief an deinen Chef einiges ins Rollen bringen. Aber du bist arm, ohne Anhang, ohne Beruf. Du kannst jederzeit deine Zelte abbrechen und untertauchen: Du bist so frei, wie ich es niemals war.

Ich kann dir nichts anhaben. Ich kann dich nicht halten.

In den letzten Wochen habe ich so viel geweint, dass meine Augen auch dann schmerzen und brennen, wenn ich ausnahmsweise einmal gut geschlafen habe und ich mich halbwegs wohl und glücklich fühle. Mein Mann fragt immer häufiger, was mit mir los ist. Nicht im Ton echter Zuneigung und Sorge, sondern gereizt und nur noch mühsam höflich. Nichts, sage ich und gehe rasch aus dem Zimmer, denn mein Mitleid mit mir selbst überwältigt mich: keine Liebe, nirgends. Ich habe bei dieser Gelegenheit festgestellt, dass es sehr leicht ist, eine glückliche Affäre zu verbergen. Wird die Affäre unglücklich, ist es furchtbar schwer. Aber die Fassade hält, die Fassade hält, die Fassade hält, die Frisur sitzt, das Make-up verbirgt hektische rote Flecken, die Mascara ist tränenfest, und Lippenstift habe ich immer dabei.

Ich denke ans Sterben und ans Töten, wie der junge Mörder in jener Schule es getan hat – Tag für Tag, Nacht für Nacht. Ich fühle mich ihm entsetzlich nah, denn ich verstehe, was ich auf keinen Fall verstehen will. Ich kann mich gegen nichts mehr abgrenzen. Ich lese in einer Zeitschrift die Geschichte eines anonymen Päderasten, der weiß, dass er sein enormes Begehren nie, nie leben darf. Ich will empört sein, stattdessen spüre ich die Tragödie dieses Mannes. Ja, er tut mir Leid, denn auch ich begehre. Ich stehe innerlich in Flammen, aber niemand löscht den Brand, niemand reicht mir mehr den kühlen Trunk befriedigter Lust.

Ich werde verbrennen. Ich hoffe, niemand sonst.

Maria und Kai sind nun fast jeden Nachmittag bei Leila in dem Haus außerhalb der Stadt mit den knarrenden Dielen und dem dämmerigen Licht, das selbst dann herrscht, wenn die Sonne draußen brennt. Dieser Sommer ist ungewöhnlich heiß und trocken, aber Kai und sie merken davon wenig. Sie gehen nicht schwimmen, sie fahren auch nicht mehr in die Natur. Stattdessen rufen sie bei Leila die Geister, stundenlang, mit den unterschiedlichsten Techniken, meistens aber mit den Ouija-Brett. Sie lassen sich von ihnen beraten auf ihrem weiteren Weg in die Mysterien des Jenseits. Denn dahin wollen sie gelangen. Sie wollen die Welt in ihrer Ganzheit verstehen, nicht nur die sichtbare, fassbare Materie.

Mit der Zeit akzeptiert Leila Marias Anwesenheit. Vielleicht spürt sie, dass Kai sie andernfalls nicht mehr besuchen würde, aber das ist nur eine Vermutung Marias. Leila spricht nie über sich, es ist also schwierig, sich ein Bild von ihr zu machen. Auch über ihre Beziehung zu Leila spricht Kai nie. Aber es scheint so, als ob sie manchmal bei ihr übernachtet, denn einmal gab ihr Leila einen Pullover mit der dahingeworfenen Bemerkung zurück: *Hast du heute früh vergessen.*

Maria reagierte nicht darauf, gerade weil sie den Eindruck hatte, dass in diesem Satz eine Information verborgen war, die nicht an Kai, sondern an sie gerichtet war. Kai nahm den Pullover schweigend an sich und legte ihn achtlos auf einen Stuhl. Maria fühlte sich ihr wieder so nah, als seien selbst Kais Gedanken für sie transparent. Umso mehr irritiert es sie, wenn Kai sich dann doch so unberechenbar verhält, als gäbe es sie gar nicht.

Leila und Kai machen sie mit Büchern vertraut, die sie in die Welt der Geister einführen. Leila hält ihr Vorträge über weiße und schwarze Magie und über den König der Geister, Satan. Satan ist eine Macht, an die man sich nur langsam herantasten darf. Schafft man es aber durch Demut und Geschicklichkeit, seine Gunst zu gewinnen, wird Satan zum treuen Verbündeten. Dann erlaubt er einem, ein Stück seiner Macht zu nutzen. Es gibt in Satans Verständnis weder Recht noch Unrecht. Satan wertet nicht. Er ist radikal objektiv. Er setzt auf Skepsis statt auf Kinderglauben, er sagt: *Wenn du mich wählst, wählst du den harten Weg zur Erkenntnis.* Satan ist alles andere als ein gefallener Engel, das, erklärt Leila, seien nur die autoritären Interpretationen einer Kirche, die alle moralische Kompetenz für sich reklamiere. Satan verkörpere die dunkle Seite der Macht. Er existiere gleichberechtigt im Universum. Ohne Satan gäbe es nur die halbe Wahrheit.

Leila gebärdet sich bei diesen Vorträgen immer sehr ernst. Ihre Stimme, normalerweise tief und gelassen, wird laut, fast hysterisch, ihre Worte werden immer schneller, der Blick ihrer unnatürlich hellen Augen hypnotisch starr und durchdringend. In solchen Momenten hat Maria beinahe Angst vor ihr. Aber sie gewöhnt sich daran, die Augen nicht zu senken. Sie will, dass Kai stolz auf sie ist, und das gelingt ihr nur, wenn sie keine Furcht zeigt. Einmal sagt Kai zu ihr: »Du warst auf der Suche nach einem Meister. Jetzt bist du dabei, ihn zu finden.« Der Meister, glaubt Kai, ist Satan.

Das Wort geht ihr anfangs schwer über die Lippen. Kai und Leila müssen viel Überzeugungsarbeit leisten, um ihr klar zu machen, dass Satan kein Synonym für das Böse ist, sondern die Essenz der Wahrhaftigkeit, das Ende wohlfeiler Lügen und fauler Kompromisse. Elend existiert nicht, weil Gott uns prüfen will, sondern weil Menschen das von der Kirche so genannte Paradies gar nicht ertragen würden. Menschen, sagt Satan, sind nicht dafür gemacht, immer glücklich zu sein. Sie brauchen Hass und Tragödien, um sich lebendig zu fühlen. Tod und Leben sind eins. Es gibt keine Verbrechen, es gibt nur unterschiedliche Methoden, individuelle Interessen zu vertreten: Alles ist erlaubt. Satan ist Freiheit.

»Nicht alle Menschen sind im Stande, frei zu sein«, sagt Leila und heftet ihren farblosen Wasserblick auf Maria. Ihre hennaroten Haare waren wilder denn je. »Freiheit bedeutet die Abwesenheit von Sicherheiten. Die meisten ertragen das nicht. Auserwählt zu sein bedeutet, diesen Zustand nicht nur zu ertragen, sondern willkommen zu heißen.« Es hört sich an, als zitiere sie auswendig aus einem Buch, und vielleicht tut sie das ja auch. Aber das ist nicht relevant. Was zählt, ist das Wissen an sich.

Maria beugt sich gemeinsam mit Kai und Leila über das Brett, zum soundsovielten Mal. Es ist ein heißer Nachmittag im August. Leila hat die Rollläden heruntergelassen, sodass die gleißende Sonne nur schräge Streifen in das abgedunkelte Zimmer werfen kann. Alle drei legen ihre Finger auf die Plakette. Leila ruft wie immer ihren persönlichen Hilfsgeist namens Ishmael. Ishmael ist ihr Führer ins Reich der Dunkelheit. Heute soll er Maria zum ersten Mal zu Satan bringen. Es ist ein Experiment. Satan nimmt beileibe nicht jeden Anruf an. Den meisten – den Gutgläubigen, Ahnungslosen und Ängstlichen, den Feinden der Wahrheit, den Verfechtern friedvoller Illusionen – verweigert er jeden Kontakt.

Die Plakette bewegt sich ruckartig, dann immer schneller und fließender. Maria hat mittlerweile Routine darin, sie ist kaum noch aufgeregt über die Entdeckung, dass es etwas gibt, das durch ihre Finger hindurch mit ihr kommuniziert. Sie macht sich keine Gedanken mehr darüber, ob und warum so etwas möglich ist. Sie fühlt sich beinahe zu Hause in einer Welt, die nicht sichtbar oder fühlbar, sondern nur durch die Kraft der Gedanken erreichbar ist.

ICH BIN DA.

»Ishmael?«

ICH BIN DA.

Leila holt tief Luft. »Bring uns zu Satan.«

Die Plakette zögert, bleibt schließlich ganz stehen. Mit einem Mal scheint die Power aus ihr verschwunden zu sein. Der Zauber ist vorbei: Sie sehen ein banales Stück Plastik auf einem albern verzierten Spielbrett.

»Er ist weg«, sagt Leila enttäuscht.

»Warte noch«, sagt Kai mit drängender Stimme. Es scheint ihr wichtig zu sein, dass Maria heute weiter kommt als sonst. Sie will die Abfuhr nicht akzeptieren. »Ruf noch einmal Ishmael. Bitte, Leila.«

»Das hat bestimmt keinen Sinn. Er will nicht, er ist weg.«

»Bitte.«

Leila schließt folgsam erneut die Augen. Die Power kehrt zurück, langsam. Die Plakette bewegt sich wieder, aber diesmal scheint sie beinahe unter Strom zu stehen. Maria spürt, wie sich eine Gänsehaut auf ihren nackten Armen ausbreitet. Ihre Kopfhaut beginnt seltsam zu kribbeln, ihre verschwitzten Nackenhaare stellen sich auf. Plötzlich ist ihr eiskalt. Das Blut schwindet aus ihrem Gesicht, Schweiß tritt auf ihre Stirn.

ICH BIN DA.

»Wer bist du?«, flüstert Leila, als ob sie die Antwort schon wüsste.

NENN NIEMALS MEINEN NAMEN.

»Nein.«

DIE STRAFE HIERFÜR IST DER TOD.

Einen Moment lang denkt Maria, dass sie dann alle längst verblichen sein müssten, aber vielleicht meint Satan lediglich, dass man ihn nicht in dieser Situation – also nicht jetzt – mit Satan ansprechen solle. Einen Moment lang ist sie ratlos über diese merkwürdige, nicht gerade von Souveränität zeugende Anweisung, dann erstarrt sie vor Schreck. Die Plakette buchstabiert ihren Namen.

MARIA.

»Antworte ihm«, befiehlt Leila. Ihre Augen wirken riesengroß, und auch sie ist jetzt leichenblass, sieht beinahe krank aus unter ihren nun viel zu roten Haaren.

»Ja«, sagt Maria mit dünner Stimme. Und fügt, so wie sie es gelernt hat, hinzu: »Ich bin da.«

DU BIST NICHT FROH.

Maria senkt den Kopf. Sie ist nicht sicher, ob sie weitermachen will.

»Antworte ihm!«, zischt ihr Leila wieder zu. »Mach schon, lass IHN nicht warten.«

»Nein, bin ich nicht«, sagt Maria.

UM DICH IST BETRUG.

Maria verharrt ratlos.

UM DICH HERUM HERRSCHT DIE LÜGE. SIE VERNICHTET DICH UND DEINE ANVERWANDTEN.

»Wieso?«, flüstert Maria. Das Zimmer scheint immer dunkler und kälter zu werden. Vielleicht entspricht dieses Urteil der Wahrheit. Vielleicht hat sie die Lüge zu lange gierig aufgesogen wie einen süßen, giftigen Nektar und kann sie deshalb nicht mehr als solche erkennen. Vielleicht ist sie von ihr abhängig und muss wieder von ihr loskommen.

DIE LÜGE MUSS STERBEN, DAMIT DIE WAHRHEIT LEBEN KANN.

Maria senkt den Kopf. Ihr Finger auf der Plakette ist steif und sieht wie blau gefroren aus. Sie ist zu weit gegangen. Nun kann sie sich nicht länger wehren. Sie redet sich ein, dass sie hören will, was jetzt kommt: die Wahrheit.

DEINE MUTTER IST DIE LÜGE.

Maria bleibt die Luft weg, aber sie wagt nicht, die Seance zu unterbrechen. Ihr Finger ruht wie festgeklebt auf der Plakette. Sie schafft es nicht einmal, ihre Augen zu schließen.

ELIMINIERE SIE.

Mona saß neben Bauers Bett und horchte auf die piependen Monitore, das rhythmisch zischende Geräusch der Beatmungsmaschine. Bauers Gesicht war blass und wirkte sehr jung. Ein sensibler junger Mann, den sie überfordert hatten – Forster und Schmidt mit ihren Zombie-Horrorgeschichten, Fischer mit seiner arroganten Art, Mona mit der Unfähigkeit, auf seine Verletzlichkeit angemessen einzugehen. Bauers Augen waren geschlossen und würden es vielleicht bleiben. Vielleicht würde er auch wieder aufwachen – als Behinderter. Vielleicht würde er ihnen nie sagen können, was in jener Nacht passiert war, als er Farkas verfolgte.

Mona beugte sich vor, legte ihre Hand auf seine und sah noch einmal hoffnungsvoll in sein Gesicht. Er zeigte keine Reaktion. Sie drückte Bauers Hand ein letztes Mal und ging.

3

Nachts fuhr sie hoch, von Entsetzen überwältigt. Nichts existierte mehr in ihr außer der Angst. Angst: ein tosender Wasserfall, ein hysterischer Strudel, der sie nach unten zog, mitten in jene Gebiete, die man wohlweislich mied, wenn man gesund und wach war. Angst wovor? Sie wusste es nicht, denn für diese Frage war es längst zu spät. Sie stöhnte laut und gequält auf und kam dann langsam wieder zu sich.

Aus der Dunkelheit schälten sich die vertrauten Dinge ihres Schlafzimmers. Bettdecke, Spiegel, Kommode, Stuhl, Schrank. Sie war am Leben, und ihr fehlte nichts. Es war nur ein Traum gewesen. Ihr Atem beruhigte sich, sie stand auf und sah nach Lukas. Vor zwei Tagen war sie ebenfalls ohne Grund aufgewacht, und dann hatte man sie vom Mordversuch an Bauer in Kenntnis gesetzt, und sie war, wie schon hunderte von Malen zuvor, in irgendwelche nach kaltem Rauch stinkende Kleidungsstücke geschlüpft, hatte sich noch im Halbschlaf die Zähne geputzt, hatte die Wohnungstür leise hinter sich geschlossen, um Lukas nicht zu wecken, war die Treppe heruntergestolpert und hatte auf der Straße minutenlang überlegen müssen, wo ihr Auto diesmal stand: wie immer. Und doch ganz anders.

Mona schaute auf Lukas, der tief schlief, in derselben Position wie schon in der vorvorigen Nacht. Ein gespenstisches Déjà vu. Sie ging in ihr Zimmer zurück, legte sich ins Bett und schaltete die Nachttischlampe ein. Es war vier Uhr morgens, aber sie wollte nicht mehr schlafen. Sobald sie einschlafen würde, würde das Telefon läuten, und es gäbe eine neue Hiobsbotschaft, zum Beispiel die, dass Bauer seinen Verletzungen erlegen sei. Wenn sie wach blieb, dachte sie, würde Bauer vielleicht überleben. Sie musste das Muster durchbrechen. Sie musste verhindern, dass diese Nacht einen ähnlichen Verlauf nahm wie die vorvorige.

Sie legte sich auf den Rücken und bettete ihren Kopf auf den rechten Unterarm. Sie starrte auf die Decke wie auf eine Filmleinwand. Ihr übermüdetes Gehirn spielte ihr seltsame optische Streiche. Die Decke schien überzogen mit Schlangenlinien, dann wieder war sie voller bunter Punkte und Sterne. Mona zwang sich, die Augen offen zu halten, denn fielen sie jetzt zu, würde sie in ihrer derzeitigen Verfassung in einen todesähnlichen Schlaf versinken, aus der sie erst der Wecker reißen würde – oder das Telefon.

Sie musste wach bleiben. Wenn sie wach blieb, würde Bauer überleben. Sie war sich ganz sicher.

Sie dachte an Fischer, der vielleicht befördert werden würde. Vielleicht würde sie dann versetzt werden, irgendwohin auf eine ländliche Polizeidienststelle, wo nichts passierte außer Fahrraddiebstählen und Nachbarschaftsstreitigkeiten. Und Todesfälle auf den Bundesstraßen natürlich, auf dem Heimweg von der Disko. Zerfetzte Leichen jugendlicher Beifahrer, vom Fahrer ganz zu schweigen.

Auf dem Land war es nicht idyllischer als hier. *Da bringen sich die Leute selber um,* hatte der Insektenforscher gestern gesagt, und eine kleine Schilderung fantasievoll geglückter Suizide angefügt. Manche täuschten sogar einen Mord vor. Fügten sich selbst bei vollem Bewusstsein schwerste Verletzungen zu, um nicht mit dem Stigma des Selbstmörders erinnert zu werden.

Macht Ihnen das Spaß?, hatte Mona ihn anschließend gefragt.

Was? Die Leichenarbeit? Die Arbeit mit Insekten?

Sie war sich dumm vorgekommen. *Ja. Ich meine, wir alle hier haben eine Menge mit Leichen zu tun…*

Eben. Deswegen kommt mir diese Frage etwas laienhaft vor.

Es waren die Insekten, erkannte sie jetzt. Es gab kaum etwas, das sie widerlicher und abstoßender fand als Insekten jeder Art, fliegend oder kriechend, klein oder groß. Niemals würde sie diesen Job machen können.

Phobisch?, hatte Selisch gefragt, als sei das ganz normal.

Ein bisschen. Manchmal, hatte sie gelogen.

Selisch war in ihrem Büro gewesen, um Bericht zu erstatten. Er hatte die Leiche gründlich untersucht, konnte aber noch keine genauen Zeitangaben machen. Während er kleine Schlucke von seinem dampfenden Yogitee nahm, erklärte er ihr auf seine schnoddrige, beiläufige Art sein weiteres Vorgehen. Es ging, soweit Mona verstand, in erster Linie um verlässliche Temperaturdaten, die er an einer nahe gelegenen Wetterstation für den Zeitraum der Liegezeit erfragen wollte.

Dann muss ich mir ein, zwei Tierleichen beschaffen.

Wie bitte?

Das ist kein Problem, Tierärzte sind über jeden froh, der ihnen ihre eingeschläferten Patienten abnimmt.

So.

Ja. Ich brauche schätzungsweise eine Woche.

Wozu?

Um zu sehen, welche Insekten die Tiere wann besiedeln. Das Ganze muss natürlich am Fundort passieren, sonst bringt es nichts. Am besten wäre ein Schwein.

Ein …

Oder man legt eine frische menschliche Leiche aus. Aber das ist ja hier wohl nicht drin.

Warum ein Schwein?

Ideal ist immer ein Tier mit vergleichbarer Biomasse wie die Leiche.
Und Schweine unterscheiden sich genetisch kaum vom Menschen.
Außerdem haben sie wie diese kein Fell.
Sie wollen ein totes Schwein in den Garten der Belolaveks legen?
So ungefähr. Ja genau.

In dieser Sekunde hatte Mona beschlossen, Berghammer über das Vorgehen des neuen Mitarbeiters im Unklaren zu lassen. Sollten die Ergebnisse eine überzeugende Sprache sprechen, konnte man ihm immer noch die Sache mit dem Schwein erklären.

Ich hoffe, Sie können das so machen, dass die Nachbarn…
Nichts merken? Ich werd mir Mühe geben.

Die Decke über ihr löste sich in zerfallende Quadrate auf. Ihre Augen fielen zu. Das Telefon klingelte nicht, wohl aber zwei Stunden später der Wecker.

Als Mona am nächsten Morgen ihrem mürrischen Sohn gegenübersaß, fasste sie einen Entschluss.

»Ich möchte, dass du bei Papa übernachtest. Die nächste Zeit jedenfalls. So lange, bis dieser Fall ad acta gelegt ist.«

Lukas' Gesicht hellte sich mit einem Schlag auf. Es tat fast weh zu sehen, wie er sich freute.

»Jede Nacht? Ich darf richtig bei ihm wohnen?«

Mona rührte in ihrem Kaffee. »Ja. Jetzt erst mal.«

Sie hatte Anton nicht einmal gefragt. Aber sie wusste, es würde kein Problem sein. Es war noch nie eins gewesen, außer sie hatte es dazu gemacht – diese Erkenntnis war bitter und gleichzeitig eine Erleichterung. Lukas' Vater hatte eine kriminelle Vergangenheit, doch von der Gegenwart wusste sie, wenn sie ehrlich war, nichts. Dachte sie zu lange darüber nach, zählte sie eins und eins zusammen, sprachen die Fakten zwar eine deutliche Sprache. Aber wer, verdammt noch mal, zwang sie eigentlich dazu? Sie war nicht verantwortlich für Antons Geschäfte, und so viel sie wusste, tat er niemandem etwas zu Leide, außer dass er möglicherweise den Profit einiger großer Autofirmen etwas herabsenkte. Und? Was interessierte sie das? Interessierte es überhaupt irgendwen, dass er – vielleicht – Luxuswagen auf nicht ganz konventionelle, sprich: legale Art in den Osten »exportierte«?

Sie wusste natürlich, dass sie sich etwas vormachte. Lukas seinem Vater zu überlassen war wieder einmal eine kurzfristige Scheinlösung. Lukas konnte nicht bei Anton leben, weil Mona nicht bei ihm leben konnte. Die ewig gleiche Sackgasse, aus der es kein Entkommen gab.

Mona fuhr sich durch ihren ungekämmten Haarschopf. Sie war müde und abgespannt. Es war sicher nicht gut für Lukas, dass er seine Mutter so sah. Andere Mütter sahen adrett und ausgeruht aus, wenn sie ihren Kindern Frühstück servierten. Mona nahm sich vor, dass das in Zukunft so sein würde. Sie würde ihren Alltag besser in den Griff bekommen. Sie wusste nur noch nicht wie. Aber manchmal reichte ja schon der feste Wille, um Dinge grundlegend zu ändern.

»Wenn ich bei Papa schlafe…«

»Ja?« Sie schreckte aus ihren Gedanken hoch und sah Lukas an, der strahlte wie schon seit Wochen nicht mehr.

»Dann muss ich doch einen Koffer mit all meinen Sachen packen, oder?«

»Äh – ja, klar.«

Lukas sprang auf, als hätte er auf diese Antwort nur gewartet.

»Dann mach ich das mal.«

»Ja«, sagte Mona langsam. »Tu das.«

Aber er war schon in seinem Zimmer verschwunden. Sie hörte das hektische Aufklappen einer Schranktür und legte ihre Stirn stützend in die Hand. Der Kaffee vor ihr wurde zu einer kalten, bitteren Brühe. Ihr Blick fiel auf Lukas' halb gegessenes Müsli. Sie stand auf, goss den Kaffee in den Ausguss und gab die Müslireste in den Abfall, dann stellte sie das Geschirr in die schon fast volle Spülmaschine. Handgriffe so vertraut wie Zähneputzen und so langweilig, dass man sich schon zwei Sekunden später nicht mehr daran erinnern konnte. Sie nahm eine Reinigungstablette aus dem Karton neben dem Mülleimer, legte sie in die dafür vorgesehene Plastikmulde der Spülmaschine und drückte den Deckel zu. Sie schloss die Maschine, drehte den Bedienungsknopf einen Millimeter nach rechts und hörte das leise Brummen, als sie ansprang.

Plötzlich dachte Mona an Karin Belolavek. Die Belolavek hatte nichts gehabt außer Hausfrauenarbeit und ihren ehrenamtlichen Job, und das war ihr zu wenig gewesen. Sie hatte etwas anderes gewollt und vielleicht geglaubt, dass Farkas ihr das geben konnte. Eine intelligente, gebildete Frau hatte den Sinn des Lebens in einer Affäre mit einem Halbwüchsigen gesucht. Konnte jemand wie Karin Belolavek wirklich so naiv sein?

Aber Mona dachte an jene Frauen – oftmals intelligente, leidenschaftliche, tüchtige Frauen -, die nichts Besseres zu tun hatten, als Jahre ihres Lebens im Engagement für männliche Strafgefangene zu verschwenden. Sie hatte Briefe dieser Frauen gelesen, schwärmerisch alberne Traktate über wahre Liebe in Zeiten gesellschaftlichen Widerstandes. Kein Delikt schien schlimm genug, um sie abzuschrecken, im Gegenteil. Je brutaler und perverser der Geliebte in Freiheit gewesen war, desto höher die Anzahl williger Therapeutinnen und fanatischer Heiratsanwärterinnen. Nette Frauen im Allgemeinen. Warum taten sie solche Dinge? Was hatten sie davon?

Die meisten sind einsam, dachte Mona, während sie ein feuchtes Putzschwämmchen mit Spülmittel beträufelte, Krümel und Butterreste vom Tisch wischte und mit einem Handtuch die Platte nachpolierte. Sie erschauerte vor einem plötzlichen Gefühl elementarer Leere: Einsamkeit. Aber Karin Belolavek hatte einen fleißigen Mann und eine begabte, hübsche Tochter gehabt. Was war also ihr Motiv gewesen, all das aufs Spiel zu setzen? Ihre Familie hatte ihr nicht genügt, etwas Wesentliches hatte gefehlt. So *musste* es gewesen sein, denn niemand hatte sie gezwungen, diese riskante Beziehung zu beginnen. Es war ihre freie Entscheidung gewesen, die wichtigsten Menschen in ihrem Leben zu hintergehen.

Warum hatte sie das getan? Warum musste ihr Mann sterben? Und: Wo waren sie und ihre Tochter jetzt? Ebenfalls tot? Auf der Flucht – und wenn ja: vor wem liefen sie davon?

Keine einzige dieser Fragen konnten sie beantworten. Trotz all ihrer Aktivitäten hatte sich noch immer nichts voranbewegt. Stattdessen war ein Verdächtiger flüchtig, und ein Kollege lag im Koma.

Mona wusch sich die Hände in der Spüle und cremte sie mit einer Lotion ein, die billig war und auch so roch, aber ihren Zweck erfüllte. Sie musste an Anton denken, der nichts lieber tat, als ihr teure Sachen zu schenken, die sie nicht annehmen wollte, denn sie erkannte sehr wohl, dass es sich dabei um einen Deal handelte. Ich gebe dir, was du dir wünschst, dafür lässt du mich leben, wie es mir passt, lauteten Antons Bedingungen, und es verstand sich von selbst, dass Mona darauf niemals eingehen würde.

Mona zog ihren Parka über und scheuchte Lukas aus seinem Zimmer. Er hatte ihren größten Koffer und noch eine Reisetasche voll gepackt. Mona beschloss, gar nicht erst hineinzusehen und ihm stattdessen die wichtigen Dinge – Unterhosen, Waschzeug, frische T-Shirts – heute Abend mitzubringen. Lukas nahm die Reisetasche, sie den Koffer, und gemeinsam schleppten sie alles die Treppe hinunter. Lukas würde zu früh da sein, weil ihre Dienstzeiten nicht mit seinen Unterrichtszeiten korrespondierten, aber daran war er gewöhnt.

Als sie auf dem noch leeren Schulhof ankamen, wollte er Koffer und Reisetasche aus dem Kofferraum wuchten. Herbstlich kalte Luft zog in das Auto.

»Lass drin«, sagte Mona. »Ich bring dir das heute Abend zu Papa.«

Lukas nickte und schoss davon, ohne sich zu verabschieden. Mona wendete und fuhr durch eine kleine Allee mit Kastanienbäumen zum schmiedeeisernen Hauptportal. Ein einzelner Schüler kam ihr entgegen, ein stämmiger Junge mit munterem, rotbackigem Gesicht. Mona lächelte ihm durch die Windschutzscheibe zu, aber sein konzentrierter Blick war auf den asphaltierten Weg vor ihm gerichtet. Als Mona langsam an ihm vorbeifuhr, bückte er sich. Im Rückspiegel sah Mona, dass er ein paar Kastanien aufsammelte, die noch in ihren stachligen grünen Schutzmänteln steckten. Mona erinnerte sich daran, wie schön der Moment war, wenn man die Kastanien herausgeschält und sie dann in der Hand liegen hatte – kühl, glatt und glänzend wie poliert. Die erste Lektion im Fach Nichts-bleibt-wie-es-ist: Schon nach einem halben Tag wurden die braune Schicht matt und der leuchtend weiße Stempel grau.

Die Konferenz fand diesmal in Berghammers Büro statt. Schmidt, Forster, Fischer und Mona saßen an seinem ovalen Besuchertisch, Berghammer hatte hinter seinem Schreibtisch Platz genommen. Es gefiel Mona nicht, dass sie nun als Gleiche unter Gleichen saß, aber sie sagte nichts. Es war vielleicht keine Absicht gewesen. Andererseits war Berghammer für subtile Botschaften bekannt. Diese hier lautete, wenn es denn eine war: Deine Position musst du dir neu verdienen.

»Erst die gute Nachricht«, sagte Berghammer, und alle sahen hoch. »Bauer ist wieder bei Bewusstsein.« Mona schloss die Augen. Ein leichter Schwindel überkam sie. »Er ist über dem Berg, sagen die Ärzte, aber wir dürfen ihn derzeit noch nicht befragen. Mona, alles okay?«

»Ja.« Ein schwerer Stein fiel ihr vom Herzen. Dieser Tag fing gut an, so gut wie schon lange keiner mehr.

Als Mona eine Stunde später in ihr Büro kam, saß dort eine Frau mit kurzen, brennend roten Haaren. Sie trug enge Jeans, einen breiten, fransenbesetzten Ledergürtel und darüber eine dicke, fast knielange graue Strickjacke. Ihr Gesicht war sehr hell geschminkt mit einem dunklen, scharf gezeichneten Mund.

»Was kann ich für Sie tun?«, fragte Mona.

Merkwürdigerweise begann ihr Herz zu klopfen, auf eine ganz ähnliche Weise wie vor zwei Tagen im Krankenhaus, als ihr der Arzt gesagt hatte, wie schlimm es um Bauer stand. Dabei war an dieser Frau, bis auf die extrem gefärbten Haare, nichts sichtbar Besonderes oder Beängstigendes. Sie war etwa dreißig Jahre alt, sehr blass, saß mit krummem Rücken auf dem Besucherstuhl und wirkte, als hätte es sie Überwindung gekostet, hierher zu kommen.

»Was wollen Sie?«, fragte Mona erneut, und wieder überfiel sie dieses merkwürdige Gefühl. Bevor die Frau antwortete, ahnte – nein: *wusste* – sie, dass jetzt der eine entscheidende Hinweis kam. *Sie hat etwas damit zu tun. Aber was?*

»Ich bin eine Hexe«, sagte die Frau mit heiserer, ausdrucksloser Stimme. Mona setzte sich hin. Das Gefühl war mit einem Schlag vorbei; selbst ernannte Hexen kamen öfter im Dezernat vorbei, um ihre Dienste anzubieten. Sie hatte sich geirrt, manchmal war die Hoffnung eben stärker als die Vernunft. Als Erstes würde sie in Erfahrung bringen müssen, wer der Frau erlaubt hatte, sich in ihr Büro zu setzen, noch dazu während ihrer Abwesenheit.

»Und?«, fragte sie trocken. »Hier gibt's nichts zu verzaubern.«

Die Rothaarige ließ sich nicht beirren. »Ich kann Dinge sehen, die Sie nicht sehen können. Ich kann Verschwundene finden und so weiter.«

Mona dachte, wie oft einen scheinbar untrügliche Ahnungen und Visionen täuschen konnten. Deshalb hielt sie auch so wenig von der so genannten Intuition, die in ihrem Beruf angeblich so wichtig war. Intuition war das letzte Mittel, Intuition musste herhalten, wenn einem gar nichts Substanzielles mehr einfiel.

»Warum erzählen Sie mir das?« Sie musste Theresa Leitner, Pfarrer Grimm und die Schriftstellerin Carola Stein anrufen und neue Termine mit ihnen vereinbaren. Manchmal brachte es Erkenntnisse, wenn man alte Zeugen in einem gewissen zeitlichen Abstand ein zweites Mal vernahm. Es handelte sich dabei um ein Geduldsspiel mit ungewissem Ausgang. Es kostete Zeit, ein bis zwei weitere Nachmittage mindestens, und vielleicht kam nichts dabei heraus, aber sie musste es riskieren. Sobald sie diese Frau draußen hatte.

»Ich habe etwas gesehen, das für Sie interessant sein könnte«, sagte die Rothaarige. Sie zündete sich eine Zigarette an, ohne zu fragen, ob sie hier rauchen durfte. Mona stellte fest, dass sie auffallend helle Augen hatte. Sie waren mit breiten Kajalstrichen betont, und die Wimpern waren kräftig getuscht.

»Danke, wir sind nicht interessiert. Wir arbeiten grundsätzlich nicht mit … äh … Leuten wie Ihnen.« Sie schob ihr einen Aschenbecher hin.

»Sie wissen doch gar nicht, was ich Ihnen sagen will.«

»Es interessiert mich nicht. Wir arbeiten nicht mit Hexen. Wir machen das einfach nicht.«

»Ich habe jemanden gesehen«, sagte die andere hartnäckig.

Mona seufzte. »Was heißt gesehen? Im Schlaf? Haben Sie was geträumt?«

Die Frau lächelte leicht und antwortete nicht.

»Wie heißen Sie?«

»Leila.«

»Leila und wie weiter?«

Kurzes Zögern. »Svatek.«

»Leila Svatek.«

»Nein. Paula Svatek. Leila ist mein …«

»Hexenname?«

»Ja. Wenn Sie so wollen.«

»Okay, Frau Svatek. Dann würde ich sagen, Sie werden entweder etwas deutlicher, oder Sie lassen mich hier meine Arbeit machen.«

Paula Svatek lächelte wieder. Ihre Schneidezähne sahen seltsam fleckig aus, wahrscheinlich hatte ihr dunkler Lippenstift abgefärbt. Die Hand, die die Zigarette hielt, begann leicht, dann immer stärker zu zittern. Als Paula Svatek den Blick Monas registrierte, drückte sie hastig den halb gerauchten Stummel aus und versteckte ihre Hand in den Ärmeln ihrer voluminösen Jacke, als sei ihr kalt.

Sie war nervös. Oder sie hatte Angst.

»Was haben Sie gesehen und bei welcher Gelegenheit?«, fragte Mona noch einmal.

»Einen Mann. Jung. Er ist tot.«

»Wer und wo?«

»Ich weiß nicht. Es war vorgestern, während einer Session. Sein Gesicht … Er hat tot ausgesehen.«

»Aber Sie kennen ihn nicht.« Vielleicht eine Verrückte?

»Nein.«

»Dann können wir wohl nicht viel tun.« Mona überlegte, wie sie sie wieder los wurde. Vielleicht sollte sie Fischer rufen.

»Aber es gibt ihn! Wirklich!«

»Ah ja?« Fischer würde der Frau den Marsch blasen. Bei richtig kaputten Typen wie der da schaffte das Mona meistens nicht.

»Ja. Wirklich.«

Mona legte ihre Hand auf den Telefonhörer. »Das kann schon sein. Aber Sie kennen seinen Namen nicht, Sie wissen nicht, wo er ist, sondern nur, dass er tot ist. Er könnte sonst wo liegen… hier, in Italien, im Kosovo…«

»Er ist hier.«

»Wo hier?«

Die Frau begann zu weinen. »Sehr nah. Sehr nah bei mir.«

»Bei Ihnen?«

»Bitte helfen Sie mir«, schluchzte die Frau. »Ich hab solche Angst vor diesem Gesicht. Es verfolgt mich Tag und Nacht.«

»Frau … äh… Svatek. Ich weiß nicht, was wir da tun sollen. Nah bei mir – was heißt das?«

»Bei meinem Haus. Irgendwo da in der Nähe. Bitte schicken Sie jemanden, der nachschaut.«

»Auf derart vage Angaben können wir nicht tätig werden. Das müssen Sie verstehen.«

»In meinem Garten! Bitte! Wenn Sie mitkommen, werde ich ihn finden, ich schwöre es. Bitte.«

»Ein Mann. In Ihrem Garten.«

»Ja.«

»Der wie aussieht?«

»Jung. Vielleicht… Mitte zwanzig. Dunkler Typ, hübsches Gesicht. Sieht irgendwie… ich weiß nicht… italienisch aus. Dunkle Augen.«

Mona wusste nicht, warum sie das tat, aber in der nächsten Sekunde hielt sie Farkas' Fahndungsfoto in der Hand.

»Dunkel, italienischer Typ?« Das traf auf tausende Männer zu. Es gab nicht den geringsten Grund…

Mona öffnete eine Schublade in ihrem Schreibtisch. Dort lagen, so weit sie sich erinnerte, noch die Fotos all jener jungen

Männer, die bei Carola Steins Lesung im letzten Herbst anwesend waren. Sie suchte die mit den »dunklen, italienischen Typen« heraus, mischte Farkas' Foto dazwischen und legte sie dann wie einen Fächer vor Paula Svatek auf den Schreibtisch.

»Ist er darunter? Der Mann, den Sie gesehen haben?«

Paula Svatek putzte sich die Nase, stand auf und beugte sich über die Bilder, ihr zerknülltes Tempo noch in der Hand. Sie betrachtete die ersten drei sorgfältig und zögerte dann beim vierten. Etwas zu demonstrativ, wie Mona fand.

»Das ist er.« Ihre Stimme klang überrascht – genauso überrascht wie die einer miserablen Schauspielerin. Ihre Tränen waren versiegt, nicht einmal das Augen-Make-up sah verschmiert aus. Sie zog das Foto aus dem Stapel und legte es vor Mona hin.

»Er ist es. Ganz sicher. Woher wussten Sie das?« Auch diese Frage hörte sich ganz falsch an. Mona nahm das Foto in die Hand und warf einen Blick darauf, obwohl das nicht notwendig war. Sie wusste, dass es das von Farkas war.

»Okay«, sagte sie langsam. »Ich denke, das ist jetzt doch ganz interessant für uns. Macht es Ihnen was aus, wenn ich einen Kollegen dazuhole?«

Paula Svatek schüttelte den Kopf. Sie hatte sich wieder hingesetzt und schien sich wie zu Hause zu fühlen.

4

Das Geräusch des Spatens, der auf harte Erde traf, durchschnitt die kalte Luft. Paula Svatek starrte, in ihre Jacke gehüllt, mit leicht geöffneten Lippen auf den Polizisten, der sich vor ihr abmühte. Ihr rotes Haar war wie ein Farbklecks im grauen Tageslicht. Mona betrachtete die abgeernteten Stoppelfelder hinter Paula Svatek, die imposanten, wie mit schwarzer Tusche gezeichneten Strommasten, die sich bis zum Horizont der welligen Landschaft erstreckten. Seltsam, hier zu wohnen, dachte sie.

Hier befand sich weit und breit kein anderes Haus außer das von Paula Svatek, und es gab nicht einmal eine Straße, nur eine Schotterpiste.

»Geht's?«, fragte Mona den Polizisten. Sie hauchte in die kalte Luft, ein Dampfwölkchen bildete sich vor ihren Lippen. Der Mann antwortete nicht. Sein Gesicht war rot und sah zornig aus, aber das lag vielleicht an der Anstrengung. Immer wieder stieß er erfolglos den Spaten in die Erde, die hart schien wie Beton. Und dennoch konnten selbst Unkundige sehen, dass hier vor kurzem gegraben worden war, obwohl sich jemand die Mühe gemacht hatte, einen Schwung Herbstlaub über der verräterischen Stelle zu verteilen.

Mona wandte sich ab und ließ ihren Blick schweifen. Außer ihr, Paula Svatek und dem Polizisten war kein Mensch zu sehen, nicht einmal ein Auto zu hören. Nur einige Saatkrähen saßen stumm auf den Strommasten, als würden sie auf etwas warten.

»Ich brauche eine Spitzhacke oder so was in der Art«, sagte der Polizist, und Mona drehte sich wieder zu ihm um. Er hatte aufgehört, den Boden zu malträtieren, und stützte sich auf die Schaufel. Seine Uniformmütze lag achtlos auf der Erde, und trotz der Kälte wischte er sich Schweiß von der Stirn. »Ich schaff's anders nicht.«

»Haben Sie eine Spitzhacke?«, fragte Mona Paula Svatek. Die sah sie, wie aus einem Traum erwacht, an. Mona wiederholte ihre Frage.

»Was? Oh ja. Ich seh mal nach.« Paula Svatek lief mit unsicheren Schritten zum Haus, das fast völlig mit Efeu überwuchert war und von weitem beinahe romantisch wirkte. Kam man näher heran, sah man die Risse in den jahrzehntealten Mauern und die abblätternde Farbe an den verzogenen Fensterrahmen. Altsubstanz hieß das in der Maklersprache, im Klartext: nur noch gut zum Abriss. Paula Svatek verschwand hinter der schweren, dunkelbraun gebeizten Haustür und kam kurze Zeit später mit einer Spitzhacke zurück. Ihre Blässe hatte sich noch vertieft, sie sah beinahe krank aus.

»Geht's Ihnen nicht gut?«, fragte Mona.

»Doch.« Aber das Gesicht der Frau sagte etwas anderes. Mona fand sie verwirrend. Ihre Angst zumindest wirkte echt, auch wenn alles andere sicherlich erlogen war. Aber wovor hatte sie Angst, wenn ihre Geschichte nicht stimmte?

Der Polizist nahm die Hacke und schlug kraftvoll auf die Erde ein. Brocken lösten sich und spritzten zur Seite, er warf die Hacke weg und stieß mit dem Spaten nach.

»Da ist was«, sagte der Polizist. Er keuchte. Seine Haare klebten ihm feucht auf der Stirn, sein Atem dampfte.

»Was?« Mona kam zu ihm.

»Genau hier. Was Weiches. Ich hoffe, ich hab's nicht… Er legte den Spaten weg und kniete sich auf den Boden. Vorsichtig entfernte er die Erdstücke einzeln. Mona beugte sich über ihn, Paula Svatek hielt sich im Hintergrund. Etwas Helles tauchte unter den Händen des Polizisten auf. »Scheiße«, sagte er und hielt inne.

»Es ist Haut«, sagte Mona. Ihr war ein wenig schwindlig, sie hätte sich am liebsten hingesetzt, aber hier gab es keine Möglichkeit dazu. Hinter ihr zog Paula Svatek die Luft scharf ein. Mona beachtete sie nicht. Sie kniete sich neben den Polizisten, der mit langsamen, sorgfältigen Bewegungen ein Gesicht freilegte. Es war sehr weiß und jung und sah unverletzt aus. Die Augen waren halb geschlossen mit langen schwarzen Wimpern, der schön geschwungene Mund schien beinahe zu lächeln. Kein Leichengeruch. Der Körper hatte sich in der kalten Erde gut gehalten. Maximal zwei Tage war sein Tod her, und für diese Erkenntnis brauchte es keinen Entomologen.

»Kennst du ihn?«, fragte der Polizist Mona.

»Ja.«

»Wer ist das?«

»Unser Verdächtiger«, sagte Mona. »Er heißt Milan Farkas.« Sie stand auf, ihre Gelenke knackten hörbar wie bei einer alten Frau. »Wir müssen sie finden«, sagte sie ins Nichts.

»Wen?«

Sie sah auf den Polizisten herunter, der Farkas' Leiche mit erdverschmierten Händen behutsam freilegte.

»Seine Mörderin.« Hinter ihr gab es ein dumpfes Geräusch. Sie drehte sich um und sah Paula Svatek bewusstlos auf dem bräunlichem Gras liegen. Sie sah fast so tot aus wie Milan Farkas.

Endet vergebliche Begierde jemals, oder bin ich mein ganzes restliches Leben lang dazu verurteilt, diese Qualen auszuhalten? Sag mir das, Gott, wenn es dich gibt. Ich bete zu dir, mein Glaube ist alles, was ich habe, ich flehe dich an, erlöse mich von diesen ungesunden, wertlosen Gedanken. Liebe ist ein verderbliches Gut. Wird sie nicht genährt, verfault sie, und es entwickeln sich tödlich giftige Gase...

Nein, ich will das nicht! Mein Geliebter, du hast mir gezeigt, was ich brauche, wonach ich mich sehne, und das muss mir genügen. Ich kann es von dir nicht länger haben, aber niemand hindert mich, es bei jemand anderem zu suchen. Ich weiß das, aber warum kann ich keinen anderen Mann ansehen, warum bist es immer nur du, den ich will? Ich schlafe ein und sehe dein liebevolles, leidenschaftliches Gesicht im Traum. Ich wache auf und spüre deine Arme. Ich befriedige mich selbst in der Grabesstille unseres ehelichen Schlafzimmers und denke daran, wie du mich genommen hast – zärtlich, gewaltsam, weinend, heiter. Ich komme so intensiv und gewaltsam, dass mein Körper bretthart wird und in einem unkontrollierbaren Zittern schier vergeht, und dann weine ich manchmal stundenlang neben meinem schlafenden Mann. Soll das meine Strafe sein, Gott? Ich dachte, du zürnst mir nicht. Ich dachte sogar in meinem Wahn, du hättest mir Milan geschickt, um mir etwas über die Liebe beizubringen. Habe ich mich geirrt und muss dafür nun ewig büßen? Was ist mit mir passiert? Ich wünschte, ich hätte jemanden – irgendjemanden –, mit dem ich reden könnte. Ich kenne niemanden, der nicht vollkommen entsetzt von meinen Gedanken und Gefühlen wäre, hätte ich den Mut, ihm davon zu erzählen.

Gestern fuhr ich scheinbar ganz planlos in der Gegend herum und erreichte schließlich eine Autobahnbrücke. Ich stieg aus, ging zu dem Geländer und sah nach unten auf den dichten Verkehr, auf all die unsichtbaren Fahrer hinter ihren verspiegelten Windschutzscheiben, die bestimmt sekundenlang zu mir hochsahen, bevor sie unter der Brücke verschwanden, denn das tut man doch immer, wenn jemand an einer

derart exponierten Stelle steht: Man wird neugierig. Gab es unter ih-
nen jemanden, dem ich gefallen würde? Einen Moment lang – nein,
viel, viel länger – dachte ich daran zu springen. Die Brücke war sechs,
sieben Meter hoch, vielleicht würde ich nicht einmal sofort sterben, aber
mit Sicherheit würde ich einen Unfall verursachen, der es bis in die
Abendnachrichten schaffte.

Ja, ich fand den Gedanken reizvoll, Menschen in die Hölle mitzu-
nehmen, und das auf eine möglichst spektakuläre Weise. Ich wollte
nicht mehr allein leiden, so sieht die Wahrheit aus (ich sehe das nun
schwarz auf weiß vor mir niedergeschrieben und bin nicht einmal mehr
entsetzt). Ich fühle, dass ich auf eine nicht erklärbare Weise im Recht
bin. Niemand sollte allein leiden müssen. Stirbt in Griechenland ein
Ehemann oder ein Kind, kommen alle Freundinnen und Nachbarinnen
und trauern lautstark mit der Betroffenen: So soll es sein. Nicht wie bei
mir, die niemand liebt und niemand tröstet.

Milan. Du bist meine ganze Liebe, in dir liegt mein ganzes Glück.
Milan, bitte, bitte komm zurück zu mir, bitte, bitte nimm mich noch ein
einziges Mal in die Arme, und – solltest du dann immer noch gehen
wollen – dann töte mich anschließend, denn ohne dich will ich nicht
mehr sein. Töte mich im schönsten Moment, und ich verspreche dir, ich
werde mit einem Lächeln sterben.

Meine Gefühle ersticken mich. Sie wuchern und mutieren, sie
verändern mich. Ich nehme ein Messer aus unserem Besteckkasten und
liebkose damit meinen nackten Unterarm. Ich stelle mir vor, wie es aus-
sähe, wenn hellrote Rinnsale dekorative Muster auf meine leicht ge-
bräunte Haut malen würden. Ich ritze die Haut spielerisch an, jeden
Tag ein kleines bisschen mehr. Ich will das Blut sehen, aber bis jetzt fehlt
mir noch der Mut zu diesem und allen weiteren Schritten. Die Zeit
scheint währenddessen stillzustehen, und wenn ich erwache, stelle ich
manchmal fest, dass ich eine halbe Stunde im Nirwana verbracht habe.
Ich beobachte mich. Ist es nicht spannend, einer Frau bei der Selbst-
auflösung zuzuschauen? Ich diagnostiziere meine Gefühle, registriere
meine Ängste.

Vielleicht hilft das. Irgendwann. Aber ich mache mir nichts vor. Ich
habe mich auf eine Reise begeben, und nur du hättest noch die Macht,
mich zurückzuholen.

Bertold Grimm saß in seinem alten Ford Mondeo und war beinahe glücklich. Niemand konnte ihn hier stören, niemand ihn um Rat fragen, niemand ihn mit seinen Problemen belasten. Grimm war Tröster und Beichtvater für so viele und hatte selbst keinen Menschen, dem er hätte erzählen können, was in ihm vorging. Er sah sich während einer der zahllosen Predigten in »seiner« Kirche, einem hässlich uninspirierten Bau aus den sechziger Jahren: Ein Mann, der auf seine immer weiter schrumpfende, hauptsächlich aus Gebrechlichen und Frustrierten bestehende Gemeinde hinunterblickte und vor lauter Resignation und Selbstablehnung kaum mehr an sich halten konnte. Es gab viel bessere Pfarreien mit engagierteren, jüngeren Gläubigen; er hatte sich jahrelang um eine Versetzung dorthin bemüht und immer wieder Absagen erhalten. Nun saß er fest. In einem Viertel mit stets wachsendem Moslemanteil, zwischen alten Frauen, kranken Männern und den wenigen jungen Paaren, die Kinder hatten und noch nicht weggezogen waren. Ohne einen einzigen Gesprächspartner, auf dessen Gesellschaft er sich wirklich freute.

Aber jetzt steckte im CD-Player eine Single-Auskopplung eines Herbie-Hancock-Konzerts. Zwei weitere CDs, eine von Pat Matheny und eine von Chick Corea, lagen auf dem Beifahrersitz. Drei Stunden würde die Fahrt dauern. Grimm zündete sich eine Zigarette an und bog auf den Autobahnzubringer ein. Der Mondeo produzierte ein seltsam knackendes Geräusch, aber er achtete nicht darauf.

Endlich allein, wenn auch nur für kurze Zeit. Seine Gedanken wanderten ab zu einer Frau, die er hätte lieben können, die sich aber gegen ihn entschieden hatte. Er war nur ihr Vertrauter gewesen, eine Rolle, die ihm nicht gefiel, gegen die er sich wehrte und der er sich doch jedes Mal wieder aufs Neue ergab: Er hatte sonst keinen Platz in Karins Leben, sie gestand ihm keinen anderen zu. Er sah ihr zartes Gesicht vor sich, ihre umschatteten blauen Augen mit langen hellen Wimpern, den immer leicht angespannten, sorgenvollen Ausdruck um ihren fein geschwungenen Mund, ihr schönes, weiches blondes Haar. Er erinnerte sich an ihre behutsamen Bewegungen, wenn sie einem alten Gemeindemitglied die Stufen zum Pfarrhaus hinaufhalf, ihre liebevolle Art, mit Kranken umzugehen, ihre Geduld mit all jenen, für die Deutsch eine mühselige Fremdsprache war, und die nicht zurechtkamen mit der kühlen Effizienz der örtlichen Behörden. Sie war ein guter Mensch im Sinn des Wortes. Ironie und Zynismus prallten wirkungslos an ihr ab: Sie war nicht einmal im Stande, sich auf gemäßigste Weise über andere lustig zu machen. Grimm, der das sehr gut konnte, hatte sich schließlich sogar in ihre Humorlosigkeit verliebt.

Er scherte auf die A 8 und gab Gas, trotz hier noch geltender Geschwindigkeitsbegrenzung. Er fuhr gerne schnell, besonders wenn er nachdachte. Geschwindigkeit hatte eine meditative Wirkung auf ihn; es gab nichts außer der Straße und das gleichmäßige Brummen des Motors, und auf seine Reflexe konnte er vertrauen. *Fahren ist eine Sache der Sinne,* dachte er. Wieder knackte es seltsam im Getriebe, wieder merkte er nichts. Es war ein beinahe körperlicher Genuss für ihn, seine Gedanken ungestört schweifen lassen zu können, ohne dauernd von Unglücklichen, Einsamen und Beladenen unterbrochen zu werden, in dem Bewusstsein, dass sich der zufriedene, anregende Rest der Welt nie zu ihm verirrte.

Karin, dachte er. Er hörte ihre klare, angenehme Stimme so deutlich, als säße sie neben ihm. Sie war wie eine Oase in einer zwischenmenschlichen Wüste gewesen. Intelligent, freundlich und vor allem nicht von jener wohlmeinenden, lähmenden Begriffsstutzigkeit, von der er sich in den letzten Jahren umgeben fühlte wie von Gefängnismauern. Vor ihm erstreckte sich das graue Band der Autobahn: der Weg in eine temporäre Freiheit. Er schaltete die Stereoanlage ein, ein brandneues Modell mit erstklassigen Boxen, der einzige Luxus, den er sich von seinem mageren Gehalt in den letzten beiden Jahren geleistet hatte. Er hörte die Obertöne einer klagenden Trompete und hielt den elektrischen Anzünder an die nächste Zigarette.

Karin.

Störe ich dich?

Nein, gar nicht. Komm rein.

Er schloss sekundenlang die Augen, obwohl er mittlerweile fast 170 Stundenkilometer fuhr. Warum hatte er nichts getan, nichts verhindert? Warum hatte er die Polizei belogen?

Ich muss mit dir reden, Bertold. Kannst du mir …

Was? Sag es ruhig. Willst du ein Glas Wein?

Nein, danke. Ich hätte gern …

Wieder das Zögern. Es war ein sehr warmer Sommerabend gewesen, nicht lange vor ihrem … Verschwinden. Draußen senkte sich langsam die Dunkelheit herab. Sie hatte an der Tür zu seinem Arbeitszimmer gestanden, die Hand noch auf der Klinke, als könnte sie sich nicht entscheiden, ob sie bleiben oder gehen wollte.

Setz dich doch erst mal.

Eine Stehlampe warf einen kleinen Lichtkreis auf den Schreibtisch, der Rest des Raums war voller dämmriger Schatten. Er sah Karin an. Ihre blonden Haare schienen zu leuchten, ihr Gesicht war in der Dunkelheit kaum auszumachen. Sie trug Jeans und einen schwarzen Pullover wie so oft. Manchmal stellte er sie sich im Kostüm oder im Abendkleid vor. Manchmal nackt in seinen Armen.

Setz dich doch, wiederholte er.

Danke.

Sie ließ die Dunkelheit hinter sich und nahm ihm gegenüber Platz. Ganz gegen ihre Gewohnheit sah sie ihn schweigend an. Da erst bemerkte er, dass es ihr nicht gut ging. Ganz und gar nicht gut.

Was ist, Karin? Sag's mir, vielleicht kann ich dir helfen.

Sie schüttelte den Kopf mit einem verzagten Gesichtsausdruck, den er an ihr noch nie wahrgenommen hatte.

Ich glaube, ich kann damit nicht zu dir kommen.

Warum denn nicht? Sieh mich einfach als Freund.

Er wollte Karin gegenüber nicht in den neutralen Part des Seelsorgers schlüpfen. Wenn er schon nicht ihr Liebhaber werden konnte, wollte er wenigstens ihr Freund bleiben.

Sag mir einfach, was los ist, und wir reden ganz normal darüber. Okay?

Bertold …

Okay?

Ja. Danke.

Vielleicht doch ein Glas Wein?

Nein.

Und in dem Moment, in dem er dachte, sie würde doch wieder aufstehen und ihn im Ungewissen lassen, hatte sie zu reden begonnen.

Grimm spürte einen Hauch Schweiß in seinem Nacken, ein leiser Schauer überfuhr seine Oberarme. Er hatte die Polizei angelogen. Vielleicht war er Schuld an einem Mord.

Nein. Nein, das konnte nicht sein. Das durfte nicht sein, es musste eine andere Erklärung geben.

Ich habe Angst vor meiner eigenen Tochter.

Hatte er richtig gehört?

Wie meinst du das, vor deiner Tochter? Vor Maria? Ich meine, warum vor Maria?

Maria war fünfzehn, ein hübscher, schwieriger, rebellischer Teenager, wie es Tausende gab. An ihr gab es nichts Besonderes. Aber dann stieg eine leise Ahnung in ihm hoch.

Hat sie… Weiß sie…?

Ich glaube nicht. Ihre Antwort kam hastig, als hätte sie selber schon unzählige Male darüber nachgedacht. *Ich war immer sehr vorsichtig, ich meine, ich kann mir nicht vorstellen…*

Hast du sie gefragt?

Nein! Das könnte ich nie, das wäre furchtbar.

Ich meine, vorsichtig?

Bertold. Ich kann sie doch so was nicht fragen, nicht meine eigene Tochter. Sie würde doch sofort was merken.

Wenn du es geschickt anstellst…

Nein! Ich glaube, du verstehst gar nichts.

Einen Moment lang war er tödlich beleidigt – einen Moment zu lang, denn sicher hatte sie es ihm angesehen. Dann fing er sich wieder, aber es war zu spät.

Ich meine doch einfach nur, ob sie irgendetwas ahnt von dir und diesem… Mann. Das kann man doch ganz unauffällig in Erfahrung bringen.

*Nein, das kann man nicht. Entschuldige, dass ich dich mit dieser
Sache… Ich muss allein damit klarkommen. Meine Gefühle sind ein
scheußliches Chaos zurzeit. Ich will dich damit nicht belästigen.*

Karin…

Maria ist mir … unheimlich. Ich kann das anders nicht sagen.

Inwiefern unheimlich? Was tut sie?

*Sie starrt mich an, wenn sie glaubt, ich merke das nicht. Sie erzählt
nichts. Sie lächelt nicht. Sie behandelt mich wie Luft. Und sie ist so
blass. Ich meine, wir haben diesen wunderbaren Sommer, und sie ist
immer blass.*

Wie verbringt sie denn ihre Nachmittage?

*Sie verschwindet einfach. Wenn ich sie frage, wenn ich sie halten
will, wenn ich sie zum Gespräch zwingen will, sieht sie mich an, als
wäre ich eine Irre.*

Weiß Thomas davon?

Thomas… Sie schüttelte den Kopf. *Ich kann nicht mit ihm darüber reden. Er liebt Maria, er lässt nichts auf sie kommen. Er behandelt
sie wie eine Erwachsene. Aber sie ist nicht erwachsen. Sie ist auch nicht
wie er. Und das begreift er nicht.*

Aber wenn du ihm sagst…

Sie stand auf. *Danke, Bertold, aber das bringt nichts. Ich muss nach
Hause. Thomas kommt gegen zehn, wir müssen uns die Pläne für die
neue Terrasse ansehen. Er findet das unheimlich wichtig.*

Soll ich dich nach Hause fahren?

*Wieso denn das? Ich meine – vielen Dank für das Angebot, aber ich
bin ja mit dem Wagen da.*

*Ich dachte nur, du siehst müde aus. Es macht mir wirklich nichts
aus.*

*Das ist nett, aber ich brauche den Wagen morgen Vormittag. Ich bin
auch gar nicht müde.*

Sicher?

Sie lächelte ihn an, ohne zu antworten. Dann beugte sie sich
über den Schreibtisch und gab ihm einen Kuss auf die Wange.
Sekunden später war sie verschwunden.

Grimm überholte eine Kolonne von Lastwagen. Die Trompete
lieferte ein wildes, chaotisch klingendes Solo, dann spielte sich

allmählich das Schlagzeug in den Vordergrund. Grimm trommelte auf dem Lenkrad den synkopischen Rhythmus mit. Karin. Was war mit ihr gewesen? Was hatte sie ihm sagen wollen? Erst jetzt stellte er sich wieder diesen Fragen, nachdem er ihnen wochenlang ausgewichen war.

Warum hatte er die Polizei angelogen? Was hatte er selbst nicht wissen wollen?

180 Stundenkilometer. Er hatte gar nicht gewusst, dass der Mondeo das noch hergab nach all den Jahren. Grimm nahm den Fuß vom Gas, aber der Wagen wurde nicht langsamer, eher noch schneller. Grimm stöhnte verblüfft auf. Die Motorbremse funktionierte nicht mehr. Ganz plötzlich. Wie konnte das passieren?

Ruhig, dachte er, während ihm der Schweiß auf die Stirn trat. 185. 190. Noch war die Überholspur frei. 195. Verdammt. Er musste etwas tun, aber er wusste nicht was. Er schaltete den CD-Player aus. Jetzt hörte er ungefiltert das wilde, panische Brummen seines überdrehten Motors. Er gehörte zu den Leuten, denen das Innenleben ihres Autos auch nach jahrzehntelanger Fahrpraxis ein Rätsel war. Was würde passieren, wenn er jetzt das Bremspedal bediente – während der Wagen fuhr, als würde jemand Vollgas geben? Bremsen und gleichzeitig Vollgas – wie verkraftete das ein Motor? Würde es eine Explosion geben? Er hatte keine Ahnung. Warum hatte er sich nur nie mit dieser Materie beschäftigt?

Hundert Meter vor ihm scherte ein roter Golf gemächlich auf die linke Spur. Der Golf fuhr höchstens 140. Zu langsam! Grimm fluchte. Er musste es wagen.

Grimm schaltete die Warnblinkanlage ein und bremste. Das Getriebe knirschte, der Motor heulte auf, als wollte er sich gegen die konträre Energie verteidigen. Grimm holte tief Luft, nahm den Gang heraus und bremste vorsichtig weiter ab. Der Golf vor ihm kam immer näher, der Fahrer schien nichts zu bemerken – wie sollte er auch? Grimms Wagen schlingerte, hinter ihm wurde gehupt und aufgeblendet. 160, 150, 140. Schweiß lief ihm wie Regentropfen über Stirn und Wangen, sein Hemdkragen war in Sekundenschnelle durchnässt.

Ich will nicht sterben!

Kurz bevor er mit dem Golf kollidierte, riss er das Steuer nach rechts. Der Wagen vollführte einen Satz, brach beinahe aus, ließ sich aber wieder bändigen. 110, 90, 70, 30, aus. Er hielt auf dem Seitenstreifen. Aus der Motorhaube drang Qualm ins Freie, Grimm legte seine Stirn aufs Lenkrad und keuchte wie nach einem Marathon. Der Verkehr dröhnte an ihm vorbei, aber in seinem Kopf herrschte Todesstille. Manche Leute, dachte er benommen, taten das jeden Tag. Sie begaben sich auf die gefährlichsten Pisten der westlichen Welt und ignorierten einfach das unwägbare Risiko, in der nächsten Sekunde als blutiges Bündel aus Fleisch und Knochen in einem Wrack zu klemmen. Es brauchte ja nur so wenig, um zu sterben und andere mit sich in den Tod zu reißen. Nur ein erodiertes Bremskabel, eine angeritzte Leitung, und alles wäre zu Ende. Bei diesen Geschwindigkeiten, wurde ihm schaudernd klar, wurden Energien entfesselt, gegen die nichts half, weder Gurt noch Airbag.

Er hatte Glück gehabt, versuchte er sich bewusst zu machen. Er versuchte, Gott dankbar zu sein, der seine schützende Hand über ihn gehalten hatte. Aber es half nichts, die Panik saß in seinem Magen, raste in seinem Herzschlag, presste seine Lungen zusammen, dass er kaum noch Luft bekam: eine Angst, die er noch nie zuvor gehabt hatte. Es war eine metaphysische Frage. Wenn sich Katastrophen so schnell entwickeln konnten, welche Sicherheiten gab es dann noch in seinem Leben? Worauf konnte er sich in Zukunft verlassen? Welchen Trost konnte er noch spenden, nach einem Ereignis, das seine Machtlosigkeit und Verletzlichkeit so eindrucksvoll bewiesen hatte? Zorn stieg in ihm auf, der sich nicht länger unterdrücken ließ. Er hieb mit der Faust auf sein Lenkrad, in seine Augen traten Tränen.

Wem hatte er zu Unrecht vertraut? Wer hatte ihm das angetan? Er griff nach seinem Handy und verständigte den ADAC. Und danach die Polizei.

5

»Woher haben Sie Farkas gekannt?«

»Ich hab ihn nicht gekannt. Ich hab ihn…«

»Im Traum gesehen.«

»In einer Vision. Das ist wirklich wahr!«

»Also…«

»Lass mich mal.«

Fischer stand hinter Mona, und ausnahmsweise beruhigte sie seine Präsenz. Fischer konnte schrecklich sein, aufbrausend, unfreundlich und taktlos, aber er ließ sich nichts vormachen, von niemandem. Er hatte keinen Respekt und fürchtete sich vor nichts. Auch nicht davor, andere zu verletzen. Manchmal war das gut, so wie jetzt. Paula Svatek verdiente keine Schonung, sie hatte sich eine gefährliche Lüge ausgedacht und stand den Ermittlungen wissentlich im Wege.

Ich lass sie zusammenbrechen, flüsterte Fischer Mona ins Ohr, absichtlich so laut, dass Paula Svatek ihn hören konnte. Mona hasste das Guter-Polizist-Böser-Polizist-Spiel. Aber sie nickte, stand auf und überließ ihm den Platz.

»Ich bin Hexe«, sagte Paula Svatek zum dritten oder vierten Mal. »Ich kann Dinge sehen, die Sie nicht sehen.«

»Wirklich?«, sagte Fischer. Mona stellte sich an die Tür; sie konnte sein Gesicht nicht sehen, aber sie *hörte*, wie er lächelte: charmant, hämisch, verächtlich. Sie konnte sich denken, was jetzt kam.

»Was sehen Sie denn in mir – Paula? Leila?« Seine Stimme war weich, mit einem eisigen Kern.

»Wie meinen Sie das?«

Es war vier Uhr nachmittags. Wieder hatte das Wetter innerhalb weniger Stunden umgeschlagen; die Kälte hatte nachgelassen, und draußen rauschte der Regen. Von Paula Svateks Lippenstift waren nur noch rötliche Spuren in den Mundwinkeln zu sehen, ihre Lippen wirkten blass und schutzlos ohne ihn. Die roten Haare schienen ihr schmales Gesicht zu erdrücken. Jemand anderen als Fischer hätte sie vielleicht gerührt.

»Na los. Sagen Sie mir, was ich denke. Ab – jetzt!«

»So geht das nicht.« Ihre Stimme war erstaunlich fest. Aber Mona sah, dass sie kämpfte – gegen Fischers verächtliche, autoritäre Art, aber auch gegen den Wunsch nachzugeben, alles zu erzählen, sich jemandem, egal wem, anzuvertrauen.

»Natürlich geht das so. Fangen Sie an.«

Und zu Monas Erstaunen schloss Paula Svatek gehorsam die Augen. Ihre Lider flatterten anfangs wie bei einem Kind, das so tut, als ob es schläft, aber nach ein paar Sekunden hörte das Zittern auf. Sie schien sich ganz in sich selbst zu versenken. Fischer spürte sofort, dass er einen Fehler gemacht hatte – dass sie drohte ihm zu entgleiten. Er wollte sie unterbrechen, aber Mona legte ihm die Hand auf die Schulter. Warum wusste sie selbst nicht.

Schließlich öffnete Paula Svatek die Augen. Ihr Blick war jetzt konzentriert und sicher.

»Ihr Vater behandelt Sie ungerecht. Sie sind sehr zornig auf ihn.«

Und Mona spürte, dass dieser eine Satz ins Schwarze getroffen hatte. Die Svatek war eine Lügnerin, aber jetzt log sie nicht. Fischer wurde abwechselnd rot und blass.

»So eine Scheiße!«

Paula Svatek sagte nichts. Ihre Lippen hatten wieder Farbe, und sie sah aus, als ob sie innerlich triumphierte. Sie war viel stärker, als Mona gedacht hatte. Hinter ihr ging die Tür, sie drehte sich um. Es war Berghammer. »Macht weiter«, sagte er. »Ich hör nur zu.«

Mona nahm sich einen Stuhl und setzte sich neben Fischer, Berghammer stellte sich statt ihrer an die Tür. Sie bildeten eine Mauer, mit Berghammer als Hintermann.

»Woher kennen Sie Milan Farkas?«, fragte Mona, als Fischer keine Anstalten machte, die Vernehmung fortzusetzen.

»Ich kenne ihn aus meinen Visionen.«

»Das ist gelogen. Sie behindern die Ermittlungen, und das ist strafbar.«

»Tu ich nicht.«

»Sobald wir Ihnen das beweisen können, sind Sie dran. Dann bekommen Sie ein Strafverfahren an den Hals, und das kann Sie mehrere Jahre kosten. Oder eine Menge Geld.«

»Ich habe alles gesagt, was ich weiß.«

»Haben Sie ihn umgebracht?«

»Was? Nein!« Das Entsetzen wirkte echt, und wieder war Mona erstaunt.

»Sie führen uns zu seinem Grab, das sich direkt vor Ihrem Haus befindet, und wundern sich, dass Sie unter Verdacht stehen. Dabei muss Ihnen das doch klar sein.«

Paula Svatek schwieg lange, scheinbar ratlos.

»Ich kenne diesen Milan Soundso nicht«, sagte sie schließlich.

»Jemand vergräbt eine Leiche auf Ihrem Grundstück, und Sie merken nichts davon?«

»Das ist nicht mein Grundstück, es gehört der Stadt. Mir gehört nur das Haus.«

»Egal wie. Kein Haftrichter nimmt Ihnen diese Geschichte ab.«

»Haftrichter?« Paula Svateks Stimme vibrierte ganz leicht. Vielleicht machte sie sich jetzt erst klar, wo sie war und warum. Damit war sie nicht einmal sonderlich spät dran. Es gab Vernommene, die ihre Lage erst verstanden, wenn sie sich in einer Zelle befanden.

»Sie werden heute noch dem Haftrichter vorgeführt, und dann kommen Sie ins Frauengefängnis, es sei denn, Sie helfen uns weiter. Das ist Ihre Entscheidung.«

Schweigen. Mona zündete sich eine Zigarette an, die fünfte an diesem Tag. So viel rauchte sie selten. Sie nahm einen tiefen Lungenzug. Überhaupt hatte sich ihr Alltag verändert, seitdem sie Lukas sicher bei Anton wusste. Lange Nächte waren kein Problem mehr und auch nicht die Tatsache, dass die Wohnung nach zwei Tagen aussah wie …

Mona schüttelte einen unangenehmen Gedanken ab. Lukas hatte sie bislang diszipliniert. So wie jetzt würde ihr Leben immer verlaufen, wenn es ihn nicht gäbe. Lange Tage, durchwachte Nächte, ein anstrengender Job und eine private Wüste.

In diesem Moment betrat Berghammers Sekretärin den Raum. Sie ging direkt auf Mona zu.

»Was ist los, Lucia?«, fragte Mona. Jeder der Anwesenden außer Paula Svatek kämpfte mit einem mittelschweren Schock. Lucia unterbrach Vernehmungen nie, wenn es nicht wirklich wichtig war.

»Entschuldige, kannst du schnell mit rauskommen?«

»Eigentlich nicht. Warum?«

Lucia beugte sich zu ihrem Ohr und las leise von einem Zettel ab. »Bertold Grimm. Sagt dir der Name was?«

»Ja. Was ist mit ihm?«

»Er sitzt bei mir und will dich sprechen wegen der Belolavek-Sache. Dringend, sagt er.«

»Sag ihm, er soll warten. Lass ihn nicht weg, okay?«

»Er soll warten«, wiederholte Lucia.

»Ja. Es kann noch dauern, aber er soll nicht weggehen!«

»Mach ich. Entschuldigung.« Zwei Sekunden später fiel die Tür hinter ihr ins Schloss.

»Ich weiß nichts über den … Toten«, sagte Paula Svatek. »Ich kenne den nicht.«

»Warum lügen Sie uns an? Wen decken Sie?«

»Ich lüge nicht. Ich kenn den nicht.«

Schweigen. Berghammer sagte nichts, Fischer schien immer noch außer Gefecht gesetzt.

Mona sah auf die Uhr. »Dann werden wir Sie jetzt zum Haftrichter bringen.«

»Bitte!« Plötzlich veränderte sich Paula Svateks Gesichtsausdruck. Etwas wie nackte Verzweiflung stand darin.

Mona beugte sich vor: »Was?«

»Bitte.« Ihre Stimme wurde leiser mit einem flehentlichen Unterton. »Bitte bringen Sie mich nicht ins Gefängnis.«

»Dann müssen Sie uns helfen. Sagen Sie uns, was Sie wissen, und schon sind Sie eine ganz normale Zeugin und keine Verdächtige mehr. So funktioniert das. Ganz einfach.«

Aber Paula Svatek schüttelte sofort den Kopf. Sie schien nicht einmal das Für und Wider abzuwägen.

»Wollen Sie ins Gefängnis? Sie haben es in der Hand. Sie müssen nicht, wenn Sie kooperieren.«

»Bitte.« Ein flehentlicher Unterton. »Ich hab nichts getan. Warum behandeln Sie mich so?«

Mona wechselte einen Blick mit Berghammer, der immer noch mit verschränkten Armen an der Tür stand.

»Eine Nacht in guter Aufbewahrung«, sagte Berghammer. Seine Stimme klang väterlich – streng und gleichzeitig gütig, eine unwiderstehliche Mischung. Das war seine Methode; niemand beherrschte sie so wie er. »Und morgen erinnern wir uns schon viel besser, gell?«

Paula saß zusammengesunken auf ihrem Stuhl und antwortete nicht. Ein paar Sekunden lang hörte man nur das Tippen der Protokollantin und das Surren des Tonbandgeräts. Schließlich griff Fischer mit einer müden Bewegung zum Telefonhörer und forderte mit ungewöhnlich friedlicher Stimme einen Polizisten an.

»Gehst du mit ihr hin?«, fragte Mona.

»Sicher.« Das klang schon wieder eher nach seiner rotzigen Art. Er schien sich erholt zu haben. Mona hätte ihn zu gern gefragt, was es mit Paula Svateks Spruch über ihn und seinen Vater auf sich hatte, aber jetzt war keine Gelegenheit dazu. Und selbst wenn sich eine ergeben hätte, hätte er es ihr wahrscheinlich trotzdem nicht erzählt.

Bertold Grimm saß in ihrem Büro. Als Mona hereinkam, sprang er auf wie ein schuldbewusster Schüler. Er hatte seinen Mantel ausgezogen und ordentlich an den Haken an der Tür gehängt. Der Mantel war nass und tropfte auf den Boden, aber Mona sagte nichts dazu. Grimm wirkte nicht mehr selbstsicher und gelassen wie bei ihren ersten beiden Treffen. Etwas war mit ihm geschehen – etwas, das ihn verändert hatte.

»Wie geht es Ihnen?«, fragte er. Seine Stimme klang tonlos, sein Lächeln sah erschöpft und bemüht aus.

»Gut«, sagte Mona. Sie gab ihm die Hand – seine war eiskalt und feucht – und setzte sich hinter ihren Schreibtisch. Er hatte ihr von Anfang an gefallen, und sie fand ihn auch jetzt attraktiv, selbst in seinem offensichtlich derangierten Zustand. Sie versuchte, dieses Gefühl der Anziehung wegzudrücken, irgendwohin, wo es sie nicht weiter ablenkte. Die schönsten Hoffnungen konnten sich zu gefährlichsten Querschlägern entwickeln, wenn man sie mit allzu viel Beachtung nährte. Es gab keine Chance für sie beide, und das lag nicht nur an Anton und all den anderen Umständen, die mit seiner Existenz zusammenhingen. Sie gehörten nicht zusammen, nicht in diesem Leben.

»Ihnen aber nicht«, sagte sie.

»Wie bitte?«

»Ihnen geht es nicht gut. Das sieht man.«

Grimm senkte den Kopf und fuhr sich nervös durch seine nassen Locken. Er trug ausgewaschene Jeans und ein graues Hemd. Mona sah große weißliche Schweißränder unter den Achseln.

»Was ist passiert?« Ihre Stimme klang mitfühlender, als sie wollte. Sie riss sich innerlich am Riemen.

Grimm sah sie an, mit dieser freundlichen Direktheit, deren Wirkung sie sich so schwer entziehen konnte. »Tja. Ich hatte einen Unfall.«

»Ja? Wann? Und was für einen?«

Er holte tief Luft, mit einem eigentümlich pfeifenden Geräusch. »Heute. Vor ein paar Stunden auf der Autobahn. Anfangs dachte ich, jemand hat meinen Motor manipuliert. Die Motorbremse war plötzlich außer Kraft gesetzt, wissen Sie, ich wurde plötzlich immer schneller. Sie können sich nicht vorstellen, wie das ist, es ist wie in einem Film, ich meine, man sieht sein Leben wie in einem Film …« Er brach ab.

»Sie wurden immer schneller? Wie ging das?«

»Der Mann vom Abschleppdienst hat es mir erklärt, aber ich hab's schon wieder vergessen. Irgendein Ventil, oder was weiß ich, ist verstopft. Dann gibt der Wagen Vollgas, egal, was man macht. Man nimmt den Gang raus, und der Motor heult wie ein Ferrari. Ich war ja auf 180. Glücklicherweise hat es da noch nicht geregnet, sonst – keine Ahnung.«

»Das haben Sie gemacht? Bei 180 den Gang rausgenommen?«

»Ja. Es ist nichts weiter passiert. Der Mann vom ADAC meinte, dass das mit dem Motor kein Fremdverschulden sein muss. Der Wagen ist alt, da kann das vorkommen. Es ist auch reparabel. Man muss nur …«

»Moment mal«, sagte Mona. Sie zündete sich ihre sechste Zigarette an und nahm einen tiefen Zug. »Wieso Fremdverschulden? Wie kommen Sie darauf?«

Grimm schwieg. Dann sagte er: »Haben Sie ein Glas Wasser?«

»Natürlich. Sie können auch Tee oder Kaffee haben, wenn Sie wollen.«

»Nur Wasser, danke.«

Mona stand auf und ging zu dem kleinen Waschbecken neben der Tür. Sie schenkte Grimm ein Glas voll ein und gab es ihm, bevor sie sich wieder hinter ihren Schreibtisch setzte. Sie versuchte, schnell wieder zu vergessen, dass sie unabsichtlich seine Hand berührt hatte (und den kleinen, angenehmen Schauer, den das in ihr ausgelöst hatte).

»Sie wollen mir etwas sagen. Stimmt doch, oder?«

»Möglicherweise … ist mir etwas eingefallen, das wichtig sein könnte.«

Es war vier Tage nach ihrem Verschwinden gewesen. Grimm hatte es anhand von Zeitungs- und Fernsehberichten zurückdatiert, nachdem die Leiche Thomas Belolaveks gefunden worden war – vier Tage. Ungefähr.

Der schöne Sommer war abrupt in einen unangenehmen, kalten Frühherbst übergegangen. Grimm hatte zum ersten Mal seit Monaten die Heizung angedreht. Er saß fröstelnd in der Küche und trank Tee. Er dachte an seine letzte Beziehung, die zwei Jahre zurücklag und endete, weil seine Freundin Kinder haben wollte und er nicht. Sie hatte das nie verstanden, und er hatte es ihr nicht begreiflich machen können. Es war die zweite Beziehung, die aus diesem Grund zerbrochen war.

Er dachte daran, dass Karin Belolavek die erste Frau war, bei der er an gemeinsame Kinder dachte, und er mutmaßte, dass es vielleicht daran lag, dass sie so unerreichbar für ihn war. Die menschliche Natur war so beschaffen, dass sie sich nach dem sehnte, was sie nicht haben konnte, und vielleicht war das der göttliche Funke in ihr. Wirklich zufriedene, angstfreie Menschen würden Gott nicht suchen.

In diesem Moment klingelte das Telefon. Grimm zuckte verärgert zusammen. Er überlegte, ob er einfach den Anrufbeantworter anspringen lassen sollte, aber dann ging er doch hin. Eine ferne, verzerrt klingende Stimme, die Stimme einer Frau.

…Bertold?

Ja? Wer ist da?

Ich bin's.

Oh – Karin? Was ist los? Wo bist du?

In der Leitung knirschte und knatterte es. Vielleicht telefonierte sie von einem Handy aus, vielleicht befand sie sich auch im Ausland. Er wusste, dass sie in Urlaub fahren wollte, aber nicht genau, wann und wohin.

Ist etwas passiert?, fragte er.

…Ja. Ach, Bertold…

Er wusste nicht, ob es nur der schlechte Empfang war, oder ob sie tatsächlich weinte.

Karin? Was ist denn los? Was hast du?

Es ist alles so schrecklich. Ich habe solche Angst.

Er erinnerte sich an ihr Gespräch. *Ich habe Angst vor meiner eigenen Tochter.* Aber schon Stunden später hatte er dieses Geständnis nicht mehr wirklich ernst genommen – einfach nicht ernst nehmen können. An Maria war bestimmt nichts Beängstigendes, und er wusste, dass Karin wie alle sensiblen Menschen dazu neigte, in Blicke und Gesten zu viel hineinzuinterpretieren.

Karin. Wo bist du jetzt?

…kann ich dir nicht sagen. Es ist zu spät.

Was? Was ist zu spät?

Es tut mir so Leid.

Was soll ich tun? Wie kann ich dir helfen?

Danke. Für alles. Vergiss mich.

Die Leitung war tot.

»Warum haben Sie mir das nicht gleich gesagt?«

»Ich weiß nicht. Es tut mir Leid.«

»Vielleicht war sie in Gefahr! Sie könnte jetzt tot sein, nur weil Sie…«

»Nein.«

»Wie – nein?«

Grimm sah auf. Seine Haare begannen zu trocknen und ringelten sich zu kleinen Locken. »Sie hat noch ein zweites Mal angerufen. Einen Tag bevor Sie gekommen sind. Sie hat gesagt, es ginge ihr gut und ich sollte niemandem sagen, dass wir miteinander gesprochen hätten.«

»Das darf nicht wahr sein!«

»Ich hätte das natürlich auch früher…«

»Es geht hier um ein Tötungsdelikt! Sie wussten das! Sie haben sich strafbar gemacht, ist Ihnen das klar?«

Grimm nickte, aber er sah aus, als sei es ihm völlig egal. *Das ist Liebe*, dachte Mona. In diesem Moment beneidete sie – trotz ihrer Wut auf Grimm, der sie so viel verschwendete Ermittlungszeit gekostet hatte – die Frau, von der sie nun mit ziemlicher Sicherheit annehmen konnten, dass sie noch lebte. Karin Belolavek, die Mörderin von mindestens zwei Menschen. Sie hatte ihren Mann und ihren Geliebten getötet, Bauer schwer verletzt und Mona angegriffen. Und sie musste irgendwo in der Nähe der Stadt untergetaucht sein, sonst würde Milan Farkas noch leben.

»Karin Belolavek ist unsere Hauptverdächtige in diesem Fall. Das war Ihnen doch klar.«

Grimm sah geschockt aus. »Das haben Sie mir nie so gesagt, kein einziges Mal. Ich dachte, ihr … Freund, ihr … Liebhaber…«

»Der ist tot.«

»Tot? Der auch?«

»Wo wir schon mal dabei sind: Kannten Sie seinen Namen?«

»Nein! Karin hat ihn mir wirklich nie gesagt.«

»Aber Sie wussten von ihm. Auch das haben Sie mir nicht gesagt.«

»Nein. Sie wussten doch Bescheid.«

»Das ist kein Grund.«

»Ich weiß das jetzt. Ich war …«

»Tja.«

»Wo haben Sie ihn gefunden? Den … Toten?«

»Das muss Sie nicht interessieren. Tatsache ist, er ist vor zwei Tagen umgebracht worden. Mit einem Messer.«

»Das heißt …«

»Vielleicht hat Karin Belolavek einen zweiten Mord begangen. Dazu kommt ein Mordversuch, vielleicht sogar zwei.«

»Wenn ich je so etwas vermutet hätte – wenn ich auch nur im Entferntesten die Möglichkeit in Betracht gezogen hätte, dann hätte ich Ihnen nichts verschwiegen, glauben Sie mir.«

»Das ist egal. In einem Mordfall haben Sie grundsätzlich der Polizei alles zu sagen, was Sie wissen. Alles. Das ist eine Bürgerpflicht.« Aber Mona konnte ihm immer noch nicht wirklich böse sein. Ein Mann, der mit allen Mitteln und unverbrüchlich loyal die Frau schützte, die er liebte: Ja, Karin Belolavek war zu beneiden. Wenn das, was er sagte, stimmte.

»Dieses Gespräch wird Folgen haben«, sagte sie, und es klang netter als beabsichtigt.

Grimm senkte den Kopf. »Haben Sie zufällig ein Taschentuch? Ich glaube, ich habe mich erkältet.«

Mona holte eine Packung Tempos aus ihrer Tasche und warf sie ihm zu.

»Warum sind Sie ausgerechnet jetzt gekommen? Wegen Ihres Unfalls? Weil Sie dachten, dass jemand Sie umbringen wollte?«

Grimm schnäuzte sich. Er machte einen erschöpften und beschämten Eindruck. »Ich habe zum ersten Mal erkannt – na ja, dass wir alle sterblich sind. Als Pfarrer müsste man das natürlich theoretisch wissen. Aber man glaubt es erst, wenn man es am eigenen Leib erlebt. Es war ein Schock.«

Mona seufzte. Er wäre also vielleicht nie gekommen, wenn dieser Unfall nicht passiert wäre. Sie versuchte, über diese Ungeheuerlichkeit hinwegzusehen. »Sie müssen die Aussage wiederholen und dann ein Protokoll unterschreiben.«

»Ja.«

»Wir werden das zur Anzeige bringen müssen.«

»Damit habe ich gerechnet.«

»Wie ist sie?«, fragte Mona plötzlich.

»Karin?«

»Wie ist sie? Sie haben für sie gelogen. Sie muss Ihnen wahnsinnig viel bedeuten.«

Grimm sah Mona an, als könnte er ihre Gedanken lesen, die Spur von Neid aus ihrer Stimme heraushören. Er verzog seinen Mund: eine Mischung aus Ironie, Resignation und tiefem Kummer. Ein paar Sekunden vergingen, dann sagte er: »Karin hat niemanden umgebracht, ganz sicher nicht. Sie würden das nie von ihr denken, wenn Sie sie kennen würden. Sie würden sich wunderbar mit ihr verstehen. Ein Mord ist undenkbar für sie, glauben Sie mir. Sie war es nicht. Jeder andere, aber Karin ganz bestimmt nicht.«

»Das hat man eben schon von vielen gedacht. Von wo aus hat sie angerufen?«

Aber sie wusste die Antwort schon. »Ich weiß nicht. Sie hat mir nichts gesagt. Wirklich nicht.«

»War das der letzte Anruf?«

»Ja. Seitdem habe ich nichts mehr gehört. Und das ist die Wahrheit.«

Alle Akten noch einmal durcharbeiten. Das war manchmal der einzige Weg. Die harte Tour: jede Frage, jede Antwort checken – auf Missverständnisse, Andeutungen, Ungesagtes.

Mona stand auf und holte die Akte Theresa Leitner. Hausfrau, geschieden, ein erwachsener Sohn, kein Strafregister. Sie ging alles durch, ihre Fragen, Theresa Leitners Antworten. Es gab einige kleinere Unstimmigkeiten wie bei jeder Vernehmung. Im Grunde nichts, was ein weiteres Gespräch rechtfertigte. Aber sie musste es versuchen. Jens Zimmermann, Computeringenieur, ledig, keine Kinder, Thomas Belolaveks engster Freund. Was hatte er verschwiegen? Keine geschäftlichen Probleme, keine Schulden, das stand fest. Vielleicht Eifersucht? War Zimmermann Karins zweiter Liebhaber gewesen, und Thomas Belolavek war ihm dahinter gekommen? Hatte es einen Kampf gegeben? Die Wahrscheinlichkeit war verschwindend gering. Karin Belolavek – zwei Liebhaber? Dieser Frau traute man nicht einmal jenen einen zu, den sie erwiesenermaßen hatte.

Die Akte Carola Stein alias Cordula Faltermeier, Schriftstellerin. Geschieden, eine Tochter, die beim Vater lebte, zahlte Unterhalt an Mann und Tochter. Interessante Variante. Das gab's nicht oft, dass Exfrauen zur Kasse gebeten wurden. Erstaunlich schwaches Gedächtnis hatte diese Frau. Sehr kurze Vernehmung. *Weiß ich nicht, kann ich mich nicht erinnern, könnte sein, glaube ich nicht.* Fischer und Bauer hatten die Vernehmung geführt. Was war mit Fischer los gewesen? Der bohrte doch sonst alles aus den Leuten heraus. Der gab sich doch sonst nicht mit Null-Informationen zufrieden. Mona nahm das Vernehmungsprotokoll aus der Akte, machte eine Kopie und legte das Original wieder ein.

Halb eins. Die Zeit verging, ohne dass sie es merkte. Um sie herum war es still. Kaum noch Verkehr auf den Straßen. Mona würde über Nacht im Dezernat bleiben. Es gab hier eine Couch und eine Dusche, und sie hatte frische Wäsche dabei. Es lohnte nicht, nach Hause zu fahren. Da war niemand, der auf sie wartete.

6

Heute war wieder ein wunderbarer Tag, eine Insel im Meer der Schmerzen und des grauen Missmuts: Du hast angerufen, du warst nett zu mir, du wolltest mich sehen. Ich habe den Verdacht, dass es um Geld geht, aber deine Abwesenheit hat mich so klein und schwach gemacht, dass es mir mittlerweile gleich ist. Ich habe genug, und ich gebe dir, was du brauchst. Machen es alte Männer mit ihren jungen Freundinnen nicht genauso? Ist es nicht ein Zeichen von Selbstbewusstsein, sich das zu nehmen, was man wirklich haben möchte, egal, was es kostet?

Meine Liebe braucht keine Gegenliebe. Keine Lügen mehr. Sie hat ein einziges Ziel, und das bist du. Dein Herz und dein schöner Körper gehören mir, auch wenn du es nicht wahrhaben willst. Sollte der Weg zu deiner Seele ein Umweg über meine Finanzmittel sein, ist mir das recht. Ich habe keine Angst, alles zu geben, was ich habe. Ich spüre diese euphorische Großzügigkeit in mir: Wir sind uns endlich wieder nahe.

In diesem Überschwang kaufe ich auf einer Tankstelle einem kleinen Mädchen, das hinter mir in der Schlange steht, eine Tafel Schokolade. Ihre Mutter macht ein erschrockenes Gesicht, aber sie traut sich nicht, mein Geschenk abzulehnen. Schließlich bedankt sie sich zurückhaltend und nimmt die Tafel an sich. Sie dreht sie hin und her, als suchte sie nach einer versteckten Botschaft, dann bricht sie ihrer Tochter einen Riegel ab. Ich will ihr sagen, dass das nicht der Zweck der Gabe war: ein Riegel pro Tag für das Kind. Ich will ihr sagen, dass sie dem Mädchen wenigstens ein einziges Mal den Überfluss einer ganzen Tafel gönnen soll. Aber ihre kleinliche Geste macht mich so traurig, dass ich die beiden einfach stehen lasse. Das Kind lächelt mich an, als hätte es gar nicht verstanden, was vor sich ging.

Es ist seltsam, wie Menschen auf Glück reagieren: misstrauisch, als würde jemand versuchen, sie übers Ohr zu hauen.

Wir haben uns endlich wiedergesehen, und es war so wie anfangs. Du hast gestrahlt und mich umarmt. 2.000 habe ich dir gegeben, das ist auch für mich nicht wenig Geld, aber tut es mir weh? Nicht wirklich! Und dich macht es glücklich, auch wenn du dir alle Fragen nach dem Zweck verbittest. Ich bemühe mich, dir zu vertrauen. Verstehst du nicht, dass mir das Geld nichts bedeutet? Wenn du es mir nie zurückzahlen kannst — was soll's! Ich möchte nur, dass es dir gut geht.

Und doch spüre ich während unseres Treffens, wie ganz langsam die Depression wieder überhand nimmt. Ich darf nicht in deine Wohnung, weil du, wie du sagst, heute nicht putzen konntest. Du sagst, es sieht aus bei dir wie im Schweinestall, aber du hattest genug Zeit, das zu ändern. Ich versuche, mir davon nicht die Stimmung verderben zu lassen. Ich denke, wir hatten eine Krise und müssen nun wieder anfangen, uns allmählich neu kennen zu lernen. Ich will ja auch nichts überstürzen.

Wir gehen etwas essen, du sagst, du stirbst vor Hunger. Früher warst du nicht so, du warst hungrig auf mich, nicht auf irgendwelche Mahlzeiten. Jetzt stirbst du angeblich vor Appetit. Wir gehen also in dasselbe Lokal, in dem du mich früher unter dem Tisch angefasst hast. Ich weiß noch, wie mich das gestört hatte, ich hasste es regelrecht. Jetzt denke ich, wie unglaublich dumm ich damals war. Wie konnte ich mich nicht über deine unstillbare Begierde freuen? Jetzt wäre ich dankbar für die kleinste Berührung. Ich schiebe meine Hand zu dir herüber, weil ich diese freundliche Kälte nicht mehr aushalte. Du nimmst sie, drückst einen Kuss darauf, einen Moment lang flackert Hoffnung in mir auf, dann legst du sie wie einen Gegenstand wieder ab.

Ich darf mich davon nicht beirren lassen. Ich muss meine Qualitäten als Verführerin wieder üben. Ich weiß, da war ein anderes Mädchen, ich habe dich mit ihr gesehen, aber sie spielt sicher keine Rolle in deinem Leben, sonst hättest du nicht mich, sondern sie angerufen. Ich habe sie gehasst, ich habe sie verfolgt, aber ich habe mir gerade noch rechtzeitig klar gemacht: Ich bin die Starke, die Konstante in deinem unsteten Alltag. Meine Rolle kann von keiner Jüngeren eingenommen werden. Ich bin unersetzbar.

Was ist los mit dir?, *fragst du. Du bist heute so nervös und so ernst.*

Kann es sein, dass dir nicht klar ist, welchen inneren Aufruhr du in mir beschwörst? Du behandelst mich, als hättest du alles vergessen, was je zwischen uns war! Als sei ich deine ... Tante! Wir haben uns stöhnend aneinander gerieben, wir konnten nicht genug voneinander bekommen, du hast meinetwegen gelacht und geweint, daran musst du dich doch erinnern! Doch es ist so, als wäre all das nie passiert, als hätte ich mir alles nur eingebildet.

Das ist das Schlimmste. Dass du unsere tiefen Gefühle leugnest, wenn nicht mit Worten, so mit Taten. Du sagst nicht: Ich habe dich geliebt, du warst mein Leben, aber jetzt ist es vorbei, ich weiß auch nicht warum, aber es ist so. Damit könnte ich vielleicht zurechtkommen — eines Tages. Du siehst mich stattdessen verständnislos an, als hättest du unsere Leidenschaft aus deinem Gedächtnis eliminiert. Du degradierst unsere Liebe zu einem banalen Irrtum, nein, viel infamer: Du tust so, als hätte sie nicht existiert.

Das ist es, was ich dir nicht verzeihen kann. Ich habe es versucht, ich habe mit mir gekämpft, aber ich kann es nicht. Meine Wut — und

ich sehe sie mittlerweile als kerngesunde Wut – hat wieder die Ober-
hand gewonnen. Sag mir eins, Milan, du gut aussehender Versager mit
deinen lächerlich vergeblichen Träumen vom großen Geld und deinen
albernen Deals, die dich deinen Zielen nie auch nur einen Schritt nä-
her brachten: Hältst du mich wirklich für so eine Idiotin? Glaubst du
im Ernst, ich lasse mir das bieten? Wen, glaubst du, hast du vor dir?
Eine Kuh, die du melken und auf die Weide schicken kannst, wann es
dir passt?

Du irrst dich, Geliebter. Du hast Dämonen in mir geweckt, die
du jetzt nicht wieder wegdiskutieren kannst. Tja, mein Schatz, das ist
leider deine Schuld. Du hast mit Gefühlen gespielt. Du hast dir ge-
dacht, du brauchst nur deinen ganzen Charme einzusetzen, um den
Geist wieder in die Flasche zurückzubefördern (ich kenne dich gut,
stimmt's?). Aber du hast nicht mit meiner Kraft, meinem Scharfsinn
und meinem Zorn gerechnet. Ich werde um uns kämpfen. Zum ers-
ten Mal in meinem Leben werde ich mich nicht unterbuttern lassen. Ich
werde nicht länger die Brave, Freundliche, Verständnisvolle spielen,
damit wieder andere ernten, was ich gesät habe.

Diesmal nicht.

Ich weiß noch nicht, was ich tun werde. Zunächst werde ich dir eine
letzte Chance geben. Du bekommst das Geld. Gibt es nicht in abseh-
barer Zeit eine freiwillige *Gegenleistung – du weißt schon welche,*
nicht wahr? –, dann wirst du bereuen, mich jemals getroffen zu haben.

Das schwöre ich dir und mir.

Satan begleitet Maria nun überall hin. Seine Intelligenz und sein
Wissen sind umfassend. Satan blendet nichts aus, auch nicht
die dunklen Seiten der Welt – gerade ihnen gilt sein besonderes
Augenmerk. Er legt den Finger auf die Wunden einer verlo-
genen Gesellschaft. Er öffnet Maria die Augen, und plötzlich
nimmt sie die hässlichen Fratzen hinter gefälligen Masken in
aller Deutlichkeit wahr. Kai bestärkt sie darin, genau hinzuse-
hen, sich nichts vormachen zu lassen. Gemeinsam kommunizieren sie mit Satan in Leilas Haus, dringen immer tiefer in seine
Mysterien ein, holen sich Rat für ihre nächsten Aufgaben.

Denn Satan lässt es nicht zu, dass sich der Kontakt zu ihm

auf ein paar schaurig-schöne Gruselsessions beschränkt. Er fordert Beweise für echtes menschliches Interesse. Er will Opfer. Als Erstes fordert er Marias Haar. Sie liebt ihr dickes Haar; Satan will, dass sie es kurz schneidet. Er bezeichnet das als symbolischen Akt, mit dem sie ihre Erdenschwere ablegen kann. Maria braucht einen Tag, bis sie sich dazu durchringt, aber dann tut sie es. Sie stellt sich vor den Badezimmerspiegel und schneidet eine lange, dicke Strähne nach der anderen ab und lässt sie achtlos fallen. Zum Schluss ringeln sie sich wie Schlangen auf dem Boden, auf dem Badewannenrand, im Waschbecken. Maria packt sie und stopft sie in den Abfalleimer. Dann erst traut sie sich, in den Spiegel zu schauen. Sie fühlt sich nicht entlastet, sondern eher schwach ohne den Schutz ihrer Mähne, aber Satan wird wissen, was gut für sie ist, auch wenn ihre Eltern entsetzte Gesichter machen und sie zum Friseur schicken wollen.

Maria geht nicht zum Friseur. Sie hat alle Trümpfe in der Hand, ihre Eltern können nichts mehr unternehmen, um sie aufzuhalten. Satan hat dafür gesorgt, dass sie ihre Hausaufgaben mittlerweile in Rekordgeschwindigkeit erledigt. Er klärt ihren Geist, befreit ihn von Hoffnungen und Begierden und befähigt sie zu Höchstleistungen: Sie wird am Ende dieses Schuljahrs das beste Zeugnis ihrer gesamten Schullaufbahn nach Hause bringen.

Maria sieht alles, hört alles. Das unterdrückte Weinen ihrer Mutter nach gewissen Telefonaten zum Beispiel. Sie erkennt: Satan hatte Recht, ihre Mutter lebt eine Lüge. Auf Anweisung Satans schwänzt sie einen Vormittag die Schule und versteckt sich zusammen mit Kai in der Nähe ihres Hauses in Kais Auto. Punkt halb elf sieht sie ihre Mutter aus dem Haus kommen und in ihren Kleinwagen steigen. Kai und Maria verfolgen sie unbemerkt bis zu einem mehrstöckigen Betonklotz in einer der schlechteren Gegenden der Stadt. Ihre Mutter verschwindet darin, und sie warten eine halbe Stunde auf der anderen Straßenseite, bis sie sie wieder auftauchen sehen – neben einem dunkelhaarigen, gut aussehenden Jungen, der höchstens wie Mitte zwanzig aussieht.

Satan wusste all das. Woher? Eine Frage, die sich Maria nicht mehr stellt. Satan hat schon mehrfach bewiesen, dass er Mauern,

Entfernungen und Gedanken mühelos überwinden und durchdringen kann. Ihre Mutter geht neben dem Jungen her, sie unterhalten sich lebhaft gestikulierend – es sieht beinahe nach einem Streit aus – und verschwinden in einem Fußgängerdurchgang, der mit dem Auto nicht passierbar ist. Ihre Mutter wirkt bedrückt. Maria wird Satan fragen, warum.

Erwachsene haben es verlernt, nach der Wahrheit zu leben, sagt Kai neben ihr. Maria sieht sie an. Sie ist wunderschön, wie immer. Ihre blasse Haut, die sie absichtlich nie der Sonne aussetzt, ist makellos, ihre blauen Augen scheinen mühelos in Maria hineinzusehen, in die Tiefen ihrer eigenen Verletzlichkeit. Kai ist ein Wesen von einem anderen Stern, so wie sie. Sie beide sind erwählt, Außerordentliches zu vollbringen, das weiß sie jetzt. Zunächst geht es um den Bekannten ihrer Mutter.

Bekannter, sagt Kai. Ihr perfekter Mund kräuselt sich zu einem ironischen Lächeln.

Was meinst du?, fragt Maria.

Die Wahrheit. Es geht darum, dass du sie siehst und benennst. Schon vergessen?

Maria senkt den Kopf. Sie will nicht wissen, was jetzt kommt, aber ihr ist klar, dass sie dem nicht ausweichen kann. Ihre Mutter hat keinen Bekannten, sie hat einen … Geliebten. Sie ist ihrem Mann, Marias Vater, nicht treu.

Vielleicht war sie es nie, sagt Kai, als hätte sie – wieder einmal – ihre Gedanken gelesen (sie kann das, sie ist so viel weiter als Maria auf dem Weg zur allumfassenden Erkenntnis).

Nie?

Das Bild ihrer Mutter verzerrt sich in Sekundenschnelle, und das Ergebnis ist das Bild einer Frau, von der sie nichts, gar nichts weiß. Es ist der Schock, den viele in ihrem Alter aushalten müssen, seit so viele Ehen und Beziehungen nur noch auf Zeit geschlossen werden. Aber Maria weiß das nicht. In diesem Moment glaubt sie, sie sei die Einzige, deren Welt in Trümmer gelegt wurde, und das mit einer fatalen Unwiderruflichkeit.

Ihre Mutter ist nicht mehr ihre Mutter. Sie ist eine Fremde.

Nun ist es sicher. Sie hat keine Mutter mehr.

Maria senkt den Kopf und beginnt leise zu schluchzen, obwohl sie kaum Luft bekommt. Ein eiserner Ring scheint ihre Lungen zusammenzupressen. Kai legt ihr die Hand auf den Rücken, aber die entsetzliche Spannung will sich nicht lösen. Maria beginnt zu keuchen, ihre Tränen versiegen. *Ich kann nicht mehr atmen.*

Das ist der Schock. Das ist normal.

Ich will wieder atmen! Mach, dass es weggeht!

Du musst es ganz durchleben! Kämpfe nicht dagegen an!

Ich kann nicht! Ich sterbe!

Du kannst es. Ich bin bei dir.

Kais ruhige Stimme löst allmählich die Verkrampfung, der Ring lockert sich und verschwindet schließlich, um einer großen Traurigkeit Platz zu machen. Sie hat keine Familie mehr. Sie ist ganz allein.

Lass dir das nicht gefallen. Eine Stimme, sie ist so leise, dass Maria sie nicht orten kann. Vielleicht war es Kai, vielleicht nicht.

Was willst du tun?, fragt Kai in normaler Lautstärke.

Maria zuckt die Schultern. Im geschlossenen Auto wird es langsam heiß und stickig. Sie will nach Hause, in den kühlen, schattigen Garten ihrer Eltern. Aber sie hat ja kein Zuhause mehr.

Kai wiederholt ihre Frage mit einer gewissen Dringlichkeit in der Stimme. *Was willst du tun?*

Maria zuckt die Schultern. Sie weiß nicht, was sie darauf antworten soll. Vielleicht weiß es Satan.

Du musst ihn treffen, sagt Kai. *Den Geliebten deiner Mutter. Du musst ihn treffen.*

Warum?

Er zerstört eure Familie. Du musst ihn treffen. Du musst wissen, wie er ist. Die erste Stufe heißt Erkenntnis, vergiss das nicht.

Aber was soll mir das nützen?

Kai lächelt geheimnisvoll. *Überlass das Satan. Er hat eine Strategie.*

Welche?

Weiß ich doch nicht. Kenne ich all seine Wege? Er wird sie dir mitteilen. Aber zuerst musst du ihn kennen lernen.

Wen?
Den Mann, mit dem deine Mutter...
Maria hält sich die Ohren zu. Sie kann das jetzt nicht hören.
Ich will ihn nicht sehen. Was soll ich ihm sagen?
Satan wird dir das Rüstzeug zukommen lassen.
Wozu?
Es geht um Rache, Maria, hast du das immer noch nicht verstanden? Rache ist das erlösende Gewitter, das die Luft reinigt und uns alle zu einem neuen Anfang führt.

Satan sprach zu Leila und befahl ihr, den Pakt zu vollenden. Satan hatte kein Gesicht, aber Leila konnte ihn dennoch sehen. Er war im Zentrum eines Feuers, der einzige Bewohner lebloser, hoffnungsloser Finsternis.

GEH, sagte Satan. Um jedes seiner gemeißelten Worte züngelten Flammen. GEH UND KOMM ZU MIR. BEEIL DICH.

Leila öffnete die Augen und starrte in die Dunkelheit. Es gab keine Möglichkeit, Licht zu machen. Über ihr schnarchte eine übergewichtige Frau namens Vera. Vera drehte sich schnaufend um, und das Stockbett über Leila knackte lautstark wie schon so oft in dieser Nacht. Vera hatte versucht, einen Bankraub zu begehen, weil sie so hohe Schulden hatte und so wenig besaß, dass der Gerichtsvollzieher schon mehrfach unverrichteter Dinge wieder abziehen musste. Geld haben oder sterben, hatte sich Vera eines Tages gesagt und sich eine dieser Politiker-Karnevalsmasken gekauft. Diese Maske – es war das Gesicht Gerhard Schröders gewesen – und ihre Leibesfülle hatten sie verraten. Der Verkäufer der Maske hatte sie auf dem Überwachungsvideo der Bank wiedererkannt. 20 000 hatte Vera erbeutet und musste sie wieder abgeben.

Leila setzte sich auf, schwang die Beine aus dem Bett und sah nach oben zu dem schimmernden Viereck des Fensters. Man konnte hier nur ein Stück des Himmels sehen, sonst nichts. Leila versuchte, gleichmäßig zu atmen, ein und aus, ein und aus. Hier war so wenig Platz, so furchtbar wenig Platz. Zwölf Quadratmeter hatte ihr eine Wärterin gesagt. Drei mal vier Meter. Noch nie hatte sie ein so kleines, enges Zimmer gehabt. Leila ahnte die nahen Wände, sie schienen auf sie zuzukommen, sie zu erdrücken.

Ein- und ausatmen.

Man konnte nirgendwohin. NIRGENDWOHIN.

Ein. Und aus.

»Frau Leitner?«

»Ja? Wer ist da?«

»KHK Mona Seiler. Wir waren für heute verabredet.«

»Ja. Aber doch erst um elf!«

»Ich bin gerade bei Ihnen in der Nähe. Kann ich schnell hochkommen? Dann müssen Sie auch nicht extra ins Dezernat.«

»Ja – warum nicht? Kommen Sie hoch.«

Mona beendete das Gespräch und parkte ihren Wagen. Sie war nervös. Sie wusste, sie war ganz nah dran. An einer Lösung, wie immer sie auch aussah. Zum zweiten Mal stieg sie die Treppe zur Wohnung Theresa Leitners hoch. Zum zweiten Mal stand sie vor ihrer Tür. Die Kinderzeichnung mit dem Regenbogen hing nicht mehr daran. Sonst sah alles aus wie immer: ein wenig heruntergekommen, aber auf eine nicht uncharmante Weise.

Sie klingelte, und Theresa Leitner öffnete kaum eine Sekunde später.

Wieder hörte sie Satans Stimme. Satan hatte sich ganz allmählich, Schritt für Schritt, in ihr Leben geschlichen und ließ sich nicht wieder vertreiben. Er hatte ihr übermenschliche Kräfte verliehen und kam nun, auch ohne dass sie Ihn rief. Sie hätte niemals ... mit Ihm spielen dürfen. Man spielte nicht mit einer Macht wie Ihm. Man behandelte sie respektvoll und hielt sich ansonsten fern.

Hätte ich Ihn nur nie gerufen.

Wie gern wäre sie ihre Sehergabe wieder los, die sie sich damals so gewünscht hatte!

Zu spät. Sie spürte, wie Er vor den Pforten ihrer Gedanken stand. *Klopf, klopf.*

Nein!

Bleib draußen, verdammt! Lass mich in Ruhe, du…

Satan ließ sich nicht verfluchen, er war die Essenz aller bösen Wünsche!

Und nun war Er in ihr drin. Sie hatte den Kampf verloren. Sie dachte an Kai, bevor ihre Bewegungen mechanisch wurden und sie nur noch fremdbestimmt dachte und handelte.

Kai!

Aber Kai war weit weg in diesem Moment, sie konnte sie nicht einmal gedanklich aufspüren. Sie war auf sich allein gestellt. Satan infiltrierte ihren Kopf so lange, bis es sie nicht mehr gab, sondern nur noch Leila, Seine Marionette.

»Bertold Grimm.«

»Ja?«

»Wie gut kennen Sie ihn?«

Theresa Leitner sah sie überrascht an. Mona kam es vor, als hätte sie ein paar Kilo abgenommen. Überhaupt wirkte sie gesünder, besser aussehend, weniger deprimiert als bei der ersten Vernehmung.

»Er ist sozusagen mein Chef. Wir haben ein sehr gutes Verhältnis.«

»Ist das alles?«

»Wie meinen Sie das? Was soll da noch sein?«

»Wussten Sie zum Beispiel, dass er sich sehr gut mit Karin Belolavek verstanden hat?«

»Ach so, das.« Theresa Leitner zuckte die Schultern und nahm einen Schluck von ihrem Tee. »Ja, das stimmt. Er mochte sie sehr gern.«

»Warum haben Sie mir das nicht erzählt?«

»Sie haben nicht gefragt. Ich dachte, das ist nicht so wichtig.«

»Hatten sie was … miteinander? Sie wissen schon, eine Affäre, etwas in der Art?«

»Karin und er? Nein! Also – nicht, dass ich wüsste.«

»Aber das Gegenteil könnten Sie auch nicht gerade beschwören.«

»Nein, aber … Was wollen Sie ihm denn anhängen? Das ist ein ganz honoriger Mann, und wenn da etwas war, ist das seine und Karins Sache. Ich weiß davon nichts.«

»Karin hat Ihnen von ihrem jungen Liebhaber erzählt, aber nichts von Bertold Grimm.«

Verdammt, dachte Mona. Sie war irgendwie auf das falsche Gleis geraten. Theresa Leitner sah sie an wie jemand, der überhaupt nichts mehr verstand. Plötzlich fiel Mona keine Frage mehr ein. Und das war meistens ein Zeichen dafür, dass sie in einer Sackgasse gelandet war.

»Gibt es noch irgendwas – zu diesem Fall meine ich –, was Sie mir sagen wollen?« Geordneten Rückzug einleiten. Theresa Leitner wusste nichts. Jedenfalls nichts zum Thema Bertold Grimm.

»Eigentlich nicht. Ich glaube wirklich, ich habe Ihnen alles erzählt, als Sie das letzte Mal bei mir waren.«

Als Mona an der Tür stand, fiel ihr doch noch etwas ein.

»Hat Ihnen Karin einmal erzählt, wie sie Milan Farkas kennen gelernt hat? Dass es auf dieser Lesung im Gefängnis war?«

Theresa Leitner überlegte. Sie strengte sich richtig an. Dann sagte sie: »Ich glaube nicht. Wir haben ein einziges Mal darüber gesprochen, weil sie eben so verzweifelt war, und da hat sie mir nicht einmal den Namen gesagt. Vielleicht hätte sie es getan, wenn ich an dieser Veranstaltung teilgenommen hätte. Aber es war nicht so.«

Paula zog ihren Gürtel aus den Schlaufen ihrer weiten Hose. Sie hatten ihr den Gürtel nicht abgenommen, dabei war das, wie sie aus dem Fernsehen wusste, doch eigentlich Vorschrift. In ihrem Kopf rauschte es. Sie tat etwas und wusste doch gleichzeitig, dass sie es nicht tun wollte. Sie wollte leben, nicht sterben. Aber gleichzeitig sehnte sie sich so sehr nach Ruhe. Keine Befehle mehr in ihrem Kopf. Einfach nur schlafen. Ewig schlafen.

Jeder Preis war ihr dafür recht.

»Mona?«

»Wer ist da?«

»Hans. Fischer. Wo bist du?«

»Im Auto, wieso?«

»Paula-Leila hat versucht, sich umzubringen. Heute Nacht. Sie haben gerade angerufen.«

»Die Svatek? Wo? Im Knast?«

»Ja. Sie liegt jetzt auf der Krankenstation. Ansprechbar, sagt der Arzt.«

»Wieso sagen die uns jetzt erst Bescheid?«

»Keine Ahnung. Willst du selber hinfahren?«

»Ja. Konferenz verschiebt sich auf … vier. Sagst du's den anderen?«

»Okay. Soll ich mitkommen?«

»Nein. Ich mach das schon. Ich ruf dich an, sobald ich mit der Svatek fertig bin.«

»Was soll das? Ich kann wirklich gerne mitkommen.«

Mona holte tief Luft. »Ich will sie allein sehen, verstehst du?«

Fischer legte auf. Bestimmt stocksauer.

7

»Die haben vergessen, ihr den Gürtel abzunehmen, diese Idioten«, sagte der Gefängnisarzt. Er war um die sechzig, leicht übergewichtig und trug einen weißen Kittel und weiße Gesundheitssandalen. Mona sah ihn fast nur von hinten, weil er die ganze Zeit im Laufschritt vor ihr herlief und hin und wieder einen Satz über seine Schulter in ihre Richtung schleuderte. Er sprach sehr schnell. Mona antwortete nicht, weil das offensichtlich nicht von ihr erwartet wurde.

»Idioten sind das. Ohne Menschlichkeit, ohne Verständnis. Nehmen der Frau den Gürtel nicht ab. Schwer suizidgefährdet, hätte man auf den ersten Blick sehen müssen. Und sie lassen ihr den Gürtel.« Er bog um eine Ecke, und vor ihnen tauchte eine Glasfront mit der Aufschrift »Krankenstation« auf.

»Ist sie bei Bewusstsein?«, fragte Mona, als er die Glastür aufschloss und sie endlich neben ihm stehen bleiben konnte. Sie hörte ihn leise keuchen. Ein schwacher Geruch nach Schweiß und Desinfektionsmitteln ging von ihm aus.

»Mal so, mal so. Ich hab ihr was zur Beruhigung gegeben.«

»Warum hat sie…«

»Keine Ahnung. Sie sagt kein Wort.«

»Haben Sie sie gefragt?«

Er sah Mona gekränkt an, die Klinke der Glastür in der Hand. »Was soll das denn? Für wen halten Sie mich eigentlich?«

»Und sie hat nichts gesagt?«

»Kein Wort. Sie hat vor irgendwas Angst, das ist schon mal sicher.« Er hielt ihr die Tür auf, sichtlich ungeduldig. »Da hinten. Raum sechs. Wollen Sie, dass ich dabei bin?«

»Nein. Muss nicht sein.«

»Gut.« Er blieb abrupt stehen und gab ihr die Hand. »Ich muss los. Gleich kommt ein Beamter. Er wartet vor der Tür auf Sie.«

»Gut. Wie geht es ihr jetzt?«

»Außer Lebensgefahr. Sie hat versucht, sich an ihrem Gürtel aufzuhängen. Am Fenstergriff. Das klappt selten, wissen Sie, und dann war sie ja auch nicht allein in der Zelle, und die andere ist aufgewacht, bevor was Schlimmeres passieren konnte. Aber trotzdem hätten sie ihr das Ding abnehmen müssen. Das ist Vorschrift.«

»Ich weiß.«

Paula-Leila lag allein im Krankenzimmer, in dem noch zwei leere Betten standen. Sie hatte sich mit dem Rücken zur Tür gedreht, und man sah nur ihren roten Haarschopf. Ihr Bett stand direkt am vergitterten Fenster, durch das eine blasse, nebelverschleierte Herbstsonne schien. Wieder war es nachts sehr kalt geworden, nachdem der Regen aufgehört hatte. Aber der Wetterbericht hatte für heute einen angenehm warmen Tag vorhergesagt.

Mona holte sich einen Stuhl und setzte sich neben Paula Svateks Bett. Sie berührte vorsichtig die unter der Decke verborgene Schulter. Unter ihrer Hand spürte sie, wie die andere zusammenzuckte: Sie hatte nicht geschlafen. Sie wollte nur mit niemandem reden.

»Paula«, sagte Mona so behutsam, wie sie konnte. »Bitte drehen Sie sich um.«

Paula bewegte sich nicht. Ihre Schulter fühlte sich steif an, wie tot, und einen Moment lang befürchtete Mona genau das. Dass Paula doch noch einen Weg gefunden hatte. Die echten Selbstmörder, also diejenigen, die kein Signal an ihre Umwelt schicken, sondern wirklich gehen wollten, waren ungemein erfinderisch. Wenigstens dreimal hatte Monas Mutter versucht, sich das Leben zu nehmen, und immer war ihr nur ein dummer Zufall dazwischengekommen – Mona, zum Beispiel, die zur Unzeit nach Hause kam und ihre Mutter auf dem Küchenboden fand. Mona sah sie vor sich, mit verdrehten Gliedern, den Pullover bis zum BH nach oben geschoben, ihre weit aufgerissenen Augen, die einen Punkt im Universum zu fixieren schienen.

Aber sie hatte überlebt und Mona dafür noch mehr gehasst als ohnehin schon. Mona, für die sie eine Verantwortung hatte, die sie nicht wahrnehmen konnte. Mona, der sichtbare Beweis für ihr Versagen als Frau und Mutter.

»Paula! Bitte!«

Die Schulter begann zu zucken, und Mona atmete auf. Wenn sie weinte, war sie vielleicht ansprechbar.

»Paula? Geht's Ihnen besser?«

Mona hörte ein Schniefen. Schließlich zuckte und bebte der ganze Körper. Mona ließ ihre Hand auf der Schulter liegen und wartete ab. Sie hatte keine Zeit, eigentlich. Sie hatte die Schriftstellerin Carola Stein ein weiteres Mal ins Dezernat geladen. Außerdem erwartete sie die Ergebnisse des Entomologen Marko Selisch, der tatsächlich ein totes Schwein am Tatort deponiert hatte, wovon Berghammer glücklicherweise nichts ahnte. Sie musste unbedingt Bauer besuchen, der endlich ansprechbar war – und all das wollte sie selbst machen. (Letzteres gestand sie sich nicht ein, aber so war es: Sie wollte alles selbst machen, um ihre Scharte auszuwetzen. Es war jetzt ihr Fall, ganz allein ihr Fall. Die anderen hatten nichts mehr damit zu tun.)

»Haben Sie ein Taschentuch?« Paulas Stimme, gequetscht und verweint.

»Ja.« Mona zog, genauso wie am Vorabend mit Grimm, die Packung Tempotaschentücher aus ihrer Tasche und reichte sie Paula über die Decke hinweg. Eine Hand tauchte auf und griff nach dem Päckchen.

»Danke.«

»Bitte.«

Sie musste warten. Vielleicht war Paula Svatek einfach nur eine Verrückte, die tatsächlich nichts wusste, vielleicht war es reiner Zufall, dass ausgerechnet Milan Farkas auf ihrem Grundstück…

Nein. Paula Svatek war ihre wichtigste Zeugin, so viel stand fest.

Sie musste warten, bis sie redete. Wie schon so oft: Das war ihr Job. Warten, bis jemand redete. Warten, bis jemand aufhörte zu lügen. Warten, bis der Punkt erreicht war, wo jemand zusammenbrach und wenigstens die halbe Wahrheit stammelte. Warten. Bis jemand aus einer Tür kam. Oder irgendwo hineinging. Jemanden traf, den er gar nicht kennen durfte. Warten. Dass jemand den Fehler machte, der ihn endgültig verriet. Und dann: Zugriff.

Aber die Lage war hier anders. Jemand in Paulas Situation würde sich möglicherweise eher umbringen als reden. Es gab Leute wie sie, deren Scham so groß war, dass sie lieber starben, als ihren Fehler zu gestehen. Was hatte sie getan, das so schlimm war? Gab es darauf nicht nur eine mögliche Antwort?

»Paula. Bitte drehen Sie sich um. Ich will Ihnen helfen.«

Nun ja. Das war nicht *nur* eine Lüge.

Milan. Milan. Nun haben wir uns wieder gefunden, nach so langer Zeit, und dein Name hat seinen magischen Klang nicht verloren. Milan. Ich habe dich nicht vergessen. Milan: Ich sage ihn mir vor, wenn ich nicht einschlafen kann. Milan. Mein Zauberwort. Es heißt: Alles wird gut, wenn ich endlich stark genug bin, das Notwendige zu veranlassen. Noch ist es nicht so weit. Im Moment spüre ich zwar, wie mir Kräfte wachsen, von denen ich nicht ahnte, dass sie in mir sind. Menschen dienen mir, ohne es zu wissen, und ich nehme ihre Hilfe dankbar an. Aber die Zeit ist noch nicht da, der Plan muss reifen.

Allein kann ich nicht erreichen, was ich mir vorgenommen habe. Du bist es, den ich will. Aber falls ich dich tatsächlich nicht haben kann, dann soll mein Sieg über dich und deine kleine, schmutzige Seele vollkommen sein. Denn dann bin ich frei. Verstehst du: Ich will mich eines Tages zurücklehnen und sagen können, ich habe mit allen Mitteln gekämpft und habe letztlich gewonnen. Auch wenn mich niemand verstehen wird, ich habe ein Recht auf dich und meine Rache. Es ist ein archaisches Gefühl, das jede Frau kennt, aber kaum eine umsetzt. Ich bin diejenige, die es tun wird, denn eine muss damit anfangen, die elementare weibliche Schwäche und Unentschlossenheit zu überwinden.

Maria ist nun das Instrument eines fremden Willens, und sie hat sich damit abgefunden. Am Tag vor ihrem Verschwinden, einem glutheißen Augusttag mitten in den Ferien, setzt sie sich in die S-Bahn und fährt in die Innenstadt. Kai begleitet sie diesmal nicht, weil Satan das nicht will. Es ist ihre Aufgabe. Satan prüft damit erneut ihre Ergebenheit: Sie fährt zu dem Mann, mit dem ihre Mutter sie betrügt. Sie kennt seinen Namen nicht, nur seine Adresse, aber sie vertraut Satan: Er wird sie im richtigen Moment zu ihm bringen – irgendwie. In ihrer Umhängetasche hat sie ein langes Messer versteckt. Sie hat es eingesteckt, ohne zu wissen, wozu sie es benützen wird. Es ist, als habe ihr jemand die Hand geführt.

Es ist neun Uhr morgens, als sie auf ihr Rad steigt und losfährt. Ihre Mutter ist zu Hause. Sie putzt Bad und Küche, bügelt und kocht wie besessen. Sie ist dünn geworden und wirkt nervös, unglücklich und seltsam. Offenbar trifft sie den jungen Fremden zurzeit nicht. Maria weiß natürlich, warum: Weil sie da ist und kommt und geht, wann es ihr gefällt. Weil ihre Mutter sich nicht auf sechs Stunden Unterricht verlassen kann, die ihr einen freien Vormittag garantieren.

Wohin fährst du?, hat sie ihre Tochter mit matter Stimme gefragt, aber Maria hat sie nicht einmal einer Antwort gewürdigt. Zum Plan gehört, ihre Mutter zu verunsichern. Sie soll sich möglichst nicht mehr aus dem Haus trauen. Sie soll sich fürchten vor den durchdringenden Blicken ihrer Tochter, ihren unausgesprochenen Fragen, ihrem stillen Vorwurf. Maria spürt, wie viel Macht sie über ihre Mutter hat, indem sie ihr Wissen verschweigt. Es funktioniert.

Der Morgen ist noch kühl, die Luft aber schon weich wie Samt. Eichen, Fichten und Kastanienbäume schirmen die Sonne ab, die noch tief steht. Maria fährt mit dem Rad durch die ruhigen Straßen ihrer Siedlung zum Bahnhof. Niemand ist auf der Straße, kein Auto zu hören, nur das Zwitschern der Amseln und Spatzen in den großzügigen Gärten. Einen Moment lang fühlt Maria den Frieden, der von dieser Szenerie ausgeht. Einen Moment lang möchte sie am liebsten immer so weiterfahren, ohne Plan. Vielleicht zu Jenna, die diesen Sommer umzieht und im Herbst in eine andere Schule kommen wird. Sie sehnt sich plötzlich nach Jenna. Ihre Freundschaft hat sich nicht direkt erledigt, aber sie haben auch nicht mehr viel miteinander zu tun. Schon vor Kai war es nicht mehr wie früher gewesen, und jetzt grüßen sie einander noch, aber sie unternehmen nichts mehr zusammen.

Vielleicht würde Jenna sich freuen, Maria zu sehen, bevor sie endgültig wegzieht. Sie ist aus einer anderen Welt, einer, in der Satan keine Rolle spielt. Immer wenn Maria mit Kai und Leila zusammen ist, fühlt sie sich als Auserwählte. Aber heute beneidet sie die anderen in ihrer banalen, sorglosen Existenz. Sie ahnen nichts von der Macht Satans. Sie bekommen sie früher oder später zu spüren und nennen sie dann Pech oder Schicksalsschlag. Manchmal – jetzt – sehnt sich Maria zurück in diesen Zustand des Nichtwissens. Jetzt wäre sie gern eine wie alle, nicht besonders hübsch, mittelmäßig intelligent, zufrieden. Sie musste Satan kennen lernen, um zu erfahren, wie schön es sein kann, durchschnittlich zu sein.

Aber so war sie ja nie. Es ist ihr Karma.

Sie überquert eine befahrene Hauptstraße und stellt ihr Rad am großen Fahrradständer am S-Bahnhof ab. Am Kiosk daneben kauft sie sich ein Twix: Sie hat nicht einmal gefrühstückt. Sie ist blass, weil sie die Sonne wochenlang gemieden hat, und ihre Augen brennen: Sie schläft kaum noch (Kai geht es ähnlich, das ist der Tribut, den Satans Gnade fordert). Der Kioskbesitzer schaut ihr nach und registriert ein dünnes, verwirrt wirkendes Mädchen mit wild aufstehenden kurzen Haaren und einem merkwürdig tiefen, angstvollen Blick. Der Blick ist viel älter, als sie an Jahren sein kann.

Maria steigt in die S-Bahn. Ihr Geruchssinn hat sich in den letzten Wochen unter Satans Einfluss geschärft, und das ist nicht immer angenehm. Sie riecht ungewaschene Kleider, kalten Rauch, alten Schweiß und die undefinierbaren Ausdünstungen der kunstledernen Sitze. Sie setzt sich auf einen Platz, den die immer höher steigende Sonne noch nicht aufgeheizt hat, und versucht, ihre Umgebung, das Schwatzen und Lachen um sie herum zu ignorieren. Sie ist gleichzeitig todmüde und überwach. Sie weiß, dass sie jetzt nicht versagen darf. Sie muss den Fremden finden, und sie muss … Aber das wird sich erweisen. Sie ist sicher, dass Satan sich im richtigen Moment einschalten wird, um sie zu leiten. Aber erst muss sie ihren Part erfüllen, so gut sie kann.

Nach fünf Stationen steigt sie aus. Ihre Knie zittern leicht, aber ihr Gang ist entschlossen. Sie wird es schaffen, sie weiß, sie wird es schaffen. Ihre Fingernägel sind bis zum Bett abgekaut, ihre Lippen rissig und spröde, aber all das ist ihr längst egal. Sie begibt sich auf die Rolltreppe und starrt auf das schwarze Gummiband des Handlaufs, auf dem bereits Millionen schweißfeuchte Hände lagen; sie zieht ihre hastig zurück. Die Rolltreppe entlässt sie in eine große Halle mit einer Glasfront am anderen Ende. Sie läuft auf diese Glasfront zu, Türen öffnen sich automatisch, und sie steht auf der sechsspurigen Brücke, auf der sie sich rechts halten muss. Autos rasen lärmend an ihr vorbei, die stickig warme Luft ist geschwängert von Öl und Abgasen. Maria überlegt, ob sie auf den Bus warten soll, aber ihre Nervosität wächst und wächst, und schließlich läuft sie den ganzen Weg zu Fuß bis zur Arnulfstraße. Ein Bus hält neben ihr, und sie steigt ein.

Zweite Station: Marsstraße.

Sie ist da. Jetzt wird es sich entscheiden. Alles wird sich jetzt entscheiden.

»Paula«, sagte Mona – zum wievielten Mal? Die Zeit lief ihr davon, sie spürte es förmlich: Wenn sie sich nicht beeilte, würde noch etwas passieren, eine weitere Leiche auftauchen. »Paula, verdammt. Jetzt drehen Sie sich endlich um!«

Und tatsächlich bewegte sich das Bettengebirge. Paulas Kopf tauchte auf. Ihre Haare waren wirr, das Gesicht bleich und verschwollen wie das einer Kranken.

»Was?«, fragte Paula mit tränenerstickter Stimme. Ihre Lippen zitterten, und sie griff nach einem weiteren Taschentuch.

»Hören Sie auf!«, sagte Mona. Es reichte. Ihr reichte es. Zwei Männer waren tot, einer lag schwer verletzt im Krankenhaus, diese Frau hätte bei der Aufklärung rechtzeitig helfen können und tat sich stattdessen selber Leid. Paula hörte auf zu weinen. »Was wollen Sie?«, fragte sie mit halbwegs normaler Stimme.

»Das wissen Sie genau. Sagen Sie mir, was Sie wissen, dann müssen Sie nie mehr in diese Zelle zurück.«

»Ich weiß nichts. Was ich weiß, habe ich Ihnen gestern gesagt.«

»Das ist Blödsinn.«

»Ich hatte eine Vision...«

»Schluss jetzt!« Mona sprang auf. Sie warf ihren Parka ab, unter dem ihr plötzlich viel zu warm geworden war, und schleuderte ihn auf das leere Bett neben Paulas. In einem Angstreflex hob Paula die Decke bis zu ihren Augen. Mona sah auf sie herunter, vor Zorn bebend. »Wissen Sie, wie das ist, in U-Haft zu sein?«

»Was?«

Mona ging zum Fenster, Paula Svateks Blick folgte ihr. Mona

lehnte sich mit verschränkten Armen ans Fensterbrett, wohl wissend, dass Paula wegen des Gegenlichts ihr Gesicht nicht richtig sehen konnte.

»Was wollen Sie von mir?«, fragte Paula. Ihre Stimme klang furchtsam.

»Also, in U-Haft ist es nicht so schlimm wie im Männerknast«, begann Mona. »Keiner vergewaltigt Sie. Und Sie sind auch nicht von Schlägern und Gangs umgeben. Das alles nicht. Im Frauenknast ist das ganz anders, Paula.«

Mona holte tief Luft. Paula starrte sie wie hypnotisiert an. Ja. Jetzt hatte Mona sie endlich im Griff. Unerbittlich fuhr sie fort.

»Im Frauenknast sind alle, na, wie soll ich sagen, irgendwie komisch. Da gibt's zum Beispiel welche, die haben ihr Kind erwürgt, aber danach ganz hübsch angezogen, bevor sie's in der Mülltonne versenkten. Andere haben ihrem Kerl eins übergezogen, bevor er es bei ihnen tun konnte. Die sitzen dann nicht ein paar Jahre wegen Totschlags im Affekt, sondern lebenslänglich wegen Mordes, weil es Heimtücke war und geplant, und drehen langsam durch, denn es war ja eigentlich Notwehr, nur dafür – speziell dafür – gibt es kein Gesetz. Dann sind da die Obdachlosen, die irgendwann aus irgendwelchen Motiven gewalttätig wurden, aber nicht verrückt genug sind für die Geschlossene in der Psychiatrie.«

»Ich ...«

»Worauf ich hinauswill: Sie werden dort ganz viele Freundinnen finden, Paula, bestimmt. Es wird Ihnen richtig gut gefallen in dieser netten Runde. Und wenn Sie wieder rauskommen, werden Sie einen ganz anderen Blick aufs Leben haben. Verstehen Sie mich?«

Paula schwieg.

»Sie werden das nie vergessen, das verspreche ich Ihnen. Nie. Es wird nie mehr so unbeschwert sein wie früher. Ihr Leben. Das garantiere ich Ihnen. Na? Freuen Sie sich schon darauf? Solche Erfahrungen kann nicht jeder machen. Da sind Sie schon irgendwie privilegiert.«

»Hören Sie auf«, murmelte Paula. Sie senkte ihre Augen.

»Ich war eigentlich noch nicht fertig. Da gibt's noch einiges …«

»Hören Sie auf!«

»Nur wenn Sie endlich anfangen, Paula. Wir haben hier einen Mord. Zwei Morde. Zwei Männer sind tot, und Sie wissen was und reden nicht. Sie kommen da nicht einfach wieder raus, auf gar keinen Fall, es sei denn, Sie helfen uns.«

Auch dann würde Paula nicht einfach wieder rauskommen, aber das würde sie schon rechtzeitig merken.

»Okay.«

»Okay? Was heißt das?«

Paula sah immer noch auf ihre Decke, als sie sagte: »Ich habe Angst.«

»Vor wem?«

»Das würden Sie nie verstehen. Sie würden denken, ich lüge oder ich bin verrückt.«

»Lassen Sie's drauf ankommen.«

»Es ist Satan. Er hat mich in der Hand.«

Mona schwieg einen Moment. »Wie bitte?«

»Er hat mir befohlen, Dinge zu tun.«

»Wer – Satan?«

»Ja.«

»Welche … äh… Dinge?«

Wieder begann Paula zu weinen. »Ich darf darüber nicht reden. Er wird versuchen, mich zu töten, so wie letzte Nacht. Er wird es immer wieder versuchen, so lange, bis niemand mir mehr helfen kann.«

8

Maria steht vor dem Haus, in dem der Liebhaber ihrer Mutter wohnt. Es ist ein riesiges graues Gebäude, das abschreckend aussieht, als wollte es die Leute davon abhalten, hineinzugehen, hier zu wohnen. Sie versucht sich vorzustellen, wie ihre Mutter … hinter einem dieser hässlichen grauen Balkons … Es ist unvorstellbar, dass ihre Mutter so etwas tut! Es kann nicht sein! Lange Zeit hat sich Maria eingebildet, dass ihr ihre Mutter nichts bedeutet, und nun spürt sie, dass sie sich etwas vorgemacht hat. Ihre Mutter ist alles, was sie hat. Nicht einmal Kai ist ihr so wichtig wie sie. Jemand versucht, sie ihr wegzunehmen. Sie wird das nicht zulassen.

Die verschrammte Glastür öffnet sich, eine Gruppe älterer Ausländer drängt heraus. Ihre Gesichter sind dunkel und zerfurcht, und der Ausdruck in ihren Augen ist voller Resignation. In ihrem offensichtlichen Unglück strahlen sie eine seltsame Würde aus. Keiner von ihnen sagt etwas. Sie gehen an Maria vorbei, als wäre sie gar nicht da.

Die Tür öffnet sich ein weiteres Mal, und der junge Mann, mit dem ihre Mutter gesprochen hat, als sie und Kai sie beschattet haben, steht vor ihr. Er ist es tatsächlich, und das kann kein Zufall sein. Er wirkt vollkommen überrascht, gerade sie hier zu sehen: Er erkennt sie, das ist offensichtlich. Vielleicht weiß er sogar ihren Namen. Hat ihm ihre Mutter Fotos von ihrer Familie gezeigt? Vielleicht im Bett, nachdem sie …

Er bleibt vor ihr stehen, unschlüssig. Schließlich lächelt er, und dieses Lächeln trifft Maria mitten in die Magengrube: Es ist freundlich, unbeschwert und charmant. Hier steht der Mann, der dabei ist, ihre Familie zu zerstören, und lächelt so, als wäre gar nichts. Als gäbe es keine Probleme. Als wäre ihm alles egal. Sein Lächeln erstirbt, als er Marias wilden, ernsten Blick bemerkt.

»Willst du zu mir?«, fragt er.

»Wer sind Sie?«, fragt Maria zurück. Ihre Stimme bebt, die Worte wollen kaum aus ihrem Mund. Sie beginnt trotz der Hitze zu frieren, und gleichzeitig spürt sie, wie sie rot wird. Sie steht vor ihm. Es ist ihre Chance. Er ahnt nicht, was sie vorhat, er ist verwundbar. Diese Gelegenheit kommt nie wieder.

Ein Mann und eine Frau verlassen das Gebäude und werfen ihnen beim Vorbeigehen einen neugierigen Blick zu. Hier kann sie es nicht tun. Sie muss ihn dazu bewegen, sie in seine Wohnung einzuladen. Kai hat gesagt, er wohnt allein in einem Ein-

290

Zimmer-Apartment. Die Frage, woher sie das eigentlich so genau weiß, schießt ihr durch den Kopf.

»Ich heiße Milan«, sagt der junge Mann.

»Milan? Und wie weiter?«

»Milan Farkas«, gibt er ihr gehorsam Auskunft. Sein Lächeln ist zurückgekehrt. Es versteckt sich in seinen Augen, wartet nur darauf, bis es endlich wieder die Lippen erreichen kann. Maria hasst es, sie hasst seine Schönheit, seinen weich geschwungenen Mund, seine dunklen Augen mit den langen Wimpern. Sie zermartert sich den Kopf, was sie jetzt sagen soll.

»Kann ich … Können wir irgendwo reden?«

Milan zuckt die Schultern, die Hände lässig in die Taschen seiner beigefarbenen Stoffhose gesteckt, die teuer aussieht. Woher hat er so viel Geld? Von ihrer Mutter? Die ständig spart?

»Warum nicht?« Er rollt das R ganz leicht. Hat das ihrer Mutter gefallen? Er passt nicht zu ihr, sie ist viel zu alt für ihn. Sie wären ein idiotisches Paar.

»Wir können was trinken gehen«, schlägt er vor.

»Nein! Ich hab … äh … keine Zeit. Können wir … nicht schnell zu Ihnen rauf? In Ihre Wohnung?«

»Zu mir?« Er runzelt die Stirn. Die Idee scheint ihm überhaupt nicht zu gefallen.

»Nur für fünf Minuten.«

»Nein. Bei mir ist nicht aufgeräumt. Ich hab nicht mal das Bett gemacht. Hab keinen Damenbesuch erwartet.« Jetzt grinst er breit, was ihn auf einen Schlag viel jünger macht. Er sieht aus wie sechzehn, siebzehn höchstens. Maria hätte sich in ihn verlieben können, wenn sie nicht wüsste … Sie schüttelt sich vor Ekel. Er ist sympathisch, und das ist das Schlimmste.

»Also gut«, sagt sie. »Dann irgendwohin, wo es ruhig ist. Irgendwo in der Nähe.«

Er nickt und nimmt ganz selbstverständlich ihre Hand.

»Ich bin eine Hexe.«

»O Gott.« Mona verdrehte die Augen.

Paula hatte sich im Bett aufgesetzt. Sie sah immer noch verschwollen aus, aber nicht mehr so krankhaft blass. Sie betrachtete Mona mit ihren hellen Augen. »Sie glauben auch nur, was Sie sehen, oder?«

»Es gibt keine Hexen. Das ist Quatsch. Ich will darüber nichts hören.«

Monas Mutter hatte sich ein paar Monate lang eingebildet, sie hätte magische Kräfte. Sie hatte gedacht, sie könnte fliegen. Das Resultat waren zwei gebrochene Knie und ein monatelanger Krankenhausaufenthalt gewesen. Mona hatte während dieser Zeit bei ihrer Oma gewohnt – die schönste Zeit in ihrer Kindheit.

»Woran denken Sie?«, fragte Paula.

Mona schüttelte leicht den Kopf. »An nichts.«

»Soll ich Ihnen sagen, woran Sie gedacht haben?«

Mona musste über den eifrigen Unterton in Paulas Stimme lächeln. Sie schien wirklich fest an ihre Gabe zu glauben. »Nein, danke. Ich weiß es selber gar nicht mehr.«

»Jetzt lügen zur Abwechslung Sie.«

»Paula. Kein Geplänkel mehr, okay? Was wissen Sie vom Mord an Milan Farkas?«

»Nichts. Das schwöre ich Ihnen. Ich weiß nicht, wer es war.«

»Also gut. Was wissen Sie dann?«

Kai. Alles hatte mit Kai begonnen, die eines Morgens vor etwa einem Jahr zum ersten Mal in ihr Haus kam. Paula hatte sie noch nie gesehen und war erstaunt, denn ihre Kundschaft war in der Regel bedeutend älter als Kai. Sie bestand aus Singles, die wissen wollten, ob sie in absehbarer Zeit ihre große Liebe finden würden, aus Kranken, die die Schulmedizin als hoffnungslose Fälle abgeschrieben hatte, aus Ehefrauen, die die Treue ihrer Männer überprüfen wollten. Für diese Klientel warf sich Paula meist in orientalisch anmutende Wallegewänder und trug manchmal sogar ein turbanähnliches Gebilde. Diese Verkleidung diente – neben der angestrebten exotisch-geheimnisvollen Anmutung – auch dazu, sie älter zu machen. Einer Hexe, die zu jung, hübsch und normal aussah, trauten die Leute nicht.

Paulas Sprechstunden fanden werktags zwischen zehn und

vierzehn Uhr statt. Kai kam pünktlich um zehn als erste Kundin. Sie hatte sich ordnungsgemäß einen Tag vorher angemeldet, und Paula hatte sich schon am Telefon über die junge Stimme gewundert. Sie empfing Kai in ihrer üblichen Aufmachung, diesmal in einem sariähnlichen Kleid aus wild gemustertem Stoff. Kai sah sie von oben bis unten an und konnte sich ein Grinsen sichtlich kaum verkneifen. Paula fiel sofort auf, wie blass sie war. Ihre Haut wirkte wie durchscheinend.

»Sie war sehr schön.« Paula lächelte. »Ich habe ihre Schönheit geliebt.«

»Sie... äh... waren...?«

Paula lächelte wieder. »Ja. Wir hatten was miteinander.« Sie wurde wieder ernst, und es sah aus, als fiele ein Schatten auf ihr Gesicht. »Anfangs schon. Ich war sehr verliebt in sie.«

»Und dann?«

»Sessions. Wir hatten eine Reihe von Sessions, und ich habe gesehen, wie weit sie war.«

»Weit? In Bezug auf was?«

»Im Kontaktieren der Geister«, sagte Paula, als sei das etwas völlig Alltägliches. »Sie war viel besser als ich. Viel weiter.«

»Viel weiter. Das heißt was?«

»Sie hatte mit Geistern Kontakt aufgenommen, die... gefährlich sind. Verstehen Sie, Hexen wie ich machen eigentlich nur weiße Magie. Das ist Magie, die niemandem schadet, sondern nur hilft. Mehr wollen wir nicht – nur helfen und heilen. Aber Kai brachte mich dazu weiterzugehen. Ich wollte das eigentlich nie, aber ...« Paula schluckte, als könnte sie nicht weitersprechen. Sie begann zu husten. Die Sonne verschwand hinter einer Wolke, und im Zimmer wurde es dunkler und kühler. Paula hustete weiter. Mona beugte sich zu ihr. »Was ist los?«

»Spüren Sie es?«, flüsterte Paula. Ihr Husten ließ nach, aber ihre Stimme war heiser geworden.

»Was soll ich spüren? Da ist nichts.«

»Die Dunkelheit. Die Kälte. Das ist Er. Er will nicht, dass man über Ihn spricht.«

»Wer er?«

Paula schwieg. Die Atmosphäre hatte sich verändert. Etwas Bedrohliches stand im Raum.

»Es ist zu spät«, sagte Mona. »Sie müssen mir jetzt alles sagen.« Irgendetwas an Paulas Angst hatte einen realen Kern. Oder bildete sie sich das ein? Vielleicht war Paula tatsächlich verrückt, und sie verschwendete hier ihre Zeit. Vielleicht hatte sie aber auch etwas erlebt, das sie verrückt gemacht hatte.

»Wer ist Kai?«, fragte Mona behutsam. »Was hat sie mit Milan Farkas zu tun?«

»Sie hat ihn gekannt. Sie hatte ein Foto von ihm.«

»Ein Foto von Milan?«

»Einmal als wir … im Bett waren, habe ich danach ihre Hosentaschen durchsucht. Ich wollte wissen … wer sie war. Ich kannte sie nur unter Kai, ich hatte keine Telefonnummer, keine Adresse, nichts. Sie hat nie über sich oder ihr Leben geredet.«

»Haben Sie denn gefragt?«

»Sie hat immer nur gelächelt, wenn ich das Thema darauf bringen wollte. Sie war … wie eine Art Engel.«

»Aber Sie wollten wissen, wo dieser Engel herkam.«

»Ja, ich … Als sie einmal duschen war, nachdem wir … habe ich ihre Hosentaschen durchsucht. Ich habe nichts Spezielles gesucht, nur irgendwas, einen Hinweis auf …«

»Sie wollten wissen, wer sie war. Wer war sie?«

»Ich habe ihren Personalausweis gefunden. Kai Lemberger. Und neben ihrem Ausweis fiel dieses Foto heraus. Ein kleines Foto, wie man es im Passbildautomaten macht.«

»Wieso hatte sie das bei sich?«

»Das konnte ich sie doch nicht fragen! Sie wusste ja nicht, dass ich …«

»Paula. Hat diese Kai je über Milan Farkas gesprochen?«

»Ja. Aber erst später.«

Ihre sexuelle Beziehung war intensiv und leidenschaftlich, aber mehr schien Kai nicht von ihr zu wollen. Paula erfuhr nichts über sie, weil sie sich weigerte, über sich zu sprechen. Da Paula kein Auto hatte, konnte sie Kai nicht folgen. Unter dem Namen

Lemberger gab es zehn Einträge im Telefonbuch, aber keine einzige Kai. Vielleicht wohnte sie noch bei ihren Eltern. Vielleicht war ihr das aus irgendeinem Grund peinlich, und sie veranstaltete deshalb diese Geheimniskrämerei. Sie rief bei allen zehn Lembergers an. Bei einigen erreichte sie immer nur den Anrufbeantworter, die anderen kannten kein Mädchen namens Kai.

Allmählich schienen ihr ihre gemeinsamen Seancen wichtiger zu werden als Zärtlichkeit und Sex. Sie begaben sich immer tiefer in die Welt der Geister, riefen Satan in all seinen rätselhaften Inkarnationen, verbrachten Stunden in ihrem abgedunkelten Zimmer. Kai kam nun mindestens jeden zweiten Tag, außer an den Wochenenden. Sie erschien meist gegen zwei, halb drei, sodass sie Paulas Arbeitsalltag nicht störte.

Nach einigen Monaten fiel ihr auf, dass die Treffsicherheit ihrer Vorhersagen zunahm. Gleichzeitig wurde sie ungeduldiger und reizbarer. Es gab einen Kodex unter den Hexen, der besagte, dass man Prophezeiungen, die mit Krankheit und Sterben zusammenhingen, grundsätzlich für sich behielt. Überhaupt sollten schlechte Neuigkeiten den Kunden nur mit großer Vorsicht beigebracht werden. Seitdem Paula mit Satan kommunizierte, fiel ihr genau das immer schwerer. Satan ist Wahrheit: Sie konnte nur noch unter großer Anstrengung jene barmherzigen Lügen weitergeben, die ihre seelisch oft angeschlagenen Kundinnen brauchten, um in ihren Alltag zurückkehren zu können.

»Sie haben sich verändert.«

»Ja. Seit Satan in meinem Leben ist, bin ich nicht mehr die, die ich war. Satan hatte uns gewarnt. Er hatte uns gesagt, dass jeder Kontakt mit ihm Konsequenzen für unser ganzes Leben haben würde. Ich habe einer Stammkundin gesagt, dass ihr Mann sie betrügt und demnächst verlassen wird. Ich hatte ihren Mann mit der neuen Frau gesehen. Ich musste ihr das einfach sagen.«

»Und dann?«

»Sie hat furchtbar geweint und kam nie wieder. Ich weiß nicht, was mit ihr ist.«

»Wollten Sie nie aussteigen?«

Paula sah mit ihren hellen Augen über Mona hinweg, auf

die Wand gegenüber. »So gern. Aber wir waren schon zu weit gegangen. Satan lässt sich nicht einfach so wieder verbannen. Er will den ganzen Menschen, für immer und ewig, bis nach dem Tod. Er ist überall, man kann ihm nicht entkommen. Er ist die Wahrheit, und die Wahrheit kann man nie wieder vergessen. Ich habe gewusst, worauf ich mich einlasse. Niemand ist schuld außer mir.« Sie begann erneut bitterlich zu schluchzen.

»Nicht weinen«, sagte Mona. »Wir haben keine Zeit für so was. Wenn Sie jetzt die Wahrheit sagen, bringe ich Sie zu Leuten, die Satan aus Ihrem Leben vertreiben, und zwar für immer, das verspreche ich Ihnen.«

Paula sah sie unter Tränen an. »Sie meinen die Klapse, was? Glauben Sie, ich bin bescheuert? Glauben Sie, ich merke nicht, was Sie von mir denken? Dass ich mir alles nur einbilde und so weiter? Glauben Sie, das bringt mir was, wenn mich ein Psychiater unter Drogen setzt?«

»Bitte, Paula. Wir müssen weitermachen. Sie bekommen Hilfe, ganz bestimmt. Wir engagieren … irgendeinen Schamanen oder was weiß ich für Sie. Jemand, dem Sie vertrauen. Und der wird Sie von Satans Einfluss befreien. Wir lassen Sie nicht allein. Aber erst müssen Sie reden. Da sind zwei tote Männer, und ein dritter liegt im Krankenhaus, und wenn Sie nicht reden, sterben vielleicht weitere Menschen. Wollen Sie diese Verantwortung auf sich nehmen?«

Paula senkte den Kopf. Stille legte sich auf das Zimmer. Ihre Stimme klang wie tot, als sie schließlich sagte: »Eines Tages brachte Kai Maria mit.«

»Maria? Wer ist das?«

»Eine Freundin von Kai. Das hat sie gesagt.«

»Und sie heißt Maria? Sicher?«

»Ja. Warum?«

»Wie sieht sie aus?«

»Vielleicht vierzehn, fünfzehn. Lange blonde Haare, sehr hübsch.«

»Warum brachte Kai sie mit?«

»Sie sollte von mir lernen.«

»Etwa fünfzehn? Blond?«

»Erst hatte sie lange Haare. Satan verlangte von ihr, sie kurz zu schneiden.«

Ein Mädchen aus ihrer Schule hatte das erzählt. Dass Maria plötzlich kurze Haare hatte. Dass es cool ausgesehen habe.

»Verdammt«, sagte Mona und zog ihr Handy aus der Tasche. »Wie ist ihr Nachname? Paula! Ihr Nachname!«

»Ich weiß nicht. Sie hat nie darüber geredet. Sie war wie Kai. Sie hat nie über sich geredet.«

Ich habe dich seltsamerweise erst gesehen, als die Veranstaltung schon fast vorbei war und sich alles in hektische Betriebsamkeit auflöste. Ich sah dich von der Bühne aus, während dem Signieren der Bücher. Durch die Schlange der Frauen sah ich dich. Der Schock erfasste meinen ganzen Körper, und ich begann von Kopf bis Fuß zu zittern. Ich erkannte, dass ich dich nie wirklich vergessen hatte. Ich wusste in diesem Moment, dass wir füreinander bestimmt waren. Ich würde dich nie wieder loslassen. Oh, und ich hatte mich so bemüht, nie wieder an dich zu denken, nachdem du mich nicht mehr wolltest! Und dennoch zog das Unglück in mein Leben ein, so wie du daraus verschwunden warst. Die Einsamkeit in einer Großstadt, die neue Freiheit, nach der ich mich so sehr gesehnt hatte und die ich doch nie wirklich genießen konnte, als ich sie endlich hatte.

Wie allein ich ohne dich war, Milan! Ich habe versucht, meinen Zustand zu verbergen, und das ist mir wahrscheinlich geglückt, aber tatsächlich verdorrte mein Körper ohne die Hoffnung, meine Haut wurde zu Leder, meine Glieder versteiften sich, meine Gesten verloren alle Weichheit. Ich wurde zu einer Frau in mittleren Jahren, ungeliebt, ungeküsst, unbemerkt. Ich ging durch die Straßen, und Blicke glitten an mir vorbei, als trüge ich eine Tarnkappe. Es gab mich nicht mehr, außer für die Menschen, die mich kannten. Ich fühlte mich nicht mehr, und niemand sah mich an. Ich war in das Stadium absoluter Nichtexistenz eingetreten. Menschen setzten sich einfach so an meinen Tisch, wenn ich ungestört in einem Café meinen Gedanken nachhängen wollte, und sie fragten nicht einmal um Erlaubnis. Sie redeten miteinander, laut und lebhaft, und ignorierten mich, die ich mich gestört fühlte, aber nicht protestierte, denn wer weiß: Vielleicht hätten sie mich nicht einmal gehört!

Als ich dich wiedersah, Milan, da glaubte ich, die Zeit der Leiden habe ein Ende. Du bist ganz hinten gestanden, an der Saftbar, und hast Besucherinnen bedient, und ich sah, wie viel Spaß es dir machte: Du konntest immer gut mit Frauen umgehen – mit Frauen jeden Alters. Ich liebte dich erneut, von Sekunde zu Sekunde mehr. Ich sah an mir herunter: Würde ich dir gefallen? Ich konnte mir diese Frage nicht beantworten, in meinem Kopf war ein Rauschen, das mich fast bewusstlos machte. Immer wieder sah ich zu dir hin. Ich freute mich auf den Moment, dir gegenüberzutreten, ich fieberte dem Wiedersehen entgegen. Und gleichzeitig war da diese Angst, erneut abgewiesen zu werden.

Ganz zum Schluss, als die Bühne leer war und ich vor mir selbst keine Ausrede mehr hatte, begab ich mich endlich zu dir – ganz nach hinten zu der Saftbar. Ich stieg von der Bühne, zündete mir eine Zigarette an (Alkohol durfte hier nicht getrunken werden, aber rauchen war erlaubt). Ich wollte einen Auftritt haben. Du solltest nicht denken, dass hier eine vom Leben gebeutelte Frau zu dir kam. Ich blieb stehen, mitten unter den lachenden, schwatzenden Frauen, von denen eine sofort versuchte, mich ins Gespräch zu ziehen (wenigstens hier war ich nicht unsichtbar). Ich reagierte unhöflich, ich konnte in diesem Moment nicht sprechen, mit niemandem. Alle meine Sinne konzentrierten sich auf unser Wiedersehen. Ich zog einen Handspiegel und einen Lippenstift aus meiner Tasche. Meine Hände zitterten so sehr, dass ich den Spiegel kaum ruhig halten konnte, aber schließlich sah ich wie durch einen Nebel mein Gesicht. Ich versuchte, mich eine Sekunde lang so objektiv wie möglich zu betrachten – ich wollte wissen, wie du mich wahrnehmen würdest.

Würdest du erschrecken? Würdest du mich – furchtbare Vorstellung – nicht wiedererkennen? Würde ich in die peinliche Situation kommen, dir erklären zu müssen, wer ich war – vor all den anderen, die mich anstarren würden?

Ich studierte den Spiegel wie ein Orakel und sah eine Frau mit blassen Lippen und angstvoll aufgerissenen Augen. Ich trug frischen Lippenstift auf – reichlich. Das Ergebnis war nicht voll befriedigend, aber *ich hätte es mir nie verziehen, wenn ich diese Chance nicht beim Schopf ergriffen hätte. (Heute denke ich manchmal: Vielleicht hätte ich warten sollen. Auf eine bessere Gelegenheit. Aber jetzt ist es zu spät, jetzt ist alles geschehen, hat das Schicksal seinen Lauf genommen, und ich bin Opfer und Täterin zugleich.)*

Ich ging auf dich zu, durch die Menschenmenge. Ich sah dich. Du sprachst mit dieser blonden Frau, einer der Veranstalterinnen. Ich wartete, denn ich wollte dich nicht unterbrechen. Ich wollte nicht lästig sein (vielleicht hätte ich mich darum nicht scheren dürfen, vielleicht hätte sich dann alles anders entwickelt).

Ich wartete, aber du hörtest nicht auf, mit dieser Frau zu sprechen. Du hast sie angelächelt, so wie früher mich. Du tratest von einem Bein aufs andere, das konnte ich sehen, obwohl du hinter der Bar standst, denn ich kannte dich ja so gut. Ich wusste, wie du warst, wenn dir jemand gefiel. Ich wusste, wie du aussahst, wenn du dabei warst, dein gesamtes Arsenal an Charme und Witz abzufeuern. Du warst dann konzentriert wie ein Feldherr auf ein einziges Ziel.

Das Ziel war diese Frau. Sie war ebenfalls wesentlich älter als du, aber – möglicherweise – ein, zwei Jahre jünger als ich. Sie war blond, was ich nicht bin. Sie war klein und sehr zartgliedrig – auch das bin ich nicht. Sie hatte ein scheues, mädchenhaftes, reizendes Lächeln. Ich registrierte mit abgrundtiefer Bestürzung, wie dieses Lächeln auf dich wirkte. Und ihre geradezu altmodische Zurückhaltung: Sie machte dich wild, stimmt's? Wie gut ich dich kenne!

Sie wollte gehen, aber das hast du nicht zugelassen. Du hast sie sanft am Arm berührt, und ich verstand. Ich musste diese Unterhaltung unterbrechen, mir blieb keine Wahl.

Ich trat vor und sagte: Milan.

Du hörtest mich nicht. Du sahst die blonde Frau an, als gäbe es sonst niemanden auf der Welt.

Ich wiederholte mit etwas lauterer Stimme: Milan!

Ich würde nicht weggehen. Niemals. Ich musste diese Unterhaltung unterbrechen.

Schließlich sahst du irritiert in meine Richtung. Ich kam einen weiteren Schritt auf euch beide zu, sodass ich nun neben der blonden Frau stand und dir gegenüber. Zwischen uns gab es nur noch den Tisch mit den Getränken. Ich sah angebrochene Orangen- und Apfelsaftflaschen, Mineralwasser, ein paar saubere Gläser und viele schmutzige. Das weiße Tischtuch war bereits voller Saftflecken. Ich sah dich an, du trugst Jeans und ein schwarzes T-Shirt mit der weißen Aufschrift UCLA. Deine Haare waren etwas kürzer als sonst, dein Gesicht leicht gebräunt. Weswegen warst du hier? Was hattest du diesmal verbrochen? Wieder ein Mädchen aus Eifersucht getötet?

Du warst so hübsch. Wärst du etwas größer gewesen, hättest du als Model Karriere machen können. Ich verschlang dich mit den Augen, ich konnte nicht anders.

Hallo, sagtest du. Du wirktest überhaupt nicht überrascht: Natürlich hattest du mich bereits gesehen. Du hattest mit dieser Szene gerechnet. Du hattest Zeit, dich darauf vorzubereiten.

Erkennst du mich, fragte ich. Ich meine, damals. Weißt du noch…

Ich brach ab. Meine eigene Stimme hörte sich steif und hölzern an. Sie klang mir in den Ohren, ich hasste ihren affektierten, harten Tonfall. Ich versuchte, mich zu entspannen. Ich nahm einen Zug von der Zigarette und schmeckte nur noch den heißen, bitteren Filter. Ein glühender Aschekegel fiel von der Spitze ab und landete auf meinem Busen. Ich wischte ihn hastig weg. Ein brandiger Geruch stieg mir in die Nase. Ich nestelte eine neue aus der Tasche und zündete sie an. Ich war nie nervös gewesen, bevor ich dich traf. Jetzt benahm ich mich wie ein kleines, dummes Mädchen.

Milan, krächzte ich. Meine Selbstbeherrschung ließ mich im Stich. Ich schloss kurz die Augen, ein Schwindelgefühl erfasste mich, farbige Kreise drehten sich vor meinen Augen, ich hörte eine Stimme neben mir.

Geht es Ihnen nicht gut? Kann ich Ihnen helfen?

Es war die Stimme der Veranstalterin. Sie war so weich, freundlich und leise, wie ich es erwartet hatte. Sie war nett, das hatte ich von Anfang an gemerkt. Es war so schwierig, sie zu hassen. Ich hätte nie damit gerechnet, dass ich es müsste.

Kommen Sie, sagte die Stimme. Die Lesung hat Sie überanstrengt. So etwas ist ja auch aufregend, nicht wahr? Und dann an so einem … Ort. Das war sicher das erste Mal für Sie. Ich helfe Ihnen hoch. Milan? Milan, bitte helfen Sie mir!

Ich hörte deine Antwort nicht mehr. Ich lächelte mit geschlossenen Augen, in der Erwartung, dass du mich nun gleich berühren würdest. Freiwillig oder nicht, das war mir völlig egal. Unsere Liebe war unantastbar. Das Schicksal war mir zu Hilfe gekommen, weil unsere Liebe von einer höheren Macht gewollt ist. Du konntest dich nicht dagegen sperren, auch wenn deine Gefühle nicht mitspielten. Das Schicksal ist stärker als wir beide.

Ich lächelte wieder, schiffbrüchig in einem Meer von Übelkeit und Schwindel, aber meiner Sache absolut sicher. Du gehörst mir. Jetzt und immer.

»Tauchte der Name Milan jemals in einer dieser ... Sessions auf?«

»Ja.«

»Wie?«

»Kai hat das Foto... verbrannt. Milan war der Geliebte von Marias Mutter. So hab ich das jedenfalls verstanden.«

»Kai verbrannte sein Foto? Warum?«

»Es war... symbolisch.«

»Was heißt das?«

»Symbolisch. Milan lebte die Lüge. Er sollte... also...«

»Sterben? War es das? Er sollte sterben?«

»Nein... Ich weiß nicht. Nicht richtig sterben, eher...«

»Symbolisch? Er sollte symbolisch sterben? Für wie dumm halten Sie mich? Das war doch alles geplant. Da steckt doch wer dahinter.«

»Nein!«

»Vielleicht sind Sie wirklich so naiv, wie Sie tun. Das macht' s für Sie nicht besser.«

Maria zieht ihr Messer aus der Tasche und versteckt es hinter ihrem Rücken. Das Messer ist klein, die Klinge vielleicht zehn Zentimeter lang, aber Maria hat es am Schleifstein in der Küche geschärft. Was zögerte sie noch? Satan würde es billigen, Kai hat sie mehr oder weniger direkt dazu ermutigt, und sie selbst? Sie glaubt, dass sie es tun muss. Ein Zeichen der Wahrheit setzen in einer Gesellschaft, die die Wahrheit nicht sehen will und statt-dessen die Lüge belohnt.

Sie will den Mann, der sich ihr als Milan vorgestellt hat, nicht töten. Sie will aber, dass er begreift, wie ernst sie ihr ist: die Wahr-heit.

Sie steht vor Milan in einem schmutzigen, asphaltierten Hin-terhof. Das Häuserkarree darum herum ist so hoch, dass die Sonne nicht bis auf den Boden reicht. Nie. Zu keiner Stunde des Tages. Hier ist es immer kühl und schattig, denkt Maria, egal, wie das Wetter ist. Ein Gedanke, den sie aus irgendeinem Grund inter-essant findet. Ein paar übervolle Aschentonnen stehen mit halb offenen Deckeln in einer Ecke. Es stinkt nach vergorenem Abfall. Maria atmet flach ein und aus; der Geruch ist eine Peinigung für ihre überempfindlichen Sinne. Sie muss es jetzt tun oder nie. Sie bewegt sich ein paar Schritte zurück. Sie will Anlauf nehmen. Sie denkt, dass sie es sonst nicht schaffen wird. In ihrem Kopf ist eine Art weißes Rauschen wie in einem Fernseher, in dem noch keine Sender eingestellt sind. Leichter Schweiß tritt ihr auf die Stirn.

Es geht nur um einen Denkzettel, denkt sie. Mehr nicht. Er wird dann verstehen, wie ernst es ist.

»Was ist los mir dir?«, fragt der junge Mann. Er merkt nicht, was in ihr vorgeht. Er wirkt ganz entspannt.

Maria läuft auf ihn zu, die Augen fest geschlossen, das Mes-ser offen in der Hand.

»Was machst du da! Hey, hey, hey – was soll das?«

9

Bauer glaubte zu schwimmen. Er befand sich unter Wasser und versuchte, sich fortzubewegen. Aber seine Arme und Beine wa-ren dick und schwer wie Blei. Er kam nicht voran, die Strömung trieb ihn immer wieder zurück.

Zu ihr.

Er holte tief Luft, aber seine Lungen gehorchten ihm nicht. Salzig schmeckendes Wasser floss in seinen Rachen. Er schloss den Mund und versuchte, durch die Nase zu atmen. Er wusste instinktiv, dass er kämpfen musste. Sein Vater tauchte vor ihm auf, mit strenger Miene.

Glaub ja nicht, dass unsereinem was geschenkt wird, Junge. Uns nicht. Nie.

Seine Mutter stand in der Küche und schmierte ihm eine Semmel, damit er sich in der Pause nichts am Schulkiosk kaufen musste. (Alle Kinder bekamen Geld für den Kiosk und konnten dann den anderen von ihren Chips und Schokoriegeln abgeben, er bekam nur eine belegte Semmel, die niemand haben wollte, und die er meistens zur Hälfte aß, obwohl er viel lieber etwas anderes gehabt hätte.)

Hast du was, dann bist du was, sagte die Mutter, *umsonst gibt's nur den Tod.*

Er versuchte erneut, Luft zu holen. Er bewegte seine Glieder durch das sirupartig dicke Wasser, das vor seinen Augen milchig wurde, bis er nichts mehr sehen konnte außer Schlieren. Er musste sterben. Er wusste jetzt mit Sicherheit, dass er sterben musste. Die Frau in der schwarzen, regennassen Pelerine hob ihre Hand und stieß zu. Sie war schnell, viel schneller als er. Sie stieß zu, das Messer blinkte in ihrer Hand. Einmal, mehrmals. Er spürte keinen Schmerz, nur diese entsetzliche Schwäche, die ihn wehrlos zu Boden gehen ließ. Dunkelheit umhüllte ihn auf ewig. Alles war vorbei.

Seine Augen. Er spürte sie. Sie waren geschlossen. In einer letzten Kraftanstrengung öffnete er sie, ohne etwas zu erwarten.

Das Erste, was er sah, war weiß. Es bewegte sich. Langsam schärfte sich sein Blick. Eine Frau. Der weiß bekleidete Busen einer Frau. Sie machte sich über ihm an etwas zu schaffen. Ihr Gesicht konnte er nicht sehen, nur Bauch und Busen unter einem weißen Kleid. Er wollte etwas sagen, aber es kam nur ein unartikulierter Laut aus seinem Mund. Die weiße Frau hielt inne. Sie beugte sich zu ihm herunter und sah ihn prüfend an. Aus der Nähe sah Bauer die feinen Fältchen um ihren vollen, geschminkten Mund. Ihre Haut war rötlich und grobporig. Kein Make-up, registrierte er. Die grüngrauen Augen wirkten riesig, die Wimpern waren mit schwarzer Tusche verklebt.

»Wach geworden?«

Bauer zuckte zusammen. Ihre Stimme war rau wie die einer Kettenraucherin (seine Mutter war Kettenraucherin, er kannte sich aus). Sie entfernte ihr Gesicht von seinem und stellte sich auf, mit den Armen in die Seite gestemmt.

»Wach?«, fragte sie noch einmal. Aus der Entfernung sah sie jünger aus und beinahe hübsch.

»Ja«, sagte Bauer. Er hatte geträumt, tot zu sein. Das war normal nach dieser traumatischen Erfahrung, hatte ihm eine Ärztin am Abend zuvor gesagt – der Abend, an dem er zum ersten Mal seit vier Tagen sein Bewusstsein wiedererlangt hatte. Die Ärztin hatte wissen wollen, ob er im Koma etwas geträumt, etwas gesehen hatte, aber diese Frage hatte er nicht beantworten können. Seine Erinnerung war von umfassender Schwärze, so als sei er vier Tage lang tot gewesen. Das große Nichts, hatte er zur Ärztin gesagt, und die hatte vor sich hin genickt und ihn dann darauf vorbereitet, dass er einige Albträume haben würde.

»Ich bin Schwester Viola«, sagte die Frau vor seinem Bett. Sie rollte ganz leicht das R. »Besuch ist für Sie da. Er wartet draußen.«

»Besuch?«

»Ihre Chefin und ein Kollege. Sie warten seit...« sie sah auf die Uhr »... einer halben Stunde ungefähr. Wir haben sie nicht hereingelassen, weil Sie geschlafen haben.«

»Wie spät ist es?«, fragte Bauer.

»Drei Uhr zehn genau. Haben Sie Schmerzen?«

Bauer sah an sich herunter und betastete sich unter dem Schlafanzug. Es war sein eigener. Jemand musste in seiner Wohnung gewesen sein und ihn gebracht haben. »Sind meine Eltern hier?«

»Ihre Mutter war oft hier, auch vorhin, während Sie geschlafen haben. Jetzt ist sie etwas einkaufen. Aber sie kommt wieder.« Die Schwester lächelte.

»Was ist passiert? Mit mir? Die Verbände – all das...«

»Das hat Ihnen doch gestern Frau Doktor Mewis erklärt. Messerstiche. Eine ganze Reihe. Sie hatten sehr viel Glück.«

Im selben Moment spürte er das Brennen – überall in und an seinem Körper. »Es tut weh«, sagte er schwach.

»Das ist normal.« Sie holte eine Spritze aus der Tasche ihres Kittels, entfernte die Schutzumhüllung von der Nadel und stach mit der Kanüle in das transparente Gefäß, das an einer Art Galgen neben seinem Bett hing. Er hob die rechte Hand und betrachtete sie verblüfft: Ein Schlauch, dessen Ende unsichtbar mit Pflasterstreifen auf seinem Handrücken fixiert war, verband ihn mit diesem Gefäß. Er hing am Tropf. Bisher hatte er das nur im Fernsehen gesehen. Was war da drin? Was pumpten sie ihm in die Adern?

»Ich habe Ihnen ein Schmerzmittel in den Tropf gegeben. Es wird ihnen gleich besser gehen.«

»Ich möchte mich waschen«, sagte Bauer.

»Na gut. Ich bringe Ihnen eine Schüssel.«

»Ohne… ohne Sie. Allein. Ich will duschen.«

Die Schwester lachte. »Immer mit der Ruhe. So weit sind wir noch lange nicht.«

Sie sprachen leise, weil hier ständig etwas los war. Ärzte und Schwestern liefen an ihnen vorbei, Rekonvaleszenten schlurften über den Gang, in einer Ecke standen mehrere blasse Patienten in Bademänteln und rauchten.

»Wir könnten viel weiter sein. Wenn du nicht alles allein machen würdest.«

»Was denn? Was hättet ihr denn machen können?«

»Ich hätte mit Patrick reden können. Heute früh schon. Stattdessen…«

»Patrick ist gerade erst aufgewacht, das weißt du genau.«

»Heute Morgen wäre er wach gewesen. Hat der Arzt gesagt. Ich hab dich ja auch gleich angerufen und dir Bescheid gegeben. Aber du wolltest ja erst noch die Hexe verhören, und allein wolltest du mich auch nicht zu Patrick fahren lassen. Du musstest ja unbedingt selbst dabei sein.«

»Hans…«

»Das ist so was von scheißunprofessionell. Dann die Leitner. Du fährst einfach zu ihr, dabei hatten wir sie vorgeladen. Wieso tust du das?«

»Also…«

»Ich versteh einfach nicht, was mit dir los ist, ganz ehrlich. Ich finde diese Art zu arbeiten zum Kotzen.«

»Hör jetzt auf.«

»Erklär's mir.«

»Ich muss dir nichts erklären! Ich nicht! Du kannst mir erklären, was dir einfällt, mich so anzufahren!«

»Einer muss dir das mal sagen. Du kannst nicht immer alles allein entscheiden, allein machen.«

»Ach? Und wie war das mit der Vernehmung von dieser Caro Stein? Dieser Schriftstellerin? Da hattest du mal Gelegenheit zu zeigen, was du draufhast.«

»Was soll das?«

»Die Vernehmung war … schlecht, Hans. Du hast überhaupt nicht nachgehakt, du hast ihr durchgehen lassen, dass die sich an nichts erinnert. Ich – *ich* – musste sie wieder vorladen, weil du versagt hast.«

»Sei nicht so laut! Willst du, dass hier jeder Depp zuhört?« Aber Fischer klang nicht mehr ganz so selbstsicher.

»Dein Handy klingelt.«

»Ich will, dass wir endlich…«

»Dein Handy klingelt.«

Fischer schwieg und kramte in seiner Hosentasche. Das Handy spielte eine Melodie, die nach einem alten Song aus den Siebzigern klang. Mona kam nicht drauf, welcher es war, nur dass sie ihn damals als Teenager gern gehört hatte. Sie grübelte über den Titel des Songs nach.

»Ja!«, bellte Fischer in den Hörer. Sofort blieb eine Schwester stehen und erklärte Mona mit leiser Stimme, dass Mobiltelefone in dieser Klinik verboten seien.

»Mordkommission 1«, sagte Mona zur Schwester und zeigte ihre Marke extra nicht. Sie war in der Stimmung für eine kleine Auseinandersetzung. »Wir dürfen das.«

Die Schwester verlangte keine Legitimation und verzog sich mürrisch.

»Was?! Ja, sicher. Ja, das auch. Okay. Ich sag's ihr. Sie meldet sich dann.« Fischer drückte auf den Aus-Knopf.

»Was?«, fragte Mona.

»Hm?«

»Du sollst mir was ausrichten. Was war das?«

»Kai Lemberger. Du wolltest wissen, wer sie ist.«

»Ja. Und?!«

»Forster sagt, sie ist bei ihrem Vater gemeldet. Lars Lemberger, Diplomingenieur. Wohnt nicht weit von den Belolaveks entfernt.«

»Haben sie den Vater erreicht?«

»Anrufbeantworter.«

»Wo arbeitet er?«

»Wissen sie noch nicht.«

Mona nahm ihr Handy. »Hoffentlich ist er nicht in Urlaub. Sie sollen jemanden vor seinem Haus postieren.«

Fischer sagte nichts dazu. Er wandte sich ab und starrte aus dem Gangfenster in ein auf tropisches Idyll hergerichtetes Karree aus Gummibäumen und anderen Grünpflanzen.

»Kann ich mal mit Karl sprechen? Karl Forster? Karl? Sei so gut und veranlasse, dass jemand von der Schupo sich vor dem Haus von dem Lemberger hinstellt. Sobald er da ist, soll er ihn mitnehmen. Wir brauchen ihn als Zeugen. Geht ein Mädchen in das Haus, das auch gleich mitnehmen! Okay?«

Eine Schwester kam aus Bauers Zimmer. »Sie können jetzt rein«, sagte sie zu Fischer und lächelte ihn an. Es gab Leute, die Fischer mochten. Unerklärlicherweise. Er sah gut aus, dachte Mona, das war sein großes Plus. Gut aussehende Männer fanden immer Frauen, die über ihre miserablen Manieren hinwegsahen. So ungerecht war die Welt.

Sie gingen auf die Tür zu.

»Ich rede«, sagte Mona, die Klinke in der Hand. »Du machst ihm nur Angst, und dann fällt ihm nichts ein.«

»So ein...«

»Halt den Mund, Hans! Ich hab genau gesehen, wie ihr Bauer behandelt habt.«

»Wir haben einen harten Job. Jeder muss da durch.«

»Und diesen Blödsinn glaubst du auch noch. Ein falsches Wort, ein gemeiner Blick, und ich schick dich raus. Verstanden?«

Ich lag auf dem Boden und hörte die vielen Stimmen, das besorgte Gewirr unterschiedlicher Meinungen. Deine war nicht darunter. Ich ließ die Augen geschlossen, weil das für den Moment die bequemste Möglichkeit war, einer Situation zu entkommen, in der ich eine schlechte Figur gemacht hatte.

Schließlich hörte ich jemanden sagen Ich glaube, wir sollten einen Arzt holen. Sofort ließ der Schwindel nach: Ich wollte nicht auf eine Gefängniskrankenstation, auf keinen Fall! Vor allem wollte ich nicht weg aus deiner Nähe. Ich öffnete die Augen und sah direkt in dein Gesicht. War ich blass? Sah ich krank aus? In deiner Miene konnte ich nichts lesen. Du sahst nicht mitleidig aus, aber auch nicht angewidert. Es war alles möglich. Noch, dachte ich, war alles drin.

Ich lächelte. Ich sagte: Milan, aber du hörtest nicht. Die blonde Veranstalterin kniete neben mir und streichelte meine Wangen. Sie schob mir etwas Weiches, vielleicht ein zusammengerolltes Handtuch, unter den Nacken. Danke, sagte ich schwach. Wäre sie in Ohnmacht gefallen, hätte das sicher besser ausgesehen. Ich bin kein Typ, der durch Schwäche Wirkung erzielt, aber sie gehört bestimmt dazu. Gut also, dass es mir passiert war und nicht ihr.

Ich stand langsam und schwerfällig auf und bat um einen Spiegel. Die Veranstalterin wirkte etwas überrascht, aber sie kramte sofort in ihrer Handtasche und gab mir ihren Schminkspiegel. Ich betrachtete mich zum zweiten Mal an diesem Abend in dem kleinen Viereck: Ich sah verwirrt aus, aber nicht krank. Langsam löste sich das Grüppchen um mich herum wieder auf. Ich schaute in einem Reflex auf die Uhr: Der Vorfall hatte vielleicht anderthalb Minuten gedauert, länger nicht. Mir war er wie eine halbe Ewigkeit vorgekommen. Du stelltest dich wieder hinter die Saftbar und gabst Getränke aus, als wäre nichts geschehen, jedenfalls nichts, was dich anging. Ich hätte es wissen müssen.

Ich war dir vollkommen egal. Einen Moment lang wurde mir schlecht vor Angst.

Das durfte nicht sein. Es gab niemanden mehr außer dir.

Ich musste mit allen Mitteln verhindern, dass ihr euer Gespräch fortsetztet. Ich ging zu der Bar. Ich sagte: Milan.

Ich hab zu tun, *sagtest du und blicktest nicht einmal auf. Eine Sekunde lang hasste ich dich mit einer Gewalt, die mich selbst erschreckte. Wenn ich gekonnt hätte, hätte ich dich in dieser Sekunde getötet, allein durch die Kraft meines Blicks. Meine Augen durchbohrten dich, aber ich kam nicht an dich heran.*

Schließlich sagte ich leise: Ich wollte doch nur wissen, wie es dir geht.

Dieser Ton schien dir nahe zu gehen, du wurdest plötzlich freundlicher. Du gabst einem Mann einen Orangensaft und wandtest dich mir wieder zu. Ganz gut, *sagtest du.* Und was ist mit dir? Wie geht es deinem ... Mann?

Ich konnte dir nicht sagen, was wirklich los war, nicht in dieser kurzen Zeit. Du hättest dich bedrängt gefühlt und wärst dann erst recht davongelaufen. Ich sagte also nur, dass es mir gut ging.

Wie lange musst du ... hier bleiben?

U-Haft. *Du machtest eine wegwerfende Bewegung, aber ich sah, dass du nicht so entspannt warst, wie du tatest.* Ich hab nichts getan. Sie haben keine Beweise. Ich bin hier bald wieder draußen.

Wann ist deine Verhandlung?

Übermorgen.

Diese Information reichte mir. Übermorgen. Ich würde da sein – im Gericht. Ich würde dich sehen. Und wenn sie dich tatsächlich laufen ließen, dann würde ich auf dich warten. Du würdest mir kein zweites Mal entkommen. Ich würde da sein für dich, mit Geld, mit meinem Körper, meinem ganzen Leben. Ich würde dir zu Füßen legen, was ich hatte.

In diesem Moment trat die Blonde wieder neben mich. Ich sehe, dass es Ihnen besser geht, *sagte sie herzlich.* Darf ich mich vorstellen? Karin Belolavek.

Theresa Leitner, *sagte ich heiser und schüttelte ihre Hand.*

Sie sind zum ersten Mal bei einer unserer Lesungen?, *fragte sie.*

Ja, ich…

Wenn Sie mir Ihre Adresse geben, schicke ich Ihnen einen Veranstaltungskatalog.

Karin, du hast alles für mich getan, du wolltest meine Freundin sein, aber zur gleichen Zeit hast du mir alles genommen, was ich hatte. Milan und meine Hoffnungen auf eine Zukunft, in der nicht alles leer und ohne Liebe war. Du warst meine Feindin, von Anfang an, aber das durfte ich dir nicht zeigen. Ich musste eure Liebe als Außenstehende beobachten, von Anfang an. Ich wusste, wie Milan dich erobern würde. Er hatte es bei mir genauso gemacht. Er tat es bei Frauen, von denen er sich etwas erwartete. Vielleicht war es Geld, vielleicht Prestige, vielleicht vermisste er unbewusst eine Mutter oder eine große Schwester. Er hatte keine Geschwister. In seiner Kindheit gab es niemanden, der ihn geliebt hatte. Er hatte mir einmal von weitem seine Mutter gezeigt, eine dicke, verbrauchte Frau mit einem sichtbaren Alkoholproblem. Wir Frauen geben Milan Halt, eine wie die andere. Wir sind die Ersatzspielerinnen in einem von vornherein verlorenen Match. Was immer wir tun, es ist zu spät für ihn.

Milan verließ seinen Platz hinter der Bar und kam zu uns. Ich wollte mir einbilden, dass es meinetwegen geschah, aber natürlich war das nicht der Fall. Es war wegen Karin, nur wegen ihr. Ich war nicht mehr schön, ich hatte viele Kilo zugenommen, die Einsamkeit hatte mich gefräßig gemacht und meinen Körper deformiert. Mein Gesicht war breit und teigig geworden. Wie ich mich ablehnte in diesem Moment. Milan, Karin und all die Umstände, die ungünstiger nicht sein konnten.

Ich musste handeln, und ich musste es klug anfangen.

Ich wurde Karins beste Freundin und Milans Vertraute. Ich spielte auf Zeit.

Ich hatte es nicht mehr eilig. Ich sah jeden Schritt voraus.

Ihr würdet das Tempo vorgeben, ich würde mich anpassen. Schritt für Schritt.

»Ich weiß nicht«, sagte Bauer. Er sah auf die Fotos von Karin Belolavek, die vor ihm auf der Bettdecke lagen. »Ich glaube, dass sie's nicht war.«

»Aber du bist dir nicht sicher.«

»Ich glaub nicht«, wiederholte Bauer hartnäckig. »Es war dunkel, sie hatte dieses Kapuzending an. Man konnte nicht viel sehen. Aber ich glaub …«

»Wenn nicht sie, wer dann?«

Bauer zuckte die mageren Schultern. Er sah schrecklich dünn und blass aus.

»Patrick. Es ist wahnsinnig wichtig, dass du dich jetzt erinnerst. Ich weiß, dir geht's nicht gut, aber …«

»Mir geht's gut. Das ist es nicht. Ich hab auch kein Blackout oder was in der Art. Ich kann mich an alles erinnern, aber – ich weiß noch, in dem Moment, als sie … also als sie mich …«

»Als sie dich angegriffen hat. Was war da?«

»Da hat's bei mir irgendwie geklingelt.«

»Du hast sie erkannt?«

»Irgendwie schon … Aber auch wieder nicht. Sie war jedenfalls relativ groß.«

»Karin Belolavek ist eins siebenundsechzig«, sagte Mona.

»Deswegen kann sie's eben nicht gewesen sein. Die Frau war größer. Eins fünfundsiebzig würde ich schätzen. Und vor allem dicker …«

»Dicker?«

»Ja. Ich … Ich glaube, ich kannte sie doch nicht … Ich …«

»Okay«, sagte Mona beruhigend. Bauer hatte sich in Rage geredet, sein blasses Gesicht war voller roter Flecken, sein eingefallener Brustkorb hob und senkte sich hektisch. »Das … äh … hat uns schon mal unheimlich weitergeholfen.«

»Es tut mir Leid.«

»Nichts muss dir Leid tun. Du hast … äh … super Arbeit geleistet. Ich hätte dich nie allein losschicken sollen. Mir tut's Leid.«

Bauer sah sie verwirrt an.

»Ich habe dich in Gefahr gebracht. Du hast dich super gehalten. Mir tut's Leid.«

»Ja, also …«

»Also, die Frau war nicht Karin Belolavek. Da bist du dir sicher.«

»Eigentlich – ja. Sie sah nicht aus wie sie. Vielleicht hatte sie Absätze oder war irgendwie anders … geschminkt oder ich weiß nicht was. Aber sie sah nicht aus wie sie.«

»Gut. Dann wäre das geklärt. Kannst du uns jetzt erzählen, was genau an diesem Abend vorgefallen ist? Ob du Farkas beschatten konntest, wo du überall warst und so weiter. Geht das?«

»Ich weiß es nicht mehr, wo ich war.«

»Was?«

»Ich weiß nicht mehr genau. Wir waren zu Fuß unterwegs. Farkas und ich. Ab Hauptbahnhof. Wir sind durch Straßen in so einem Viertel gelaufen. Und irgendwann ist er in einem dieser Häuser verschwunden und kam nach einer halben Stunde oder so wieder raus.«

»Straßen. Die wie hießen? Eine einzige reicht schon, Patrick. Oder der Name des Viertels.«

Bauer fuhr sich mit der Hand durch sein gequältes Gesicht. Er sagte nichts.

»Du kannst dich nicht erinnern?« Herrgott. Warum wusste er ausgerechnet das nicht mehr?

»Nicht so richtig.«

»Eine Straße. Wo das Haus stand, in dem Farkas verschwunden war. Da standst du doch eine halbe Stunde oder so vor der Tür.«

»Ja.«

»Erinnerst du dich?«

»Ja …«

»Wo standst du genau?«

»Im … Torbogen von einem der Häuser gegenüber.«

»Ah ja. Wie war … das Wetter? Kalt? Angenehm?«

»Am Anfang … angenehm. Dann ziemlich kalt. Ich hab gefroren. Ich hatte Hunger und nicht mal einen Schokoriegel dabei.«

»Gut. Du hattest Hunger. Aber in der Straße, da gab's nichts? Nicht mal einen Imbiss?«

»Ich glaub nicht. Nein, da gab's nichts. Alles war dunkel. Kein Lokal, nichts.«

312

»Okay. Also ein Wohnviertel. Hohe Häuser? Altbauten oder eher neu?«

»Alt. Hohe Häuser.«

»Ihr wart zu Fuß unterwegs.«

»Ja. Am Anfang.«

»Dann nicht mehr?«

»Dann sind wir mit der S-Bahn gefahren.«

»Ja, richtig. Raus zu den Belolaveks. Aber anfangs…«

»Zu Fuß.«

»Zu Fuß in welche Richtung? Stadtmitte? Richtung Süden? Osten? Nur so ungefähr?«

Bauer sah sie an, als würde er gleich weinen. »Ich weiß nicht.«

»Okay. Macht nichts. Ist okay.«

»Ich kann mich einfach nicht erinnern! Diese Scheißstraße, dieses Scheißviertel! Ich hab mir die Hausnummer gemerkt, aber jetzt weiß ich den Namen der Straße nicht mehr. Ich weiß nicht mal ungefähr, wo das war!«

»Patrick, hör auf! Wir kriegen das raus. Du wirst dich erinnern. Und vielleicht ist es gar nicht wichtig.«

Es war wichtig, verdammt. Mona wusste, dass es wichtig war.

Auf dem Weg ins Dezernat klingelte ihr Handy. Es war Marko Selisch. »Ich hab was für Sie«, sagte er.

»Was? Den Todeszeitpunkt?«

»Ich denke schon. Die letzten beiden Tage hat's geregnet, Wetter und Temperaturen waren ähnlich wie zur Liegezeit der Leiche – ich denke, ich kann das jetzt hochrechnen.«

»Ja. Und?«

»Ich könnte Ihnen alles in meinem Büro zeigen. Die Berechnungsunterlagen, das Wachstum der Maden und so weiter.«

»Ich kann im Moment nicht kommen. Mir genügt fürs Erste das Ergebnis.«

»31. August. In der Nacht zum ersten September.«

»Nicht tagsüber. In der Nacht. Stimmt das?«

»Ja. Calliphora ist nachtaktiv. Auf der Leiche waren hauptsächlich Calliphora-Maden. Das hat sich auch auf dem Schwein bestätigt. Calliphora. Wenig Lucilia. Sie können davon ausgehen, dass es nachts war.«

»Wann nachts?«

Mona hörte ihn lachen. »Hellseher bin ich nicht. Nachts ist es passiert. Irgendwann ab Dunkelheit. Wahrscheinlich draußen. In diesem oder in einem der umliegenden Gärten. Ich habe keine Tiere gefunden, die in diesem Garten nicht vorkommen.«

»Sie sind sich sicher?«

»Soweit man das sein kann.«

31. August: Am 30. August hatte Karin Belolavek mit Milan Farkas Schluss gemacht, weil sie ihre Familie nicht gefährden wollte. Am nächsten Tag wird ihr Mann ermordet. War also doch Milan der Mörder? Hatte er sie angelogen? Sollte sie den Fall zu den Akten legen, denn die Wahrheit würde sie jetzt, nachdem auch Milan tot war, wohl nie mehr herausbekommen.

Aber etwas in Mona sträubte sich dagegen. Schließlich waren Karin Belolavek und ihre Tochter immer noch verschwunden. Und solange deren Schicksal nicht geklärt war, musste sie weiterermitteln.

10

»Satan wird nicht zufrieden sein«, sagt Kai. Sie läuft ruhelos in Leilas Zimmer auf und ab. Leila ist nicht da, niemand scheint im Haus zu sein. Maria wagt nicht zu fragen, wo Leila ist. Denn Kai wirkt so wütend, wie sie sie noch nie gesehen hat.

»Satan wird nicht zufrieden sein«, wiederholt Kai.

»Satan hat nie gesagt, dass ich ihn …« Maria bringt das Wort nicht über die Lippen.

»Und?! Was, glaubst du, hat er gemeint?! Satan, meine Liebe, sagt dir nie, was du tun sollst. Du musst von selbst erkennen, was richtig ist. Satan gibt dir alle Informationen, die du brauchst. Er hat es nicht nötig, Anweisungen zu geben.«

»Ich kann das nicht tun«, sagt Maria.

»Was nicht tun?«

»Das, was Satan will. Oder vielleicht will. Ich kann das nicht. Ich will das nicht.«

Kai kommt sehr nah zu ihr und fasst sie an den Schultern. Maria sieht zu ihr hoch, und zum ersten Mal fällt ihr auf, wie ausgezehrt Kai wirkt. Wie dunkel und eingefallen ihre Augenhöhlen in dem bleichen, knochigen Gesicht sind. Es ist, als fiele ein Schleier, als könnte Maria endlich wieder scharf sehen. Was hat sie getan? Die ganzen letzten Wochen, ja, Monate? In wessen Macht hat sie sich begeben?

Sie sieht an sich herunter. Sie trägt seit vier Tagen dieselbe Jeans, seit zwei Tagen dasselbe T-Shirt. Sie war früher einmal eitel und gepflegt. Was ist aus ihr geworden? Eine Lernmaschine, die sich in ihrer Freizeit auf Geistreisen begibt, statt Sport zu treiben und Freunde zu sehen. Ein Gespenst unter Gespenstern, das keine Lebensfreude mehr hat.

Sie hat versucht, jemanden umzubringen. Der Versuch war halbherzig und konnte nicht glücken, aber das ist moralisch gesehen doch vollkommen egal. Sie hat etwas Entsetzliches getan und es nicht einmal gemerkt. Es ist ein Schock.

»Ich will nach Hause«, sagt sie tonlos. Ihr ist schwindelig, als hätte sie Drogen genommen.

»Sei ruhig.« Kai hat ihre Wanderung durch das Zimmer wieder aufgenommen. Sie hat ihr nicht zugehört.

»Ich will nach Hause. Sofort.«

»Du spinnst wohl. Wir warten jetzt auf Leila, und dann machen wir die nächste Session.«

»Keine Session mehr. Ich mach nicht mehr mit.«

Kai lacht. Sie klingt überhaupt nicht amüsiert. Maria hat sie nie gekannt. Kai war nie ihre Freundin. Sie ist eine Fremde mit undurchsichtigen Motiven. Sie hat sie benutzt.

Aber wofür?

Maria nimmt ihre Jacke und geht zur Tür. Bunte Kreise be-

315

wegen sich vor ihren Augen, ihre Ohren sind wie zugefallen. Kai stellt sich vor sie, versperrt ihr den Weg. »Was soll der Quatsch?« Maria hört ihre Stimme dumpf und verzerrt wie unter Wasser. Sie versteht die Worte kaum. Zum ersten Mal sieht sie etwas wie Angst in Kais Augen.

»Ich will gehen.« Die Worte kommen mühsam, als sei ihre Zunge gelähmt. Auch in ihr wächst die Angst. Das Zimmer erscheint ihr dunkel und kalt, als sei Satan bereits da, ohne dass sie ihn gerufen haben.

Satan ist überall, hat Kai gesagt. Man wird ihn nie wieder los. Du gehörst ihm allein.

»Lass mich gehen.«

»Das wird dir nichts nützen, Maria. Satan kennt dich jetzt. Er wird dich finden, wo immer du auch bist.«

»Der ging raus, weil ihm schlecht war«, sagte Carola Stein alias Cordula Faltermeier. Sie deutete mit ihrem rot lackierten Fingernagel auf Fischer. Mona sah Fischer an. Langsam dämmerte ihr etwas.

»Du hast die Vernehmung nicht geführt?«

»Er war nur am Anfang da«, sagte Cordula Faltermeier. »Ein anderer hat dann weitergemacht, so ein junger. Ich weiß nicht mehr, wie der hieß.«

»Patrick Bauer?«

»Kann sein.« Cordula Faltermeier trug eine schwarze Bluse und einen schwarzen Rock, der eng auf der Hüfte saß. Ihre lackschwarzen Haare waren hoch toupiert, ihre Augen stark geschminkt. Sie roch nach etwas Teurem.

»Stimmt das, Hans?«, fragte Mona.

Fischer war blutrot geworden. »Kann ich dich … kurz sprechen?«

»Nein. Ich will jetzt wissen, ob das stimmt. Ob du alles Patrick überlassen hast.«

»Ich … Mir war schlecht, ich konnte nicht …«

»Das ist kein Grund. Du hättest mir Bescheid geben müssen. Patrick war zu neu für eine Vernehmung. Ich war da. Wir hätten das zusammen machen können, und alles wäre okay gewesen.«

»Also…«

»Geh raus«, sagte Mona ruhig. »Ich mach das hier allein weiter.«

Und Fischer ging ohne ein Widerwort. Nicht einmal die Tür knallte.

»Läuft das bei Ihnen immer so?«, fragte Cordula Faltermeier.

»Tut mir Leid.«

»Können wir nach der Vernehmung mal über Ihren Job reden? Ich finde das interessant, eine Frau in dieser Position.«

»Vielleicht. Fangen wir erst mal mit Ihnen an.«

»Klar. Darf ich rauchen?«

Manchmal hat Leiden eine geradezu sinnliche Qualität. Es war eine süße Qual, euch beiden zuzuhören, die ihr mich als beste Freundin auserkoren hattet. Ich erlebte meine Liebe zu dir noch einmal, wenn auch nur aus zweiter Hand. Alles war so wie bei uns beiden. Mit dem Unterschied, dass du mich nach kurzer Zeit überhattest und von Karin nicht genug bekommen konntest. Die Monate vergingen, und noch immer wart ihr ein heimliches Paar. Karins Mann ahnte nichts. Sie musste nicht bezahlen für ein verbotenes Feuer, so wie ich. Sie wurde wirklich geliebt – von zwei Männern. Ich wurde nur ausgenützt.

Die Qual war bald nicht mehr süß, sondern bitter. Ich wollte den Anfang und das Ende dieser Liebesgeschichte auskosten. Ich wollte alles noch einmal erleben, aber vor allem brauchte ich den ultimativen Beweis, dass es einer anderen Frau nicht besser gehen würde als mir. Dieser Trost blieb mir versagt. Du warst besessen von ihr, während sie bald nur noch Mitleid für dich übrig hatte. Sie gestand mir das, und ich versuchte, dir das schonend beizubringen, aber du hast mich wutentbrannt sitzen lassen. Ranntest zu Karin, stelltest sie zur Rede. Gut, dass Karin so naiv war. Sie glaubte an das Gute im Menschen. Sie kümmerte sich um mich, weil sie glaubte, ich hätte es nötig: Das machte mir die Sache leicht. Du brauchst eine Aufgabe, sagte sie. Sie brachte mich in Bertolds Gemeinde unter, und … nun ja, tatsächlich machte mir die Arbeit Spaß. Ich mochte es, Kinder zu unterrichten, denen es noch schlechter ging als mir. Aber das alles brachte mich nicht von meinem Weg ab.

Du hattest nie wirklich eine Chance bei ihr, mein Geliebter, tut mir Leid, dir das sagen zu müssen. Du hast dich an die falsche Frau verschwendet – an eins dieser perfekten, braven Mädchen, die sich wegen jedem kleinen Spurwechsel in die Hosen machen vor Angst und Skrupeln. Was würde mein Mann sagen, wie würde meine Tochter reagieren, er ist sechzehn Jahre jünger als ich… Gut, auch ich hatte damals dieses furchtbar schlechte Gewissen. Aber, mal ehrlich, was zwischen mir und dir passierte, war ja auch etwas ganz anderes. Wir gingen gemeinsam an sexuelle Grenzen, wir testeten mutig aus, was möglich war. Verglichen mit dem Sturm, den wir entfesselten, war das, was Karin dir erlaubte, ein laues Lüftchen. Leidenschaft sieht etwas anders aus, als sie es sich in ihrer schwärmerischen Kleinmädchenfantasie ausmalte. Echte Leidenschaft verwirrt die Sinne, raubt den Schlaf, verwüstet das Gesicht, katapultiert an Schmerzgrenzen. Nichts davon hat sie zugelassen. Aus Angst oder aus Kalkül?

Liebe ging immer spurlos an ihr vorüber, nicht wahr? Dass Bertold ihr verfallen war, hat sie vielleicht am Rande registriert. So nett wie sie tat, so kalt war sie im Grunde ihres blitzsauberen Herzens. Ich erkannte das, aber du nicht. Du warst gefangen von ihrer … Ich weiß eigentlich nicht, wovon. Sie war ganz hübsch, aber alles andere als eine sinnliche Sensation. Sie hatte dir nichts zu geben, außer das, was sie jedem zukommen ließ: ihre langweilige, immer gleich bleibende Freundlichkeit, um nicht zu sagen: höfliche Verbindlichkeit. Ich möchte nicht wissen, wie sie im Bett war (also gut, es interessierte mich, aber du hast mich kalt abfahren lassen, und ich fragte nie wieder). Ich bin sicher, dass du dich – sei doch ehrlich! – gelangweilt hast.

Es kam der Tag, an dem ich erkannte, dass ich langsam anfangen musste zu handeln. Zu deinem Besten, Milan. Du warst Wachs in ihren Händen, du verlorst deine Kraft und deine Männlichkeit, die ich an dir immer geliebt habe: Die Essenz deines Wesens kam abhanden. Ich wollte sie dir zurückgeben. Ich hatte es in aller Offenheit versucht. Ich hatte dir mehrfach klar gemacht, dass Karin keine Frau für dich ist. Ich hatte auf dich eingeredet, Stunden um Stunden, aber du hast mir *gar nicht zugehört. Deine wachsende Verzweiflung konnte ich nicht mehr länger mit ansehen.*

Ich wusste, ich durfte nicht warten, bis Karin dich sang- und klanglos verließ (was sie vorhatte!). Das hätte dich gebrochen, ich hätte dich ein zweites Mal verloren, und diesmal wäre es unwiderruflich gewesen. Es brauchte ein dramatisches Ereignis, um dir zu beweisen, dass Karin deiner nicht wert war. Dass sie dich fallen lassen würde, wenn du ihrer Liebe tatsächlich bedürfen würdest.

Mein Plan stand fest. Er war nicht kompliziert, aber ich hatte mir dennoch jeden Schritt aufgeschrieben, um nichts zu vergessen. Sämtliche Eventualitäten aufgezeichnet, denn nichts, was man tut, bleibt ohne Konsequenzen, nicht wahr?

Das Problem war: Jede Handlung produziert Millionen Möglichkeiten. Ich konnte sie nicht alle berücksichtigen. Ich musste flexibel reagieren.

Verzeih mir, mein Schatz. Es ging nicht anders.

»Ich will, dass Sie mir so genau wie möglich diesen Abend beschreiben, Frau – äh – Faltermeier. Lassen Sie nichts aus. Alles kann wichtig sein.«

»Puh. Das ist ziemlich lang her. Ich weiß kaum noch was. Hab ich Ihrem … diesem jungen Mann eigentlich schon gesagt.«

»Fangen Sie einfach mit dem Anfang an. Schritt für Schritt.«

»Das hat keinen Sinn, wirklich.«

»Versuchen Sie's. Schritt für Schritt. Also: Ihnen sind die vielen Türen aufgefallen, die geöffnet und geschlossen werden müssen. Meinem Kollegen haben Sie damals gesagt, Sie fühlten sich wie … in einem Labyrinth. So steht's im Protokoll.«

»So war es auch. Als würde man sich in das Innere eines Schneckenhauses vorarbeiten. Ich hätte nie allein zurückgefunden. Ich hatte … etwas Angst. So was wie Klaustrophobie.«

»Ein Polizist brachte Sie zur Aula?«

»Ja. Ich kann mich nicht an ihn erinnern.«

»Macht nichts. Sie kommen also in diese Aula …«

»In der Mitte des Schneckenhauses. Ja. Es war ein komisches Gefühl.«

»Warum?«

»Die vielen jungen Männer. Sie sahen überhaupt nicht so aus, wie ich gedacht hatte.«

»Sondern wie?«

»Besser. Netter. Einige waren richtig attraktiv. Keiner wirkte wie ein Schläger oder Mörder. Aber der Chef dort…«

»Wilhelm Kaiser?«

»Ja, ich glaube, so hieß der. Er hat mir gesagt, dass es alles schwere Jungs sind. Man kommt nicht in den Knast, weil man einer alten Frau die Handtasche geklaut hat, sagte er. Diese Jungs saßen wegen schwerem Raub, schwerer Körperverletzung, Vergewaltigung, Mord.«

»Das hat Sie überrascht.«

»Ja, sehr. Sie wirkten so sympathisch. Die Insassen, meine ich.«

»Kennen Sie diesen Mann auf dem Foto?«

»Wer ist das?«

»Er heißt Milan Farkas. Haben Sie ihn schon mal gesehen?«

»Nein… Ich glaube nicht. Aber der Name sagt mir irgendwas.«

»Wir haben Sie darüber schon befragt. Wir haben Ihnen eine Liste mit allen möglichen Namen vorgelegt.«

»Ja, aber diese Liste meine ich nicht. Der Name sagt mir jetzt was – im Zusammenhang mit diesem Abend.«

»Aber Sie kennen den Mann auf dem Foto nicht?«

»Nein. Ich kann mich nicht an den erinnern. Aber komischerweise an den Namen. Milan.«

»Haben Sie sich nichts zu trinken geholt? Nach der Lesung, meine ich?«

»Nein, jemand hat mir was gebracht. Ich musste ja noch Bücher signieren. Ich saß relativ lange auf der Bühne, und da brachte mir einer der Jungs ein Glas… Orangensaft, glaube ich.«

»Sie kamen nie in die Nähe der Saftbar?«

»Nein… Doch, schon. Kurz. Jetzt fällt's mir wieder ein. Ich wollte mir noch was zu trinken holen. Hinter dem Tisch mit den Getränken stand aber niemand. Ich dachte, dann bedien ich mich eben selber. Und in dem Moment fiel diese Frau hin.«

»Diese Frau, die den Schwächeanfall hatte, von dem Sie berichtet haben? Sie fiel an der Saftbar in Ohnmacht?«

»Ja. Ziemlich stämmige Frau. Also, die fiel hin. Die Veranstalterin…«

»Karin Belolavek?«

»Ja. Sie war gleich da und beugte sich über sie. Wir anderen standen so herum.«

»Okay. Passierte sonst noch etwas an dieser Saftbar? Haben Sie noch etwas beobachtet? Was tat zum Beispiel Karin Belolavek?«

»Sie versuchte, die Frau auf die Beine zu bringen. Das dauerte… sicher ein paar Minuten. Schließlich stand die Frau auf.«

»Und Karin Belolavek? Was tat sie anschließend?«

»Sie ging, glaube ich, mit der Frau in ein Nebenzimmer.«

»Und als sie zurückkam? Standen Sie da noch an der Saftbar?«

»Milan«, sagte Cordula Faltermeier in diesem Moment.

»Bitte?«

»Die Frau. Jetzt fällt's mir wieder ein. Sie lag am Boden, machte die Augen auf und sagte etwas wie Milan. Nur dieses eine Wort, und das klang wie Milan.«

»Die Frau, die ohnmächtig wurde?«

»Ja. Sie sagte Milan. Ich hatte das wieder vergessen, ich bin danach noch mit diesem Wilhelm Kaiser essen gegangen, wir haben bis in die Nacht hinein gequatscht, und er hat mir seine Theorie über die Insassen erzählt…«

»Dass sie alle lügen wie gedruckt.«

»Genau, und…«

»Okay. Noch mal zu der Frau am Boden.«

»Ja. Sie sagte Milan.«

»Sind Sie sicher?«

»Ziemlich. Deswegen kam mir der Name bekannt vor. Ist das wichtig?«

»Vielleicht. Können Sie sich an die Frau erinnern? An ihr Aussehen, ihren Namen?«

»Puh. Nein, keine Ahnung, wie die hieß. Sie war ziemlich mollig. Angegraute Haare. So Mitte, Ende vierzig. Eher unattraktiv.«

»Würden Sie sie wiedererkennen?«

»Ich weiß nicht. Käme auf einen Versuch an.«

»Kann ich Sie einen Moment allein lassen?«

»Sicher.«

»Ich bin gleich wieder da.«

»Kein Problem.«

»Karl? Hast du was von Kai Lemberger gehört? Oder ihrem Vater?«

»Der Vater. Lars Lemberger. Sie haben ihn zu Hause angerufen. Einer von der Schupo bringt ihn her. Die müssten gleich da sein.«

»Bring ihn ins Verhörzimmer, sobald er da ist.«

»Vielleicht stehen sie im Berufsverkehr, dann dauert's länger.«

»Sag mir Bescheid, wenn er da ist.«

In Marias Kopf vergrößert sich das Chaos in Lichtgeschwindigkeit. Es ist bunt und beängstigend. Sie stürzt in einen Tunnel aus wilden Farben und Formen. Die Worte, die allein sie wieder hinausführen könnten in die klare Welt der geordneten Begriffe, haben sie verlassen. Sie weiß nicht mehr, wo oben und unten, links und rechts ist. Sie schwebt im Raum. Etwas in ihr ahnt, dass sie sich auf der Flucht befindet und fürs Erste nicht mehr zurückkommen will. Vielleicht ist der neue Kosmos ein gutes Versteck, vielleicht ein Gefängnis. Aber das ist nicht wichtig. Im Moment hat Maria ohnehin nicht mehr die Kraft, ihn zu verlassen.

»Lars Lemberger?«

»Ich möchte mich beschweren. Wer ist Ihr Vorgesetzter?«

»Gleich, Herr Lemberger. Erst beantworten Sie mir bitte eine Frage.«

»Ich denke gar nicht dran.«

»Sie haben eine Tochter namens Kai.«

»Wie …«

»Stimmt das?«

»Das geht Sie nichts an.«

»Kai ist wahrscheinlich in einen Mordfall verwickelt, Herr Lemberger. Es tut mir sehr Leid. Wir müssen mit ihr sprechen.«

»Was fällt Ihnen…«

»Entschuldigung, Herr Lemberger. Wo ist Ihre Tochter jetzt? Wir müssen dringend mit ihr sprechen.«

»Den Teufel werden Sie tun. Und ziehen Sie gefälligst diesen Bullen vor unserer Haustür ab!«

»Kennen Sie ein Mädchen, das Maria Belolavek heißt?«

»Nein.«

»Kai war eng mit ihr befreundet.«

»Und?«

»Sie ist verschwunden, zusammen mit ihrer Mutter Karin Belolavek. Ihr Vater ist ermordet worden. Kennen Sie dieses Mädchen auf dem Foto?«

»Hab ich nie gesehen. Ich will einen Anwalt.«

»Es ist Maria Belolavek, das verschwundene Mädchen. Sie können Ihren Anwalt anrufen, oder wir stellen Ihnen einen Pflichtverteidiger. Vorher aber noch eine Frage.«

»Nein. Keine Frage mehr. Ich will erst mit meinem Anwalt sprechen. Das sind Gestapo-Methoden hier.«

»Ihre Frau. Wo ist sie? Wir müssen auch mit ihr sprechen. Sie können warten, bis Ihr Anwalt kommt. Sie können die Sache auch abkürzen. Sie selbst sind nicht Ziel der Ermittlungen.«

»Ich…«

»Bitte sagen Sie uns, wo Ihre Frau ist. Wo können wir sie jetzt erreichen?«

»Ich bin geschieden.«

»Von der Mutter von Kai?«

»Ja. Aus gutem Grund, kann ich Ihnen sagen.«

»Wo ist Ihre Frau jetzt?«

»Ist mir scheißegal.«

»Herr Lemberger…«

»Schauen Sie doch im Telefonbuch von Mailand nach. Sie heißt jetzt wieder Leitner.«

»Leitner?«

»Sind Sie taub?«

»Theresa Leitner?«

»Theresa? Woher kennen Sie Theresa?«

»Ist das Ihre Exfrau?«

»Nein. Natürlich nicht. Die ist in Mailand.«

»Aber…«

»Meine Exfrau heißt Marion. Theresa ist…«

»Ja?«

»…Marions Schwester.«

Mona schwieg ein paar Sekunden. Langsam fügte sich in ihrem Kopf etwas zusammen. »Kennt sie Kai gut? Die Schwester Ihrer Frau meine ich?«

Lemberger schien plötzlich in sich zusammenzusinken. »Sie haben… hatten… ein relativ enges Verhältnis. Enger als…«

»Okay. Moment, bitte.«

»Ich will jetzt ein Telefon!«

»Lucia? Hier ist Mona. Sag Martin und der gesamten MK 1 Bescheid. Sie sollen in 2 kommen. Alle außer Forster, der ist schon hier. Und hol bitte die Faltermeier aus 1 rüber in 2.«

11

Natürlich habe ich Fehler gemacht. Ich hätte dieser Polizistin nicht erzählen dürfen, dass ich Karin zur Gemeindearbeit gebracht habe, wo es doch genau umgekehrt war. Ich bedachte nicht, dass sie nur Bertold hätte fragen müssen – er hätte ihr gesagt, dass Karin viel länger bei ihm beschäftigt war als ich, und schon hätte es ein Problem gegeben. Andererseits hätte auch die Wahrheit Fragen aufgeworfen – nach mir, meiner Situation nach der Scheidung, meinem entsetzlichen Zustand, nachdem du mich verlassen hattest und ich zu allem Überfluss auch noch meine Familie verlor.

So oder so, die Polizistin fragte Bertold offensichtlich nicht. Ich verbrachte einen schlimmen Nachmittag in der Erwartung heulender Sirenen vor meinem Haus, aber es passierte nichts. Ich war ein Risiko eingegangen, und es hatte sich gelohnt: Karin war nun die Frau, die Probleme hatte, und ich war aus allem fein raus. Eine weitere Entwicklung, an die ich fest glaubte, fand allerdings auch nicht statt. Ich war sicher, dass Bertold zumindest Milans Namen kennt, ich ihn also nicht nennen musste (wodurch meine Person weiter an Bedeutung verlor). Er und Karin hatten dieses »enge freundschaftliche Verhältnis«, von dem er immer erzählte, was aber offensichtlich nur in seiner Fantasie existierte. Er kannte den Namen nämlich wohl nicht. Ich war bestürzt, als ich merkte, wie die Polizei im Dunkeln tappte! Sollte ich die Polizistin anrufen, und mich – simsalabim – erinnern? Auf keinen Fall, das hätte mich verdächtig gemacht!

Ich dachte an einen anonymen Brief, an ein anonymes Telefonat – und tat erst mal nichts. Vielleicht würden sie dann ohne meine Hilfe draufkommen. Die Polizistin wirkte nicht unintelligent.

Ja, Milan, ich weiß, du findest das nicht fair. Ich hatte dich zu einem Mord verführt, und nun wollte ich dich hinhängen. So siehst du das. Aber falsch, mein Lieber. Ich hatte nichts dergleichen getan. Ich hatte dir lediglich zu verstehen gegeben, dass es … nun ja … bessere Chancen auf eine gemeinsame Zukunft mit Karin geben könnte, wenn ihr Mann nicht mehr … da wäre. Ich ließ durchblicken, dass Karin sich nach einem Menschen sehne, der diese heikle Aufgabe für sie übernehme. Ich sagte, Karin habe mir das angedeutet.

Nun, das stimmte immerhin – fast. Karins Mann hatte sich im Lauf ihrer Ehe zu einem emotionalen Eisberg entwickelt. Er behandelte Karin »anständig« (was für ein armseliger Ersatz für Liebe und Zuwendung!), das heißt: Er war penibel, kalt, langweilig, lieblos, herzlos. Vernarrt in seine Arbeit und die Intelligenz seiner Tochter, blind für die Bedürfnisse seiner Frau. Karin blieb bei ihm, um ihrer Tochter eine Familie zu bieten, aus keinem anderen Grund.

Das war die Wahrheit, der ich, sagen wir, ziemlich nahe kam. Ich übertrieb ein wenig ihre Verzweiflung (das fiel mir leicht, denn mein Exmann war Thomas' Bruder im Geiste). Ich brachte immer wieder das Gespräch darauf. Ich bedauerte, dass Thomas eurer Liebe im Weg stand. Und dann kam Karin mir – ungewollt – zu Hilfe. Sie beendete eure Beziehung mit der Begründung, dass Thomas ihr nie verzeihen würde und ihr im Scheidungsfall die Tochter nehmen würde. Arme

Karin. Sie dramatisierte ihre Situation, um überzeugend zu wirken und dich nicht zu kränken – natürlich ohne zu ahnen, was sie tatsächlich in dir auslöste.

Du glaubtest plötzlich zu wissen, was du tun musstest.

Ich bestärkte dich. Sanft und ausdauernd. Ich fühlte mich dir wieder so nahe wie früher. Ich dachte an eine gemeinsame Zukunft, tief im Süden, weit weg von hier. Ich hatte etwas Geld von einer Tante geerbt. Es war nicht viel, aber für ein bescheidenes Haus in einem warmen, armen Land hätte es bestimmt gereicht. Ich sah dich fischen gehen, braun gebrannt, mit nacktem Oberkörper. Ich sah mich am Ufer – einem Traumstrand – auf dich warten. Ich würde mich nur noch von Früchten und Gemüse ernähren. Ich bekäme wieder die Figur, die ich einmal hatte. Ich wäre wieder schön – für dich.

Schade, Milan, dass du mich so enttäuscht hast. Ich stellte dich auf die Probe, aber du hast versagt.

»Frau Faltermeier, ich zeige Ihnen jetzt vier Fotos von vier Frauen. Kennen Sie eine davon wieder?«

»Ja. Diese da. Ich glaube, das war sie.«

»Das war wer?«

»Die Frau, die auf der Lesung in Ohnmacht gefallen ist.«

»Die den Namen Milan gesagt hat?«

»Ja. Wenn sie's nicht war, sieht sie ihr sehr ähnlich.«

»Erst haben Sie gesagt, dass Sie sich nicht erinnern können…«

»Na ja, wenn man jemanden dann so vor sich sieht… Ich kann's nicht beschwören, aber ich bin mir wirklich relativ sicher.«

»Sie können jetzt nach Hause gehen. Vielen Dank für Ihre Hilfe.«

Die Frau auf dem Foto war Theresa Leitner. Sie war doch auf dieser Lesung gewesen, auf der Milan Karin Belolavek das erste Mal gesehen hatte. Sie hatte Milan doch gekannt. Sie hatte gelogen. In jeder Beziehung. Mona wandte sich an Lemberger. »Kennen Sie den Mann auf dem Foto?«

»Nie gesehen. Wer ist das?«

»Er heißt Milan Farkas. Kannte die Schwester Ihrer Frau ihn?«

»Keine Ahnung.«

»Warum haben Sie sich von Ihrer Frau getrennt?«

»Darüber muss mein Mandant keine Auskunft geben«, schaltete sich Lembergers Anwalt ein, der inzwischen eingetroffen war.

»Doch, das muss er. Es handelt sich um einen Mordfall. Seine Tochter hatte etwas mit Milan Farkas zu tun. Die Schwester seiner Frau war mit einer Frau befreundet, die ebenfalls etwas mit Milan Farkas zu tun hatte.«

»Wer ist dieser Milan Farkas?«, fragte der Anwalt verwirrt. Er war ein dünner Mann, Ende dreißig mit blonden, über der Stirn schütter werdenden Haaren.

»Er ist tot. Herr Lemberger, sind Sie sicher ...«

»Ich kenn den nicht. Keine Ahnung, wer das ist. Den Namen hab ich nie gehört. Kann ich jetzt gehen?«

»Sie haben nichts gegen meinen Mandanten in der Hand. Ich schlage vor ...«

»Nein«, sagte Berghammer. »Erst will ich eine Antwort.«

Die Gesichter aller Anwesenden waren grau vor Erschöpfung. Jemand öffnete das Fenster, und ein kalter Luftzug ließ alle frösteln. Das Telefon klingelte. Mona hob ab.

»Theresa Leitner ist nicht zu Hause«, sagte sie zu niemand Bestimmtem, den Hörer in der Hand.

»Es ist zehn Uhr durch«, sagte Berghammer zu Lemberger. »Wo kann sie jetzt sein?«

Lemberger schloss die Augen und legte seinen Kopf in den Nacken. »ICH WEISS ES NICHT. WIR HABEN NICHTS MITEINANDER ZU TUN.«

»Regen Sie sich wieder ab«, sagte Berghammer.

»Wartet vor der Haustür«, sagte Mona ins Telefon und legte auf. »Warum haben Sie sich scheiden lassen?«, fragte sie Lemberger.

»Mein Mandant ...«, sagte der Anwalt.

»Mit Ihnen rede ich nicht!«

Der Anwalt schwieg erschrocken. Alle Anwesenden sahen Mona an. Sie wurde selten laut. Die Wirkung war durchschlagend.

»Die Tochter *Ihres Mandanten*«, sagte Mona mit scharfer Stimme in die plötzliche Stille hinein, »ist in einen Mordfall verwickelt. Ihre Tante Theresa vielleicht auch. Wenn *Ihr Mandant* nicht redet, erwirken wir einen Haftbefehl wegen Behinderung der Ermittlungen.«

Der Anwalt öffnete den Mund, aber Lemberger legte ihm die Hand auf den Oberarm, bevor er loslegen konnte. »Okay, Felix.«

»Du musst nicht…«

»Es ist in Ordnung, Felix. Ich mache eine Aussage. Oder wie man das nennt.«

Mona schaltete das Tonbandgerät ein und nickte der Protokollantin zu.

»Wo ist Ihre Tochter, Herr Lemberger?«

Lemberger sah erneut seinen Anwalt an, der leicht den Kopf schüttelte. Dann gab er sich einen Ruck. »Sie ist … zurzeit in Behandlung. Drogen. Man nennt sie Psilos. Es sind halluzinogene Pilze, und man bekommt sie ganz legal in den Niederlanden. Sie ist von einem Trip… nicht mehr richtig heruntergekommen. Aber es geht ihr besser. Viel besser.«

Mona beugte sich vor: »Wo, Herr Lemberger. Wo?«

Lemberger sagte ihr die Adresse. »Ich kläre das«, sagte Berghammer und ließ sich von Lucia die Telefonnummer der Einrichtung geben.

Mona atmete tief aus. Ihre Haut fühlte sich klebrig an, ihre Augen brannten. Seit drei Tagen hatte sie kaum geschlafen und nichts mehr von Lukas oder Anton gehört. Es hatte durchaus Minuten gegeben, in denen sie hätte anrufen können – wenigstens das. Aber je länger sie zögerte, desto schwerer fiel es ihr. Heute Nacht würde sie wieder nicht nach Hause kommen. Nicht bevor Theresa Leitner und Kai Lemberger hier waren. Nicht bevor sich alles geklärt hatte.

»Ihre Exfrau«, nahm sie den Faden wieder auf, »warum haben Sie sich getrennt?«

Lembergers Gesicht schien unbewegt, nur seine Kiefermuskeln arbeiteten. Wieder senkte sich Stille über den Raum. Schmidt, Forster, Fischer saßen stumm im Hintergrund, Mona und Berghammer nahe bei ihrem Zeugen. Der Anwalt sagte nichts mehr.

»Ihre Exfrau…«, begann Mona von neuem.

»Sie hat… mich verlassen. Mit einem anderen. Einem Italiener. Hat mir unsere Tochter überlassen. Reicht das?«

»Sie haben keinen Kontakt mehr?«

»Gar keinen.«

»Und Ihre Tochter?«

»Nicht dass ich wüsste. Marion lebt jetzt in Italien. Bei ihrem neuen…«

»Theresa Leitner. Welche Rolle spielte sie dabei?«

»Sie kümmerte sich um uns… in den ersten Tagen. Nein, eigentlich waren es Wochen. Sie hatte ebenfalls eine schlimme Scheidung hinter sich. Kai hat sich in dieser Zeit sehr eng an sie angeschlossen. Theresa war wie ein Mutterersatz für sie.«

»Wann endete diese … gemeinsame Zeit? Mit Theresa Leitner?«

Lemberger sagte nichts. Sein Anwalt richtete sich auf, wachsam. »Du weißt, du musst hier nichts…«

»Ja«, sagte Lemberger. »Ich … äh. Ich war leider gezwungen… also, ich habe ihr nach ungefähr zwei Monaten gesagt, dass sie gehen soll. Sie… äh… schien sich mehr von der ganzen Sache erwartet zu haben, und ich…«

»Theresa Leitner hat Sie angemacht, und Sie hatten kein Interesse«, fasste Mona zusammen.

»So kann man es nennen… ungefähr. Ich… mich hat das alles überfordert, die Scheidung und dann Theresa mit ihren … Wünschen. Kai hat davon gar nichts mitgekriegt und war sehr böse auf mich. Ich hatte ihr nicht die Wahrheit gesagt… aus ihrer Sicht musste mein Verhalten…«

»Undankbar und gemein wirken?«

»Ja.«

»Sie hatten dann keinen Kontakt mehr zu Theresa Leitner?«

»Keinen. Ich weiß aber, dass Kai den Kontakt gehalten hat, und dagegen konnte ich ja schlecht was sagen.«

»Wissen Sie, weshalb die Scheidung bei Theresa Leitner zu Stande kam?«

Lemberger schwieg wieder und warf seinem Anwalt einen Blick zu. Der Anwalt sah beleidigt weg.

329

»Ich glaube schon«, sagte Lemberger dann.

»Und zwar?«

»Sie hat offenbar alles … vernachlässigt. Den Haushalt, alles.

Sie war manchmal tagelang nicht ansprechbar. Die Ärzte tippten erst auf eine Depression. Sie hat nur noch vor sich hin geträumt und gegessen. Aus dem Kühlschrank heraus dicke Käse- und Schinkenscheiben ohne Brot. Sie hat nicht mehr gekocht…«

»Sie war krank«, stellte Mona fest.

»Schließlich konnte meine Frau – damals lebte sie noch bei uns – Theresa davon überzeugen, dass sie sich einliefern lassen musste. Sie brachte sie also in ein Landeskrankenhaus…«

»Die Psychiatrie.«

»Sie setzten sie dort unter Medikamente. Es ging mehrere Wochen lang. Marion hat täglich mit einem der behandelnden Ärzte telefoniert, aber die stehen ja unter Schweigepflicht. Die Details müssen Sie Theresas Exmann fragen. Irgendwann kam sie jedenfalls wieder raus, halbwegs auf dem Damm.«

»Aber?«

»Das müssen Sie ebenfalls ihren Exmann fragen. Die Ehe war danach… wohl irgendwie zerrüttet, oder wie man so sagt.«

»Okay. Noch mal zu Kai. Wie ist Ihr Verhältnis zu Kai?«

»Schlecht. Sie redet nicht mehr mit mir. Ich kenne ihre Freunde nicht, ich weiß nicht, was sie in ihrer Freizeit tut. Sie hat… die Schule abgebrochen.«

»Wussten Sie, dass sie spiritistische Sitzungen abhält?«

»Was?«

»Zusammen mit Maria Belolavek und einer … dritten Person. Sie haben … äh … den Teufel kontaktiert. Satan. Jedenfalls haben sie sich das eingebildet.«

Lemberger sah Mona müde an. »Keine Ahnung. Sie wissen nicht, wie das mit Achtzehnjährigen ist. Man hat sie nicht mehr in der Hand. Wenn sie nicht wollen, hat man nichts in der Hand.«

»Ich kann mir denken, was Sie meinen.«

Lemberger sah sie an. Ein kurzes Lächeln huschte über sein Gesicht, das sofort wieder verschwand. »Selber Kinder?«

»Ja.« Auch Mona lächelte. Lemberger wusste nichts, so viel stand fest. Kai Lemberger war auf dem Weg hierher, aber offenbar noch nicht ansprechbar. Und Theresa Leitner war nicht zu Hause. Was machte eine Frau wie sie abends nach zehn? Hatte sie Freunde? Einen Liebhaber? Ging sie allein aus? Nichts davon klang sehr wahrscheinlich.

»Wo könnte Theresa Leitner Ihrer Meinung nach sein, wenn sie nicht zu Hause ist? Hat sie ... irgendwelche Interessen? Freunde? Ein Opernabo?«

Lemberger schüttelte den Kopf. »Als sie bei uns war ... gab es niemanden. Sie geht nicht ins Theater, soviel ich weiß. Sie ist eher ...«

»Einsam?«

»Eher, ja.«

»Kann sie verreist sein? In Urlaub?«

Lemberger dachte nach. »Sicher. Ich meine ... warum nicht? Sie ist zwar eigentlich nicht gerade der Typ fürs Reisen ...«

»Gibt es ein Reiseziel ... irgendwas, wo sie immer mal wieder hinfährt?«

Mona kam eine Idee. Irgendwoher, aus dem Dunkeln.

Ein undeutliches Szenario nahm Gestalt an.

»Keine Ahnung.«

Das Szenario wurde klarer, lichter.

»Hat sie vielleicht ein ... Haus? Ein Ferienhaus, etwas in der Art?«

Lembergers Gesicht veränderte sich. Ganz leicht. Nur eine Nuance. »Also ... ja. Da gibt es das Haus von Theresas Tante. Sie hat mir mal davon erzählt, und wir sind auch mal hingefahren, als sie bei uns wohnte. Sie hat es vor anderthalb Jahren geerbt. Das und etwas Geld. Marion hat nichts bekommen und war stinksauer deswegen.«

»Ein Haus? Hier in der Nähe?«

»Auf dem Land, ja. Sehr idyllische Gegend. Ein kleiner See ist in der Nähe ...«

»Außer ihr hat keiner einen Schlüssel?«

»Nur sie, denke ich.«

»Niemand wohnt dort?«

»Damals stand es jedenfalls leer. Warum…«

»Wo liegt es genau? Wissen Sie das noch?«

»Eine Stunde von hier, ungefähr.«

»Würden Sie es finden?«

»Ich denke ja.«

»Ich habe eine Idee«, sagte Mona zu Berghammer. Ihr Herz begann zu klopfen. Schwer und dumpf.

»Was?«, fragte Berghammer verwundert.

»Die Belolavek und ihre Tochter sind spurlos verschwunden. Wo geht das leichter als in einem Haus irgendwo auf dem Land? Wer kann sie dort am besten unterbringen? Ihre beste Freundin Theresa!«

»Du hast diese Leitner … nie danach gefragt?«

»Natürlich nicht. Sie hatte mich damals von sich aus angerufen, sie hatte mir diese Geschichte mit dem Liebhaber erzählt…«

»Du bist… Wir sind davon ausgegangen, dass sie alles sagt, was sie weiß.«

»Ja. Sicher. Das war falsch.«

Berghammer seufzte. Nie von etwas ausgehen, das man nicht geprüft hat. Erste Regel jeder Ermittlungsarbeit. Keine wurde häufiger gebrochen.

Am liebsten hätte ich Karin tot gesehen, dieses brave Mädchen, das dich benützt hat, um ein bisschen Abenteuer zu spielen. Aber da hätte ich mir selbst die Hände schmutzig machen müssen, und das wollte ich nicht. Und schließlich ging es mir doch vor allem darum, den Beweis anzutreten, dass sie deiner nicht wert ist.

Dass sich dann alles ganz anders entwickelte, ist nicht meine Schuld. Mir wurde aber schnell klar, dass du nie begreifen würdest, was du an mir hattest. Du würdest immer nur an Karin denken. Und irgendwann würdest du mich verraten – an sie. Du würdest nicht durchhalten. Wir konnten nicht gemeinsam fliehen. Du musstest allein hier bleiben. Still und stumm für immer.

Ich dachte, ich würde dich vermissen, Milan.

Ich dachte, ich könnte niemanden töten, niemals. Mich ekelte schon

*die Vorstellung daran. Aber es war gar nicht so schwer. Ich kam dir
so nahe wie nie. Ich habe dich jetzt für immer – in meinem Herzen. Dort
behältst du deinen Ehrenplatz – lebendiger als je.*

Liebe und Tod sind zwei Seiten einer Medaille.

*Nachts, vor dem Haus der Belolaveks, versenkte ich mich in dir in
einem letzten Liebesakt. Im Augenblick deines Sterbens waren wir eins.
Es ist das letzte Wagnis der Liebe. Ich habe es bestanden. Ich tat dir einen Gefallen damit, glaub mir.*

*Es tut mir nur Leid, dass ich Kai mit hineinziehen musste. Das ist
alles, was ich mir vorwerfe. Es ging nicht anders.*

Ein Schupo brachte Kai Lemberger und einen weiteren Mann
ins Verhörzimmer. Kai war groß, blond, mager und sehr blass.
Schwarze Jeans, schwarzes Shirt, keine Piercings.

»Kai«, sagte ihr Vater unsicher, »schön, dass du…« Er machte
Anstalten aufzustehen, aber als Kai ihn nicht beachtete, ließ er
sich wieder auf seinen Stuhl sinken. Kai stand mit hängenden
Armen in der Mitte des Zimmers, von sieben Augenpaaren angestarrt.

»Ich bin ihr behandelnder Arzt«, sagte der Mann neben ihr.
»Kann sie sich setzen?«

Forster besorgte zwei Stühle. Langsam wurde der Raum richtig voll.

»Kann ich mit ihr reden?«, fragte Mona den Arzt.

»Versuchen Sie es. Die Dame am Telefon hat gesagt, es geht
um Mord. Sonst hätte ich das gar nicht zugelassen.«

»Verstehe.«

»Ihr Zustand ist sehr labil.«

»Ja, sicher. Kai?«

Das Mädchen sah nicht auf.

»In der Regel antwortet sie nicht«, sagte der Arzt.

»Ja. Versteht sie, was ich sage?«

»Ich… bin nicht sicher.«

»Sie meinen, sie simuliert?«, schaltete sich Berghammer ein.

»Nein. Sie hat sich in sich selbst zurückgezogen. Sie lässt nichts
an sich herankommen.«

»Ist sie … krank?«

»Die Drogen haben etwas bei ihr angerichtet, so viel ist sicher. Wir wissen nicht, ob es reversibel ist. Wir kommen nicht an sie heran.«

»Sie spricht nicht? Mit niemandem?«

»Manchmal fragt sie jemanden um Zigaretten, das ist alles. Sie raucht wie verrückt.«

»Kai? Hören Sie mich?«

Keine Reaktion, nicht einmal ein Zittern der Augenlider. Sie gaben ihr eine Zigarette, die sie gierig bis auf den Filter rauchte. Mehr geschah nicht.

Nach einer halben Stunde gaben sie auf. Der Arzt nahm Kai behutsam unter den Arm und führte sie hinaus.

»Bleibt nur noch Theresa Leitner«, sagte Berghammer. Mona rief ein weiteres Mal bei ihr zu Hause an.

»Nicht da.«

»Gut, dann fahren wir zu ihrem Ferienhaus«, sagte Berghammer.

12

Der Regen schlug gegen die Scheiben, die Reifen zischten auf dem nassen Asphalt. Sie fuhren mit zwei Zivilfahrzeugen, im ersten saßen Berghammer, Mona und Lemberger, im zweiten Schmidt, Forster und Fischer. Berghammer fuhr, Lemberger gab ihm Anweisungen, Mona saß hinten und starrte in die Dunkelheit.

»Rechts«, sagte Lemberger vor ihr. Mona betrachtete seinen Hinterkopf. Er trug die dichten grauen Haare kurz und akkurat geschnitten. Der Nacken war sorgfältig ausrasiert.

»Auf die Autobahn?«, fragte Berghammer.

»Ja. Rechts.«

Sie bogen auf die Autobahn ein, Berghammer beschleunigte auf 140. Sie fuhren durch gestautes Spritzwasser, der Regen schien sich noch zu verstärken, die Sicht war fast null. Es war ihnen egal. Berghammer beschleunigte auf 160.

Wenn sie dort sind, sind sie in Gefahr. Mona wusste, dass Berghammer das Gleiche dachte. Es war einfach ein Gefühl, ein Instinkt. Theresa Leitner hätte an diesem Abend zu Hause sein müssen. Die Tatsache, dass sie es nicht war, auch nicht um halb elf, auch nicht um dreiviertel elf, sagte ihnen, dass sie sich beeilen mussten. Vor ihrem inneren Auge sah sie die Leichen von Karin Belolavek und Maria im Schlamm liegen.

Warum? Warum?

Etwas war außer Kontrolle geraten. Auch diese Erkenntnis kam automatisch, als eine Art Quersumme aller Fakten, die sie im Laufe der vergangenen sechzehn Tage in mühsamer Kleinarbeit gesammelt und verwertet hatten. Mit Intuition hatte das nichts zu tun.

Bei Theresa Leitner liefen alle Fäden zusammen. Aber wieso? In jedem Fall war irgendetwas schief gegangen. Das passierte häufig. Es gab den perfekten Mord, aber nicht so, wie ihn sich die Leute vorstellten. Der perfekte Mord war ein Bandenmord, gedeckt durch das Gesetz des Schweigens. Der perfekte Mord wurde an alten, kranken Angehörigen begangen, indem man die bereits Geschwächten mit einem Kissen erstickte oder ihnen Mund und Nase zuhielt. Keine Spuren, keine Hinweise, keine Lust auf Scherereien: Der herbeigerufene Hausarzt schrieb die Floskel »Tod durch Herzversagen« auf den Totenschein, und schon war der Fall erledigt, weil es keinen Fall gab.

Der perfekte Mord nach einem ausgeklügelten Plan war dagegen eine ganz andere Geschichte. Zu viele Eventualitäten, die die Täter vorher nicht bedachten. Zu viele Mitwisser, die plötzlich Skrupel bekamen oder sich als Erpresser betätigten. Zu viel Pfusch bei der Tat selber.

Was war hier der Plan gewesen?

Was wäre, wenn sie Karin und Maria finden würden wie Thomas Belolavek, vergraben, verwest, unkenntlich?

»Kannst du nicht noch einen Zahn zulegen?« Mona biss sich auf die Unterlippe, Berghammer würdigte sie nicht einmal einer

Antwort. Er fuhr konstant 160 trotz der Wassermassen um sie herum. Mona drehte sich um, aber sie konnte nicht erkennen, ob der Wagen hinter ihnen derjenige Fischers war.

»Die nächste Ausfahrt müssen wir raus«, sagte Lemberger ein paar Minuten später. Mona atmete auf, Berghammer blinkte und bremste ab. Der Wagen hinter ihnen blinkte ebenfalls.

»Wie weit ist es jetzt noch?«, fragte Berghammer. Mona sah sein Profil im Schein der Rücklichter vor ihnen; es sah hart aus wie Granit.

»Zwanzig Minuten ungefähr.«

Maria schlug die Augen auf. Sie hörte Stimmen, zwei Frauen. Ihre Mutter und eine andere. Sie stritten.

»…das kannst du nicht machen…«

»…warum…«

»… bitte nicht…«

Sie lag auf einem… Sofa. Sie war nicht mehr müde, und ihre Stummheit war vorbei. Sie sagte leise ihren Namen vor sich hin.

Maria.

Sie waren hier in einem Haus, das ihr nicht gefiel. Es roch… alt. Es war dunkel, denn die Fenster waren klein. An den Wänden waren hässlich gemusterte Tapeten, und die Küche war bestimmt mehr als zwanzig Jahre alt. Die Bäder waren braungrün gefliest. Maria hasste dieses Haus, aber sie war nicht in der Lage wegzugehen. Sie musste erst wieder … auftauchen. Sie war in einer Höhle gefangen. Sie konnte nicht reden und sich nicht erinnern.

…PAPA!…

…sich nicht erinnern…

Aber jetzt… erinnerte sie sich. Alles kam zurück. Schälte sich ganz langsam aus der Dunkelheit.

31. August. Der Tag, an dem sie versucht hatte, einen Menschen zu töten – Milan, den Geliebten ihrer Mutter.

31. August. Es ist neun Uhr abends, Maria befindet sich in ihrem Zimmer. Sie hört ein Klingeln an der Haustür. Ihre Mutter ist nicht da, sie ist mit dieser Freundin, dieser Theresa, essen. Sie geht auf die Galerie und sieht hinunter, mit einem dumpfen unbehaglichen Gefühl im Bauch.

Maria hat an diesem Tag versucht, einen Menschen zu töten.

Dieser Mensch steht jetzt unten im Flur, sie sieht ihn von der Treppe aus.

Milan.

Er spricht mit ihrem Vater...

Er sagt ihm, was passiert ist. Das glaubt sie jedenfalls, denn sie kann seine Worte nicht verstehen, weil sie wieder dieses Rauschen in den Ohren hat.

Aber sie sieht von oben das entsetzte Gesicht ihres Vaters.

Sie hört:»... Das ist doch Quatsch! Meine Frau...«

Es war ein heißer Tag, der Abend ist immer noch drückend schwül. Von ferne grollt Donner.

»... verschwinden Sie hier!«, ruft ihr Vater.»Raus!«

Etwas knallt. Eine Tür. Ein Windstoß hat eine Tür knallen lassen. Die Fenster stehen weit offen, und es ist schon oft passiert, dass ein plötzlicher Windstoß von draußen einen Blumentopf auf den Boden geschleudert hat. Maria geht in ihr Zimmer und sieht aus dem Fenster in den Garten hinab. Milan, der Mann, den sie töten wollte, ist ihrem Vater gefolgt, der aus irgendeinem Grund in den Garten gegangen ist. Milan und ihr Vater sind jetzt beide draußen im Garten. Wolken ballen sich am Himmel, eine weitere Bö fegt über das Gras, die ersten Tropfen fallen. Die Dunkelheit bricht ein.

Milan hat plötzlich ein Messer in der Hand.

Wie sie heute früh. Es ist ein Albtraum.

Er schreit.»Ich will sie!«(Wen meint er – ihre Mutter? Er kann sie nicht haben, sie gehört Maria und ihrem Vater!)

Er bestraft ihren Vater...

Satan! *Er lässt dich nie wieder los, Maria. Du kannst ihm nicht entkommen.*

Maria ist Satan nicht gefolgt. Sie hat Seinen Auftrag nicht ausgeführt, sie hat Milan nicht eliminiert. Deshalb muss ihr Vater sterben.

Maria will schreien, aber kein Laut kommt aus ihrer Kehle.

Das Messer versinkt bis zum Heft im Rücken ihres Vaters. Hellrotes Blut sprudelt aus seinem Rücken. Er bricht in die Knie, mit dem Gesicht nach oben, mit einem Ausdruck, als könnte er nicht begreifen, was passiert.

Maria sieht ihm direkt in die brechenden Augen, die sie anklagen. *Deinetwegen muss ich sterben!*

Bitte! Bitte nicht!

Milan stößt ein zweites und drittes Mal zu, dann springt er auf, mit entsetztem, schneeweißem Gesicht. Er lässt das Messer im Rücken ihres Vaters stecken. Er läuft – einfach weg... Er lässt Maria allein... Mit ihrem Vater, der...

Nachdem Thomas tot war, stand Karin mit ihrer Tochter vor meiner Tür. Es war morgens um halb sieben, der 1. September. Ich war wie vom Donner gerührt. Voller Panik. Was taten sie hier? Hatte Milan – geredet? Hatte er mich – uns – verraten?

Karin redete seltsames Zeug, das ich nicht begriff. Ihre Tochter war stumm und wirkte vollkommen abwesend. Ich sah Maria an. Tatsächlich stimmte etwas nicht mit ihr. Ihre Augen waren wie tot, und sie sagte die ganze Zeit kein Wort. Sie nahm einen Teelöffel in die Hand und klopfte damit auf den Küchentisch. Immer wieder. Sie verfiel in einen heiseren Singsang, vollkommen versunken in diesen monotonen Rhythmus. Hatte sie ... etwas gesehen? Das musste es sein! Sie hatte alles gesehen!

O Milan, du Idiot!

Das stellte mich vor eine völlig neue Situation. Aber dann begriff ich, dass sich alles bestens fügte. Denn Karin glaubte, Maria habe ihren Vater umgebracht. Maria war ihr schon länger unheimlich gewesen, und jetzt hatte sie sie verstört vor der Leiche von Thomas vorgefunden. Ich reagierte schnell. Denn jeden Augenblick konntest du kommen, und sie durften dich nicht sehen. Vielleicht hätte es gar nicht besser passieren können. Ich bot ihnen an, sie zu verstecken. Das hübsche kleine

Haus der Tante. Mitten auf dem Land. Umgeben von Natur. Und kein anderes Haus weit und breit. Dort wollte ich ja eigentlich dich, Milan, unterbringen, um anschließend unsere Flucht zu organisieren. Aber das war ja gar nicht mehr notwendig. Niemand würde auf dich kommen, nicht einmal Karin! Ich gab ihnen meinen Wagen. Abends würde ich ihn wieder holen.

Ein sehr gutes Versteck. In jeder Hinsicht. Ich hatte sie auf diese Weise unter Kontrolle. So lange Maria in ihrem ... Zustand blieb jedenfalls. Ich musste nun schnell unsere Flucht organisieren... Sehr schnell. Gelang mir das nicht, würden Maria und Karin...

Man würde sehen.

Ich lebte einmal in einem schönen Haus, so wie Karin Belolavek. Ich hatte eine Familie wie sie. Nun wohnte ich beengt und ärmlich. Ich war bestraft worden. Karin nicht.

Das war einfach nicht gerecht, oder siehst du das anders?

Warum hast du mich so enttäuscht, Milan?

Warum wolltest du nicht mit mir fliehen? Warum hast du die ganze Zeit nur von Karin gesprochen und dass du sie sehen wolltest und dass ich dir die Adresse von dem Haus geben sollte und dass du es ohne sie nicht mehr aushieltest...

Mein Plan war fehlgeschlagen.

Die Tage vergingen, und du wolltest nicht einsehen, dass ich deine Zukunft war, nicht sie. Du hast mich wieder schlecht behandelt, nicht so, wie man seine Retterin behandelt. Du brauchtest einen Denkzettel. Und als du mir dann auch noch sagtest, dass es dieses Foto – dieses dumme Bild von uns beiden – gab und dass du es versteckt hattest und dass du reden würdest, falls...

Ich rief diese Kommissarin an. Sie sollte auf deine Spur kommen. Du solltest Angst bekommen und begreifen, dass ich deine einzige Hoffnung bin. Aber du hast immer noch nichts verstanden... Da musste ich auf Plan B zurückgreifen. Du wolltest mich erpressen, Milan. Das war zu viel. Ich erkannte, wie du wirklich warst. Undankbar!

Kai hat mir geholfen. Sie war die Einzige, die mich wirklich liebte. Du bist meine wahre Mutter, sagte sie zu mir. Ich hatte sie gehalten, damals, als Marion einfach verschwand. Ich hatte Stunden und Tage mit ihr geredet. Ich hatte in einem Bett mit ihr geschlafen. Ich war

*für sie da. Ich hätte sie gern als Tochter gehabt, Kai, und ihren Vater...
Ich hätte ihn als Ersatz für dich akzeptiert.*

Aber es sollte nicht sein.

*Wir wurden Vertraute. Ich erzählte ihr alles, wie einer echten
Freundin, die ich niemals hatte. Sie wusste, dass meine Ehe wegen
dir gescheitert war. Sie war so viel reifer als andere Mädchen in diesem
Alter. Sie war so intelligent und clever, so leidenschaftlich und verrückt. Sie wollte dich mir ausreden, unbedingt, sie hat dich viel früher
durchschaut als ich. Ich konnte damals nicht auf Kai hören... Sie
wollte, dass du stirbst, bevor du zum Mörder wirst und mich dadurch
in Gefahr bringst: Sie wollte mich daran hindern, meinen Plan auszu-
führen. Aus Liebe. So sehr liebte sie mich: Sie wollte mich retten. Dafür bleibe ich in ihrer Schuld.*

*Es tut mir Leid, Kai verlassen zu müssen. Sie hat furchtbar für ihre
Liebe zu mir bezahlt. Eines Tages werde ich sie holen, und wir werden
für immer zusammen sein.*

Und jetzt muss ich los.

Maria stand auf. Sie öffnete die Tür einen Spalt: Ihre Mutter
stand mit dem Rücken zu ihr, ihre Freundin Theresa hatte etwas
in der Hand. Eine Pistole. Ob sie echt war?

»Was willst du, Theresa? Was soll das?« Die Stimme ihrer Mutter. Ruhig und besonnen.

»Gerechtigkeit, meine Liebe. Endlich Gerechtigkeit.«

»Wir gehen rein«, sagte Berghammer. Im Regen und in der Dunkelheit sah das Haus alt und heruntergekommen aus. Aber aus
zwei der Fenster schien Licht.

Sie zogen ihre Pistolen. Forster, Schmidt und Fischer verteil-
ten sich um das Haus. Lemberger saß im Wagen. Mona klingelte.

»Polizei. Machen Sie die Tür auf! Sofort!«

Es vergingen ein paar Sekunden, dann öffnete sich die Tür. Ein
zierliches Mädchen mit sehr kurzen blonden Haaren stand vor
ihnen.

»Es ist ganz gut, dass Sie da sind«, sagte sie mit altkluger
Stimme.

»Bist du allein?«, fragte Mona.

Das Mädchen schüttelte den Kopf und ließ sie herein. Sie deutete auf ein Zimmer, dessen Tür offen stand. Ein hässliches beigefarbenes Sofa stand darin, und darauf saß eine Frau. Sie war ebenfalls blond, sehr zart und sah ihnen entgegen.

»Es tut mir so Leid«, sagte Karin Belolavek.

»Wo ist…«

»Theresa ist weg. Seit einer halben Stunde. Sie wollte nur mein Bargeld, sonst nichts.«

»Theresa Leitner…«

»Sie hatte alles geplant. Sie hat sich diese Geschichte mit Milan eingebildet…«

»Mit Milan?«

»Ja, sie hatte diese Korrespondenz mit ihm, als er wegen seiner… Freundin im Gefängnis war. Und danach… Also, sie hatten sieben, acht Wochen lang eine Art Affäre. Er hat mit ihr geschlafen – aus Dankbarkeit. Danach war nur noch Freundschaft zwischen ihnen. Aber…«

»Das reichte ihr nicht.«

»Sie hat nicht locker gelassen. Sie hat immer gehofft, dass wieder mehr draus würde und sich da in eine leidenschaftliche Liebesgeschichte hineinfantasiert, die monatelang dauerte, und…«

»Sie hat Ihnen davon erzählt?«

»Ja, oft. Wilde Sexszenen mit Milan… Sie hat mir Tipps gegeben, wie man ihn im Bett behandeln muss… Aber ich hab nie was dazu gesagt. Sie hat mir so Leid getan.«

»Ich würde sagen, wir besprechen das alles im Dezernat.«

»Ja, sicher… gleich… wissen Sie, sie wollte mich vernichten. Meine Familie, meine Existenz. Es ging ihr gar nicht um Thomas, ich war das Ziel. Sie war so eifersüchtig auf mich… und Milan. Sie wollte ihn zurückhaben. Sie wusste, ich wollte Milan nicht wirklich… als Partner. Ich habe ihn geliebt, aber er ist viel zu jung… Auch wenn Thomas nicht gewesen wäre…«

»Ja. Das besprechen wir gleich.«

Karin Belolavek begann zu weinen. Unter Schluchzern stieß

sie hervor: »Sie wusste, ich würde nicht zu Milan zurückkehren, auch wenn mein Mann tot ist. Sie dachte, er würde sich wieder ihr zuwenden, sobald er begriffen hatte, dass ich ihn fallen lasse… Aber…«

»Milan wollte nur Sie.«

»Ich bin an allem schuld! Ich hätte nie…«

»Nein, Sie sind nicht schuld. Lassen Sie uns jetzt gehen.«

»…ich dachte wirklich, es wäre Maria gewesen. Das war das Schlimmste. Als ich nach Hause kam, kniete sie vor … meinem Mann… und hatte das Messer in der Hand…«

»Frau Belolavek…«

»Sie war so total verstört. Sie hatte immer diesen… kalten Gesichtsausdruck. Ich musste erst wissen, was passiert war, bevor ich zur Polizei ging. Verstehen Sie das? Maria hat nicht geredet. Ich musste warten, bis sie redet.«

Mona sah Maria Belolavek an, die sich neben ihre Mutter gesetzt hatte und ihre Hand hielt. Sie steckte ihre Waffe ein, so wie die Männer hinter ihr.

»Bist du wieder okay?«, fragte Mona Maria. »Kannst du uns sagen, was genau passiert ist?«

»Ich glaube schon«, sagte das Mädchen leise und deutlich. »Ich glaube, ich bin wieder gesund.«

»Ich kam nachts nach Hause«, sagte Karin Belolavek und stockte. Eine schöne Frau, dachte Mona. Sie fühlte sich erschöpft und sehr wach zur gleichen Zeit. Es war halb zwei Uhr nachts, als sie endlich im Dezernat ankamen und die Vernehmung beginnen konnten.

Es kam nicht in Frage, bis zum nächsten Tag zu warten.

»Der 31. August«, sagte Mona.

»Ja.«

»Wann genau kamen Sie nach Hause?«

»Gegen halb eins, glaube ich.«

»Was war dann? Was haben Sie gesehen?«

Karin Belolavek stützte ihren Kopf in die Hände.

»Was?«, fragte Mona behutsam nach.

»Es zog im ganzen Haus, das Wetter hatte ja umgeschlagen. Die Tür zum Garten schlug hin und her. Das Geräusch – es war so unheimlich… Ich hab sofort gewusst, dass was nicht stimmte…« Sie begann zu weinen.

»Okay. Ganz ruhig. Wir haben Zeit. Sie sind dann in den Garten gegangen?«

»Ja.« Erneutes Weinen.

Mona wartete, bis Karin Belolavek sich beruhigt hatte.

»Sie waren im Garten«, sagte sie dann. »Was haben Sie gesehen?«

»Meinen … Mann. Er lag auf den Terrakottafliesen. Er war… völlig verdreht. Seine Augen waren offen. Neben ihm saß …Maria. Regungslos. Total durchnässt und zitternd. Es war so schrecklich… Dieses Bild.«

»Sie dachten…«

Karin Belolavek schnäuzte sich und sah auf. Ihre Augen waren rot, aber ihr Blick war klar.

»Sie wissen, was ich dachte. Ist doch wohl klar, oder?«

»Sie dachten, Ihre Tochter wäre es gewesen.«

»Ja. Sie hat neben Thomas gesessen, das Messer in der Hand. Das Blut… war beinahe völlig abgespült…«

»Was passierte dann?«

»Ich bin zu ihr hin, hab sie in den Arm genommen. Sie war völlig steif. Ich hab sie geschüttelt. Ich hab sie angefleht, mir alles zu sagen. Sie hat nicht geredet. Kein Wort. Das ging Stunden so. Dann habe ich … Thomas…, ich meine, ich wollte ihn begraben, aber das hätte viel zu lange gedauert. Ich habe also die losen Bretter vom Boden des Geräteschuppens aufgehoben. Darunter war … so eine Kuhle. Ich musste nicht lange graben. Ich habe Thomas hineingeschleppt… Er war so schwer. Ich habe die Bretter dann wieder darübergelegt… Er war so kalt, und sein Gesicht war so weiß…« Sie schluchzte auf.

»Hat Maria Ihnen dabei geholfen.«

»Nein. Sie…«

»Okay. Was passierte dann?«

»Ich habe meine Kleider gewechselt. Ich habe meine nassen

343

blutigen Sachen mitgenommen und auch die von Maria. Ich habe sie umgezogen wie ein kleines Kind. Am nächsten Tag bin ich mit ihr zu Theresa gefahren. Ich wusste nicht, was ich tun sollte, wo ich sonst hin sollte. Erst hatte ich an Bertold gedacht, aber Bertold... Ich meine, er ist ein so guter Mensch, aber das hätte er nicht verkraftet.«

»Sie fuhren zu Theresa, und dann?«

»Theresa hat uns in dieses Haus gebracht. Sie war unglaublich, sie stellte kaum Fragen, ich war so glücklich, dass es sie gab, so dankbar... Ich hatte natürlich keine Ahnung...«

»Sie wissen, dass Sie vier Wochen in diesem Haus zugebracht haben, während wir...«

»Ja.«

»Sie waren sich darüber im Klaren, dass die Polizei Sie und Maria suchen würde. Dass Sie verpflichtet gewesen wären, uns zu benachrichtigen.«

»Ja! Aber ich musste warten, bis Maria mir sagen würde, was in jener Nacht passiert war. Ich musste es von ihr hören. Ich konnte nicht riskieren, dass man sie ins Gefängnis steckt. Ich hätte auch sechs Wochen mit ihr zusammen ausgehalten oder acht. Ich wäre mit ihr ans Ende der Welt geflohen, und wissen Sie was? Es ist mir völlig egal, wie Sie das finden. Maria ist alles, was ich habe. Ich hätte sie nie...«

»Und Maria hat nichts gesagt? Die ganze Zeit über nichts gesagt?«

»Sie hat nicht immer geschwiegen, wenn Sie das meinen. Wir kamen uns allmählich wieder näher. Ich habe ihr von Milan erzählt, von der Schuld, die ich auf mich geladen hatte. Wir haben auch darüber gesprochen, dass sie diese wahnsinnige Angst und diesen Hass in sich hatte, weil sie meinte, dass ich nicht mehr die Mutter war, die sie kannte und bei der sie sich geborgen fühlte. Aber sie hat kein Wort über diesen einen Abend verloren. Kein Wort. Nie. Als ob sie alles verdrängt hätte.«

»Und Sie haben bis heute geglaubt, dass Maria die Mörderin Ihres Mannes war?«

»Ja. Erst seit heute weiß ich, dass es Milan war. Aber ich weiß auch, es war richtig, Maria zu schützen. Sie werden mich auch jetzt nicht dazu kriegen, etwas anderes zu sagen. Ich bin so glücklich über diese Zeit, die ich mit ihr hatte. Wir sind wieder Mutter und Tochter. Ich habe kein schlechtes Gewissen. Was ich getan habe, war richtig.«

Mona sagte nichts dazu. Schweigen senkte sich über das Vernehmungszimmer.

»Haben Sie Milan geliebt?«, fragte Mona nach einer Pause.

Zum ersten Mal sah sie Karin Belolavek lächeln. Sie warf einen zärtlichen Blick auf ihre Tochter, die zugedeckt auf einer Couch lag.

»Ich war verliebt in ihn. Ich habe ihn zeitweise wahnsinnig begehrt. Er war jung und schön und liebevoll, der Sex war großartig, und zwischen mir und meinem Mann war alles tot, was … jemals an Gefühlen da war. Maria hat uns zusammengehalten. Ich habe immer gewusst, dass ich mich von Thomas trennen würde, sobald sie alt genug wäre, um zu verstehen.«

»Aber?«

»Liebe ist etwas anderes. Nicht das, was wir hatten. Da war eine Menge zwischen uns, aber nicht Liebe. Ich habe versucht, Milan das zu erklären, aber er hat es nicht verstanden. Ich glaube, er kennt das einfach nicht.«

»Was kannte er nicht?«

»Liebe. Er hatte nie eine Chance zu erfahren, was Liebe wirklich bedeutet. Er hat mir so Leid getan.«

»Er hat Ihren Mann getötet. Er hat Ihre Familie zerstört.«

»Nein. Das war nicht Milan, das war ich. Ich bin diejenige, die alles zerstört hat.«

Es war acht Uhr morgens, als Mona vor Antons Haus parkte. Es wurde langsam hell, und es sah so aus, als würde es doch noch einmal einen schönen Tag geben, bevor der Spätherbst mit Regen und Kälte Einzug hielt. Mona blieb ein paar Momente im Auto sitzen. Dann stieg sie aus, schloss die Haustür auf und fuhr mit dem Glaslift nach oben, auf den Anton so stolz war, und klingelte an seiner Wohnungstür. Sie wollte nicht aufsperren. Sie musste erst sein Gesicht sehen, dann würde sie wissen, wie es weiterging mit ihr und ihm und Lukas. Und ob sie überhaupt noch einen Schlüssel für diese Wohnung brauchte.

Nach einer knappen halben Minute öffnete Anton die Tür. Er trug Shorts und ein weißes T-Shirt. Er sah müde aus, aber nicht erstaunt. Seine Miene war undurchdringlich. Er musterte Mona: ihren Parka, den er hasste, ihr erschöpftes Gesicht, ihre Haare, die gewaschen gehörten (so würde er es sagen: Die gehören gewaschen!). Langsam stiegen ihr die Tränen in die Augen, aber sie wandte den Blick nicht ab.

»Wie schaust du denn aus?«, fragte Anton. Er lächelte nicht. Aber er trat einen Schritt zurück, sodass sie eintreten konnte.

EPILOG

Nun ja, liebe Frau Seiler... So heißen Sie doch?
Ich hätte Karin ... Ich hätte das selbst erledigen müssen, aber damals
hätte ich das noch nicht gekonnt, einen Menschen... mit eigenen Hän-
den... Ich hätte mir viele Scherereien gespart. Also musste es Thomas
sein. Tut mir wirklich Leid für ihn. Ich kannte ihn ja kaum.
Auch die Sache mit dem jungen Polizisten tut mir Leid. Er stand
eine halbe Stunde vor meinem Haus, er kannte die Hausnummer... Sie
verstehen, ich musste es in einem Aufwasch erledigen. Ihn und an-
schließend Milan. Ich sagte Milan, Karin würde vor ihrem Haus auf
ihn warten. Meine letzte Lüge. Die Wahrheit war der Tod.

Nun habe ich das Bargeld, das Karin sozusagen extra für mich ab-
gehoben hat und das mir nun, zusammen mit dem kleinen Erbe der
Tante, einen sehr geruhsamen Lebensabend sichert – auf einer Insel
sehr weit weg von ... allem. Insofern bin ich doch sehr zufrieden mit
den ...Entwicklungen, auch wenn ich mir alles etwas anders vorge-
stellt hatte. Milan war so ein entsetzlich ungeschickter Mörder! Ich bin
sicher, das arme Ding Maria hat alles gesehen, weil Milan sich so
dumm angestellt hat. Ich hoffe, ihr Trauma geht rasch vorbei. Sie ist ja
noch jung. Auch bei Ihnen muss ich mich entschuldigen. Mein Angriff
vor Milans Wohnung ... Ich dachte, Sie wären eine von diesen..., die
Milan ständig nachstellten. Ich hasste das! Aber das ist ja jetzt so weit
weg. Milan gehört mir nun für immer, das ist es, was zählt.

Hier auf dieser verschwiegenen Insel mit palmenumsäumten
Stränden bin ich eine reiche Frau. Es gibt nicht allzu viel Komfort, aber

hübsche Boys zwischen sechzehn und sechsundzwanzig, die normalerweise reiche Amerikaner beglücken und nun eben auch für mich da sind (junge Haut macht süchtig, wer sie gespürt hat, ist verloren für die Partner des so genannten passenden Alters). Einer von ihnen lebt mittlerweile in meinem schönen, einsamen Haus. Er kauft für mich ein, er kocht, er macht sauber, er … liebt mich. Er ist nicht wie Milan, der meine Fantasien entzündete, aber einen Rückzieher machte, sobald ich ihn beim Wort nahm. Ich wusste genau, wie es zwischen uns hätte sein können, wenn Milan sich nur meiner Führung überlassen hätte. Unsere Liebe war fertig, in meinem Kopf und schwarz auf weiß auf dem Papier. Sie harrte ihrer Verwirklichung, aber Milan… Er hatte keinen Mut. Er verliebte sich stattdessen in eine brave Durchschnittsfrau. Als nicht sehr fantasiebegabte Person wissen Sie sicher nicht, wie es ist, wenn eine Vision Gestalt annimmt… im Geiste machtvoll und real wird bis ins letzte farbige Detail, bis in sämtliche Komplikationen und Probleme, die sich aus dem Was-wäre-wenn ergeben… Sie unterwirft sich unsere Gedanken und Pläne, sie expandiert ohne Rücksicht und setzt alle Grenzen der so genannten Wirklichkeit außer Kraft. Es ist ein faszinierender Prozess, dem niemand Einhalt gebieten kann. Das ganze Universum war einmal kleiner als der Punkt nach einem Satz und beinhaltete bereits alles, was in den kommenden Jahrmilliarden geschehen würde. Die ganze Welt begann mit einer abstrakten Idee, die aus eigener Kraft konkret wurde. Wir sind nur ihre ausführenden Organe.

Aber genug davon.

Mein Boy ist treu und ehrlich. Er macht mir keine falschen Hoffnungen, sondern überrascht mich jeden Tag mit seiner Freundlichkeit und heiteren Ergebenheit. Seitdem ich hier bin, bin ich wieder schlank und schön und sehr glücklich. Sie würden mich nicht wiedererkennen. Ich bin ein neuer Mensch.

Ich habe dieses kleine Päckchen extra für Sie zusammengepackt. Mein Geständnis – wenn Sie es so nennen wollen – habe ich hübsch binden lassen und einem Vertrauten mitgegeben, der es Ihnen aus San Francisco schicken wird, wie Sie aus dem Poststempel ersehen können. Er kann mich nicht an die deutsche Polizei verraten, er hat selber zu viel Dreck am Stecken. Wir haben ein paar sehr lukrative Geschäfte gemacht.

Es nützt nichts, ihn zu suchen. Oder mich. Meine Spuren sind verwischt, mein Pass vermodert tief in der Erde, und ich habe ein neues Gesicht. Theresa Leitner gibt es nicht mehr.

Ich hoffe dennoch, Sie haben ein wenig Vergnügen an meinen bescheidenen Schriftstücken, meinen langen Briefen an Milan, die ich nicht abschickte, weil er sie nur falsch verstanden hätte. Sie werden viele Ihrer noch offenen Fragen nach dem Warum beantworten – und ich finde, ich bin es Ihnen in gewisser Weise schuldig. Sie hatten ja eine Menge Ärger meinetwegen, und ich fand Sie trotz allem recht sympathisch.

Nun werde ich mich in meinen Garten begeben, zu den blühenden Bougainvilleen. Dann werde ich einen Drink nehmen aus dem Saft frischer Mangos, und dann wird mein Boy kommen, mich mit seinen Lippen und seinem straffen dunklen Körper verwöhnen und anschließend für mich kochen. Man hat hier nicht viel Hunger – es ist so heiß...

»Satan hat es mir versprochen.«

»Was?«

»Dass Er Milan... auslöschen würde. Maria sollte Sein Werkzeug sein. Sie würde nicht einmal ins Gefängnis kommen! Sie war doch minderjährig!«

»Du wolltest deine Tante retten, Kai?«

»Milan war ihrer Liebe nicht wert. Er hatte ihre Ehe zerstört. Ich wollte, dass er starb, bevor sie an ihm zu Grunde ging. Ich glaubte, das wäre der einzige Weg. Satan hat gesagt...«

»Du wolltest, dass Maria für deine Tante ... mordet? Du hast sie unter Drogen gesetzt, damit sie ihre Skrupel verliert, stimmt das?«

»Ich...«

»Sie hatte keine Ahnung davon, nicht wahr? Und als Maria versagte, hast du Milan gemeinsam mit deiner Tante umgebracht, ist das richtig?«

»Sie hat es getan. Ich habe ihr nur geholfen, ihn zu begraben. Ich konnte sie ja nicht im Stich lassen. Ich habe sie sehr geliebt. Ich liebe sie immer noch.«

»Wusste Paula – Leila – Bescheid?«

»Sie wusste nichts.«

»Ihr habt Milan auf ihrem Grundstück begraben. Das musste sie doch merken.«

»Vor ihrem Haus. Aber Leila war nicht da an diesem Abend.«

»Sie wusste trotzdem Bescheid. Wie erklärst du dir das?«

»Ich weiß nicht. Vielleicht hat Satan…«

»Okay. Lassen wir das.«

»Kann ich rauchen?«

»Ja. Hör zu, Kai, deine Mutter möchte dich sehen. Sie ist extra hierher gekommen. Es tut ihr Leid. Sie hat nicht gewusst, wie sehr du unter der Trennung leidest.«

»Ich will sie nie wieder sehen.«

»Sie ist deine Mutter, Kai.«

»Theresa ist meine Mutter.«

»Theresa ist…«

»Weit weg. Ihr werdet sie nie finden.«

»Du … kennst ihren Aufenthaltsort?«

»Sie lacht über euch.«

»Warum sollte sie?«

»Ihr seid die Verlierer.«

Wissen Sie, Frau Seiler, die meisten Menschen ergeben sich als Gefangene ihres Umfelds. Auch mein Weg schien vorgezeichnet: eine ältere Frau, die sich eine Liebesgeschichte einbildet und schließlich als verlassene Halbirre endet, am Tropf der Sozialhilfe, weil der unterhaltspflichtige Exgatte seine eigene Firma blitzschnell auf einen Strohmann überschrieb, der ihm leider nur ein minimales offizielles Gehalt zukommen lässt… Sie kennen das. Die Gerichte sind überlastet, sie prüfen solche Machenschaften nicht nach. Opfer sind Frauen wie ich: Plötzlich war ich arm und würde es auch bleiben, wenn nicht etwas geschehen würde.

Ich bin stolz darauf, ausgeschert zu sein. Sicher, mein Schnitt war radikal. Ich habe meine Person, meine moralischen Werte, die Menschen, die ich liebte, in die Waagschale geworfen. Ich habe mein ganzes Leben riskiert und gewonnen. Ich habe – das war der Preis – alle Brücken abgebrochen. Für mich gibt es nur noch die Gegenwart und die Zukunft. Die Vergangenheit ist tot.

Das sollte sie übrigens immer sein. Denken Sie darüber nach.

DANKSAGUNG

Kein Buch entsteht ohne Hilfe.

Dank an die Experten für Mord & Totschlag:
Diplombiologe Dr. Mark Benecke, Fachmann für Forensische Entomologie
Prof. Dr. Wolfgang Eisenmenger, Vorstand des Instituts für Rechtsmedizin, Universität München
Achtung: Eventuelle sachliche Fehler sind allein meine Schuld!

Ferner möchte ich danken:
Barbara Heinzius
Veronika Kreuzhage
Georg Reuchlein
Claudia Hanssen
für ihren Einsatz, ihre Kompetenz und ihr Verständnis und dafür, dass sie an mich glauben,

und
Sozialdirektor Marius Fiedler, Leiter der Jugendstrafanstalt Berlin, und
»Milan«, mit dessen Geschichte alles anfing.

Dank auch
an meine Eltern, die immer für mich da waren und sind.